Ritmo lento

Carmen Martín Gaite (Salamanca 1925-Madrid 2000), novelista, poeta, ensayista y traductora, publicó su primera novela, *El balneario*, en 1955. De sus libros hay que destacar *Entre visillos* (Premio Nadal 1958), *Ritmo lento* (1963), *El cuarto de atrás* (1978), *El cuento de nunca acabar* (1983), *Nubosidad variable* (1992), *Lo raro es vivir* (1996) o *Irse de casa* (1998). Martín Gaite fue reconocida con numerosos galardones, entre ellos el Premio Príncipe de Asturias de las Letras, en 1988, y el Nacional de las Letras Españolas, en 1994.

CARMEN MARTÍN GAITE

Ritmo lento

DEBOLS!LLO

Papel certificado por el Forest Stewardship Council®

MIXTO
Papel | Apoyando la
silvicultura responsable
FSC® C117695

Penguin
Random House
Grupo Editorial

Primera edición: octubre de 2025

© 2010, Herederos de Carmen Martín Gaite
© 2010, Ediciones Siruela, S.A.
© 2025, Penguin Random House Grupo Editorial, S. A. U.
Travessera de Gràcia, 47-49. 08021 Barcelona
Diseño de la cubierta: Penguin Random House Grupo Editorial / Laura Jubert
Imagen de la cubierta: © Shutterstock

Printed in Spain – Impreso en España

ISBN: 978-84-663-8184-0
Depósito legal: B-12.225-2025

Impreso en Novoprint
Sant Andreu de la Barca (Barcelona)

P 3 8 1 8 4 0

Índice

RITMO LENTO

Juicio justo

«Pensar es deambular de calle en calle, de calleja en callejón, hasta dar con un callejón sin salida.»

A. Machado, *Juan de Mairena*

Advertencia preliminar

Esta novela no pretende imponerse como forzosamente verosímil.

Que sólo la crea el que lo tenga a bien.

Prólogo

–Puede dejarnos aquí mismo. En la esquina.

El taxista arrimó a la acera y paró el contador. Luego miró por el espejito, mientras decía en voz alta el precio marcado: treinta y cinco pesetas. El hombre moreno, de bigote, que en todo el trayecto no había despegado los labios, permanecía inmóvil mirando el barrio a través de la ventanilla. Fue la chica, que desde que mandó parar había adelantado el cuerpo y revolvía en el bolso buscando el monedero, quien pagó con buena propina y se bajó rápidamente la primera.

–¡Vamos! ¿Estás dormido? –exhortó a su compañero con voz nerviosa, apenas puesto el pie en la calzada.

El muchacho se bajó. Oscurecía. De la calle por donde les había traído el taxi venía un vaho de anuncios luminosos, pero allí todo estaba como dormido y sólo de vez en cuando lucía débilmente una bombilla en su poste de palo, a lo largo de las aceras. Echaron a andar. Era una calle ancha y polvorienta, con edificios de un solo piso y jardín. Entre una acera y otra, había un bulevar con algunos cedros. Estaban haciendo obras y el piso se veía desigual; los rieles del tranvía sobresalían del adoquinado. La chica se paró.

–Bueno, ¿dónde me esperas?

–No sé. ¿Dónde es?

–En esa primera calle.

–Lo mejor será que te acompañe y que te espere a la puerta. Total, no te irás a entretener tanto.

–No –fue la respuesta contundente–. Acompañarme te he dicho que no. Así que decide.

Un tranvía acababa de pararse junto a ellos, vaciando a varios viajeros que se dispersaron. Algunos cruzaron y se detuvieron en un aguaducho que había en el centro del bulevar, un poco más allá, al lado de un tiovivo para niños pequeños.

–Podías esperarme en ese bar –sugirió la chica.

–Bueno; lo que quieras.

El muchacho no apartaba los ojos de la embocadura de la calle que ella le había señalado, aún más oscura y solitaria.

–No me gusta este barrio –dijo–. Parece el fin del mundo. Me aburriré, si tardas.

–Pues vete a tu casa. ¡Tú te has empeñado en venir conmigo! ¿Me hacías falta? ¿Te he mandado venir yo? No señor. Al contrario. No quería.

–Yo tampoco quería que vinieras; creí que por el camino se te pasaría el capricho.

–¡No es ningún capricho!

–Sí, Luci, compréndelo. Un capricho violento, como una locura. Si no vienes, te da algo. Y precisamente esta tarde.

–Se me ha ocurrido esta tarde. ¿Y eso qué importa? ¿No es una tarde como otra cualquiera?

El chico se apoyó en la verja de uno de aquellos chalets con aire abatido. No respondió nada, pero negó con la cabeza, mirando hacia el suelo.

–¡No empecemos! –se exaltó ella–. ¿Qué piensas? Me desesperas con esa cara martirizada.

El chico sonrió apagadamente.

–Siempre hay uno que sufre y otro que hace sufrir. Me

dices lo mismo que te decía David a ti cuando no entendía que lo pasaras mal por su culpa: «Pon otra cara». ¡Me lo has contado tantas veces!...

Hubo un breve silencio.

–¿Y eso qué tiene que ver? –dijo ella, al cabo, con voz algo insegura–. ¿Por qué sacas a relucir ahora todo eso?

–Hoy todavía se puede sacar a relucir. Mañana ya no valdrá la pena. Por eso me ha extrañado que digas que la tarde de hoy es como otra cualquiera. Para mí no lo es.

–¿Y qué crees que habríamos sacado a relucir sentados en casa de tu madre o de la mía? Nada, sino esperar a mañana. ¿No está ya todo hablado, decidido?

El muchacho, sin levantar los ojos del suelo, callaba tercamente.

–Di si queda algo pendiente para esta tarde –apremió ella con voz exaltada–. Si hay algo importante que me quieras decir, dejo esa visita, lo dejo todo, y nos estamos hablando hasta que salga el sol mañana. No vuelvo yo a mi casa, ni tú a la tuya. Te aseguro que lo hacemos. Pero ¿qué es lo que me quieres decir? Anda. ¿De verdad me quieres hablar? Mírame.

Se dirigía a él con apremiante esperanza. Le levantó la cara, para buscarle la mirada, pero él la desvió.

–Déjame –dijo–. Ya empiezas con tus locuras. Si no es eso, mujer.

–¿Ves? –pronunció ella con desencanto–. No tienes nada que decirme. ¿O sí?

–No sé, déjalo...

–No lo quiero dejar. ¿Lo tenemos todo resuelto, sí o no? Contesta.

–Sí –fue la débil respuesta de él.

–Entonces ¿de qué me hablabas? –el tono de ella había vuelto a ser duro–. Si lo tenemos todo resuelto entre nosotros, y a mí en cambio me queda pendiente un asunto en el que no tienes tú nada que ver, ¿qué pasa con que lo quiera ventilar esta tarde, ni por qué otra te hubiera parecido mejor que la de hoy?

–No te embales, anda; ¡qué más da! –dijo él con voz conciliadora–. Ahí en el aguaducho te espero.

–Te debías ir a casa; iría yo más tranquila, de verdad. Y así, si me entretengo...

–Anda, anda –interrumpió él–, no hables tanto que se va a hacer de noche. Yo ahí en esas mesas estoy. Pero no te preocupes por mí. Tarda lo que tengas que tardar.

Ya se habían separado, y ella volvió a alcanzarle al bulevar, por la espalda.

–¿Qué pasa?

–Nada. Darte un beso. Y que me perdones lo brusca que soy.

Se besaron.

–¿Es lejos?

–En esa primera transversal, ya te he dicho.

–Pero ¿en qué número?

–¡Qué más te da! –volvió a impacientarse ella–. Conozco la casa, pero del número no me acuerdo. Una de las primeras de la derecha. ¿Por qué?

–Por si tardas, o pasa algo.

La chica se echó a reír con una risa entrecortada. Parecía como si se hubiera echado a reír sin acordarse de que no tenía ganas, y luego ya siguiera por amor propio, por ensayar a ver si le iba saliendo un poco mejor.

–No te rías –cortó él–. No he dicho nada gracioso.

–Sí, hombre, te pones en plan de novela policíaca, como si dentro de un rato tuvieras que librarme de las garras del viejo.

Le quedaba todavía un poco de risa que se le acabó al concluir de hablar, dejándole un respiro afanoso y un brillo en los ojos casi de lágrimas. Los de él estaban serios.

–¿Es muy viejo? –inquirió.

–Supongo. Ya sabes que no le he visto nunca.

El chico se sentó.

–Bueno, pues anda.

–Hasta luego –dijo ella.

Cruzó de nuevo y, a la entrada de la calle, se volvió para

decirle adiós. Luego siguió por la acera de la derecha. Era una calle ligeramente en cuesta, sin iluminación alguna. Al fondo se veía el campo y un horizonte violeta. Los chalets eran grandes y destartalados, con tapias altas sobre las que asomaban los arbustos. Los iba mirando uno por uno, poniendo el rostro entre los hierros de la verja de entrada. Al llegar al tercero, se paró más rato.

Al fondo de un jardín grande con abetos, acacias y bancos de madera, rojeaba la fachada. Era un chalet de ladrillo de dos pisos. En el de arriba tenía dos balcones y un mirador. Las persianas estaban echadas. Tampoco se veía luz en la puerta.

Cuando, tras guiñar un poco los ojos para atisbarlo todo mejor, empujó la verja, que cedió con un leve chirrido, un perro se puso a ladrar dentro del jardín. La chica vaciló un instante y luego volvió a cerrar detrás de sí. El perro ladraba cerca, pero no se le veía. Posiblemente estaría atado en la parte trasera del edificio, por donde el jardín se extendía mucho más, según podía columbrarse ahora.

Avanzando a pasos lentos, mientras miraba atentamente alrededor, la muchacha llegó hasta la fachada, subió dos escalones y se detuvo. Había en la puerta una placa dorada a la que hacía tiempo que nadie sacaba brillo. «Doctor Fuente. Medicina general», leyó. Llamó al timbre y esperó un rato. El perro había dejado de ladrar. Trepidaban los tranvías a la vuelta, en la otra calle. Como no abría nadie, llamó de nuevo. A poco se oyeron pasos dentro y una voz, al otro lado de la puerta, que preguntaba, antes de abrir:

–Magda... ¿Eres tú, Magda?

–No –contestó la muchacha, tras un breve silencio, pero tan bajo que no creía que la hubieran oído.

La puerta se abrió. A la débil luz del atardecer que entraba por las ventanas del vestíbulo, vio la figura de la persona que le había hecho aquella pregunta. Se trataba de un hombre alto y delgado vestido con una bata a cuadros, que se encorvaba ligeramente para mirarla a través de sus gafas.

–Buenas tardes. ¿David Fuente?

La mirada un poco soñolienta del hombre se hizo más concentrada.

–¿El padre o el hijo? –preguntó, a su vez, sin dejar de examinarla.

–El padre –contestó ella–. El hijo ya sé que no está.

El hombre la hizo pasar, mientras se disculpaba por la falta de luz y por el retraso en abrir la puerta. Luego la cerró y se dirigió a un mueble que había junto al arranque de la escalera que debía llevar a las habitaciones de arriba. Encendió las velas de un candelabro viejo.

–Se han debido fundir los plomos –explicó–. Precisamente cuando usted llamó había subido a buscar la escalera. ¿Quiere pasar a mi despacho mientras arreglo la avería? Por aquí. Permítame que vaya delante.

La precedió por el vestíbulo, que estaba lleno de muebles y cachivaches. La chica se tropezó con una banqueta pequeña.

–¿Se ha hecho daño? A ver... –preguntó él, volviéndose y bajando la luz de las velas.

–No. No ha sido nada.

–Está esto demasiado aglomerado. Ya lo decía mi hija cuando venía. Pero las cosas viejas da pena tirarlas.

Entraron a una habitación grande empapelada hasta el techo. Había libros apilados por el suelo y dos tazas sucias encima de la mesa. Mientras la invitaba a sentarse, el hombre posó el candelabro en el suelo y recogió de prisa unos periódicos que crujieron. Ella miró sus espaldas angulosas, su cabello encanecido aplastado por la coronilla y le calculó unos setenta años. Ahora estaba apartando los periódicos y alisando las huellas que quedaron al descubierto sobre el terciopelo usado del diván, huellas como de un cuerpo que recientemente hubiera reposado allí, posiblemente al abrigo de los papeles.

–El papel es lo que más abriga –dijo él sonriendo, y como si adivinara sus conjeturas–. Siempre me tapo con periódicos cuando me echo. Pero siéntese. Voy a coger una linterna para alumbrarme ahí afuera y arreglar la avería.

Se puso a buscar en uno de los cajones de la mesa y entretanto la chica se sentó.

–Perdone... –empezó a decir–, quizá he venido a una hora inoportuna. Sólo quería saludarle un momento y decirle... Porque, en fin –añadió sonriendo–, me figuro que es usted el padre de David...

El hombre se volvió a mirarla detenidamente. Era una mirada entre escrutadora y extraviada, como de quien se concentra por descifrar algo difícil.

–¿De David? –pronunció al cabo–. Sí, el padre de David, claro. ¿Es que usted... le ha visto?

–No. Ahora no.

–Ah, ya –dijo con cierto desencanto, mientras volvía a hurgar en el cajón–. Pero, no se disculpe, para mí, ninguna hora es inoportuna.

Luego, ya con la linterna en la mano, se paró a recoger también una bandeja con las tazas sucias.

–Ahora mismo vengo –dijo– para que hablemos de lo que quiera. Supongo que le gustará el café.

–Sí, señor. Pero...

–Y que no tendrá prisa, por favor.

Se encontraron los ojos de los dos y se sostuvieron la mirada casi amistosamente.

–No –dijo ella tras una vacilación imperceptible.

–Me alegro. Entonces tardaré tres minutos más. No puede haber buena charla sin café.

Cuando se quedó sola, la muchacha se levantó a mirar por la ventana. Ya era muy leve la claridad que entraba del jardín, que, efectivamente, por esta parte de atrás era mucho más grande. La ventana estaba cerrada y la abrió. Se distinguían los contornos de varios árboles grandes, sobre todo de un cedro gigantesco, en primer término, cuyas ramas bajas casi llegaban a acariciarla el rostro. Venía una brisa fresca que contrastaba con el olor a tabaco y a cerrado. Dirigió la mirada más abajo, hacia donde se veía una especie de huerta y por fin, a la derecha, los cristales de un invernadero. Al toparse con aquel lugar, los ojos de la chica tuvieron un ligero parpadeo y largo rato se quedaron fijos en él, mientras empezaban a cuajársele de lágrimas que corrieron luego abundantemente por el rostro. Respiró hondo y echó la cabeza para atrás.

A través del llanto, el lucero de la tarde temblaba y hacía piruetas sobre el cielo oscurecido. De pronto sintió una presencia a sus pies, y miró para abajo. Era un perro lobo que alzaba los ojos a ella, sentado sobre sus cuartos traseros. La chica dejó caer un brazo a lo largo de la pared y lo agitó, mientras hacía chasquear los labios a modo de saludo. El animal se acercó más y se apoyó en la pared con las dos patas delanteras, agitando la cola. Casi llegaba a lamer los dedos de ella.

A todo esto, ya se había encendido una lámpara de flexo que estaba al lado del diván. La chica, al advertirlo, cerró la ventana y se secó las lágrimas rápidamente. Ahora se veía con más detalles la habitación. El dibujo del empapelado de la pared era de flores de un rojo desvaído y el papel estaba sobado e incluso roto por muchos puntos. Delante de los libros aglomerados en los estantes de la gran librería y sobre el borde de una chimenea de esquina había muchos objetos que brillaban. La chica se acercó a contemplarlos, de espaldas a la puerta. Un retrato ovalado que había en la chimenea le llamó la atención y lo cogió. Se veía en él a una señora joven con un niño y una niña. La señora y el niño estaban serios y eran de un parecido asombroso.

Casi se sobrecogió al sentir a sus espaldas la presencia del señor Fuente, que, pisando en zapatillas sobre la alfombra, había hecho una entrada totalmente silenciosa y ahora estaba depositando la bandeja del café. Dejó el retrato en su sitio, al propio tiempo que él aclaraba:

—Es Emilia, mi mujer, con los chicos. Una foto de antes de la guerra, de un tiempo que duele de puro inexistente. Es algo increíble cómo se desprecia el tiempo, hasta qué punto cree uno que puede pasar por encima de él. Yo, en el tiempo de esa foto, le decía a mi mujer que se riese de la felicidad, que era una palabra hueca. Sacamos una canción de broma contra los que esperan la felicidad. Pero ahora pienso que es porque éramos muy felices. Siéntese, por favor. ¿Cuánto azúcar?

—Dos cucharadas, gracias.

Se hizo un silencio. Revolvían el azúcar.

—Hace tiempo que tenía ganas de conocerle, señor —arrancó a decir la muchacha de pronto, como si temiera que el silencio se prolongara demasiado—. Y deseaba mucho entrar en esta casa. Pero ahora estoy muy cohibida; no sé por dónde empezar a hablar.

El señor Fuente miró el café y bebió el primer sorbo lentamente. No parecía sentir la menor curiosidad por desvelar el objeto de aquella visita.

—¿Y quién sabe por dónde empezar a hablar, mujer? Es cuestión de tiempo. Lo malo es que el tiempo de hablar se acabe tan pronto y que la gente sólo atienda a asuntos concretos. ¿Sabe lo que hacía David cuando estudiaba en el Instituto y venía a preguntarme las cosas que no había entendido? Pues como se armaba tanto lío apuntando aquellas dudas, yo le dije que dejara de apuntarlas y que empezáramos hablando de otra cosa. «Pero así se me olvidan, papá.» «No, hombre, tú verás cómo si vienes a verme descuidado van saliendo todas las dudas que quieras y también las que no quieras, porque dudas las hay en cuanto te pones a pensar, y tan importantes son unas como otras.» Pero, perdone, supongo que la estaré aburriendo; yo aburro siempre a todos.

La muchacha negó vivamente sin hablar. Sus ojos brillantes, el ademán concentrado y silencioso con que revolvía el azúcar mientras le escuchaba, parecieron convencer al viejo, pendiente de su respuesta. Por primera vez la miró intrigado.

—Usted ha dicho antes que era amiga de David, ¿no?

—No. No lo he dicho. No es cosa fácil ser amiga de David; por lo menos para mí no lo fue.

—Para mí tampoco —prosiguió el padre—. Sólo en ese tiempo del bachillerato, antes de que muriera mi mujer, éramos enormemente amigos, como le iba diciendo. Recuerdo cuando llamaba a esa puerta, parece que le estoy viendo llegar del Instituto, todavía con el abrigo y los libros. Se sentaba en el sofá y esperaba. Era yo el que empezaba a hablar por cualquier lado hasta que las preguntas de él surgían y se enredaban unas con otras. Luego venía mi mujer y nos llamaba para cenar. David se desesperaba de que no terminásemos nunca nuestras conversaciones. Yo le dije que se tenía que acostumbrar, porque ninguna conversación se completa. Que toda la vida es una conversación que dura bien poco, lo que dura el tiempo de un hombre. Claro que yo entonces veía lejos el fin del mío, y por eso hablaba con orden, no a la desesperada como ahora. Pero tómese el café, mujer, se le enfría.

La muchacha, que contenía a duras penas las lágrimas, sólo fue capaz de hacer un gesto de asentimiento, y se puso a beberlo con los ojos bajos.

—Está bueno –dijo–. ¿Lo ha hecho usted?

—Sí. Siempre lo hago yo, desde que murió mi mujer. Aurora le tiene asco al café, dice que ha sido mi ruina. Me sigue diciendo que no lo tome. ¡Ya, qué importará que lo tome como que lo deje de tomar!

—¿Su hija vive aquí con usted? –preguntó la muchacha.

—No. Y ya ni siquiera viene a verme. Hemos reñido. Le he dicho que me deje pudrirme solo. Últimamente nada más venía a darme consignas. Ella quiere que telefonee a gente, que pinte la casa, que vuelva a ver enfermos, que salga. ¿Y adónde voy a ir? No sabe que yo sólo estoy esperando a los que no llamo, a los que vienen a juntar su soledad con la mía. Las buenas tertulias, como esta de ahora, nunca se preparan. Perdóneme si desbarro. Pero su aparición me ha trastornado mucho. Nunca han venido amigos de David por esta casa. Cuénteme algo, ya la dejo hablar.

—Yo, señor –empezó la chica tras una breve pausa–, me llamo Lucía Solano. No sé si habrá oído hablar de mí. Durante bastante tiempo he tenido relaciones con su hijo, y el año pasado lo dejamos. Es muy difícil de explicar cómo fueron estas relaciones, y necesitaría todo ese tiempo que dice usted para entrar en esta explicación, el tiempo de hablar sin prisa toda una vida. Y además tendría que encontrar a alguien que quisiera escucharme.

–¡Pues, ya! ¡A mí me ha encontrado! –exclamó el señor Fuente–. Puede volver todos los días que quiera. Yo también quiero hablar de David, y nunca tengo prisa.

La chica no contestó. Miraba tercamente el dibujo de la alfombra.

–De momento tenemos esta noche, ¿no? –insistió él–. Puede llamar a su casa. ¿No puede?... Pero ¿qué le pasa?

Lucía Solano había escondido la cabeza en el codo contra el respaldo del sofá. El padre de David se levantó y se quedó de pie junto a ella. Luego, tras una vacilación se sentó a su lado. La miraba con excitada atención.

–Soy muy torpe –dijo–. Nunca he servido para consolar a nadie. Si lo prefiere, puedo dejarla sola. Pero... no querría que se fuera. Yo... señorita Lucía... suponía que era usted la novia de mi hijo David. Tenía miedo de preguntárselo.

Levantó tímidamente una mano y se puso a acariciarle la cabeza. Lucía volvió el rostro hacia él y se apoyó contra su hombro huesudo.

–¡Me tengo que ir! –exclamaba entrecortadamente–. ¡Y no volveré nunca ya! Le he conocido tarde, ya no hay tiempo.

Durante unos instantes lloró abrazada a él. Luego se fue sosegando y se limpió los ojos.

–David, ¿le había hablado de mí? –preguntó al cabo sin mirarle, mientras arrugaba y retorcía las puntas de su pequeño pañuelo.

–No, nunca. Conmigo rehuía hace años toda conversación. Al crecer le he ido sintiendo mucho más extraño, y a la vez más cerca. Es demasiado lo que nos parecemos. Y él se ha mirado en mí con desagrado, como en un espejo deforme, colgado a cierta altura. Pero ¡qué asco! Acabaré hablando como Jaime Ferrer, ¿usted le conoce a don Jaime, no?, el psiquiatra.

–Sí. Me lo presentó David hace cosa de un año en la calle. Dijo que era amigo de usted, y me pareció simpático. Yo, es que, verá: cuando dejé a David, no sabía que estuviera enfermo, ni que ese señor fuera psiquiatra, ni nada. ¡No sabía nada! Luego, hace pocos días, me ha venido a ver. Es él quien me lo ha contado todo.

–Sí. Va a ver a todos. Él ata cabos por todas partes. ¡En mala hora le traje a casa! Ahora quiere sanarme a mí también. Es una mala ralea, señorita, la de los psiquiatras. No entienden nada. No dicen más que tonterías.

La chica le miró con asombro.

–Pero... perdone, ¿no es usted psiquiatra también?

–Durante mucho tiempo me dediqué a esos estudios, sí. Por eso conozco el paño. Y lo aborrecí. Siempre me he jactado de no prestar atención a mis sentimientos, de no andarme hurgando en la conciencia. Y quería que mis hijos fueran así también.

Se interrumpió, mirando a lo lejos. Parecía haberse vuelto a olvidar de su interlocutora. Tuvo una contracción del rostro y simultáneamente hizo con la mano un gesto brusco, como de apartar un insecto que le volase cerca.

–¡Cuánto fracaso, cuánto castigo! –exclamó con voz quebrada.

Guardó silencio. Lucía escrutaba su perfil agudo, sin atreverse a decir nada, esperando que la narración volviera a su cauce.

El señor Fuente se quitó las gafas, que mantuvo en la mano izquierda, y descansó sus ojos cerrados en el índice y pulgar de la derecha. En esa postura, con la frente inclinada, recitó:

> *–Hay golpes en la vida tan fuertes,*
> *...yo no sé.*
> *Son golpes como del odio de Dios.*
> *Como si la resaca de todo lo vivido*
> *se empozara en el alma...*

»Si no fuera tan triste –continuó– daría risa. He vuelto a leer versos. Como a los veinte años. Me los trae Magdalena. Este César Vallejo es un buen tipo. Peruano. ¿O chileno?

Se quitó la mano de los ojos y miró a Lucía desde sus ojos hundidos de miope.

–No me acuerdo ahora –dijo, volviéndose a poner las gafas mientras la contemplaba con curiosidad, como si quisiera recordar–. Usted... no sé qué iba a preguntarle. Ah... ya, ¿ha leído a César Vallejo?

–No, señor. Antes me gustaban mucho los versos. Pero David me dijo que no leyera versos. Que yo ya era de por mí demasiado sentimental. Quería convertirme en una mujer fuerte. Siempre me estaba prohibiendo cosas.

–Ya. Pero antes... ¿de qué estábamos hablando?

–De los psiquiatras. Y no he entendido muy bien lo que ha dicho. Si le parecen una cosa tan mala, ¿por qué trajo uno para David?

–No sé. Primero le llamé como a un amigo, para consultarle. Había sido discípulo mío y yo de las rarezas de mi hijo ya no sabía qué pensar. ¡Ser padre es tan difícil! Creí que un extraño enfocaría mejor las cosas. Pero un psiquiatra pocas veces se sabe parar; y empezó a ponerle en tratamiento, sin que él lo supiera. Fue cuando aceptó el empleo en el Banco de su cuñado y empezó a llevar vida ordenada. Pero no era él; hablaba distraído, sin entusiasmo ni color, y aquella calma tan anormal de las medicinas no me hacía presagiar nada bueno. Hasta que un día se apoderó del dinero de una señora y lo tiró por el aire en el patio del Banco. Fue cuando lo llevaron a Villa Julia. Poco antes había reñido con usted. Lo sé, porque Jaime me lo contaba todo.

–Sí –asintió Lucía–. A mí también me ponía muy triste esa calma tan rara. Ya no se enfadaba ni me hacía sufrir como antes, pero tampoco tenía vida. Y yo no sabía por qué era. Un día me dijo: «Si quieres, nos casamos», pero me lo dijo con una voz tan descolorida, que no lo pude soportar. Le dije que estaba enamorada de otro.

–¿Era verdad?

–No, pero existía un compañero de mi oficina que siempre ha estado enamorado de mí, y David lo sabía. Me miró y me preguntó: «¿De Marcos?». Y le contesté que sí. Me dijo que se alegraba, que siempre me había convenido ese chico. Estuvimos tomando barquillos en el Retiro. Es la última vez que le he visto. Al día siguiente me arreglé con Marcos. David nunca volvió a insistir. Y yo no sentía ni alegría ni tristeza.

Cuando Lucía dejó de hablar –lo había hecho con una voz monótona y sin matices–, el padre de David seguía pendiente del relato y la miraba.

–¿Y después? –inquirió.

–Nada. Marcos me quiere mucho. Mañana nos casamos.

Se hizo un silencio. Luego prosiguió:

–Hace unos días, don Jaime Ferrer vino a verme. Dice que David está bien, pero me estuvo haciendo algunas preguntas que, según parece, le ayudaban a aclarar puntos aún confusos.

–¡Puntos confusos, puntos confusos! –barbulló el padre de David–. Están todos confusos para él. ¡Maldito sea! Si no fuera porque yo ya no tengo autoridad para nadie. Pero perdone... siga.

–Me dijo también que debía escribir a David notificándole que me casaba. Que era importante que lo hiciera. He pasado unas noches muy trastornada. Al fin anoche le escribí. Luego he querido venir a conocerle a usted.

–Se lo agradezco. Se lo agradezco mucho.

–Durante mucho tiempo la cosa que más he deseado ha sido entrar en esta casa; lo deseaba como nada en el mundo. Pensaba: «Si llego a ver a su padre y a ser amiga suya, todo se arreglará».

–Yo también la esperaba. Desde que Jaime me dijo que David tenía novia, pensaba en usted con cariño y deseaba conocerla. Mi hijo nunca ha traído a nadie aquí.

–Pues yo le decía: «Háblame de tu hermana, de tu padre», y, él, nada. A la hermana, ya se notaba que no la quería mucho. Sólo de los sobrinos le gustaba hablar. Pero de usted no decía nada, ni que le quisiera ni que le dejara de querer, cambiaba siempre de conversación. Decía: «No seas pesada, cómo va a ser. Un padre como otro cualquiera». Y, sin embargo, yo sabía seguro que no era un padre como otro cualquiera. A la casa sólo me trajo una vez, mejor dicho, al jardín. Fue hace tiempo, aquella temporada en que bebía tanto. Me hizo entrar por una puertecita trasera, medio a gatas, y estuvimos metidos en un invernadero que tienen ustedes ahí. Era de noche, y en esta ventana había luz. Hacía un poco de frío. David me estuvo contando cosas de cuando era pequeño y hablábamos cuchicheando, como ladrones. Luego vino a la casa y volvió con un traje y unos collares que usted guardaba de la madre. Se empeñó en ponérmelo todo y, mirándome, se echó a llorar. Estaba muy bebido. Yo le convencí para que no me acompañara y me volví a casa sola.

»De ella sí me hablaba algunas veces; y siempre con exaltación. Decía: «Tú te pareces demasiado a ella. Tienes que aprender a ser de otra manera para no sufrir. A lo primero que tienes que aprender es a librarte de mí, a no obedecerme. Y en cambio a escuchar lo que te digo, que nunca lo escuchas ni te enteras de lo que significa. Por eso no lo sabes discutir». Quería enseñarme a ser su amiga, su interlocutora, como decía él; pero yo sólo lo intentaba por darle gusto. Con las cosas que me hablaba me armaba mucho lío.

–Sí –dijo el señor Fuente sonriendo–. A Emilia también le pasaba conmigo.

Lucía Solano abrió el bolso y extrajo de él un sobre abultado que dejó sobre la mesa.

–De ella me dio fotos en varias ocasiones, y se las he traído para devolvérselas a usted –dijo–. Con ese pretexto me he animado a visitarle. Para mí ya no significan nada.

El señor Fuente cogió el sobre. Estaba empezando a sacar las primeras fotografías, cuando el perro se puso a ladrar en el jardín, y casi en seguida se oyó un timbrazo en la puerta. Lucía se levantó sobresaltada como si saliera de un sueño. Miró el reloj.

–Es capaz de ser Marcos –dijo–. Le he hecho esperar demasiado, y puede haber acertado con la casa. Estaba en un aguaducho ahí cerca.

–¿Quién, su novio?

–Sí. No crea por lo que le he dicho que no le quiero. Lo que pasa es que es otro mundo distinto el suyo. Algo muy apacible. No tengo tiempo de explicárselo. Tenía usted razón, nunca hay tiempo de nada. Todas las conversaciones se tienen que interrumpir.

Hablaba agitadamente. El padre de David le dio un golpe amistoso en la espalda.

–No se preocupe, en alguna parte habrá un mundo con tiempo para todo. Una especie de paraíso de charlatanes. Ande; si es su novio, no pasa nada. Le daremos una taza de café.

En el momento en que salió, volvían a llamar al timbre, más largamente esta vez, y a poco, Lucía, que miraba fijamente la puerta por donde había desaparecido, oyó besos en el vestíbulo y el eco de una voz femenina.

–¿Qué pasa? ¿Creías que te había olvidado? –entró diciendo una mujer que andaba con desenvoltura precediendo al señor Fuente, hacia el cual volvía el rostro. Ya no era demasiado joven y vestía con elegancia.

–No, hija. Anoche te estuve esperando. Y hoy también pensé que a lo mejor vendrías. Sólo que me había olvidado de ti. Mira quién ha tenido la culpa. Te presento a la señorita Solano, una amiga de David, que me ha estado haciendo compañía. Mi sobrina Magdalena.

Los ojos de la recién llegada resbalaron apresuradamente sobre Lucía, mientras le estrechaba la mano. Luego recogió las tazas dispersas sobre la bandeja, se quejó de que el poco café que quedaba estuviera frío y se sentó, al cabo, cruzando las piernas.

–Si quieres voy a hacerte un poco más –dijo su tío, que la miraba casi con arrobo.

–No, luego. Habrá tiempo para todo. Hoy vengo dispuesta a cenar contigo y a formar una tertulia de las que a ti te gustan. Si quieres, me puedo quedar a dormir incluso.

Los ojos del viejo se animaron repentinamente.

—¡Claro que quiero! ¿De verdad no tienes prisa?

—Ninguna. Podemos ver salir el sol, como aquella vez.

Magdalena hablaba con desgarro y tenía un timbre de voz ligeramente varonil. Se puso a contar un accidente de circulación que había presenciado, viniendo. El señor Fuente sonreía pendiente de los graciosos gestos de sus manos, largas y nerviosas. Lucía, apoyada en el brazo de un sillón, la detallaba también a miradas furtivas, se apercibía de las incorrecciones de su rostro bien maquillado, aspiraba el leve perfume que empezaba a emanar de su persona. Le había traído al viejo unos libros y unos medicamentos sedantes que le había dado un amigo suizo.

—No sé si te servirán para algo, pero si no, los tiras. Tienen la garantía de que no están recomendados por un médico.

Luego, mientras el tío miraba los prospectos, sacó un paquete de tabaco y lo alargó a Lucía, que enrojeció súbitamente al ver que la otra sorprendía sus ojos espiándola.

—Gracias, no fumo.

—Pero véngase más acá, por favor. Siéntese cómoda. ¿Hay algún aperitivo en la cocina, tío, o me acerco a buscarlo? ¿Sólo café le has dado a la señorita?

El señor Fuente miró aturdido a Lucía, que en ese momento despegaba el cuerpo de la butaca y se acercaba a recoger su bolso.

—Sí. Creo que sólo le he dado café. Pero ¿se marcha?

—Para mí ya es muy tarde —dijo Lucía con voz opaca—. Bien querría quedarme a ver salir el sol con ustedes. Pero el señor Fuente sabe que me esperan.

—Pues, chica, no se vaya —dijo Magdalena—. Todo se puede mandar a paseo. ¿Sabes lo que he hecho yo hoy, tío David? Darle plantón a uno de mis amantes, a ese que no te gusta a ti.

—¿Al inventado o al de verdad?

—Al inventado, claro —bromeó Magdalena—. Al de verdad no se me ocurre.

–Bueno. Ya me voy. He tenido mucho gusto en conocerle. Muchas gracias por el café... y por todo.

Lucía se volvió al señor Fuente, que sonreía.

Magdalena y él se levantaron.

–Mucha suerte, Lucía –dijo él, estrechándole la mano. Y luego aclaró, dirigiéndose a su sobrina–: Es una lástima que no se pueda quedar con nosotros esta noche. Haríamos una buena celebración. ¿Sabes que la señorita Solano se casa mañana?

–Caramba, enhorabuena; eso es más serio –dijo Magdalena–. Debíamos darle un vaso de vino, tío. Y brindar. Aunque fuera en la cocina. Un momento.

–No, no, de verdad. Tengo mucha prisa.

La acompañaron los dos por el vestíbulo.

–Supongo que volverá usted a verme –iba diciendo el señor Fuente, que las precedía entre los muebles–. Casarse no es morirse.

Y su tono era de pronto, al dirigirse a ella, cortés y casi jovial.

–No –dijo Lucía, ya en la puerta–. No es morirse.

–Entonces, volverá.

–Así lo espero. Nunca se sabe.

–¿Quiere que la acompañe a algún lado? –intervino Magdalena–. Tengo ahí fuera el coche.

–No, gracias. Me esperan cerca.

La despedida duró pocos instantes y Lucía salió como si escapase. Era ya noche cerrada. Apenas dados los primeros pasos en la arenilla del jardín poco iluminado por la bombilla de encima de la puerta, oyó los ladridos del perro. Entonces se detuvo y volvió el rostro como si una fuerza tirase de ella nuevamente.

Vio por última vez la fachada de ladrillo y alzó los ojos al mirador del piso de arriba, cerrado. Desde el umbral de la puerta, Magdalena la miraba, inmóvil, recostando su alta figura contra el quicio, y, detrás, un poco más en la penumbra, el padre de David agitó la mano todavía diciendo:

—¡Hasta la vista!

Así que ella, tras corresponder por última vez con una sonrisa torpe a este saludo, siguió en línea recta el camino interrumpido, hasta que finalmente, cuando estaba alcanzando la verja del jardín y ya descubría al otro lado las grupas color mantequilla de un largo coche, los ladridos del perro cesaron y oyó como la puerta de la casa, a sus espaldas, tenuemente acababa de cerrarse.

Carta de Lucía

He recibido una carta de Lucía. Me notifica que se casa mañana. Es una carta que debe haber escrito y roto muchas veces. No alcanza a resultar tan distante como para que en algo de lo que dice deje de oírse su voz, ni tampoco tan espontánea como para que esta voz llegue a arrancar ecos de amor y remordimientos en esa zona oscura de mi ser cuyas misteriosas quebraduras día por día intenta explorar don Jaime.

Por ejemplo, no escribe ni una vez la palabra felicidad, ni tampoco me consuela ni me compadece porque esté enfermo. Y, sin embargo, habrá sufrido grandes ternuras al saber que me han traído aquí. Habrá llorado.

Es, en suma, una carta reprimida a propósito a pesar de su longitud; y se adivina el esfuerzo de quien no ha olvidado mi repugnancia por las tiradas sentimentales. Lucía, sin duda, aún no se ha curado de su más grave enfermedad: la de desear agradar a las personas a quienes se dirige, e intentar a cada momento volverse del color teñida del cual supone que la ven. Lo cual, además de representar un esfuerzo muy agotador y baldío, tiene escasas posibilidades de éxito porque nadie hay tan inteligente que pueda jactarse de haber adivinado con precisión todos los tonos y cambios de luz en las múltiples lentes a través de las cuales le enfocan los demás.

Para acabar mi análisis, diré que la carta es demasiado larga y si se prolonga es sólo a base de usar diversas frases muy parecidas para decir la misma cosa. Yo comprendo la minuciosidad, cuando a uno le parece que debe quedar clara la explicación de ciertos pormenores, aunque sean de los que no vienen a cuento ni a pelo. Pero es que Lucía, en sustancia, sólo cuenta que va a casarse, lo cual, aparte de que interese más o menos como hecho en sí, es una simple noticia que se puede dar hasta en sólo tres renglones, a mucho tirar.

«Marcos te manda sus afectuosos saludos –dice al final en una posdata–. Tal vez algún día quieras venir a nuestra casa. Y entonces comprenderás que lo mismo él que yo hemos olvidado todo lo que de ti nos pudiera doler.»

Ayer don Jaime vino de Madrid y pasó a visitarme a mi cuarto. Al parecer, mi padre le preocupa, y yo, en cambio, cada día le produzco mejor impresión. Le dije que Lucía me había escrito y noté muy bien que ya tenía noticia de ello, precisamente por el asombro que fingió. Se deben pasar la vida yendo a visitarse unos a otros. Me preguntó que qué reacción me había producido saber que Lucía va a ser de otro. Me molestó la frase. Es una cosa muy triste eso de que las mujeres a la fuerza tengan que ser de alguien, como las corbatas; pero, en fin, si ellas mismas contribuyen a que las cosas funcionen así –y muchas son las que contribuyen–, con su pan se lo coman. Tardé, pues, un poco en contestar a don Jaime por la sacudida de rebelión y desagrado que su frase me produjo, pero, como tuve el buen acuerdo de no exteriorizar esta impresión, él debió atribuir mi silencio a que me estaba analizando para contestarle con mayor exactitud. Le he dicho que al leer la carta sentí una especie de cosquilla en el hombro izquierdo, pero que supongo que esta cosquilla podría haberla sentido igualmente siendo yo quien saliese del templo dando el brazo a Lucía, porque puede tratarse de un calambre nervioso.

Luego le he prometido que si me aparece alguna imagen en los sueños de esta noche que pueda ser aprovechable, se la regalaré con mucho gusto. Aunque esto es tonto decirlo, porque para don Jaime es aprovechable cualquier cosa. He inventado hace un rato un sueño muy bonito y complicado, en el cual también aparece Bernardo. Lo he escrito y parece soñado de verdad. Se lo guardo. Me he acostumbrado a estas pequeñas trampas con las que voy liando y confundiendo a don Jaime para vengarme de él. Y las llevo a cabo sistemáticamente con el gozo de quien pudiese engañar al profesor haciéndole pasar por bueno un ejercicio equivocado.

–Si no has sentido nada especial, es que tus remordimientos con respecto a ese asunto están superados –dictaminó, al irse.

Esta tarde se me ha armado un remolino de recuerdos y pensamientos, y para que no me hagan sufrir, trato de fijarlos uno por uno.

Primero he cerrado los ojos y he imaginado un gran comedor. Es el comedor de casa de Lucía y hay una fiesta. Su madre está alegre. Siempre he pensado que el comedor de casa de Lucía tiene que tener un aparador muy grande y alto, y una vez que se lo pregunté se puso muy contenta de que lo hubiese adivinado. Le daba ella mucho sentido a estas pequeñas casualidades y en cada una de semejantes minucias veía presagios e interpretaba mensajes del destino que nos unía. Hoy, apoyados contra el mármol de este aparador lleno de copas y de dulces, veo que se están besando Lucía y Bernardo. Me resisto a ver los rasgos del rostro de Marcos, que se me desdibujan en el recuerdo debido a las pocas veces que le he mirado frente a frente. Y, sin embargo, no era un rostro desagradable el suyo, esto lo recuerdo bien, sino por el contrario, noble y sincero. Una vez que Lucía y yo estábamos reñidos, y al cabo de los días volví a buscarla a la puerta de su oficina, salió él y me dio un recado de parte suya. Creo que es la única ocasión en que le he hablado. Lucía no quería volver a verme y me lo decía por medio de su compañero.

—«Déjela usted en paz —añadió—; sufre mucho.»

Y se veía que vencía a duras penas su timidez para decir aquello.

—«Dígale que volveré mañana —contesté yo duramente—. Y que no vuelva a mandarme recados por nadie.»

Han sido muchas las veces que después me he arrepentido de mi villanía en contestar tan mal a aquel amable chico, y más tarde, por medio de ella, le presenté mis excusas.

—«Dile, incluso, que se venga a tomar un día el aperitivo con nosotros o de paseo» —le dije.

Porque me era francamente simpático y las cosas que Lucía me contaba de su despiste en la oficina me hacían reír mucho.

—«No, hombre. No querría. Comprende su situación. Él es más que un amigo para mí. Y además siempre que estoy triste, encuentro su compañía. Es mi confidente.»

Recuerdo que al decir esto, Lucía se reía con aquella mirada maliciosa que ilumina su rostro de tarde en tarde.

—«Haces mal en acudir a contarle cosas íntimas, si está enamorado de ti. Sufrirá mucho.»

—«¡Y qué! —dijo ella con dureza—. Son cosas que no tienen remedio, y a cada cual le toca un destino en la vida. También tú me haces sufrir a mí. Él prefiere que no le abandone.»

Ahora pienso que Marcos, por mucho que se esfuerce, nunca acertará a liberar a Lucía del complejo de fracaso que yo quise, a veces, combatir, y que no hice sino fomentar en ella. Reconozco que mis torpezas a este respecto fueron infinitas, debido sobre todo a mi insistencia en el combate y a mi fe en la dialéctica.

Tal vez lo mejor, para combatir una cosa, es disimular que se quiere combatir. Pero eso se queda para los psiquiatras. Yo nunca he tenido el menor tacto psicológico, lo cual presenta, al menos para mí, un lado indiscutiblemente bueno: el de que no doy coba a las penas de nadie.

Y quizá sea en eso en lo único que me parezco mucho a mi amigo Bernardo Ponce; pero no es tan pequeña la afinidad y ella puede explicar el arraigo de nuestra relación que, aunque esporádica, se remonta a los años del Instituto.

Bernardo sí que podría haber liberado a Lucía de mí y de todo complejo de fracaso. Resueltamente yo preferiría que se hubiese casado con él. Siempre los he asociado en mi imaginación y, en el fondo, durante mucho tiempo, abrigué el propósito de acercarles lo más posible el uno al otro.

Recuerdo que una noche fui muy bebido a casa de Bernardo y le hablé de esto. La conversación se me escapa completamente; solamente soy capaz de reproducir el perchero del pequeño vestíbulo, con un impermeable azul colgado, y el rostro soñoliento e indignado de Bernardo, que, por otra parte, ya estaba acostumbrado a mis irrupciones nocturnas en su casa. Me parece que uno de los insultos que me dirigió fue el de inmoral. Luego me quedé sentado en una silla y él desapareció y volvió con una taza de té y una aspirina. Amanecí durmiendo vestido en el sofá-cama de su habitación para todo. Entraba el sol por la ventana y la asistenta, parada junto a mí con la escoba en la mano, me miraba dormir con expresión recelosa. Me incorporé sobresaltado y me abroché el cinturón.

—«Se le ha caído un papelito» —dijo ella.

Lo recogí del suelo. Era una carta que me había dejado Bernardo al salir a sus quehaceres. Me decía que era la última vez que me aguantaba el numerito de llegar borracho y de tratar de ventilar, en semejante estado, cuestiones que solamente debían intentar ser abordadas en situación de plena lucidez. Me llamaba cobarde y añadía que, en nombre de nuestra amistad, daba por no pronunciados ninguno de los disparates que se había visto obligado a escuchar la noche anterior.

Como nos veíamos de tarde en tarde, me pareció bastante natural que no volviese a hacerse entre nosotros ninguna alusión a semejante visita. Y, en el fondo, sentí alivio de que ocurriese tal cosa. Pero sabía que el silencio dependía de mí, ya que la alusión era yo quien estaba invitado a volver a hacerla. De hecho, durante mucho tiempo, guardé la carta de mi amigo y cuando me picaba la comezón de imaginar su posible matrimonio con Lucía y la curiosidad de saber lo que él pensaría sinceramente al respecto, miraba la carta y la releía para envalentonarme. Decidía tener una explicación sincera con él y casi siempre llegaba a ponerme inmediatamente en camino a su casa, al calor de la reciente decisión. Pero mi escasa tenacidad para perseverar en cualquier propósito unida a la intimidante autoridad que Bernardo ejerce sobre mí en algunos terrenos, me iban haciendo demorar la cuestión de un rato para otro, hasta que luego la conversación tomaba algún rumbo que la alejaba definitivamente de la meta propuesta.

Me quedé, pues, sin saber —al menos por una confesión directa suya— si a Bernardo le gustaba o no mi novia. Aunque yo siempre he creído que le gustaba un poco, o, por lo menos, que le era muy simpática.

Sin embargo, desde la noche en que le dije aquellos disparates, de los que no me ha quedado sino una confusa noción de culpabilidad, es un hecho evidente que empezó a mostrarse con ella menos expresivo. Esto me hace suponer que con mi intervención incliné la balanza de aquel asunto justamente hacia el lado opuesto del que pretendía.

Me he quedado dormido sobre el diván, seguramente durante pocos minutos, y me ha despertado una risa de mujer que entra por la ventana abierta, con el olor a pinos y el aire vivo de la sierra. Es la risa de Eugenia, la ayudante, que andará buscando compañía para dar un paseo. Hace un rato ha estado aquí. No va vestida de enfermera. Llevaba un jersey muy bonito y las piernas desnudas, tostadas del sol.

—¿Sigues pensando que el amor no existe? —me ha preguntado sonriendo.

—¿Por qué dices eso ahora?

—Fíjate, hombre —me ha contestado señalando la ventana—. Fíjate qué tarde hace. Como para que viniera un amigo que tengo yo en Madrid.

Está empezando la primavera. Me acordé del bosquecillo de pinos de la Ciudad Universitaria y de mis conversaciones con una chica que se llamaba Gabriela. Sentí nostalgia de ese tiempo.

–No te he dicho nunca que no exista el amor. Te dije que es una cosa que uno se inventa.

–Bueno, chico. Pues me da igual.

–No. No es igual. Si todos creen en lo que han inventado, llega a ser como si existiera. Ahí está lo malo de las invenciones. Igual pasa con las enfermedades que curáis aquí.

–Pues la del amor, hijo, si es una invención, bendita sea. Además, yo no le veo el mal.

–Que llega a hacerse una idea absoluta y todo lo ofusca.

–Déjate de historias. El que no está enamorado, no sabe nada. El amor te abre el mundo.

–¡Mentira! Todo el día te lo pasas mirándote en el espejo, que es el otro. Sólo ves tu imagen reflejada.

Eugenia me miraba entre seria y risueña. Tiene los ojos azules, muy grandes.

–¡Cuántas cosas sabes! –dijo con una voz que me recordó a la de Lucía–. ¿Has estado enamorado tú?

Volvía a acordarme de Gabriela, de lo que sufría cuando la veía con otros chicos en la Facultad.

–Sí. Una vez.

–¿Hace mucho?

–Bastante.

A Eugenia la llamaron desde abajo.

–¿Vengo a buscarte luego para que demos un paseo? –me preguntó apresuradamente–. A las seis ya no tengo nada que hacer. Y me han entrado ganas de hablar contigo.

Le dije que no. Si hubiera ido con ella, me habría sentido alentado por la mirada de sus dulces ojos que fingirían escuchar. Me parece que le gusto un poco. Habría acabado hablándole de mí, de mis historias personales. Veríamos ponerse el sol, y a lo mejor incluso volvíamos cogidos del brazo o de la mano. Pero no quise responder al estímulo que ya, a pesar mío, me aceleraba la respiración.

–Gracias, guapa. Tengo que escribir unas cosas esta tarde.

–Bueno, pues arriba. No te quedes tirado ahí, que a lo mejor te duermes, y luego te vuelven los insomnios de por la noche.

–Está bien. Hasta luego.

Pero no me moví. Ahora, oyendo su risa, estoy intranquilo. Casi me dan ganas de asomarme y llamarla. Aún estoy invitado al juego, con los naipes en la mano. Pero siempre es el mismo juego. Las mujeres, como los psiquiatras, sólo quieren curar, consolar. No se atreven a mirar a la sima que uno les señala: intentan taparla como sea.

Cuando me aficioné al estudio de la Filosofía, me convencí de que era verdad lo que tantas veces le había oído decir a mi padre: que los sentimientos lo confunden y desmesuran todo. «El afecto se opone al conocimiento», decidí.

Me acordaba de lo que sufrió mi madre, víctima por una parte de la atadura al marido, pero, por otra, y en mayor medida, de no haber mirado nunca lo que pudieran señalarle las palabras de él por atender a la boca que las pronunciaba. O, dicho de otra manera: que si mi madre hubiera querido menos a mi padre, le hubiera entendido mejor, y habría entendido –esto es lo importante– otras muchas cuestiones no relacionadas ni con él ni con ella.

Y, por haber llegado a considerar que las complicaciones afectivas en que se ve enredada una mujer la zarandean más peligrosamente que a un hombre, a las pocas chicas con las que tenía ocasión de hablar de estas cuestiones les aconsejaba que no se dejasen comer por sus sentimientos y trataba de esclarecer con ellas los motivos nada arbitrarios de tal consejo.

Pero mi amigo Bernardo, cuando supo que yo tendía a hablar en ese tono con las mujeres, se echó a reír con su risa sana y cruel, desenmascaradora de fantasmas.

–Mira –me dijo–. Tú tienes demasiada fe en la dialéctica. Pero supongo que no serás tan ingenuo como para suponer que te escuchan.

Protesté muy sorprendido. Me parecía haber notado, por el contrario, que algunas chicas con las que había llegado a hablar del amor y sus posibles atolladeros me miraban comprensivamente, asintiendo en silencio a mis palabras.

–No me interrumpen –le dije–. Me dejan hablar mejor que tú.

–¿Y con eso ya crees que están compartiendo tu preocupación por algún asunto?

–Pues no sé por qué no. Son cuestiones que más cerca les atañen a ellas que a nosotros.

–Mira, David –me interrumpió mi amigo, volviéndose a reír–. A ti, como te gusta hablar por libre, es muy fácil que te tires una hora hablando y ni siquiera te hayas dado cuenta de que el otro se ha ido. Conque no me vengas haciéndote el lince. La chica que a ti, con lo pesado que eres, no te deje con la palabra en la boca, ésa es plan seguro. ¿Sabes lo único que piensan cuando te ponen esos ojos de atender que dices tú?

–Nada. Siguen mis palabras, supongo.

–¡Qué va! Que eres muy guapo y que qué opinión podrás estar formando de ellas. ¿Pero oírte? Ni te ocupes. A una mujer no le hables de nada.

–¿Y por qué? –me exalté yo–. ¿No te hablo a ti, a pesar de lo bruto que eres de entendederas? Pues, ¿qué más da una mujer que un hombre?

Esta conversación tenía lugar en la pensión de Bernardo, por la noche. Era poco antes de que tuviera su primer piso. Yo estaba tumbado en la cama y él sentado de perfil, apoyando los codos sobre la mesa, en la postura de intentar ponerse a estudiar. Fumaba, sin mirarme.

–Di –le apremié–, ¿no dices precisamente tú que debía dar igual una mujer que un hombre, que el mundo marcharía mejor si no se hicieran las diferencias que se hacen?

–Debía dar igual, hijo, pero no da.

–¿Y por qué?

–Por muchas cosas. Y todas complicadas. No empieces a liarme, anda, que tengo mucho que estudiar.

Pero yo no me conformaba sin discutir aquello. Estábamos obligados a no aceptar lo que nos pareciese torcido, ¿no? ¿O es que a él le parecía bien que siempre se tratase a las mujeres como a pobres tontitas? ¿Y no pensaba, además, que el venirlas tratando durante siglos con esa mezcla de compasión y desprecio, como a seres más débiles, había traído como resultado el que se hubieran fortalecido en tal debilidad, llegando a hacer de ella una ley que manejaban contra el mundo?

Bernardo me dejó perorar todo lo que quise. Al final levantó sus ojos y me desasosegó aquella mirada burlona, a través de los cristales de las gafas.

–Pero no te acalores, hombre –dijo, tras una larga chupada a su pipa (era una vieja pipa de mi padre que yo le había regalado)–. Mejor será que me digas de una vez cómo se llama esa chica del pelo liso que iba el otro día contigo.

–¿Cuál del pelo liso? –pregunté, turbado, porque los cortes de Bernardo me molestaban mucho.

–Una morena. Os vi desde el tranvía. Alta ella, con un abrigo de cuadros.

–Ah... Será Gabriela, una chica de Letras.

–¿Es tu novia?

–No. ¿Por qué iba a ser mi novia? ¡Qué pregunta más tonta!

–Hombre, ibais hablando muy animados, os mirabais, ella tiene buen cuerpo y encima me sales ahora con esta exaltación del sexo femenino, cuando otras veces has dicho que la mujer es el ser más pesado de la tierra, conque no sé por qué es tonta la pregunta.

Me acaloré más todavía. ¡Y qué tenía que ver el buen cuerpo de Gabriela! Bastante harta estaba de que los chicos sólo se fijaran en eso. Bernardo se echó a reír.

–¿Te lo ha dicho ella?

–Sí. Ella misma. Que si no tiene más amigos como yo, la culpa no es suya, sino de cómo son los chicos.

–También te habrá dicho que tú eres distinto.

–Sí, ¿cómo lo sabes?

–A ver si te crees que he nacido ayer. Es un proceso lógico. ¿Y a que eso ha halagado tus bajos instintos?

La mayor experiencia de Bernardo siempre me apabullaba. Noté que me estaba poniendo colorado y empecé a defenderme con el apasionamiento característico de quien quiere ocultar su rubor o neutralizarlo de alguna manera. Hice protestas de mi inmunidad a los manejos femeninos. ¿No lo sabía él? Precisamente desde que éramos muchachos habíamos acordado vivir tranquilos el mayor tiempo posible, sin meternos en avisperos amorosos; y, aunque las razones de esta repugnancia fueran en Bernardo distintas de las mías y de tipo fundamentalmente económico, a lo largo de nuestras conversaciones se había reafirmado en ambos idéntica tendencia al escepticismo y la insociabilidad.

(Fue él quien me llevó por primera vez a una casa de prostitución, y me había asegurado que el amor se resumía en aquellas experiencias. Lo demás era literatura. Y lo dijo con su voz tajante, típica de quien está empeñado en deslindar siempre las nociones para negar la entrada a cualquier posible confusión. Porque Bernardo, que había sobrevivido por sí mismo a un sinnúmero de calamidades a las que nunca aludía, era un hombre práctico y combativo, y para él cualquier búsqueda, incluso las de tipo intelectual, se reducía a una búsqueda de remedios.)

–Pero ¡venga ya! No te justifiques tanto y déjame estudiar de una vez –me interrumpió aquel día–. No parece sino que nos hemos obligado a obedecer algún pacto. ¿Crees tú que yo no me pienso echar novia cuando tenga dinero? Sólo te digo que no será una intelectual; eso va en gustos. Que será una chica sencilla que se quede en su papel y no se meta en nada. Bastante peligrosa será aun así.

–¿Y quién te ha hablado de novias, di? Yo sólo te he dicho que no vas a estar en guardia contra las mujeres en todos los terrenos. En un terreno que no sea el amoroso, podrá uno tener tratos con ellas, digo yo.

–No hay otro terreno posible –insistió mi amigo–. Y si no, ya me lo dirás.

–Te lo diré, ¿cuándo?

–Por el camino que vas supongo que pronto. Porque desengáñate, las chicas te lían, que en lo suyo no tienen un pelo de tontas. Antes de que se te ocurra pensar ni de lejos en que tienes que ponerte en guardia, ya han empezado a liarte. Y cuanta más dialéctica le eches al asunto, más llevarás las de perder.

Me fui quedando silencioso. Me daba rabia que mi amigo, después de una conversación como aquélla, tuviera paz para ponerse a estudiar. Le vi sentarse a buscar unos libros, silbando. A mí me parecía que solamente habíamos esbozado el tema. Siempre pasaba igual con él. Luego se quitó el reloj y lo puso encima de la mesa.

–¿Qué pasa? ¿Ya me echas?

–Por mí, quédate ahí si quieres. Yo no me pienso acostar esta noche, así que tuya es la cama.

No le contesté ni que sí ni que no, y pasamos un rato en silencio, él ya atento a sus libros y cuadernos. De pronto volvió a hablarme.

–Pero luego no me vengas contando los problemas de tu casa cuando no vas a dormir, porque me haces perder otra tarde. Y, además, mira, David. Te conozco y te lo veo en la cara: sé que me vas a seguir interrumpiendo porque no te has quedado tranquilo.

–Claro, ¿cómo quieres que me quede tranquilo si no hemos hablado nunca?

Bernardo se cruzó de brazos con gesto resignado.

–Pero ¿de qué me vas a hablar, vamos a ver? ¿De si le miras el cuerpo o no se lo miras a la chica del pelo liso? ¡Si no se lo miras, peor para ti!

Me fui a la calle muy desasosegado.

Igual que ahora, al recordar las advertencias reiteradas y baldías de mi amigo.

La risa de Eugenia ya no se oye. No logro ordenar los recuerdos. Se me deslíen al son de una música de radio que viene ahora del jardín. Pienso vagamente que es demasiado olvido, demasiada paz, que en una casa de reposo todo se confabula para borrar el pensamiento. Que debiera levantarme del diván y asomarme a la ventana a dar un mitin sobre cualquier tema exaltadamente. Sería como tirar piedras a un lago encantado. Acudirían don Jaime y todos sus ayudantes, tomarían «in mente» rápidas decisiones, tras mirarse entre sí y cuchichear. Sería muy hermoso quebrar las sonrisas, verse al fin rodeado de tantos rostros de angustia y de susto. Como en el patio del Banco hace unos meses, cuando armé la escena que motivó mi venida aquí. No sería tan difícil repetirla.

Sin embargo, sigo tendido en el diván, mirando una mancha que hay en el techo. La vida es una cadena de inercias. Las pocas o muchas cosas que se hacen, van a favor del cauce de la inercia y aumentan su caudal. En contra de este sentido, no se hace casi nada.

Ahora recuerdo, por ejemplo, la primera vez que Lucía me cogió del brazo.

Hizo aquel gesto, tal vez instintivamente, porque estábamos cruzando la calle y venían coches. Pero lo cierto es que luego, una vez alcanzada la acera, mantuvo su mano allí. Sentir contra el antebrazo, a través de la manga de una chaqueta ligera, la presión de los dedos de una chica, un poco feíta, a la cual sin querer uno idealiza porque le recuerda a su madre muerta, es algo muy dulce. Sin embargo me dije: «Debiera hacer un movimiento aparentemente casual para desprenderme de su mano. Ahora vamos hablando y no importa pero cuando llegue el silencio, que llegará, va a notar que me gusta demasiado. Y, por otra parte, en medio del silencio, me será más difícil encontrar un pretexto para intentar esa repulsa y, sobre todo, reunir las fuerzas que serían necesarias para llevarla a cabo, porque cuanto más tiempo pase, más inercia habrá criado mi bienestar».

Atardecía y bajamos andando hacia la plaza de Oriente. No estaba yo tan absorto en mis pensamientos como para no darme cuenta de que el tiempo, efectivamente, transcurría. Y así, a cada variación de tema en el discurso de Lucía (era solamente el distinto tono de su voz lo que me hacía apercibirme de que había dejado de hablar de una cosa para pasar a otra), constataba casi con angustia que su mano seguía sin apartarse más que esporádicamente de la manga de mi chaqueta y que yo no hacía nada para evitarlo. Lucía se reía mucho. Me iba haciendo, recuerdo, la imitación de su jefe hablando por teléfono. Tenía en ese tiempo una risa ensañada, casi triunfal, y la exhibía para mí. Tuve clara conciencia del daño que podría llegar a representar el que mi compañía se hiciese imprescindible para una chica como ella, y decidí no volverla a buscar nunca más. Pero esto ya lo había decidido otras veces.

En la plaza de Oriente torcimos a la izquierda, hacia el Viaducto. «Nunca más, nunca más», iba repitiéndome intensamente durante este trayecto.

Nos paramos a acodarnos en el Viaducto. Veíamos abajo la calle de Segovia con los grandes arbolones que hay en primer término.

–¡Qué callado has venido todo el tiempo! –observó ella.

–Ya ves. Me gustaba oírte a ti.

Se encendieron las luces y empezó ya descaradamente el silencio tan temido, que yo era incapaz de combatir. Viniendo, Lucía había quitado a veces la mano de mi antebrazo mientras gesticulaba en sus explicaciones, pero desde aquel momento dejó de poder elegir entre quitarla o no. Como yo de desear que la quitase. La postura de sus dedos, de ser un gesto más o menos accesorio, pasó a ser el eje alrededor del cual se desenvolvería nuestra circunstancia de aquella tarde. Lo supe y lo acepté como algo con lo que tenía que enfrentarme.

Lo primero, pues, que ocurrió es que me encontré mirando aquella mano fijamente. Era una mano izquierda, pequeña y delgada, con las uñas desgastadas de escribir a máquina y un anillo con piedrecita roja en el dedo del centro.

–¿Por qué te pintas las uñas? –dije.

–No sé. ¿No te gusta?

–No le pega a tus manos. Tienes unas manos parecidas a las de mi madre. Manos de niña.

–¿Tu madre no se pintaba las uñas?

–No.

–Sería porque no le gustaba a tu padre.

Me quedé reflexionando.

–Es posible que fuera por eso –concluí con cierta desilusión–. Es verdad, ella tenía poco criterio.

Hubo un silencio largo. La mano de Lucía ¿quedaría cubierta por la mía? Durante algún tiempo resistí a la tentación de experimentarlo, o casi podría decirse que resistió mi misma mano izquierda, tercamente apretada, como si tuviera voluntad propia en el fondo del bolsillo del pantalón. Y cuando al fin logré sacarla, levantarla lentamente hasta la altura de la barandilla donde nos acodábamos y ponerla encima de la de Lucía, que, efectivamente, quedaba por completo escondida debajo de ella, cuando pensé con alivio: «¡ya está!», como al remate de un arduo trabajo, no supe, como sé ahora, que no había existido tal esfuerzo, que el único esfuerzo habría sido el de resistir.

Los ojos de ella, pendientes sin duda de toda mi maniobra, estaban fijos, como los míos, sobre nuestras manos unidas, que, obedeciendo a la inercia, empezaron a acariciarse. De pronto todo aquello dejó de ser un espectáculo ajeno a mí. El dorso mojado de mi mano me hizo saber que era yo mismo quien recibía y había producido una lágrima de los ojos de aquella mujer. Me atreví a mirarla. Estaba, realmente, llorando.

–David, te quiero, te quiero –dijo abrazándose contra mí.

Tampoco sabía entonces que decir «te quiero» es como poner la firma y la rúbrica al pie de una situación accidental para convertirla en contrato de duración indefinida. Por eso le dije también yo, mientras le separaba el rostro de mí, y besaba sus ojos salados de llanto:

—Yo también te quiero.

¿Quién puede explicar ni resumir nada del tiempo de un noviazgo? Ninguna cosa está antes de otra. No hay enseñanza ni proceso. Lucía es una inmanencia y su aparición en mis recuerdos no se corresponde con ninguna cronología. Las imágenes que guardo de ella no se eslabonan, ni siquiera se superponen, son como partículas de arena en la playa o gotas de agua en el mar. Es ya para mí un sabor conocido del cual no sé qué elementos lo han ido constituyendo ni cuáles lo varían a veces.

Ahora, por ejemplo, mirando esta mancha del techo, puedo ver su imagen. Está sentada junto a mí en el banco de un parque y lleva una blusa amarilla. Puedo reproducir todo lo que hablamos, pero la escena pertenece a un tiempo estático donde no hay puntos cardinales; es una tarde colocable más acá o más allá. Lucía habla con voz mohína y quejumbrosa. Se queja de su vida humilde y de su falta de estudios. Su padre era maestro y quería que ella estudiara, pero luego el padre se murió. Yo le digo que no se queje, que todavía puede estudiar. Me mira con ojos esperanzados.

—¿Estudiar ahora? ¿Y qué estudio? —dice—. Dime tú lo que quieres que estudie. Podíamos estudiar algo juntos.

—No. Juntos, no. Sería mejor tú sola.

—Sí, sola, es verdad. El tiempo se saca de donde sea, ¿verdad? Hay mucha gente que estudia al salir de su trabajo, gente más ocupada que yo, dónde vas a parar. Es cuestión de voluntad. Y a lo mejor tú también te animabas a terminar una carrera, al ver que la hacía yo. Es muy importante la fuerza de voluntad, David, aunque tú digas lo contrario. ¿Por qué no vamos a poder parecernos a tu amigo Bernardo, a esas personas que todo lo han hecho con su esfuerzo, venciendo tantas dificultades? Yo, por ejemplo, me podía quedar por las noches...

Se ha ido entusiasmando y no deja de mirarme, esperando a ver qué ánimos le doy. Le digo que no se dispare ni desenfoque las cosas, que ella no tiene por qué querer parecerse a nadie. Que lo único que le hace falta para ponerse a estudiar son ganas, interés por el asunto que elija. Y que no espere que yo le vaya a mandar estudiar esto o aquello, porque esas cosas no se pueden hacer porque las mande otro. A ver. ¿Qué es lo que quiere estudiar?

Se va quedando silenciosa y pasa mucho rato. Yo, para no interrumpirla, me dedico a observar el dibujo que proyecta en el suelo la sombra de una acacia de tres espinas. Pienso que sería muy divertido dibujar una de estas ramas meticulosamente con un lápiz de punta finísima. Un dibujo suelto, al estilo de los de los japoneses. Tardo en apercibirme de que Lucía está llorando. Creí que estaba pensando en lo del estudio. Cuando le pregunto que por qué llora, tarda en decírmelo. Siempre hay un preludio de balbuceos.

–No sé. Te pasas la vida echándome jarros de agua fría... –explica, al cabo.

Es tan absurdo que me quedo un rato perplejo, sin reacción. Siempre he tardado en entender a la gente. Cuando Lucía dice que la desprecio y yo trato de desmentirle esta noción equivocada, me desespera que no atienda a lo que le estoy diciendo, aunque es claro y lógico, y que siga llorando como si no lo oyera. Termino por expresar lo que me da que pensar su actitud, es decir, que parece como si se agarrara al sufrimiento, porque le gusta sufrir, y entonces llora más todavía.

–No me comprendes. No me ayudas en nada –dice.

Reúno todos mis esfuerzos de buena voluntad y trato de volver al tema inicial. Sus quejas empezaron porque se considera a disgusto sin haber estudiado. Quiero que analicemos las raíces de ese disgusto, a ver si por fin se hace luz sobre él. No la entiendo, efectivamente. Si de verdad echa de menos un estudio, tendrá que saber, aunque sea vagamente, qué tipo de cosas es el que más le interesa, o al menos mostrar un interés general por todas las del mundo.

–¿Como te pasa a ti? –me interrumpe.

–Pues, sí; más o menos. No sé muy bien si a mí me pasa eso.

Vuelvo a repetir lo último que he dicho. Le pregunto también que si cuando era pequeña tenía ganas de estudiar como quería su padre. Dice que no se acuerda bien. Que cree que el entusiasmo por saber cosas le ha nacido sobre todo desde que me conoce a mí. A mí no me parece que dice la verdad; casi siempre que trato de contarle algo que he leído en un libro de los de la biblioteca de mi padre, me parece que se aburre mucho. Pero no me atrevo a decirle esto, para que no se ofenda, y además porque a lo mejor me engaño. Para hacer una prueba, me quedo callado.

–¿Qué piensas? –pregunta ella en seguida.

Le digo que me estaba fijando en el tronco de un olmo que tenemos a la derecha de la acacia y le explico la diferencia que hay entre este árbol y un chopo que se ve un poco más allá. Hace pocos días me dijo que le apasionaría tener tiempo de estudiar Botánica, y le empecé a contar algo de lo que sé acerca de árboles.

–¡Ah, estabas pensando eso! –dice con desencanto–. Creí que en lo que yo te digo.

–¡Pero, mujer –estallo–, si tú no me dices nada!

–Claro, eso te parece a ti. Me quitas las ganas de hablar, el entusiasmo por todo.

–Pero ¿por qué tienes entusiasmo tú, vamos a ver? Tan pronto dices que soy yo quien te quita el entusiasmo como que soy yo quien te lo pongo. Aclárate. ¿Cómo quieres que te entienda?

A fuerza de sondeos y de contradicciones confiesa que yo le he quitado muchas iniciativas. Esto puede ser verdad, pero quiero saber cuáles. Me dice que antes de conocerme le habría gustado, por ejemplo, ser azafata, pero que nunca se ha atrevido a decírmelo. Y que eso es de lo que se queja, de que yo, al cabo del tiempo, la cohíba tanto.

¿Azafata? Es la primera vez que me dice semejante cosa y me extraña mucho. Le pido que me diga por qué diablos se le ha ocurrido eso. Entonces suelta una confusa y poética disertación sobre estar lejos de la tierra y ver cada día un país distinto. No puedo por menos de decirle que me parece que en su deseo influyen grandemente el buen sueldo de esas mozas y la seguridad que da a una mujer llevar un uniforme gracioso con gorrito de medio lado. Dice que sabía que le iba a tirar la ilusión por tierra, que no sabe para qué me lo ha dicho.

—Sólo quieres que piense uno como tú —concluye.

Me enfado. Lo que no quiero es que me engañen. Si quiere ser azafata y ésa es la ilusión de su vida, ¿qué tiene eso que ver con estudiar y aprender cosas? No creo que ir cada día en un avión le enseñase nada de eso que pretende añorar.

—Ah —dice—, entonces tú crees que el que no ha estudiado muchos libros es un ser despreciable, que no tiene derecho a la vida.

—No, mujer, por Dios; yo, ¿cómo voy a creer eso? Creo que basta sentarse en un banco como estamos ahora y mirar alrededor para pensar y aprender algunas cosas. Para salir de ese marasmo del que tú a veces te quejas, un empleo más brillante y divertido que el que tienes sería sólo cambiar de rutina, un remedio pasajero. Luego volverías a sentirte vacía y a querer otra cosa.

Le digo que todo consiste en no pensar tanto en uno mismo, y en procurar tener algo de paz. Le hablo de las nociones tan dañinas de éxito y fracaso que son las rectoras en el mundo de hoy. Le pregunto que si no le da pena, por ejemplo, la trepidante vida privada de las actrices de cine.

Pero en el silencio que se sucede, miro su perfil inclinado y pienso una vez más que no hago más que angustiarla con mis insoportables discursos y que yo soy el último que podrá ayudarla a entender nada. Siento mucha ternura por ella y la desesperación de no saber qué hacer para que pudiésemos hablar. Gastamos las tardes tontamente, sin ocuparnos más que de nosotros mismos.

—No te empeñes en que te compadezca —digo al ver que está a punto de llorar—. Es lo último que se debe hacer contigo. No me lo debías consentir nunca. Ése sí que es un desprecio.

Sigue con la cabeza inclinada. El parque de pronto se me ha vuelto inhóspito. Lucía tiene la virtud de hacer que se me vuelvan aburridos los lugares; con ella, para remediar una situación, hay forzosamente que cambiar de sitio. Me ha metido en el alma la neurastenia del «¿adónde vamos?». Pero quiero resistir aquí. Para distraerme y para distraerla, saco un lápiz y unas cuartillas y me pongo a dibujar la acacia de tres espinas cuya sombra se proyecta en el suelo. Pienso, mientras dibujo, que si yo estuviera solo podría llegar a estar sentado en este mismo banco horas y horas, hasta que alguna molestia material, por ejemplo, sensación de frío, de hambre o de picadura de insecto, me obligase a cambiar de postura.

Lucía se conmueve mucho siempre que me ve dibujar. Ha salido de su modorra para apoyar su cabeza en mi hombro. Se enciende en alabanzas.

–Yo no entiendo mucho, pero estoy segura de que habrá poca gente que pinte como tú; y ya ves que también lo dice ese amigo de Bernardo.

–Pero si él no ha visto nada mío.

–Pues por algo lo dirá. ¿Le has vuelto a encontrar?

–No.

–Te convendría. Es crítico, ¿verdad?

–Sí.

Como Lucía se recuesta sobre mí, las líneas del dibujo empiezan a desviarse. Por otra parte, la cercanía de su cuerpo me produce cierto hormiguillo piernas abajo. Guardo el papel y el lápiz.

–Venga, ¿adónde vamos? –acabo por decir, levantándome.

–Adonde tú quieras.

Salimos del parque sin rumbo fijo.

«Mañana será otro día –voy pensando–; pero a esta chica cada vez es más difícil ayudarla a librarse de mí.»

La mancha del techo, cuando Lucía y yo nos hemos alejado, se convierte durante unos instantes en simple mancha, un desconchado de humedad en forma de continente. De pronto se forma dentro de ella otro rostro que pertenece a un tiempo más sedimentado y compuesto: el de mi infancia.

El rostro es el de mi madre, asomado a una ventana de las de nuestra casa. A la luz de este rostro, que es como el rostro de mi infancia misma, se alumbran netamente los caminos que me han traído hasta aquí. Sé dónde están el acá y el allá. No es una playa ni un mar, sino un jardín con árboles.

Me siento en el jardín de mi casa a afilar palitos con una navaja.

Mi madre se llamaba Emilia.

La abuela Trinidad. Miguel Terán

–¡Emilia, que no jueguen a guerras esos niños! ¡Emilia!... pero ¿dónde te metes?

Mi padre se asomaba a la ventana de acá del despacho, casi siempre abierta, y mi madre a la de la cocina. Las dos están en la parte trasera de la casa, tan contiguas que de una a otra se pueden pasar cosas alargando la mano; y era muy frecuente para nosotros, cuando jugábamos en el jardín, oír cómo mis padres se llamaban desde sus respectivas ventanas, y verles asomarse a ellas.

–Aquí, en la cocina. ¿Dónde quieres que esté?

–Pero ¿qué haces?

–Recogiendo un poco estas cosas.

–Te escapas como un fantasma. ¿No estábamos aquí todos hablando hace un momento? Mira más bien a ver lo que hacen esos niños.

–Nada. Juegan. Déjalos.

–Pero hacen ruido de tiros, ¿no oyes?

–Siempre que son muchos hacen más ruido.

–Si no es por el ruido. A mí qué me importa el ruido. Lo que importa es que no jueguen a guerras. Díselo, anda. ¿Quién saca esos juegos?

–Yo no sé.

–Pues sal a enterarte. Y luego vienes. Déjate de recoger nada.

Mi padre no se enfrentaba con nosotros directamente más que en los casos graves, y se limitaba a darle consignas a mi madre. Yo, cuando la veía salir al jardín con aquellos pasos de gallina y detenerse unos instantes antes de llamarnos, recuerdo que pensaba: «Pero ¿cómo se las va a arreglar? ¿Cómo querrá papá que se las arregle para que la obedezcamos en nada?».

Me parecía rarísimo que mi padre, tan listo, no se diera cuenta de aquello. Porque si Aurora había decidido que jugáramos a guerras, ¿qué podía pintar mi madre contra las decisiones de Aurora?

Era casi siempre Aurora, mi hermana, la que proponía los juegos violentos y peligrosos y la que obligaba a los otros niños a secundarla. Le enfurecía tener que estar pendiente de los permisos y las decisiones de los mayores.

–Porque además –decía–, si decidieran algo, lo que fuera; si nos llevaran a algún sitio... Pero nada. Ellos nunca hacen nada. Ellos ahí sentados y fuma que te fuma. Pues por lo menos que nos dejen divertirnos a nosotros, ¿no?

Parece que estoy oyendo su tono indignado, mientras desahogaba los nervios dándole golpes con una varita a las flores del jardín o arrancando algunas de las más preciadas por papá. Esto solía ocurrir cuando él acababa de asomarse para hacer cualquier advertencia suya, o cuando nos habían negado un permiso de los muchos que, empujados por ella, entrábamos a pedir. Daba vueltas alrededor de la casa sola o con otros niños a los que hacía participar de su protesta, y, algunas veces, parada debajo de la ventana del despacho, llegaba su rabieta al punto de patalear y sacarle la lengua a los de dentro. Venían muchos amigos de mi padre, algunos, alumnos suyos de la Universidad; y era verdad lo que decía Aurora de que siempre estaban sentados hablando y fuma que te fuma, pero a mí, en vez de irritarme, me daban envidia, y me gustaba jugar de aquella parte a ver si me enteraba de alguna de sus discusiones. Los niños que venían a jugar con nosotros eran hijos de estos mismos amigos y se marchaban cuando sus padres. Como no íbamos al colegio –yo no fui nunca y Aurora empezó a ir bastante mayor–, mamá siempre quería que estuviéramos con más niños para que no nos aburriéramos los dos solos, sobre todo porque yo creo que comprendió que éramos dos hermanos demasiado distintos y que no nos podíamos entender.

Vino también de un modo regular a lo largo de toda nuestra infancia la prima Magdalena, hija de un primo de mamá que se había hecho millonario con negocios. La madre de esta niña, que durante mucho tiempo creímos que se habría muerto, vivía en París, pero no venía nunca. Tampoco a tío Alejandro le veíamos casi nunca por lo atareado que decía estar en sus múltiples empresas, pero de vez en cuando nos mandaba regalos a Aurora y a mí, siempre juguetes caros. A la prima Magdalena, pálida y delgada, bastante mayor que nosotros, la traía el chófer por las tardes y la volvía a buscar.

Niños del barrio, aunque casi todas las casas tenían jardín y los conocíamos a ellos de vista, no venían apenas a nuestra casa. Luego he sabido que entre los vecinos teníamos fama de estrafalarios, mi madre de orgullosa y de poco señora al mismo tiempo.

A los otros amigos que no eran Magdalena los recuerdo poco –solamente soy capaz de reproducir algún nombre o rostro aislado–, y supongo que esto es debido a que cambiaban continuamente, porque los amigos de mi padre eran muchísimos y pocas veces se repetían. Siempre decíamos los «amigos de papá», aunque vinieran mujeres también, porque a mi madre nunca se la sentía como eje de aquellas reuniones ni de nada de lo que pudiera suceder en casa. Muchas veces se quedaba gente a merendar o a cenar, pero ni siquiera en la cocina destacaba ella en plan de jefe, aunque trabajase más que los otros que por allí se movían siempre ayudándola y que contribuían con su alegre desorden a la falta de respeto por los quehaceres domésticos que presidió toda nuestra infancia. Se fundía, por el contrario, en la algarabía de todos, y era muy frecuente que nos pidiera parecer incluso a nosotros, los niños, que desde muy pequeños nos contamos entre aquellos ayudantes y fuimos tan importantes como los demás. Un particular estilo que caracterizaba a los amigos de papá, algo que ahora me sirve para recordarlos como si tuvieran una sola voz y un solo rostro, ya entonces lo percibía.

«Ese señor viene a casa», pensaba, por ejemplo, con toda seguridad de uno que veía bajarse del tranvía, aunque nunca lo hubiera visto antes.

Y no me solía equivocar. Llegué a inventar un juego para divertirme cuando iba por la calle, y que consistía en ir mirando todos los rostros desconocidos de la gente con que me cruzaba y separando mentalmente en dos categorías bien definidas a los que podrían ser amigos de casa, de aquellos otros que creía que no podrían serlo de ninguna manera.

Algunas veces le explicaba a Aurora estos juegos en los que me iba entreteniendo, porque ella, cuando me veía largo rato callado, se enfadaba mucho y me preguntaba que en qué podía estar pensando para no hablar.

–¡Vaya tontería! –decía siempre apenas conocía la causa–. ¿Es posible que pensar eso te divierta?

La enervaban todos los juegos que exigían reposo y atención. En cuanto localizaba, por ejemplo, algún grupo silencioso en el jardín, quería desbaratarlo a viva fuerza.

–¡Pero venga! ¿Qué estáis haciendo? ¿Qué es?

–Un camino de tierra para que se rieguen mejor las coles.

–Se tarda mucho. No lo acabáis hoy.

–¿Y qué?

–Dejarlo. Hala. Dejarlo.

Insistía mucho y hasta tiraba de nosotros para que la obedeciéramos; y cuando, ni siquiera por la fuerza, lograba disuadirnos, se apartaba despechadísima. Solía ir a sentarse en las escaleras de piedra que hay junto al invernadero, pero en seguida, tras haber movido los pies y las piernas con aire de fastidio, se levantaba con los ojos iluminados por un nuevo relámpago de entusiasmo, y venía corriendo a explicarnos lo que acababa de inventar.

—Es precioso. Escuchadme: venid. Es precioso, de verdad. ¡Esto sí que...!

Se ponía en medio de todos y alzábamos la cara para oírla. En estos momentos es cuando se sabía que Aurora era el jefe. Nos mirábamos unos a otros, pero nadie tenía tanta opinión como para sostener que no era divertido el juego que proponía, y acabábamos siguiéndola.

Los juegos inventados por Aurora, casi siempre violentos y peligrosos, tenían sobre todo el aliciente de que en ellos se contravenía algo. Había que entrar en casa a rescatar algún objeto prohibido o a pedir algún difícil permiso. A veces nos arriesgábamos a jugar sin pedir aquellos permisos, pero, otras, en cambio, las dificultades que se ofrecían a ella misma le parecían insuperables sin el concurso de una persona mayor. Entonces echábamos a suertes para ver quién tendría que entrar a pedir el permiso; y ya se sabía que, cuando le tocaba a ella, o salía victoriosa, o era fácil que no volviese a salir porque mi padre había castigado su insolencia. De hecho no podía comprender que los demás nos conformásemos tranquilamente a recibir una negativa, como siempre pasaba.

—¿Qué te han dicho? —apremiaba ella.

—Que no.

—Pero ¿por qué?

—Porque no. Porque no quiere.

—No habrás insistido. No te ha dado tiempo.

—Que sí.

—Sois idiotas. No servís para nada.

—Tú sí que eres tonta. ¡Qué le vas a hacer si te dicen que no!

—Algo habrá que hacer. ¡Entro yo!

—Que no. Que se enfadan.

—Pues que se enfaden.

—Venga, déjalo, mujer. Jugamos a otra cosa. Qué más da.

–¡No da igual! ¡No da igual! –se enfurecía–. Se juega a esto. ¿Quién quiere jugar sin permiso?

–Yo, no.

–Yo, tampoco.

–¡Qué asco! –exclamaba Aurora, apartándose–. ¡Qué asco! ¡Qué mundo tan aburrido! ¡Cuándo seré mayor!

Y a veces lloraba de rabia. Yo la miraba, sin ser capaz de compadecerla, con una mezcla de respeto y perplejidad. Pero estas escenas, por lo mucho que me turbaban, me hacían darme cuenta de lo a gusto que yo estaba quieto y solo.

Para mí, el jardín, a pesar de que pocas veces salíamos de él, constituía en sí mismo un mundo lo suficientemente grande y variado, y a cada instante llamaban mi atención las mismas cosas hacia nuevos descubrimientos. Mirar las cosas del jardín era considerar la inagotable capacidad de combinaciones y relaciones entre todas ellas. Lo pasaba tan bien y tenía tanto deseo de que mi hermana valorase no sólo mis observaciones, sino el mismo jardín que las motivaba y que ella veía como una cárcel, que me parecía el mayor fracaso no lograr interesarla en los pequeños experimentos, cálculos e invenciones que a mí tanto me divertían. Pero mi insistencia era inútil.

Y de la misma manera que a mí me daba rabia sentirme fracasado frente a Aurora, a ella aquella tranquilidad mía la sacaba de quicio y le era incomprensible hasta tal punto que se empeñó en interpretarla torcidamente: decidió que me aburría y me empezó a compadecer.

Al principio, hasta que me acostumbré a oírme llamar aburrido, recuerdo cuánto lloraba y con qué calor luchaba por desmentir aquella opinión ofensiva y que, según mi criterio, no me cuadraba en absoluto. Pero, a pesar de mis protestas, en Aurora arraigó este juicio formulado en la niñez y lo ha llevado adelante firme y ciegamente como todos los suyos.

Me consolé, sin embargo, de aquellos insultos bastante pronto, a pesar de lo que me entristecía no poder razonar con mi hermana, porque también bastante pronto me convencí (aunque no lo supiera formular tan claramente como ahora) de que en realidad tales insultos se volvían contra ella misma. Es decir, que el aburrimiento debía estar en quien se aburría conmigo y se negaba a interesarse por las cosas que yo miraba y quería hacer mirar, y no de ninguna manera en mí mismo, que no me aburría nunca. Por lo menos de esto, que era lo que me concernía, estaba seguro, aunque lo otro, lo de que fuera Aurora quien se aburriese, no estaba tan claro entonces para mí. Ahora sí lo está. Pero de este tema del aburrimiento y de las paradojas que origina ya tendré ocasión de ocuparme más tarde.

Quiero decir ahora nada más que la tranquilidad de mi carácter nadie me la hizo sentir en la infancia como una falta, ya que las opiniones de mi hermana no tuvieron hasta más adelante autoridad de ley, así que me limitaba a aceptar su comportamiento y sus juicios como totalmente divergentes de los míos.

De tal manera que si las cosas cambiaron luego, en la edad adulta, no fue porque cambiara yo. Es decir, que, al crecer, no dejé de ser lento y reflexivo, sino que, por el contrario, este ritmo se puso más de manifiesto al contrastar con el ritmo apresurado de las demás personas de mi edad, que empezaron a verme como excepción. Lo único, pues, que varió fue el despliegue de atención de los otros hacia mi ritmo lento; o, dicho con otras palabras, el reconocimiento de tal ritmo como anormal.

Y con esto ponemos rumbo hacia el quid de la cuestión, aunque persiguiendo ese quid perdamos muchas veces el hilo de la historia, que es, en el fondo, lo que menos interesa.

Mucho antes de que la separación neta entre lo normal y lo anormal viniese con su filo a tirar cuchilladas contra todos mis actos, a ser como una raya entre el sol y la sombra, ya esta noción perturbadora había tratado de insinuarse en mi vida y había martirizado esporádicamente mi pensamiento infantil.

Fue mi abuela paterna, doña Trinidad Montero, la primera persona a quien oí emplear repetidamente en las conversaciones que tenía con mamá la palabra «anormal», y no sé si serían estas repeticiones las que llamaron mi atención sobre la palabra, o el hecho de que las usase principalmente para referirse a mi padre y a la educación que nos daba.

La abuela y papá habían estado enfadados muchos años, y sólo por la intercesión de mi madre habían llegado a unas paces relativas, así que era un hecho aceptado por nosotros el de esta enemistad latente que volvía a estallar cuando la abuela frecuentaba demasiado nuestra casa. En resumen, la abuela era distinta de papá y no parecía quererle mucho, lo cual justificaba sus altercados. Pero lo que resultaba incomprensible era qué teníamos que ver Aurora y yo en todo aquel asunto y por qué tantas veces ella, cuando hablaba con mi madre, sacaba a relucir nuestros nombres suspirando.

A mí no me gusta dejarme alcanzar por la compasión de nadie y ahora pienso que seguramente esta repugnancia nació entonces, al empezar a sentirme aludido por los suspiros de la abuela, la cual se empeñaba en hacernos notar que sufría, y en asociarnos a tal sufrimiento, del cual formábamos, quisiéramos o no, parte importantísima.

No podía aguantar que me mirara con aquellos ojos doloridos y me escapaba de ella y de sus caricias siempre que podía. Con lo cual, ya que no logré que dejara de hablar de mí –y sí, por el contrario, que sus profecías siniestras a mi respecto se acentuaran– ocurrió, al menos, que llegó a considerarme como un caso perdido y todo el desvelo que yo rechazaba lo dirigió hacia mi hermana, terreno más propicio para dejarse regar por lágrimas ajenas. A ella, en cambio, le excitaba de un modo extraño que la abuela nos compadeciera, y deseaba que fuéramos a verla.

Vivía la abuela en una casa grande cerca de la plaza Mayor, acompañada de una criada vieja, Celsa, siempre la misma, que era la que mandaba en todo, y de otra más joven que variaba siempre. Gustaba Celsa de que sus ayudantes tuviesen poca edad y criterio, y las sustituía al menor conato de rebelión o simple manifestación de personalidad.

Recuerdo que el único aliciente que tenían para mí estas visitas que hacíamos a la abuela era el de conocer a la nueva criada, que solía estar tímida en la casa igual que yo, y el deseo que tenía de hacerme su amigo. Si llegaba a hablar algo con ella –por ejemplo, cuando la acompañaba a un recado– y a lo mejor me hacía saber el nombre de su pueblo o el de sus padres, sentía después un desgarramiento increíble al irme, porque estaba seguro de que, dada nuestra tardanza en visitar a la abuela y el poco arraigo que estas criadas jóvenes tenían en la casa, nunca a aquella que había sido mi amiga de una tarde la iba a volver a ver; y esto me hacía mirarla casi con amor cuando nos estaba ayudando a poner los abrigos. De una pelirroja de la provincia de Burgos llamada Ramona que aguantó varios meses en la casa (razón por la cual la vi tres veces) llegué a enamorarme furiosamente, aunque no era guapa y mucho mayor que yo.

Tras mucho dudarlo, decidí que tenía que escribirle una carta para dársela la próxima vez que me despidiera de ella, y en la elaboración de aquella mi primera declaración de amor pasé muchas noches. Pero el día que volvimos a ver a la abuela, yo con mi carta arrugada en el bolsillo del pantalón, nos abrió la puerta otra chica, una tal Manuela que luego se fue por ladrona.

Ramona nunca supe por qué se había ido aunque, venciendo mi timidez, lo pregunté varias veces. Dijo la abuela que eran cosas de las muchas que a un niño bien educado no le importan. Porque la abuela pensaba que a los niños no les tiene que interesar saber casi nada, y cortaba cualquier pregunta con refranes ofensivos. Seguramente ella tampoco sabía por qué eran despedidas las criadas ni sentía curiosidad por saberlo, ya que las razones de aquellos despidos, que dependían como he dicho de los humores de Celsa, nadie las discutía en casa. Bastaba con que la continuación de las funciones no se alterase, es decir que la criada desaparecida fuera sustituida prontamente, tanto que, a ser posible, no llegase ni a advertirse la variación del rostro.

Exceptuando, pues, esta curiosidad por conocer a las criadas nuevas (que a menudo desembocaba en desilusión porque ellas eran antipáticas o no me hacían caso), ningún otro incentivo tenían para mí las visitas a la abuela; y, si no hubiera sido por Aurora que muchas de las veces que salíamos con mi madre decidía poner rumbo hacia la casa de la plaza Mayor, y, como siempre, hacía prevalecer su deseo, creo que hubiéramos caído por allí con menos frecuencia, porque no parecía lógico que a mi madre le gustase ir. Aunque éste es otro de los puntos misteriosos que crearon dilemas en mi infancia, pues de los deseos de mi madre y de su intervención sutil en las cosas nunca tuve una idea clara ni aproximada siquiera.

–Pero di, ¿por qué hemos venido si papá no quiere? –le preguntaba yo a veces, cuando bajábamos las escaleras alfombradas de aquella casa que me daba la impresión de que a ella le parecía tan incómoda como a mí.

–Porque la abuela está sola y se aburre. Le gusta vernos.

–No le gusta. No nos quiere nada.

–Niño, no digas eso; claro que le gusta, ¿no ves cómo va a vernos ella?

–Pues eso. Ya va ella. A eso, qué le vamos a hacer. Pero nosotros si no queremos venir, no venimos.

–Yo sí quiero.

–Pero ¿por qué? Siempre te está preguntando cosas aburridas, y hablándote de papá. Además te riñe. No sé por qué te tiene que reñir.

–Ella es mayor que yo. Las personas mayores pueden reñir.

A mamá, después de aquellas visitas, se le ponían unos ojos intranquilos y huidizos. Y lo malo era que, cuando volvíamos, mi padre se lo notaba igual que yo. Le preguntaba de pronto que qué le pasaba –a lo mejor en medio de la cena– y, aunque ella dijese que nada, al decirlo le aleteaban los párpados de una manera rara.

–Pues al que no le pasa nada –decía mi padre, haciéndose eco de lo que yo estaba pensando– no pone esos ojos que pones tú.

–Estoy un poco cansada.

–Cansada, ¿de qué?

Mi madre, aunque trabajaba bastante en la casa, ya he dicho que no daba a valer este trabajo como algo personal, así que si alguna cosa quedaba hecha parecía fruto de la comunidad o de un especial sesgo que aquel día habían tomado las circunstancias, más bien que de particulares esfuerzos que hubieran podido fatigarla. No se la juzgaba, pues, como víctima de ningún peso, y a esto contribuía también el hecho de que ella, cuando trabajaba, estaba alegre, y nunca aquella niebla que ofuscaba a menudo sus ojos aparecía las veces que había logrado entregarse a hacer una cosa sino, por el contrario, cuando parecía no saber si tenía que hacerla o no.

Por eso sus vaguedades, siempre que se veía obligada a especificar motivos de cansancio, desesperaban a mi padre, el cual, aunque entonces no ejercía la Medicina, le buscaba a todas las cosas una relación con la integridad corporal, y sostenía que si uno está cansado debe averiguar por qué lo está y si existe la posibilidad de aplicar remedios. La excesiva atención a los estados de ánimo le parecía muy nociva, como he sabido luego, leyendo sus escritos, y no recuerdo una sola vez que a mi hermana o a mí nos compadeciese o nos consolase, ni siquiera cuando nos habíamos hecho una herida grande, por ejemplo. Se limitaba a curarla sin miramiento ninguno. Y éste era el mismo sistema que seguía con mi madre, persiguiendo sus melancolías con aquellos rigurosos interrogatorios, en los que ella se embrollaba y no sabía qué responder.

Reconstruyo estas conversaciones a través del tiempo, más bien guiado por las cosas que he entendido después acerca del carácter de mis padres que por los recuerdos exactos que tengo de ellas; y supongo que eran más o menos como sigue:

—¿Estás más cansada que ayer, Emilia, o menos cansada?

—No sé. Llevo una temporada así.

—Pero así, ¿cómo? Dime lo que sientes.

—Nada.

—¿Te mareas?

—Que no. Sólo un poco cansada.

—Eso no es decir nada.

—Claro, como que no es nada.

—¿Pero una temporada larga? ¿Cómo de larga?

—Qué sé yo. Unos días.

—Pues ayer, por ejemplo, decías que ya no te cansas nunca.

—¿Lo decía?

—Claro que lo decías. ¿Ves?, dices lo primero que se te pasa por la cabeza.

A mi madre se le notaba la angustia de estarse metiendo en un torbellino sin salida. Quería cambiar de conversación, y ya era imposible.

—Si no tiene importancia, hombre. Será que anoche no dormí bien.

—¿Tampoco anoche? Hay que mirar esa tensión, te lo he dicho. No puede ser que vuelvas a dormir peor.

—No empieces. Duermo igual que siempre.

—Igual que siempre no es verdad. Después de las últimas inyecciones que te puse, no habías vuelto a sufrir insomnios, ¿no?

—No.

—Pues entonces habrá que volverlas a poner. La cosa está clara.

Las inyecciones a mi madre le asustaban tanto como a mí, que he heredado todas sus indecisiones y miedos. Empezaba a decir que inyecciones no, que estaba buena, que había dicho lo de que estaba cansada sin darle importancia, y que la única razón verdadera podía ser la de que hubiera andado un poco más aquella tarde. Pero su voz empezaba a alterarse.

–¿Adónde habéis ido? –preguntaba entonces mi padre, que reducía al mínimo sus salidas–. Con lo a gusto que juegan los niños aquí.

Pero a mi madre le gustaba que la acompañáramos a los menores recados, y a nosotros acompañarla.

–Llevé a certificar esos paquetes tuyos –decía, por ejemplo.

–¿Y de aquí a Correos en el autobús os habéis cansado?

–Es que nos dieron ganas de pasear desde allí. Hemos estado también en la plaza de Oriente.

Yo miraba el mantel. Sabía que la tormenta se acercaba.

–Y antes fuimos a ver a la abuela –terminaba por aclarar Aurora.

Se hacía un silencio.

–¿Por qué no has empezado por ahí? –preguntaba mi padre muy despacio.

Y a veces, cuando ella espontáneamente no le miraba, le levantaba la cabeza por la barbilla.

–Di; contesta. ¿Por qué no lo has dicho?

–¡No sé! ¡No sé! ¡Qué tiene de particular! ¿Hasta cuándo vamos a estar con las mismas cuestiones?

–Hasta que se aclaren.

Casi siempre esperaban a que nos fuéramos a la cama para seguir discutiendo, pero Aurora me había contagiado el vicio de escuchar detrás de las puertas, y aunque luchaba contra él, porque me parecía poco digno, cuando el tema por causa del cual se acaloraban mis padres era tan intrigante como este de la abuela Trinidad, no podía dar por apagada una curiosidad que sentía relacionada con todas las dudas y contradicciones que empezaban a surgir en mi cerebro. Sin embargo –y aprovechando que en casa las ventanas se cerraban pocas veces–, prefería escuchar desde el jardín, escondido en algún lugar propicio, porque así me zafaba también de Aurora y de sus comentarios de complicidad. Escogía generalmente un cedro muy grande y fácil de escalar que estaba a la espalda de la casa, situado entre el despacho y la cocina, de tal manera que desde sus primeras ramas se dominaba el interior de ambas habitaciones.

Era a la cocina donde iba a refugiarse mi madre en algún quehacer perentorio, con el propósito seguramente de aplazar la conversación, y mi padre la seguía. La voz de ella era la más alterada y débil.

—Déjalo. Ya te he dicho que no tiene nada de particular. Que pasábamos y me acordé.

—¿De qué te acordaste? ¿Qué es lo que se os ha perdido allí? Dilo —gritaba mi padre.

—Si casi no hemos estado nada, no te pongas así.

—¡Basta una hora! Dime qué pintan los niños metidos en aquel caserón ni siquiera una hora, oyendo cosas que no entienden.

Era verdad. A la abuela no se le entendía casi nada, y eso que no paraba de hablar de nosotros.

—¿No sabes tú, Emilia, igual que yo, la gana que tiene de cogerlos por su cuenta y de estropearlos a base de enseñarles monsergas? ¿No lo hemos dicho mil veces?, ¿lo hemos dicho o no?

—Sí, lo hemos dicho; pero...

—Pero ¿qué?

—Que me da pena, que al fin y al cabo es tu madre...

—¿Y qué que sea mi madre? —saltaba él, enfadadísimo—. ¡Ya salió aquello! Es una cuestión mía, por desgracia. ¡Déjamela de una vez ventilar a mí solo!

Y un día ocurrió algo asombroso. En medio de la discusión, entró Aurora como una furia, con las mejillas coloradas y los ojos brillantes, y se plantó entre los dos, bajo la tulipa colorada de la cocina. Todavía recuerdo el color de su vestido y cómo iba peinada, pero sobre todo la impresión de valentía que me produjo.

—¡A mí me gusta ir a ver a la abuela! —gritó, dirigiéndose a mi padre.

La contemplé desde mi observatorio con terror y admiración como a una heroína legendaria, un ser al que nunca podría llegar a parecerme ni remotamente; y en aquel momento no sabía si lo deseaba o no, tan paralizado estaba que no era capaz de aventurar un solo juicio, y todas mis fuerzas las concentraba en procurar no hacer ruido con los dientes, que me habían empezado a castañetear, y en agarrarme bien a las ramas del árbol para contener este temblor que se propagaba a todo el cuerpo.

—¡A mí me gusta ir a ver a la abuela! —repitió, desafiante, Aurora—. Ya lo sabes, si lo quieres saber. Vamos a verla porque yo quiero; no sé qué pasa con eso. ¡Y además tiene razón ella! ¡Tiene razón, ya está!

Mi padre se quedó callado unos instantes. Fue aquél el primer tanto que Aurora se apuntó y con él se insinuaba la fuerza que habría de tener su imperio futuro. Pero un hecho aún más insólito que la pausa misma fue el de que, durante ella, mi padre se volviese a su mujer como esperando que le apoyase de algún modo o hablase la primera en tan extraña situación. Lo cual, naturalmente, no ocurrió, ni semejante llamada de socorro fue advertida por mi madre que se había sentado y lloraba con la cabeza inclinada sobre la mesa.

—¿En qué tiene razón la abuela? —preguntó por fin mi padre en un tono mucho más apagado del que era de esperar.

—En que yo debía ir al Colegio —fue la decidida respuesta de Aurora, seguida de otro silencio en el que mi madre alzó la cara y miró a ambos.

—¿Que debías ir al Colegio? ¿Tú quieres ir? —preguntó él, tras un titubeo.

—Sí. Quiero ir.

—Nunca lo habías dicho. Creí que te gustaba ir aprendiendo las cosas aquí poco a poco, con mamá y David y con los otros niños. Sabes ya mucho, además.

—Pues no. Ya lo he dicho. Yo quiero ir al Colegio.

—Pero si aquí tienes libros, y amigos, y te explico yo todas las cosas que quieras; ¿no te las explico? ¿Qué crees tú que aprenden en el Colegio los otros niños?

–Educación –contestó Aurora sin vacilar.

Aquélla era otra de las palabras que la abuela usaba muchas veces y mi padre, en cambio, no pronunciaba nunca; y, al oírla, se indignó.

–¿Pero sabes tú lo que es eso, estúpida? ¡No hables como un papagayo de las cosas que no entiendes! ¿Sabes lo que es educación, di, lo sabes o no?

Nunca nos sentíamos cohibidos ante mi padre para explicarle nuestra noción de las cosas por muy confusa que ésta fuera, así que cuando Aurora aquel día negó con la cabeza supe que efectivamente había hablado como un papagayo y esto me produjo cierta alegría porque me figuré que mi padre iba a aclarar aquel concepto dudoso también para mí. Pero no lo hizo, limitándose por el momento a añadir acaloradamente:

–¡Ni falta que te hace saberlo! Cuando sepas explicarme por qué quieres ir al Colegio y tengas razones tuyas que no sean las de la abuela, entonces irás. Cuando pienses lo que dices. ¡Vete a la cama!

Aurora había bajado los ojos, y le habían empezado a temblar los labios. Pero todavía dijo con aire de reto antes de romper a llorar y de escaparse corriendo, toda roja, de la habitación:

–¡Quiero ir al Colegio para no ser una niña anormal! ¡Para eso!

Aquella noche decidí ya seriamente que tenía que aclarar la noción de lo anormal, clave sin duda de todas las confusiones que empezaban a entorpecer mi pensamiento. Y recuerdo esta decisión como la primera y una de las pocas que he tomado en mi vida.

Me bajé del árbol, me fui a mi cuarto y me puse a esperar el regreso de Miguel Terán, que aquella noche había salido sin avisar, como ocurría siempre que le asaltaban los malos recuerdos. Desaparecía de repente, interrumpiendo a veces una conversación, y todo lo más que hacía era dejar una nota en su cuarto, cuando tenía miedo de que la ausencia pudiera ser más larga; así que mis padres, que ya co-

nocían estas frecuentes huidas suyas, casi nunca le esperaban para cenar.

No puedo precisar, ni hace a la historia, cuánto tiempo
vivió Miguel Terán en casa; y si lo saco a él mismo a relucir,
tampoco es por el gusto de presentar un personaje más o
menos pintoresco, sino solamente porque la amistad que
me unió a él es un hecho diferenciado, alrededor del cual
espero que se vendrán a agrupar otras imágenes dispersas
de mi infancia.

De la infancia cree uno saberlo todo, como del trozo de
calle muy conocido que se abarca a través de los cristales de
una ventana. Pero de las gentes que andan por la calle no
nos llegan las voces ni se distinguen los rostros, hasta que
un hecho aparentemente banal que llama la atención de
nuestros ojos –por ejemplo el de que un transeúnte se pare
y otros se acerquen a él– nos hace abrir la ventana y aso-
marnos con el deseo de oír lo que dicen y de saber por qué
se han detenido, y es solamente entonces, con el ruido de
aquel grupo, cuando nos entra también el ruido y el movimiento de toda la calle, y cuando reconocemos su fisonomía. Y, al parar mientes en los edificios y en la urbanización
de aquel trozo que se aglutina alrededor de la escena insignificante, nos fijamos en que hay más acá y más allá otros
grupos de personas y otras escenas que llaman asimismo
nuestra atención.

Creo recordar que el rostro de Miguel ya se contaba
entre el de los amigos que visitaban a mi padre, antes de
que un buen día se presentase con sus maletas y su hijo de
pocos meses y se quedaran a vivir con nosotros. Mamá,
cuando nos lo había advertido, nos habló nada más del
niño, con la voz delicada y secreta que ponía para contar
cuentos: «Va a venir un niño pequeño que se llama Marcelo a vivir con nosotros»; y en la pausa que hizo, pendiente de nuestra reacción, debió conocer lo que estábamos pensando Aurora y yo, porque los dos teníamos, como

si nos hubiéramos puesto de acuerdo, los ojos fijos en su vientre. Y añadió sonriendo:

—No; no es un hermano. Pero, mientras esté aquí, tenéis que quererle como si fuera hermano. Se ha muerto su madre al nacer él.

—¿Y también se ha muerto su papá? —preguntó Aurora.

—No.

—Entonces, ¿por qué no vive con su papá?

—Ya vive. Pero es que van a venir los dos.

Más adelante supimos que Miguel estaba escribiendo un libro en colaboración con mi padre.

Por las tardes, cuando se metían en el despacho ellos dos, y otras veces con los amigos que venían, yo sentía envidia y me subía al árbol del jardín para poder verles. Siempre me han atraído los interiores de las casas vistos desde fuera, pero el despacho de mi padre era una estancia de particular fascinación para mí, sobre todo habitada por ellos y poblada de aquellas voces cuyo sentido no lograba desvelar. Me gustaba dibujar habitaciones parecidas a aquella con señores sentados alrededor de una mesa. Todavía hace poco he encontrado alguno de mis dibujos infantiles en los que este tema se repetía, y en uno de ellos decía debajo en minúsculas desiguales: «Señores hablando de cosas. Pero ¿de qué cosas?».

Mi madre una vez había contestado vagamente a esta pregunta, repitiéndola primero, como tenía por costumbre cuando quería darse tiempo para pensar:

—¿De qué habla papá con sus amigos? Pues de muchas cosas, hijo. Algunas las escriben. Y lo leerás cuando seas mayor.

Y me pareció que ella tampoco entendía nada. Esto lo había sospechado ya antes, porque desde mi observatorio del jardín había podido ver que cuando papá la llamaba para que estuviera con ellos, no intervenía en lo que hablaban, limitándose a mirarles alternativamente; y también que con gran frecuencia, bajo el pretexto de atendernos un momento o de llevarse las tazas del café, salía de la habitación y no volvía a entrar en toda la tarde. Lo cual, por supuesto, nunca me hizo pensar que mamá fuera poco inteligente, sino sólo que estaba en otro terreno más cercano al nuestro, y papá y sus amigos más lejos.

Cuando más adelante me he enterado de que por aquellos años se dedicaba mi padre a la psicología infantil y que éste era el tema del libro que escribió con Miguel Terán, he supuesto que hablarían de Aurora, de mí y de Marcelo; pero esto entonces hubiera sido imposible de imaginar, tan difícil acceso tenía aquel lenguaje cuyos fragmentos, escapados al jardín entre aromas de tabaco y de café, yo hubiera dado cualquier cosa por reconstruir en un modo inteligible.

Miguel era serio, como papá, pero tenía un aspecto más infantil. Por las mañanas, cuando les daba clase en el comedor a unos chicos de bachillerato que venían, visto de espaldas parecía uno de ellos. Eran clases de Física elemental. Yo un día entré a buscar una cosa y me quedé un rato mirando los dibujos que estaba haciendo en una pequeña pizarra que colgaba junto a la ventana; luego le pregunté que si no le molestaba que viniera otras veces y él, después de consultárselo a papá, dijo que bueno; así empecé a asistir con cierta regularidad, sentado un poco aparte con mis lápices de colores. Pero de algunas cosas me enteraba.

Casi desde que llegó, a Miguel le había considerado como un amigo, a pesar de que hablaba poco y de que Aurora decía que era antipatiquísimo. Pero esto era porque ella quería tener a Marcelo en brazos, acunarle y darle las papillas como a un muñeco y Miguel no nos dejaba. Él mismo se ocupaba de hacerle tomar sus biberones, cambiarle los pañales y vigilarle el peso; y en sustitución suya sólo admitía a veces la intervención de mamá. No quiso coger niñera para él ni que dejase de dormir nunca en su cuarto, y las noches que se quedaba despierto trabajando con papá, subía a cada poco rato a verle. Pero el niño era tranquilísimo y además muy sano y fue creciendo con felicidad.

Una vez, cuando ya había aprendido a andar, fuimos de excursión con ellos y mi madre a Torrelodones. Era primavera y nos bañamos todos en un río antes de comer, hasta Marcelo. Miguel y mi madre parecían muy jóvenes y muy alegres y se reían, repartiendo la tortilla. Nunca habíamos visto reír a Miguel tanto como aquel día. Después, mientras mi madre dormía a la sombra de un pino, nos estuvo haciendo muchos juegos en la orilla del río, sobre todo uno que era de escoger piedrecitas planas y a ver quién las tiraba más lejos para que saltasen mucho antes de hundirse. También nos estuvo diciendo el nombre de muchas plantas y matas que encontrábamos y de todos los bichos que aparecían. Yo me fui con él hasta unas rocas muy lejos y estuvimos construyendo un tirador; llevaba los bolsillos llenos de trocitos de cuero, de cuerda y de alambres y todo le salía revuelto con el tabaco. Me parecía casi de nuestra edad, con los dedos manchados y aquel pecho delgado, sin vello, debajo de la camisa abierta.

–Es simpático –me dijo Aurora en el tren de vuelta.

Papá estaba asustado porque volvimos por la noche, ya bastante tarde; pero como le contamos mamá y nosotros lo alegre que había estado Miguel en aquella excursión, él mismo nos animó en diferentes ocasiones, a lo largo del verano, para que hiciésemos otras parecidas, siempre que fuera cerca, a pueblecitos de la Sierra, y hasta un día nos acompañó, caso insólito en mi padre, a quien no gustaban nada los viajes y que se quedaba preocupado cuando viajaban los demás. Y en cada una de estas excursiones se afianzaba más mi deseo de ser amigo de Miguel y de perder un resto de timidez que todavía me impedía acercarme a él del todo, para hacerle muchas preguntas que le quería hacer.

Así que la noche en que tuvo lugar la irrupción de Aurora en la cocina, cuyo recuerdo me ha traído a hablar de todas estas cosas, me pareció especialmente marcada por el destino para que tal acercamiento se realizase.

Miguel tardó mucho y, mientras le esperaba, era presa de viva agitación. Siempre sufro mucho cuando decido hacer una cosa por las vacilaciones que acompañan a mi decisión frente a esa especie de compromiso moral que representa, al mismo tiempo, el hecho de haberla tomado; y así suelo inhibirme de cualquiera, convencido como he llegado a estar de que es imposible saber si vale más la que se ha tomado o la contraria. Pero aquella noche me había comprometido a hablar con Miguel y, a pesar de que cada vez me parecía más azaroso y discutible el sesgo que tal conversación tomaría, me esforzaba por aclarar mis ideas que sentía responsables y promotoras de todo lo que fuera a hablarse.

El alzamiento de Aurora y su salida violenta de la cocina recién pronunciada la palabra «anormal» ponían al rojo vivo todas mis contusiones. Yo no dudaba que «anormal» equivalía a grandes rasgos a decir malo, porque la abuela los juicios despectivos los acompañaba –como cuando pronunciaba esta palabra– de un gesto muy característico de la mano que se movía tajante en el aire, al tiempo que volvía la cabeza hacia el lado opuesto al del interlocutor, como si excluyese toda posibilidad de controversia. Pero al tratar de reparar las conversaciones de la abuela, claramente relacionadas con los descontentos de mi hermana, se me cruzaba la imagen de la misma Aurora, a quien había oído llorar al pasar por delante de su cuarto, y lo más urgente me parecía ir a consolarla, aunque también lo más imposible. Y como quiera que el sufrimiento por la incapacidad de acercarme a decirle algo a mi hermana –me parecía una estatua de piedra con lágrimas de piedra en la cima de un monte al cual no podía subir– no hiciese más que turbar el hilo de mis otros pensamientos y hacer casi insoportable la tensión de la espera, llegué a pensar en demorar para el día siguiente mi conversación con Miguel; pero esta idea, aunque me aliviaba, no tomó la categoría de decisión que le habría sido precisa para desbancar a la contraída anteriormente. Así que no me moví y continué a oscuras, clavado junto a la ventana abierta, para oír bien el chirrido de la puerta de entrada, al cual seguirían los ladridos de *Trol*, nuestro perro de entonces.

Aquella noche fue la primera en que recuerdo haber sentido tanta angustia que a veces me costaba trabajo respirar.

Trataba de mantener la mente clara y, seguro como estaba de que, si quería hablar con Miguel de aquel tema de lo anormal y de la abuela, tendría que sacar a relucir las conversaciones de ella con mi madre, las refrescaba a retazos en mi mente. Solían empezar en aquello de que Aurora y yo nos estábamos volviendo salvajes, afirmación que mi madre rechazaba débilmente con su acostumbrada y triste zozobra.

(«–David dice que están bien allí, en el jardín, que cuanto más tarde aprendan, mejor será... Dice.

–Ya; ya sé lo que dice. Desde que era pequeño ha dicho cosas raras. Pero es que no sé cómo lo ves tú, Emilia, cómo no tienes miedo de que tus hijos se vuelvan igual que él, sin respeto por nada, por ninguna costumbre. ¿Te gustaría que te trataran dentro de poco como él me trata a mí?

–No, claro, pero...

–¿Y tú cómo puedes saberlo?

–Porque él lo dice.

–Pero ¿no comprendes que lo que te pasa a ti es un desastre, vivir sin saber lo que piensas, pensando sólo lo que quiere él? David dice, David dice... ¿Y qué dices tú? ¿No es una madre la que tiene que saber lo que conviene a sus hijos?

–Un padre también. Él sabe más que yo de todo.

–¿De qué sabe? ¿Se ha preocupado de enseñarles a estos niños ni siquiera a saludar para que no parezcan cabras del monte?

–Ya tendrán tiempo de aprender lo que sea. Yo ahora les veo contentos, abuela. ¿Qué quiere que le diga...?

–¡¡Algo!! ¡Que me digas algo tú! Eso es lo que quiero. Si los chicos se tuercen, la culpa será tuya y a nadie se la eches. Yo, desde luego, ese remordimiento no lo tengo. Yo mandaba en mi casa. Yo...»)

Empecé a tener frío y me metí. Estaba llorando y tenía sueño. Pero era tanto el miedo que me asaltaba de desertar de mi propósito o de quedarme dormido antes de que Miguel viniera, que me fui a su cuarto para esperarle allí.

Había una nota para mi madre pegada con esparadrapo en la puerta: «Marcelo ya duerme. Deja por favor un poco de leche en la cocina. Gracias».

Entré de puntillas y allí, junto a la cuna del niño, que había sido nuestra, escuchando su respiración, me sentí más tranquilo. Aquel cuarto estaba al lado del mío y me gustaba mucho. Antes había sido el de plancha y costura de mamá. Era grande, de forma irregular, y años más tarde, cuando me dio por pintar, puse en él una especie de estudio, con lo cual siempre le cupo el destino de estar mal arreglado. En el tiempo a que me estoy refiriendo estaba allí el aparador grande que Miguel usaba como librería y también para guardar las ropas y cacharritos de Marcelo. Le di un beso al niño, me tendí en el sofá y me quedé dormido.

Cuando me desperté, el mismo Miguel me había cogido en brazos y me llevaba hacia la puerta sigilosamente. Me abracé a su cuello, sobresaltado. El aliento le olía a bebida fuerte.

—¿Cuándo has venido? —le pregunté.

—Ahora mismo. ¿Lloró el niño?

—No. No sé. Vine porque quería hablar contigo. Quería decirte...

Quise bajarme de sus brazos, pero ya estábamos en el pasillo y no me soltó hasta depositarme sobre mi cama. Entonces le miré. Vi que tenía los ojos rojos y brillantes como se ponen después de haber llorado. Se puso de rodillas junto a la cama, escondió la cabeza en los brazos y rompió a sollozar. Casi sin saber cómo me encontré abrazado a él y juntando sus lágrimas con las mías.

—No llores —le decía acariciándole el pelo liso y despeinado—. Yo te quiero mucho, soy tu amigo. No llores.

Él no contestó nada en un rato, hasta que sacó su pañuelo y en silencio secó su cara y luego la mía.

—Yo también soy tu amigo —dijo entonces—. Gracias por haber ido a mi cuarto. Ahora duerme.

Me dio un beso y se incorporó.

–Pero, Miguel, no te vayas. Yo quiero hablar contigo. Siempre he querido. Sólo que me daba vergüenza.

No sabía bien lo que le decía. Se me habían borrado las preguntas que iba a hacerle. Sonrió.

–Mañana ya no te dará vergüenza. Ahora acuéstate y duerme; es muy tarde. Anda.

Me empecé a desnudar medio dormido, feliz como cuando se siente fiebre. Pero todavía me acordaba de mi angustia de hacía un rato.

–No te olvides de hablar conmigo mañana. Quiero preguntarte unas cosas.

–No me olvidaré; descuida.

–Y quédate aquí un rato, si estás triste.

–No. Ya no estoy triste. Hasta mañana.

Cuando me desperté al día siguiente, no estaba muy seguro de no haber soñado. Pero, apenas me encontré con Miguel, que desayunaba en la cocina, noté con alegría que su actitud era consecuente con la escena de la noche anterior, a pesar de que nunca volvimos a aludir a ella. Pero en el modo tan significativo con que me sonrió y me dijo: «Ahora voy a dar la clase; luego te buscaré», ya comprendí que éramos amigos de otra manera y por primera vez sentí la emoción de compartir un secreto con alguien. Porque me pareció que también él iba a guardar a solas el recuerdo de esa noche en que habíamos venido a consolarnos de nuestras penas, sin conocer siquiera cada uno el motivo de las del otro, ni que tal cosa hiciera falta.

A partir de aquel día pude hablar con Miguel. Ya nuestra primera conversación no puedo diferenciarla de las otras que siguieron, y solamente sé decir que me parecía irreal la desazón padecida cuando traté de ordenar aquella noche lo que iba a decirle, ya que ahora, sin proponerme nada, él mismo me daba pie para que le hiciera todas las preguntas que me habían preocupado. Y ocurría, como siempre que se ha encontrado una salida, que me olvidaba de los oscuros caminos que me habían llevado hasta ella; y aun cuando me volvían a la memoria, era para considerarlos con un nuevo sosiego en función de la puerta encontrada. En este sentido Miguel Terán vino a ser, como diría un psiquiatra, mi primera vía de evasión.

Por él me enteré de que anormal no quería decir en absoluto malo, sino poco frecuente. Y como yo no entendía que la abuela pudiese enfadarse tanto por causa de que en el mundo sucedieran algunas cosas, cuya única falta lo constituía el que no ocurrían mucho, Miguel, a base de atender a todas mis preguntas, vino a aclararme los conceptos de costumbre y tradición, cuya validez rechacé en seguida.

–Pues cada uno puede hacer lo que quiere. Lo que hagan los otros, qué más da, ¿verdad? Si por ejemplo es anormal que tú vivas aquí, pues bueno, que lo sea.

–¿También se mete tu abuela con que yo viva aquí?

–Sí. Te llama «ese hombre», y le parece raro que vayas de excursión con nosotros y con mamá.

Miguel se quedó callado.

–¿Ves? Porque no es costumbre. Si yo fuera familia vuestra no sería raro. Un tío por ejemplo.

–Pues yo a mi tío Alejandro no le quiero nada. Y además se aburriría en una excursión.

Con aquello de la costumbre, los campos se iban delimitando. Pero lo que yo no entendía era que toda la gente tuviera que tener las mismas costumbres. Otros padres mandaban a sus hijos al Colegio, porque era lo corriente, la costumbre.

–Será porque molestan en casa. No tendrán jardín esos niños; y dentro todo el día, se rompen cosas.

–Y también –dijo Miguel–, porque sus padres van a trabajar y no se pueden ocupar de ellos. Además, muchos padres, que no saben leer siquiera, a los hijos no les pueden enseñar nada.

–Tú a tu niño, cuando sea mayor, ¿le vas a mandar al Colegio? Tú sí sabes leer.

Miguel tardó en contestar.

–No sé lo que pasará. Es distinto. Vosotros tenéis también madre que os hace caso. Y una madre muy buena.

–Pero ella igual le hará caso a tu niño cuando sea mayor. Nos gusta que viváis siempre con nosotros. No os querréis ir.

–No. Querer no –dijo Miguel.

Y en seguida se puso a hablar de otra cosa.

Se fueron aquel otoño. El mismo en que Aurora empezó a ir al Colegio. Recuerdo que llovía y que yo lloré. Al poco tiempo combinaron un viaje a América y Miguel me escribió desde allí unas postales –dos o tres– que guardé durante muchos años. Luego ya no he vuelto a saber nada de él.

Mi madre y Aurora

Hay mucha gente que no sabe aceptar la realidad ni contemplarla. Se pasan la vida de camino hacia ilusiones y desechan por defectuoso, apenas lo tocan, lo que no llegan ni aun levemente a penetrar.

Así mi hermana, al hacerse mayor, ya no se acordaba del impaciente afán con que lo había deseado y no paró mientes en esta transformación más que para reconcomerse en el deseo de satisfacer las nuevas necesidades que la juventud le proponía y ella misma aguijoneaba. Y, al vestir de colores demasiado brillantes lo que le iba faltando, pensaba siempre con idéntico fanatismo que en la consecución de aquello sí que había de consistir el secreto de su apaciguamiento.

Ahora que ya está casada y tiene varios hijos, achaca su infelicidad a causas muy diversas. Unas veces se queja de que no tiene bastante dinero, otras de que no ha podido volver a abrir un libro de Derecho (aunque todos sabemos que escogió esta carrera sin el menor interés, sólo porque le parecía la más varonil), y de que las mujeres casadas se han echado un dogal para toda la vida. Otras veces, las más, se queja de su marido, sobre todo por el hecho de que es pacífico y no cree en las diversiones. No se da cuenta de que a ella, a fuerza de tanto esperar lejanas y extraordinarias diversiones, se le ha criado esa especie de coraza que le impide comunicarse con las cosas presentes y mirarlas.

Lo que menos tolera Aurora es que la gente no se divierta. Ella, a los veinte años, sabía esquiar, nadar, tocar la guitarra, conducir un coche, hacer buenas fotografías y jugar al tenis. También cantaba y bailaba con mucho estilo y hacía imitaciones graciosas de actores conocidos. No se sabía cómo había tenido tiempo de aprender estas cosas si además estudiaba una carrera y, desde la muerte de mamá, se ocupaba de mi padre y de mí tratando de disciplinar nuestras vidas conforme a programas de actividad intensa que no dejaban huecos para la reflexión ni la duda. Es decir, había tomado briosamente las riendas de una casa «que no conoció nunca capitán» –según palabras de ella misma– y que andaba a la deriva, dejándose llevar por todos los vaivenes.

De mi madre resulta casi imposible recordar otra cosa más que atributos aparentemente negativos, por ejemplo, su vacilación a la que ya he aludido antes, pero que, en razón directa con nuestro crecimiento, se llegó a acentuar de un modo casi patológico. Se quedaba parada muchas veces en medio de un quehacer como si no supiera de dónde sacar fuerzas para seguirlo, y preguntaba continuamente que quién había en las otras habitaciones o que a qué hora pensábamos nosotros salir, o volver, o estudiar. Y estas preguntas, que no guardaban relación con su trabajo del momento, no tenían tampoco un tono inquisitorio ni iban encaminadas a controlar a nadie. En la ansiedad con que miraba al que la tenía que responder, se traslucía más bien que esperaba al azar datos de la vida de los demás valederos para orientar la suya y para recobrar cierto equilibrio que muy frecuentemente yo pienso que perdía. La actividad de los otros, su sola existencia, interfería el propio quehacer, deteniéndolo.

Después de la guerra, se le olvidaban continuamente las cosas y Aurora se quejaba de estos despistes de mamá, que

nunca sabía dónde había dejado nada ni qué recado le dieron y se tenía que concentrar esforzadamente para recordarlo, haciéndonos esperar largo rato, si el asunto nos concernía.

También se quejaba Aurora –y lo comentaba con sus
amigas– de lo difícil que era ligar un plan divertido si había
que contar, aunque sólo fuera en una mínima parte, con la
colaboración de mamá, la cual, de una manera o de otra,
cuando intervenía, metía la pata indefectiblemente.

Recuerdo una de las últimas tardes que salimos los dos
hermanos con ella de paseo, cuando ya estaba bastante delicada. Venía también Maritere, una amiga de Aurora de
este tiempo. Era mamá la que el día anterior había manifestado su deseo de llevarnos al campo de merienda, y, sin
embargo, cuando llegó la hora que mi hermana juzgó propicia, porque su amiga ya había venido, mamá no apareció.
La subí a buscar a su cuarto y estaba tumbada en la cama
medio a oscuras, mirando al techo, con los brazos detrás de
la nuca.

–¿No vamos, mamá?

–¿Adónde?

–Adonde tú digas. ¿No era hoy cuando íbamos a ir de
merienda? Son casi las cinco.

–Ah, bueno –dijo, incorporándose con los ojos repentinamente animados–. ¿Por fin queréis? Es que me pareció
que a Aurora no le había hecho mucha ilusión ayer, cuando lo propuse. ¿Ella viene?

–Sí.

–Le entendí que iba a salir con Maritere; ya sabes que
no me gusta forzaros.

–Maritere está abajo también. Ellas creen que has preparado merienda.

–No importa, la preparo en seguida. ¿Me ayudas tú?

–Bueno.

Fuimos a la cocina y se puso a pelar patatas atolondra-
damente, mientras yo buscaba una fiambrera que no aparecía. Aurora y su amiga se asomaron por la ventana.

–¿Qué haces, mamá?

–Voy a preparar una tortilla de patatas.

–¿A estas horas te vas a poner con eso? ¿Pero todavía no estás arreglada? –preguntó Aurora con voz de fastidio.

–No se tarda nada en hacer.

–No, anda. Déjalo.

–Si queréis, llevamos un bocadillo de otra cosa.

Había suspendido su trabajo y se puso a buscar en la despensa, leyendo en voz alta el letrero de algunas latas de conservas que había. Pero Aurora opinó que si empezábamos con preparativos no nos daba tiempo a ir a ningún sitio; y mi madre, entre disculpas y promesas de que en la calle compraríamos algo apetitoso, se quitó el mandil y salió, sin peinarse siquiera.

Hacía bochorno. Anduvimos bastante rato en silencio, y todos la mirábamos a ella, que no parecía llevar rumbo. Hasta que, cerca de la parada del tranvía, se sentó en un banco y nos consultó adónde queríamos ir. Era imposible adivinar si había formulado algún proyecto de antemano, o no tenía ninguno. Yo también me senté. Nadie decía nada.

–Cogemos el primer tranvía que pase, y ya lo pensaremos –dije para dar un alivio a aquel tenso silencio.

Pero Aurora se puso a protestar y, alejándose unos pasos con su amiga, empezaron a discutir entre ellas. Por fin decidieron que a la Casa de Campo.

Era domingo y los tranvías venían muy llenos. Cogimos un taxi. El hermano mayor de Maritere tenía un coche y a veces las había llevado de paseo; aquella tarde aludían a ello sentadas en los trasportines del taxi destartalado, y citaban con gran desenvoltura marcas de coche extranjeras. Nos enteramos de que el hermano de Maritere las estaba enseñando a conducir a las dos.

–¿Y tú, para qué quieres saber guiar un coche? –interrumpí yo con sorpresa.

–Porque algún día tendré coche. Sin coche, se muere uno de asco.

En la Casa de Campo había mucha gente. Mi madre nos quería enseñar un sitio donde todavía se veían muy bien las trincheras de la guerra, y el taxi nos dejó cerca de allí. En los bordes de los desniveles, junto a algunos cascos de bala, ya crecía la hierba, como el pelo sobre una cicatriz.

—Pero bueno, habrá que organizar lo de la merienda —dijo Aurora—. ¿Quieres que me ocupe yo? Ya has visto, al pasar, lo abarrotados que están los merenderos.

—Sí. Vete con Maritere y traer lo que queráis. Yo estoy a gusto aquí.

Les dio el dinero.

—Tú, David, vete también con ellas si quieres.

—No. Me quedo contigo.

Nos sentamos contra el tronco de un árbol.

—Me parece que tu hermana se está aburriendo —dijo mi madre con desaliento—. No sé por qué se me ocurrió venir. Pero es que hace dos meses me estuve acordando del tiempo que hace que no salíamos juntos, y creí que os gustaría.

—A mí me gusta. No te preocupes por ella. Ya sabes que se aburre siempre.

—¿Tú lo estás pasando bien?

—Yo, sí —dije con calor—. Sobre todo ahora. A ver si tardan.

Tardaron mucho. Mi madre me estuvo contando cosas de la guerra, que nosotros habíamos pasado con la prima Magdalena en una finca de Salamanca. Nunca me había hablado de ese tiempo de separación y le hice muchas preguntas que ya le había hecho a mi padre. Pero me di cuenta de que los mismos episodios que mi padre analizaba y trataba de explicarse, a ella sólo le habían dejado un rastro de amargura y confusión. Hablaba mirando a lo lejos, despacio, con el cuidado de quien tiene miedo de resbalar, pero no me pareció que aquella conversación le estuviera molestando; sólo que dos o tres veces se encogió de hombros y me contestó, como cuando éramos más niños:

—Eso pregúntaselo a papá. Yo no lo entiendo.

Ya anochecido, cuando volvíamos a casa en el tranvía, oí trozos de la conversación que traían mi hermana y su amiga, comentando lo pesada que se les había hecho la tarde, que para mí había pasado como un soplo. Mamá iba sentada más adelante y sin duda habían estado hablando de ella, porque Aurora dijo:

–Desengáñate, Maritere. Mi abuela, que en paz descanse, lo decía siempre. En las casas, como en los barcos, tiene que haber un capitán. Y hay que servir para serlo.

–Tú sirves –dijo Maritere–. Serías buen capitán.

–Sí, serviría –dijo mi hermana con convencimiento–. Pero fíjate hasta que tenga una casa donde mandar.

Lo que no sabía ella era que no estaba tan lejos el tiempo de su ascenso a aquella jerarquía que envidiaba, y precisamente en los días que siguieron a la muerte de mi madre me acordé muchas veces de sus palabras. Porque desde el primer momento tuve que reconocer que Aurora se portaba del modo previsto: como un verdadero capitán.

Era absurdo pensar que en lo material se pudiera echar de menos a mi madre. Todos los pañuelos y calcetines estaban siempre en su sitio, muchos trastos inservibles se recogieron al desván, y la casa resultaba más limpia, transitable y acogedora.

Rita, la asistenta extremeña, que en los últimos tiempos ya sólo se marchaba a dormir, se quedó de criada fija y vendió a unos paisanos las habitaciones que había venido compartiendo con ellos en una casa del barrio de Vallecas. Con el dinero que le dieron y los consejos de Aurora, se compró ropa nueva, se arregló el pelo y se transfiguró. Yo la empecé a encontrar estirada y antipática con su uniforme impecable y sus modales más finos, pero justo es reconocer que se había quitado años de encima y que por fin representaba su verdadera edad, unos treinta años. Casi estaba atractiva algunas veces. Pero lo más curioso era que esta transformación se hubiese logrado en tan poco tiempo.

Al principio, no comprendía yo por qué había puesto mi hermana tan urgente empeño en aquel asunto del em-

bellecimiento de la criada y de su afinamiento en todos los
órdenes, pues hasta llegó a enseñarla a leer y escribir mejor, a pesar de la poca paciencia que tenía y de que jamás se
había interesado antes de entonces por el retraso mental
de Rita, a quien miraba, por el contrario, con cierto desprecio. Pero ahora que me he acostumbrado a conocer el
tono con que mi hermana alude a la buena facha de sus
criadas, a las que considera como una secreción de la propia persona, he comprendido por qué Rita sólo empezó a
interesarle cuando la consideró como cosa de su propiedad, el primer conejo de Indias sobre el cual ensayar sus
dotes de influencia y poder.

La segunda víctima fue mi padre, que atravesaba por
una crisis de depresión terrible y, perdida momentáneamente su pasión por leer e incapaz de tomar ninguna decisión ni de valerse para nada, acudía continuadamente a
Aurora, atraído por la actividad que desplegaba, como la
mariposa por la luz.

Poco a poco se fueron aliando. Ella, al volver de la Universidad, entraba a verle en su despacho, cosa que no había
hecho jamás, y le daba ánimos y consejos. Yo casi nunca estaba con ellos y cada vez me fui sintiendo más excluido de
estas charlas que gradualmente fui estando seguro de que
se referían en gran parte a mí y a mi porvenir incierto. Supongo que Aurora, que estaba empeñada en que mi padre
abriese consulta de médico, a los muchos argumentos que
delante de mí desplegaba para convencerle, añadiría éste,
cuando yo no les oía:

–Hazlo por David, papá. Mírale, ¿crees que a él no le haría mucho bien tu ejemplo? Eres tú quien le ha metido la
idea de la vagancia en la cabeza, y como tú no cambies, él
no cambiará.

La abuela Trinidad, que también había tenido mucho
deseo de que papá ejerciera la Medicina, le había regalado
en una ocasión los rayos X y un laboratorio completo. Papá
tenía todo esto dentro de una habitación cerrada con llave
junto a su despacho, donde sólo un par de veces habíamos

entrado de niños. Aurora abrió la habitación y se puso a limpiar el polvo a todo aquello.

—Es completamente absurdo —se quejaba luego— que tengas en ese estado cosas de tanto valor. O lo usas, o lo vendemos. Esa habitación está siniestrada. Parece de una novela de Daphne du Maurier.

Aurora hablaba siempre del aprovechamiento de la riqueza y dividía los gastos en útiles e inútiles. Muchas de sus preocupaciones de ese tiempo versaban sobre el tema de que el dinero que habíamos heredado de la abuela Trinidad no iba a ser eterno. Yo, que nunca había tenido curiosidad por saber en cuánto había consistido tal herencia, entonces me enteré y no pude por menos de manifestar mi asombro, porque me pareció muchísimo.

—¿Y tú qué sabes lo que es mucho ni lo que es poco? —me dijo ella con enfado—. ¿Sabes siquiera el precio de los libros que compra continuamente papá? A ti con que te den dos duros de vez en cuando y te pongan de comer, qué más te da. Como si el mundo se te cae encima.

Yo no contesté, pero dijo mi padre:

—No, mujer. David tiene razón; dinero tenemos de sobra para unos años, por muy mal que vinieran las cosas.

Mi padre por aquel tiempo todavía no tenía miedo a la escasez ni se había vuelto tacaño como ahora.

—Claro, ya por eso que todo se pudra encima de nosotros. Aunque sea como dices tú, aunque viviendo de un modo miserable tengamos para unos años, ¿y luego qué? ¿Es que somos tullidos que no nos podemos ganar la vida?

A los dos años de morir mamá, mi padre había abierto consulta de médico. Tenía mucho nombre por sus publicaciones y empezó a trabajar bastante. Salía más. Amigos suyos no volvió a traer a casa, pero iba a espectáculos y tertulias, y Aurora le insistió mucho hasta que consiguió hacerle comprar un coche que casi siempre usaba ella y que luego, al casarse, heredó.

Yo cada vez notaba más la falta de mi madre y a mi padre empecé a considerarle con frialdad. Ocurrió algo así como si mi maquinaria y la suya –una vez rota la pieza que las había aislado hasta entonces– quedaran bruscamente en contacto revelando hasta qué punto se asemejaban y entorpecían en su dependencia la una de la otra.

Mi padre, refugiado en su nuevo quehacer, como yo en mi terco silencio, casi nunca apoyaba los reproches que Aurora me hacía, pero evitaba hablarme, como si no se atreviese. Y yo, muchas veces, al pasar por delante de la puerta de su despacho, sentía una confusa rebeldía, como la certeza de haber sido defraudado en algo que no era capaz de definir.

En aquellos años siguientes a la desaparición de mi madre, y a cada nueva situación de las que iban forjando mi conciencia de inadaptación en la familia, me esforzaba por imaginar las diferencias que habrían sobrevenido de intervenir ella en tales situaciones; y, al analizar retrospectivamente otras semejantes, la volvía a situar entre mi padre y yo, con lo cual llegué a darme cuenta de que había jugado el papel de invisible engarce en aquellas relaciones que empezaban a marchar de otra manera.

Y vino a ocurrir que, según se iban olvidando la voz y los gestos de la muerta, borrándose toda huella suya de la casa, hasta el punto de que costaba trabajo llegar a la certeza de que hubiera existido en realidad, parecía sin embargo que una presencia suya, más fuerte y clara que la que tuvo en vida, me rodeaba al acercarme a penetrar el sentido de su incierta existencia. Así que cuanto más nos alejábamos de la fecha de su muerte –hecho al que ni siquiera había concedido, cuando sucedió, un significado extraordinario–, más creía ir entendiendo en dónde residía el poder de mi madre, tan insignificante y ejemplar. Y vine a saber que estaba precisamente su ejemplaridad en el hecho de no haber pretendido dar ejemplo.

De éstas en otras parecidas reflexiones, llegué por este tiempo a una especie de misticismo. Creía en Dios, razonando de la siguiente manera: lo que no se palpaba también podía existir, y aún más que lo que vemos con los ojos, ya que ella, que de viva parecía no estar entre nosotros, ahora, a fuerza de ausencia, era aquella presencia diáfana y continua. Y con esto de la presencia y de la ausencia, me entusiasmé y me puse a escribir versos, como es natural.

Pero mi padre, cuando lo supo, porque yo había dejado alguno de aquellos poemas por el medio, me llamó a su despacho y me dijo que él también echaba de menos a mi madre, y con una desesperación tan grande por lo menos como la mía, pero que esto no tenía nada que ver con Dios ni con aquel misticismo en que yo me venía refugiando para justificar mi pasividad.

—Tú sabes muy bien —me dijo— que no soy por naturaleza una persona activa, y nunca le he dado importancia a que no lo seas tampoco tú; así que no se trata de tu porvenir ni de poner trabas a la libertad de elección que he respetado en vosotros desde que erais niños. Pero conviene poner las cosas en su sitio. El camino de los versos es muy peligroso y nunca ha llevado más que al confusionismo. No te dejes pillar en semejante atolladero.

Me prestó varios libros de Filosofía y de Historia Natural. Pero estas sugerencias a Aurora le parecían muy débiles. ¿Por qué no se dejaba de tantas contemplaciones y me obligaba a escoger carrera? Ya hacía bastante que había terminado el bachillerato, y por cierto con mucho retraso. ¿Es que estaba enfermo? ¿En nombre de qué privilegio permanecía inactivo?

Pero cuanta más prisa manifestaba mi hermana por verme metido en un casillero, más desconfiaba yo de aquella prisa y me ponía en guardia contra ella, reafirmándome en mi propósito de retardar cualquier elección.

—Si tú no sabes lo que quieres —porfiaba—, deja que elijan por ti los demás.

—Sí sé lo que quiero. Que me dejen en paz. Estar solo.

—Pero estar solo, ¿para qué? ¿Tú lo entiendes, papá?

A veces mi padre terciaba en mi defensa, incluso con bastante firmeza. Un día dijo que no elegir era en mí una decisión como otra. Que lo último que se podía hacer era meterse a pensar por los demás.

–Unos necesitan más tiempo que otros para pensar –dijo.

Aurora se puso furiosa.

–Pero ¿pensar en qué? ¿En las musarañas? Tú síguele dando alas y verás qué desastre.

Yo no intervenía en aquellas discusiones más que cuando no tenía más remedio; y si podía, los dejaba enzarzados a mi costa.

Pero, aunque consiguiese escabullirme, Aurora venía a mi cuarto y allí me daba las grandes batidas a solas. Recuerdo mi sobresalto cuando oía su taconeo que se acercaba por el pasillo, porque no me solía dar tiempo a meterme en la cama y fingir que dormía, única manera de escapar a aquella avalancha de interrogatorios, seguidos del insoportable monólogo final. No se resignaba a aceptar que su labor en mí no diese frutos, y mi resistencia la enfurecía.

Una noche en que yo estaba muy triste y decidí no contestarle a nada, fue presa de una especie de ataque histérico y se puso a tirarme del pelo y a darme puñetazos. Tuvieron que venir Rita y mi padre a separarla de mí. Yo me puse a desnudarme tranquilamente para que, por lo menos, las mujeres se fueran, pero Aurora se quedó.

–¡Ahí le tienes! –me señalaba, entre lágrimas, desde una butaca–. ¡Ahí tienes el fruto de la libertad que le has dado!: un ser completamente pasivo, sin sentimientos ni voluntad. Ya veremos lo que hace cuando no tenga los cinco duros que le da papá y no pueda encerrarse en esta habitación.

Y añadió como rúbrica, casi con regodeo, antes de marcharse dando un portazo porque yo me estaba empezando a quitar los pantalones:

–¡Cuando se vea convertido en lo que siempre va a ser, en un muerto de hambre!

Medité mucho sobre estos desmesurados enfurecimientos de mi hermana, cuando comprobaba su incapacidad para influir en mis decisiones, y me di cuenta de que tenían una motivación mucho más profunda que la de un mero desvelo de hermana mayor. La idea de que yo pasara o no hambre el día de mañana, era totalmente accesoria, y estoy seguro, por el contrario, de que se habría sentido complacida –ya que entonces teníamos dinero– si yo lo hubiese dilapidado alegremente en diversiones propias de mi edad, aunque fuera con desenfreno, lo cual le hubiera permitido apresar la imagen de un hermano menor algo cabeza loca, pero guapo y rumboso, del cual se pueden contar cosas originales. Pero yo no me divertía; es decir, solía estar pensativo. Había, pues, en su inquietud por mi vida y en su afán de hacerme cambiar, el encono de quien ha tropezado por primera vez con un obstáculo desconocido más fuerte que la propia actividad.

El reflexionar sobre el carácter de Aurora me ayudó a liberarme de un resto de recóndita admiración y del deseo de parecerme a ella. La actividad de mi hermana era algo demasiado ostentoso y casi agresivo, igual que su alegría –dos pistolas que manejaba para defenderse de lo que más temía: el silencio–. Cuando llegué a convencerme de esto, me di cuenta de que las gentes que no son capaces de hacer cara al silencio se han creado el peor enemigo, y que aunque vivan en perenne pie de combate, no lograrán extirpar su amenaza latente por doquier. A ella, las pocas veces que estaba quieta o callada era cuando se le traslucía su inseguridad; y así, al decir de repente: «Hay que hacer esto o lo otro», con aquellas palabras –yo se lo notaba al mirarla– acababa de inventar un quehacer totalmente superfluo que le servía de pretexto para levantarse y salir huyendo del enemigo: un bache de silencio que rondaba.

–¿Qué piensas, David, qué piensas? –me ha estado preguntando siempre, a lo largo de nuestra tan divergente juventud, con un ímpetu a veces desesperado, como si el desvelo de mi mutismo hubiera coincidido con la indicación de alguna pista para encontrar ella las llaves de la dichosa felicidad, puerta cerrada contra la que, desde niña, se ha estado pegando cabezazos.

Pero sus pausas aguardando mi respuesta no duraban lo bastante, y aquella incertidumbre momentánea de su acento era casi transición allanada por su tono exhortativo habitual. Así que nunca me dio tiempo a explicarle nada.

Anoche hubo tormenta. Estalló inesperadamente y el primer relámpago que se coló a iluminar la habitación coincidió con el ruido de gotas gordas que empezaron a caer sobre el campo. Al trueno, me incorporé en la cama. Vuelvo a dormir menos profundamente porque hace días que no quiero tomar las medicinas.

–¡Lucía! –llamé en voz alta.

Y durante un poco de tiempo me quedé con la mente en blanco, colgado del sonido de aquel nombre. Lucía tiene miedo de las tormentas. Me parecía oír su voz, rezando aquello de:

Santa Bárbara bendita
que en el cielo estás escrita
con papel y agua bendita.

Vuelvo a confundir el tiempo. ¿Dónde estaba yo? ¿Y dónde Lucía? Una vez le sorprendió una tormenta en el campo y prometió ir descalza hasta su casa, mojándose, con tal de que no les cayera ningún rayo a ella ni a su hermanito pequeño, uno que luego se murió.

No cerré la ventana. Se me mojaron los papeles que tenía sobre la mesa del chaparrón furioso y hostigado, y hasta la cara me salpicaban gotas. A cada nuevo relámpago sentía el sobresalto de Lucía, esperando el trueno. Y, sobre todo, su llamada. Pero ¿desde dónde? Lleva camisones de batista de colores que se hace ella, siempre iguales. Una vez me dibujó cómo son. Cerrados hasta el cuello con botoncitos chicos. La veía incorporada en su cama, con aquel gesto de susto.

Tardé en volver al tiempo y en reconocer el lugar donde me hallo. Luego, aunque cerré la ventana, ya no me podía dormir.

Lo que más me remuerde de Lucía es tener sus recuerdos y emociones. Me los entregó desde el primer momento, y se entregó por medio de ellos a mí. Aún los tengo en la mano como un ramillete incómodo que no puedo tirar a la basura. ¡Cuántas imágenes inservibles!

Su padre muerto, y antes de morir, jugador de ajedrez y amante de la caza. Su madre valiente y abnegada. Los pueblos donde de niña había vivido. Corrales, bosques de castaños, gallinas. Un pequeño Casino en La Bañeza... Y toda aquella infancia y adolescencia presididas por la idealización furibunda de la madre, venían a verterse por medio de sus relatos, igual que plomo líquido –gota a gota– sobre mi propia opresión familiar.

–Tú no me cuentas nada de tu familia.

–Hay poco que contar. Madre ya te he dicho que no tengo.

–Tu hermana habrá sido como una madre para ti.

–Pues sí... En cierto modo.

Casi en seguida quiso un intercambio de recuerdos y relatos familiares; no se conformaba sólo con que yo albergase los suyos. Y (hasta que hace poco regresó de París la prima Magdalena) Aurora fue el principal blanco de su curiosidad. Que si jugábamos mucho de pequeños, que cuánto nos tendría que haber unido la muerte de mi madre; que si nos contábamos las cosas.

Pero la curiosidad más fuerte radicaba en saber si era guapa mi hermana. Y tanto me mareó con aquello que, incapaz de juzgar por mí mismo acerca del caso, tuve al fin que optar por cogerle a Aurora de su cuarto una foto reciente de carnet. Por cierto que la estuvo buscando varios días, muy nerviosa porque le hacía falta para el pasaporte. Era cuando preparaba su viaje de novios.

Aurora era menuda, de caderas estrechas, con aspecto de deportista, y se movía con gestos muy especiales. No era guapa, desde luego, pero estaba llena de lo que se llama «personalidad».

–Demasiada, David. Tu hermana tiene demasiada personalidad –me dijo un día un conocido mío, Julio Viñas, con el que algunas noches me encontraba por los bares del barrio.

No era muy amigo mío, como tampoco lo es ahora, pero le consideraba afín a mí en algunos aspectos. Era, sobre todo, un compañero muy cómodo porque nunca hacía preguntas sobre temas personales, cosa que les ocurre bastante a los borrachos.

Julio se emborrachaba de un modo casi metódico y frecuentemente a solas, no para olvidar ni para protestar de nada, según me explicó, sino sencillamente por debilidad. Sabía exactamente qué vaso de vino iba a ser el que decidiese la vertiginosa cuesta abajo de su borrachera, y decía que el tener en sus manos la posibilidad de ser el causante de algo de un modo tan fulminante, le hacía sentir una excitación que sólo en esas ocasiones le asaltaba; y no era capaz de rechazar la tentación de volver a experimentar tal sensación de poder. El resto de sus actuaciones a lo largo de la vida era una masa indiferenciada de gestos equivalentes los unos a los otros e igualmente amorfos, incluso el hecho mismo de estar borracho del cual no retiraba ningún placer.

Una noche, ya tarde, nos encontró Aurora bebiendo en un kiosco que había cerca de casa. Finalizaba el verano, y también otros vecinos que habían salido a tomar un refresco se demoraban, entre risas y bostezos, en las sillas cercanas. Callábamos. Julio, ensimismado en considerar la punta roja de su cigarro. Desde mi silla se veía la embocadura de nuestra calle. Habíamos bebido mucho, y me entretenía imaginándola como la entrada a un lugar desconocido.

De pronto un coche frenó delante de nosotros, y Aurora sacó la mano por la ventanilla, saludándonos alegremente. Venía sola y traía puesto un traje muy adornado, como si volviera de alguna fiesta. Era ya muy tarde.

–¿Te vienes, David? –preguntó, al tiempo que abría la portezuela como para dejarme sitio a su lado.

Dije que no con la cabeza. Entonces ella avanzó hacia nosotros. Miraba a Julio, sobre todo, a pesar de dirigirse a mí.

—¿Por qué no? ¿Qué pintáis aquí sentados? Hola.

Yo no sabía si se conocían o no, pero no me molesté en hacer las presentaciones.

—Nada, no sé por qué hay que pintar siempre algo. Estamos aquí tranquilos.

—Y tan tranquilos. Parece que os habéis caído de un guindo. Vaya caras de entierro. ¿Lleváis mucho rato así?

—Yo estoy desde que se puso el sol. Éste vino luego.

—Pues vaya un plan, ricos —dijo Aurora con desprecio. Iba a volver la espalda para irse, pero la voz de Julio la detuvo.

—Si nos haces el honor de acompañarnos, princesa, seremos tres a no pintar nada, y así de paso nos explicas bien explicadito y como Dios manda de dónde vienes tú tan elegante. Sin prisa. Se te paga un coñac.

Hablaba con voz mucho más estropajosa que la que tenía la última vez que se había dirigido a mí, lo cual no me extrañó, porque llevábamos largo rato callados y él no había dejado de beber. Se puso de pie, iniciando una especie de reverencia burlesca al tiempo que le indicaba su asiento a Aurora, pero se tambaleó y tuvo que agarrarse a la mesa para no caer. Un vaso se hizo añicos contra el suelo y el camarero acudió.

—No ha pasado nada, amigo —dijo Julio con una sonrisa—. Salud; deseos de bienvenida.

Y, mojando sus dedos en el coñac vertido, trató de hacer un signo sobre la frente de Aurora, que se apartó vivamente.

—Traiga otros dos vasos. Siéntate, anda, encanto; hazme ese favor, ¿quieres?

Se miraron.

—No quiero —dijo ella con voz de reto.

Pero Julio la empujó por los hombros y, una vez sentada, le alzó la cara por la barbilla.

—Está muy feo que le propongas a David que se vaya contigo y a mí no, ¿sabes? Si le quieres ver a él solo os citáis para mañana. Hoy me aguantáis también a mí.

Aurora se levantó.

—¡Parece mentira! —me increpó indignada—. Acabarás permitiendo que me confunda con una cualquiera, sin sentir frío ni calor.

—¡Eh, alto! Con una cualquiera, no —volvió a interrumpir Julio—; ya he visto que tienes coche. Y se te ha llamado princesa además. ¿Se te ha llamado, sí o no?

—Es mi hermana —presenté con naturalidad.

—Bueno, ¿y qué? Eso no quita. Si es tu hermana, tú serás príncipe.

Los dos nos echamos a reír.

—¡El príncipe de los traperos, de los muertos de asco! —estalló Aurora—. ¡Vaya unos amigos ilustres, vaya unas orgías luminosas! Ésa es la gran aventura que se te ocurre, venir a emborracharte aquí, a dos pasos de casa, en un bar que conoces de toda la vida con la perla del Julito Viñas, ¡otra gloria nacional!

Hubo un silencio.

—¿De qué me conoces? ¿Vas por la Facultad de Derecho? —le preguntó Julio, al cabo, mientras la miraba esforzadamente—. ¡Anda, claro, si eres auxiliar, me parece! ¡Vaya risa! Hasta he entrado de oyente en una clase tuya. Me ahogo de risa, esto hay que celebrarlo, por Dios.

Aurora se subió al coche y dio un portazo.

—Ahí os quedáis. ¡Me dais asco! ¡Sois unos muertos de asco! —chilló por la ventanilla abierta.

Julio se acercó e hizo ademán de besarle la orla del manto.

—Pero muertos de muerte natural —replicó.

Tardé varios meses en volver a ver a Julio, a quien sólo me unían estos encuentros casuales.

Ya había empezado el curso. Le noté más serio.

Me dijo, de pronto:

—Tu hermana, chico, es algo terrible. ¡Terrible! Es demasiada la personalidad que tiene.

Y lo dijo como abrumado.

–¿La ves en la Facultad?

–Sí, mucho. Dice que si me empeño, puedo acabar la carrera en febrero. Que es completamente posible. ¿Tú has visto cosa igual? Me lo está empezando a hacer creer.

–¿Y para qué te lo quieres creer? ¿En qué se diferencia un mes de otro?

Se quedó dudando.

–Claro, eso sí. Pero ya he cumplido veintiséis años y no está mal que alguien me lo recuerde. Es como ponerme una prueba a mí mismo; ¿tú qué dices?

Me encogí de hombros.

–Que allá tú.

Siempre había pensado que Aurora solamente podría interesarse por un hombre débil, del tipo de Julio; pero, como es natural, nunca le he dicho esto y se habría quedado estupefacta de saber que opino así o que pienso en ella siquiera, cosa que, por el contrario, me ocurre muy a menudo. La entendía sin condenarla, justamente lo contrario de lo que le sucede a ella, que me condena automáticamente, sin entenderme.

Una noche oí sus pasos que se demoraban con pretextos por el pasillo y el cuarto de baño, hasta que por fin se detuvieron delante de mi puerta. Yo estaba leyendo, metido en la cama. Entró.

–¿Qué haces?

–Nada; leo.

–¿Me dejas que me fume contigo un pitillo antes de ir a dormir? –preguntó con tono humilde.

–Bueno.

Cuando se acercó a coger las cerillas, miró el título del libro que tenía abierto sobre la cama.

–¿Darwin? ¡Mira que lees cosas raras!

–¿Raras por qué?

–No sé. A lo mejor es bonito. Lo digo sobre todo porque es imposible conocer bien tus aficiones. ¿De qué trata?

–Cuenta Darwin unos viajes que hizo a las Indias. Las cosas que vio.

–¿Y te interesa?

–Sí.

–David, en algunas cosas, ¡cuánto te pareces a papá! ¿Te das cuenta de lo que te ha influido?

Ya me lo había dicho otras veces. Me encogí de hombros y seguí fumando en silencio, pero ella se movía inquieta en su butaca.

–Yo creo, David –dijo al cabo un poco excitada–, que no se pueden leer las aventuras de uno que se ha ido a las Indias Occidentales, sin haber salido casi de la Ciudad Lineal.

–¿Por qué no? Además, también he estado en Soria.

–¡Bueno, Soria...! Quiero decirte que hay que vivir, hijo mío. Eso es lo que quiero decir. Que hay que vivir para saber algo.

–¿Y tú le llamas vivir a ir a ciento diez en el coche y a oír discos de jazz?

Me quedé muy extrañado de que no se alterara. Miraba el suelo con aire misterioso.

–No; no sólo a eso. Pero, por ejemplo, tú... ¿cómo no tienes novia? ¿O la tienes?

–¡Qué más da que tenga novia o que la deje de tener! –esquivé–. ¡Qué tiene que ver eso con lo que hablábamos! ¿O es que crees que tener novia es vivir? Yo más bien pienso que sea, por el contrario, un estado de ceguera, de vida inferior.

Pero Aurora ni insistió en sus interrogatorios ni se puso a contradecirme como otras veces. Seguía mirando la alfombra con ojos distraídos y el alivio producido por aquella tregua me hizo recibir con benevolencia la frase siguiente, donde por fin se desvelaba el motivo de su visita.

–Oye, ¿sabes que salgo con Julio Viñas?

–¿Ah, sí?

–Sí. ¿No te parece raro?

–¿Por qué me lo va a parecer? Sales con tanta gente...

–Bueno, pero con él es distinto. Salgo mucho. Nos vemos casi todos los días.

Me espiaba la expresión con un azaramiento que de pronto la hacía parecer una niña.

—Bueno, ¿y qué?

—Nada, que como es un chico tan distinto de mí, y ni siquiera tiene la carrera terminada, creí que te parecería muy absurdo.

—Es un poco absurdo, desde luego, pero ya te encargarás tú de volverlo todo normal.

Aurora sonrió con afecto.

—Me alegro de que lo hayas entendido. A otro que no fueras tú le habría parecido un completo disparate. Porque supongo que has entendido que... en fin, que nos queremos.

—Sí, eso he entendido.

Aurora respiró con alivio y su voz se animó súbitamente.

—Es muy bueno, ¿sabes? Me ha jurado que nunca volverá a beber.

—¿Y por qué te ha tenido que jurar tal cosa? Cualquiera que te oyera pensaría que a ti no te gusta beber.

—Hombre, yo me refiero a beber sin venir a cuento. En una fiesta, cuando está animada la gente y hay música y eso, en una palabra, cuando estás metido en situación, entonces, claro, es natural.

—¡Natural, no! ¡Artificial! Beber cuando uno tiene ganas, es por lo menos un acto libre y espontáneo, no impuesto por las convenciones sociales.

Aurora aplastó su cigarrillo y disipó el humo con la mano.

—¡Madre mía! ¡Qué pedante eres! —dijo levantándose—. Lo que yo te aseguro es que Julio no volverá a beber en plan «paria del destino», ¡ni hablar! Cuando beba será porque nos estemos divirtiendo los dos o con más gente. ¿De qué te ríes? ¿No te lo crees?

—Por supuesto. Se verá obligado a decir que se está divirtiendo siempre, pase lo que pase. De eso estoy bien seguro. De que no podrá volver a beber un vaso de vino pudriéndose en santa paz.

Aurora se marchó dando un portazo y ésa fue la única vez que hablamos de su casamiento.

Julio, estudiando a golpe de dictadura, acabó la carrera en febrero, como era lo previsto, y Aurora, que en esa época parecía quererle más que nunca, sonreía con orgullo. Fue entonces cuando empezó a traerlo por casa.

Había abandonado casi totalmente sus actividades personales para consagrarse en cuerpo y alma a moldear a su novio. Y a medida que forjaba –sobre todo delante de papá– la imagen que se iba haciendo real de un Julio responsable, enamorado y hombre de pro, a medida que creía ir triunfando en un pleito que cualquiera hubiera dado por perdido y se aseguraba de sacarlo a flote, Julio Viñas, mi compañero del verano, se iba convirtiendo poco a poco en esa persona encogida, correcta y sin criterio cuya presencia ahora me produce tanta timidez.

Así que la poca o mucha amistad que él y yo hubiéramos podido llegar a tener, quedó helada en la nueva situación, porque, aun antes de notar que evitaba quedarse a solas conmigo y que me huía con los ojos, ya había previsto yo que mi compañía había de estar en la lista de las desaconsejables, y procuré ahorrarle la violencia de dármelo a entender, escurriéndome a mi cuarto en cuanto podía.

Por entonces yo le había dicho a Lucía que me gustaba mucho estar con ella y que la quería mucho, pero que no aguantaba que nadie me pidiera cuentas sobre mi vida y que estaba seguro de hacer un marido insoportable. Le aconsejé que saliera también con otros chicos y que se casara con el que más cómodo le pareciese. Pero, como siempre que nos despedíamos lloraba, los remordimientos no me dejaban vivir, y tenía que volver a llamarla por teléfono. Con esto empezó la serie de nuestros altercados, explicoteos, treguas y reconciliaciones que nos han unido dolorosa e irracionalmente hasta hace poco tiempo.

En cambio, por lo que respecta a mi situación en casa, el período del noviazgo de Aurora, que duró año y pico, lo recuerdo con cierto alivio, porque dejaron de ocuparse de mi porvenir para dedicarse al de Julio. Al mirarle junto a mi hermana, tan bien peinado y planchado, o al oírles comentar que el tío Alejandro les había invitado a comer al Ritz, o los provechosos descuentos sobre muebles y lavadoras, me sentía abrumado y sorprendido de que Julio no se rebelase a tantas coacciones. Hasta que llegué a pensar que él quizá no sentía la incomodidad que yo, como espectador, estaba suponiendo en él.

Se había venido a saber que Julio era la oveja negra entre ocho hermanos de una familia honorabilísima, casi ilustre. Los futuros suegros de Aurora, que no daban crédito a la transformación operada en su hijo, hacían panegíricos desbordados de ella y la llenaban de atenciones y regalos. Les compraron un pisito por Manuel Becerra.

Aurora había embellecido; quería tener hijos y –colmada su sed de dominio– la idea de renunciar a todo por el hombre amado debía excitarla como un goce superior. Por medio del tío Alejandro consiguió para él un empleo muy bien remunerado en un banco importante, el mismo donde años más tarde también entré yo a trabajar.

Todas las apariencias, pues, eran de que aquel asunto caminaba hacia el colorín colorado de los cuentos.

«Y sin embargo –pensaba yo saliendo de la iglesia el día de la boda–, es como si no se hubieran conocido. Como si no supieran nada el uno del otro. Absolutamente nada.»

Don Isaías

A lo largo de mi vida, he sentido de un modo perenne y casi físico la envoltura del tiempo dentro del cual me muevo inarmónicamente, como en un traje no adaptado a mi medida. Y a veces me he revuelto contra tanta incomodidad.

Otros han adaptado el tiempo a su medida, lo cual quiere decir que han conseguido olvidarlo. No sienten esa ropa sofocante y embarazosa porque no les cuelga por todas partes ni les tira en las costuras, como a mí. Esto consiste en que han llenado los huecos de su tiempo, lo han empleado.

La primera tentativa voluntaria de emplear mi tiempo se registra más o menos a los diecinueve años, cuando Bernardo ya llevaría unos tres ganando dinero. Quise buscar un empleo también yo: el que fuera. Se trataba de echar al tiempo otra comida cualquiera para defenderme de su merodeo y zarpazos sobre mí mismo.

Un día fui a ver a Bernardo, que trabajaba en una librería de la calle de Narváez, y le comuniqué mi decisión. Se quedó muy confuso y, al pronto, no me contestó.

–¿Te parece mal? –indagué, inquieto.

–No mal precisamente –repuso–. Una chaladura de las tuyas.

–¿Chaladura, por qué?

—Porque te dan venadas y no se fía uno ni un pelo. ¿Para qué quieres tener un empleo ahora de pronto, vamos a ver? ¿Es que por fin has decidido hacerte un hombre y mandar a la familia a la porra?

—No. ¿Por qué iba a haber decidido semejante cosa?

—¿Ves? Entonces es un juego —dictaminó—. Déjate de jugar de una vez y que tu padre te pague la carrera que elijas.

Me fui de allí muy triste. Uno de los alicientes para intentar romper la apatía que, como un círculo encantado, me envolvía desde la muerte de mi madre, era el de sentirme refrendado por el aplauso de Bernardo. Sin embargo, su desacuerdo, a pesar de que me entristeció y dio lugar a dos o tres de mis últimos poemas en que me confesaba incomprendido, no me desanimó de llevar adelante aquel irrazonado ensayo. Decidí no volver a ver a mi amigo hasta que pudiese contarle que llevaba un mes trabajando en el mismo sitio, porque pensaba que tan sólo entonces, cuando hubiese hecho la prueba, sería cuando tal vez supiese explicarle por qué quería probar.

Pero gracias a que no soy consecuente en posturas de dignidad. Si no, a Bernardo no habría vuelto a verle nunca.

Todas las mañanas compraba el periódico y me metía en mi cuarto a leer, en la sección de anuncios, las demandas de trabajo. Eran muchísimas, y estaban redactadas de un modo tan uniforme que de una primera lectura, no demasiado empeñada, salía uno desorientado como de un bosque. Comprendí que la tarea de leer y entender los anuncios era ya de por sí un cometido y que debía tomar una actitud menos inerte para enfrentarme con él, si quería que llegase a significar algo. Es decir, aquel significado tenía que rastrearlo yo, extraerlo de aquellos lacónicos enunciados a base de atención y pesquisas.

Lo primero que necesitaba era imaginarme en qué podía consistir realmente cada trabajo de los insinuados allí, tratar de reproducir las circunstancias que habían hecho posible su existencia y preguntarme si tal existencia era en rigor necesaria o no.

Así, una previa clasificación en trabajos necesarios y superfluos se impuso; los primeros los marcaba con una cruz roja, los otros con una cruz azul. Pero la asombrosa mayoría de cruces azules me dejó muy perplejo, y entonces pensé que era imposible que hubiera tantos trabajos superfluos, y que tal resultado podría ser debido a mi insuficiente preparación para entender alguno de aquellos enunciados. Con esto, agucé mi meticulosidad en la lectura de los anuncios (la cual se hizo tan concienzuda que llegó a ocuparme muchas horas) y separaba los que se referían a un quehacer claramente concebible por mi imaginación de aquellos cuyo sentido solamente penetraba a medias.

Recuerdo que para esta segunda clasificación empleé lapiceros verde y negro, pero en seguida surgieron tantas nuevas divisiones y subdivisiones que el sistema de los colores se volvió embrollado e insuficiente. Entonces inventé uno de señales, pero la cosa se iba ramificando tanto, que tuve que comprar un cuaderno, donde pegar, recortados y agrupados por secciones, los anuncios de los diferentes trabajos propuestos a mi consideración.

En aquel cuaderno, que empecé llamando «el cuaderno fichero», terminé por anotar todas las incertidumbres provocadas en mí por el tema del empleo del tiempo y relacionadas de algún modo con él, cuyas anotaciones al cabo se desbordaron de su condición marginal e invadieron todo el ámbito del cuaderno. Así que cuando este primero se gastó, me vi obligado a sustituirlo por otro, el cual a su vez fue continuado por otro y aquél por uno más.

El último de estos cuadernos fichero, aunque en la intención con que fue inaugurado guardaba relación con mi primitivo propósito de encontrar un empleo, había venido a convertirse en una especie de diario entreverado de dibujos.

Durante este período me levantaba muy temprano, estaba bastante eufórico y hacía vida ordenada, hasta tal punto que mi hermana creyó que estaba preparando oposiciones a Correos, como ella me había aconsejado, cosa que yo, por cierto, le dejé creer.

La verdad es, sin embargo, que la única actividad de tipo práctico que desarrollé en este tiempo, es decir encauzada a intentar obtener algún resultado concreto de mis fatigas, consistió en escribir algunas cartas a distintos apartados donde para ciertos trabajos exigían informes del solicitante por escrito.

También en la elaboración de estas cartas era muy minucioso y exacto, y ahora pienso que ésa debió ser la razón de que nunca me contestaran a ninguna. Para empezar, confesaba mi falta de experiencia en cualquier clase de trabajo, aunque también mis pocas pretensiones económicas y mi buena disposición para entregarme a aquél si lo llegaba a considerar interesante y valedero; pero –continuaba manifestando– para llegar a adquirir esa convicción o bien la contraria, necesitaba aclaración en muchos puntos que me parecían oscuros. Así que al final, las cartas que hubieran debido ser portadoras de mis informes, solían resultar, por este camino, unos inesperados documentos donde a la empresa que deseaba ser informada se le pedían informes a su vez. Sin embargo, nunca encontré en estas cartas, después de releídas, algún impedimento lógico que me hiciera desistir del propósito de mandarlas. Por el contrario, solían complacerme mucho y dado que imaginaba que a mí, si fuera jefe, me habría gustado sobremanera ser interpelado en aquel tono por un futuro subalterno–, a veces cargaba la mano en el discurso, llegando a copiar alguna de mis reflexiones más recientes de los cuadernos. Pero ya he dicho que nunca me contestó nadie.

Hasta que un día me apercibí con sorpresa de que había pasado casi un año desde que me propuse ensayar un empleo metódico del tiempo, y que aún nada parecía presagiar mi real inserción en alguno de aquellos quehaceres que posiblemente estuviera capacitado como cualquier otro pretendiente a ellos para poder desempeñar, pero que, gracias a mi estómago siempre lleno (y, como consecuencia, a poderlos analizar fríamente), se convertían en quehaceres fantasmas.

Pero me apercibí también de otra cosa y con mayor clarividencia: durante este tiempo, la consideración y el estudio minucioso de los anuncios, su clasificación rigurosa y la
redacción de los cuadernos y de las cartas, habían representado ya, por sí mismos, un empleo metódico del tiempo. Seguramente las personas empleadas en muchas de
aquellas entidades y oficinas adonde yo dirigía mi correspondencia, escribirían también cartas y manejarían fiche-
ros con arreglo a determinados criterios de ordenación.
Más o menos lo que yo había hecho.

El que sus criterios de ordenación fueran algo distintos
de los usados por mí, es decir, el hecho de que tales personas
no hubiesen inventado las normas a las cuales se atenían, no
podía por menos de considerarlo como una ventaja a mi favor. Ellos obedecían a un trabajo maquinal que no les atañía
en absoluto y cuyo ciclo era inalterable. Yo era, en cambio,
dueño de mi trabajo, por tener la libertad de abandonarlo
cuando dejase de interesarme o lo considerase inútil.

Así, cuando dejé de salir por las mañanas a comprar el
periódico, por haber alcanzado el entendimiento de que
tal cosa se había convertido en un gesto rutinario, desco-
nectado de mis verdaderas preocupaciones, estaba contento; persuadido de que el ensayo del empleo había sido llevado a cabo totalmente y con resultados fructíferos para mi
experiencia. El cuarto cuaderno fichero se quedó, pues,
sin concluir. Sobre todo, porque los dibujos que había hecho en él, cada vez más cuidadosos, reavivaron mi subterránea afición de pintar y me desviaron con fuerza a ella.

–¿Y qué se hizo de aquel proyecto tuyo de buscar un empleo? –me preguntó un día Bernardo.

–Era una venada –le dije–. Tenías razón tú.

–¿Y con lo de escoger carrera, qué te pasa? ¿Sigues sin
encontrar árbol donde ahorcarte?

–Pues sí.

–¡Vaya por Dios!

Me preguntó que a qué dedicaba todas las horas del día,
con tantas como son, y estuve a punto de contarle lo de los

cuadernos y enseñárselos, pero me contuve porque empezaba a ser consciente de la irremediable distancia que había entre nuestros puntos de vista, y las cosas que pensaba y me entusiasmaban a solas no me valían para decírselas a mi amigo, cuyas burlas temía mucho. Le contesté, pues, solamente que pintaba un poco.

–Claro, hombre –se entusiasmó–. Menos mal que lo vas comprendiendo. Ésa es la carrera que tienes que seguir tú, sin género de dudas. Pero dejándote de vaguerías. Dedicándote a ello como a tu profesión, completamente en serio.

No me atreví a decirle –porque otras veces que se lo dije se había enfadado mucho– que yo, cuando pintaba, era incapaz de considerar que estaba haciendo algo serio, por lo menos según la acepción que él daba a esta palabra. Para Bernardo decir serio era como decir obligatorio. Y pintar, al contrario; se relacionaba para mí con jugar, con contemplar. Pero sobre todo con la incertidumbre. Me parecían infinitas las posibilidades de combinar rayas y colores, y el hecho de que la combinación necesaria para dar lugar a un cuadro o dibujo determinado tuviese que depender de mi elección, me sumía en grandes perplejidades, ya que tan valedera me parecía una combinación como la contraria. O sea, que como la finalidad de mis pinturas estaba en ellas mismas (no les había inventado ninguna finalidad), pintaba al mismo ritmo lento que presidió los juegos e inventos de mi infancia. Y con esto no me escapaba del tiempo, sino que sentía aún más su runruneo encima de mí.

Pintar, en una palabra, no era emplear el tiempo.

La edad del servicio militar me alcanzó como una liberación. Al fin me había tocado enfrentarme con algo donde no cabía elegir.

Esperé a que me sortearan, y, cuando supe que me había correspondido a la Península, fui a hablar con mi padre. Hacía mucho que no le pedía un favor. Le rogué que intercediera junto a un cliente suyo muy influyente para que me fuera permitido hacer el servicio militar en alguna capital de provincia. Las continuas presiones de Aurora para encauzar mi vida habían llegado a hacerse totalmente contraproducentes, y de este período lejos de casa esperaba sacar en limpio algún proyecto exclusivamente mío, o al menos la lucidez necesaria para considerar mis aficiones.

–Vamos, una especie de ejercicios espirituales –dijo mi padre sonriendo.

–Pues sí, algo por el estilo.

Él no se fiaba ni era partidario de los proyectos de mejoramiento, y me estuvo poniendo en guardia contra el espejismo que para mí pudiera suponer el hacerlos por primera vez en mi vida.

–Mira –me advirtió–, cuando uno se propone cambiar de vida o mejorarla en algún sentido, el mismo hecho de proponérselo ya le tranquiliza la conciencia. Y el bienestar que se deriva de ello es tan grande, que el proyecto pasa a segundo término.

Yo estaba de acuerdo. Hablamos bastante del fetichismo del año nuevo, por ejemplo de cómo lo de «año nuevo, vida nueva» había venido a convertirse en una frase vacía que ya nadie decía de verdad, aunque era poca la gente que se daba cuenta de no creer en los proyectos formulados tan solemnemente.

Charlando de esto y de otras muchas cosas, pasé un buen rato aquella tarde con mi padre, al cual en muchos aspectos cada vez me consideraba más afín.

No le pareció que fuese difícil de atender mi petición y me prometió hablar en seguida con su amigo. Me preguntó que qué capital de provincia prefería, si le daban a escoger. Le dije que una cualquiera, que si podía ser de Castilla, mejor. Me pasaba en eso también como a él. Teníamos preferencias puramente teóricas, ya que los dos habíamos viajado muy poco. Mis viajes se reducían a excursiones solitarias que hacía sin salir de la provincia de Madrid, y frecuentemente a pie.

Mi padre me dijo que no le extrañaba que quisiera vivir algún tiempo en una ciudad castellana de provincias porque era un remanso de paz y de olvido. Me estuvo cantando las alabanzas de Salamanca, Zamora, Segovia y otras. Sin embargo, al final me confesó que no las conocía más que a través de lo que de ellas había leído y oído decir.

No dijo nada de que mi proyecto le pareciese disparatado ni trajo a colación –como yo había temido– el recuerdo de mi debilidad física, señalándola como posible inconveniente para que hiciese una vida de cuartel lejos de la familia. Por aquel tiempo yo estaba siempre muy cansado y había dado escasamente las medidas torácicas exigidas para el servicio. Pero mi padre siempre ha supuesto (o al menos ha querido darlo a entender así) que tanto en lo físico como en lo moral yo sé desenvolverme y ocuparme de mí mismo, sin necesidad de desvelos ajenos, a pesar de que haya tenido datos sobrados para estar convencido de lo contrario. Así que en aquella ocasión se limitó a advertirme que no hablase con Aurora de nuestros manejos, ni aun en el caso de que sirvieran para conseguir algo.

–Le dices que te ha tocado el sitio que sea, y ya está. Ya sabes –concluyó– cuánto le molestan a ella las originalidades.

Con lo cual no supe si es que a mi padre le parecía una originalidad el que yo quisiera irme de casa, o es que interpretaba lo que hubiera opinado mi hermana caso de haber tenido noticia de mi pretensión.

Sea como fuera, durante los días que transcurrieron hasta que mí padre me volvió a hablar del asunto –el cual se resolvió según mis deseos– aquella tácita alianza conmigo me hizo sentirme incómodo y arrepentirme de haberle pedido ayuda. Me sentía apabullado bajo el peso de tanta comprensión.

Bernardo, que en muchas cosas anda acertado, siempre dice que los padres comprensivos son más dañinos que los injustos porque no le permiten a uno rebelarse en nombre de los malos tratos recibidos. Y, según él, la rebelión a tiempo contra los padres es muy necesaria y sana como desahogo psicológico. (Yo ahora sé cuánta razón tenía: ha pasado mucho tiempo hasta que he llegado a tratar mal a mi padre y el daño, por injusto y extemporáneo, se ha vuelto contra mí.)

Precisamente era mi amigo quien me había dicho pocos días atrás, antes de que me sortearan:

—¿Sabes lo que a ti te convendría, David? Pues que te tocara a África. Estar lejos de tu casa durante un período de dieciocho meses.

Y con aquella frase había venido a darme él la idea de pedir mi traslado a otra ciudad. Pero luego me avergoncé de decirle que era mi padre quien estaba revolviendo Roma con Santiago para hacer triunfar lo que, de esta forma, venía a convertirse en un capricho de hijo de familia, a quien no se ha negado nunca ninguno.

No es que yo propiamente lo juzgara un capricho. Pero con Bernardo es algo muy curioso lo que me ocurre: cuando no me atrevo a contarle algo que creo que va a indignarle, no puedo pasarme, al menos, sin imaginar sus actitudes y palabras, y, desdoblándome en dos personas, asignar a una de ellas el papel de mi amigo. Es decir, que yo mismo me hago, en nombre de Bernardo, los reproches que él me haría.

Así me ocurrió también en aquella ocasión. A fuerza de tanto pensar en lo que Bernardo habría opinado, caso de conocer aquel amaño entre mi padre, yo y el jefazo influyente, estaba de un humor de todos los diablos cuando una tarde Rita subió a mi cuarto a decirme que mi padre quería verme.

Tardé en bajar. Por fin lo hice y me quedé de pie delante de su mesa de despacho, con las manos en los bolsillos, demostrando la mayor desgana que podía. Me notificó que me habían destinado a Soria, y me preguntó que si me gustaba el sitio.

—Supongo que me cansaré de él —dije— como me cansaría de otro cualquiera.

Mi padre me miró y dijo muy serio, con el acento de buena fe que a veces ha empleado para sacarme de atolladeros:

—Nunca, David, debieras hablar de ti como de una fuerza ciega de la naturaleza. Si de antemano te empeñas en cansarte, te cansarás. Uno mismo se condena diciendo frases así. ¿No lo sabes?

Me destinaron a servicios especiales. Es posible que, al tratar del asunto de mi permuta, mi padre hubiese recomendado a su amigo el general que tuviesen también otras consideraciones conmigo, porque lo cierto es que, en comparación con la mayoría, tuve que desempeñar trabajos muy benignos. Sin embargo, no tardaron en parecerme terriblemente fastidiosos.

Suele opinarse comúnmente que el verse obligado a trabajar fortalece el ánimo de quien no está acostumbrado a ello, lo cual representa un beneficio porque le prepara para obligaciones sucesivas. Pero a mí el trabajar a la fuerza no me fortaleció el ánimo ni me acostumbró a nada, sino que, al contrario, el experimentar a diario las molestias de un trabajo que juzgaba absurdo e inútil, me hizo repudiarlo aún más, por la violencia de tener que aceptarlo, en cuya aceptación me era imposible ver beneficio ninguno.

Los demás eran capaces de soportar con total resignación su suerte mucho peor que la mía. Pero esto no me hacía renegar de mi condición de hombre blando para el trabajo, sino que me afianzaba en ella y compadecía a los otros, que no experimentaban aquella sensación perenne de estar engranados en una rueda inútil. Era una sensación de náusea, algo desde luego muy desagradable, pero me ayudaba a saberme vivo entre los muertos.

A oscuras, cuando todos dormían, con los ojos abiertos al alto techo del cuartel, fomentaba rabiosamente mis insomnios debatiéndome en solitarias consideraciones. Una de las cosas que llevaba peor era la de estar seguro de que al día siguiente, aunque se hundiera el mundo, habría que levantarse al toque de diana, sin que la razón de aquel madrugón fuera ninguna, excepto la de que estuviera reglamentado así.

—Pero ya se sabe que la mili es eso —me contestaban los otros, muy extrañados de que protestara—. ¿De dónde caes? ¿Es que no sabías que se madruga?

—Sí. Pero ¿y qué con que lo supiera?

—Pues que te podías haber hecho a la idea; cuando te haces a la idea de una cosa, ya tan campante.

Se negaban terca y casi apasionadamente a imaginar que las cosas pudiesen funcionar de diversa manera; y, a no ser por las bromas y conversaciones a que se entregaban brevemente llegada la noche, antes de sumirse en el sueño que borraba otro día de sus mentes, nadie habría podido pensar que no eran máquinas tragaperras de la obediencia en lugar de seres con voluntad propia. Pero, dado que en sus bromas y conversaciones tampoco era capaz de sentirme incluido, aquellos ratos nocturnos que precedían al sueño en el gran dormitorio del cuartel llegaron a serme insoportables. Odiaba el sueño común como una epidemia, lo materializaba incluso en la figura de un alud que veía desprenderse y bajar rodando a sepultarnos, sin que nadie aventurase una alerta desesperada.

Fue en estos momentos, sobre todo, cuando traté de hablar alguna vez con mi vecino de cama, un muchacho cenceño y reseco de Almazán, que se llamaba Fulgencio, y de hacerle compartir mi rebeldía porque las cosas tuvieran que ser aceptadas siempre con la misma inerte resignación. Sin embargo, ni siquiera este chico, aunque me consta que me admiraba y deseaba fervientemente mi amistad, logró escuchar más de dos de mis frases con los ojos completamente abiertos.

—Te dejo siempre con la palabra en la boca —se disculpaba al día siguiente, sonriendo—. Tienes que perdonar, hijo, pero es que el sueño es libre.

Hasta que un día me dijo que él nunca había dormido

tan a gusto como en la mili ni tanto rato seguido. Que para él, la mili eran unas vacaciones.

Se lo conté a don Isaías, un viejo maestro a quien conocí en un banco del parque un domingo, y con el que a veces iba a tomar café y charlaba. Era mi único amigo en Soria.

—Ya ve usted —le dije con pesadumbre—. España está sostenida por millares de hombres como este Fulgencio. Es terrible.

—¿Terrible por qué? —se extrañó mi amigo el maestro—. ¿Crees que ese chico necesita que tú y yo le compadezcamos?

—Por supuesto que lo creo.

—Es cuestión de puntos de vista —se encogió de hombros don Isaías, mientras revolvía el azúcar de su café con la cucharilla—, como todo en este mundo. Él sabe cosas del campo y de las cosechas que no sabemos tú ni yo, no se ha creado muchas de las necesidades que a nosotros nos esclavizan, y con lo que sabe y hace sostiene a España, como has dicho tú antes. La sostiene para que nosotros vayamos montados, encima, como en lo alto de un carro, y podamos hablar de lo mal que ese carro funciona.

—Pues por eso mismo. A mí me debía despreciar, y, en cambio, quiere ser mi amigo.

—¿Y por qué va a ser una nota negra en contra suya la de que no sepa despreciarte? Ha llegado a parecer absolutamente necesario para la dignidad humana el despreciar a otro; pero seguramente ese chico se mueve aún en un radio de acción privilegiado adonde no han llegado los estímulos de medro y ambición que va creando el mundo moderno. Ni se considerará superior a ti ni inferior; éstas pueden ser incluso nociones que no tengan cabida en su mente.

Don Isaías era soltero, y apenas tenía amigos. Cuando noté que agradecía mi compañía casi tanto como yo la suya, empecé a ir a buscarle a la escuela y a su pensión.

La pensión donde vivía desde hacía diez años —según me dijo— no estaba lejos del cuartel y era barata. La dueña le preguntó un día que por qué no convencía a «su amigo el soldado» para que se viniera de huésped también, que le haría un precio barato. A mí me pareció una idea estupenda, porque cada día me sentía más a disgusto durmiendo en el dormitorio común, pero tardé meses en aceptarla. Me daba no sé qué escribirle a mi padre pidiéndole dinero.

–¿Pero no dices que tu padre es rico? –me preguntó don Isaías, cuando le hablé de mi escrúpulo.

–Pues, sí. Pobre no es.

–¿Y tú te crees que vas a dejar de ser hijo de un rico porque aguantes unos meses más durmiendo al lado del Fulgencio? Además, si ese esfuerzo te sirviera para variar tu visión de las cosas... Pero yo veo que te ocurre lo contrario.

Comprendí que tenía razón, pero pensaba en lo que diría Bernardo si supiera que no había sido capaz de aguantar la vida de cuartel como los demás soldados, y no me decidía.

–Cuando tengas mi edad –seguía insistiendo mi amigo–, comprenderás de lo poco que le vale a uno tener esos melindres. Son posturas completamente falsas que no quitan ni ponen para lo que uno piense y sea en realidad.

Don Isaías había conocido a Antonio Machado, y me contaba cosas de él. Algunas veces íbamos de paseo por el campo de los alrededores y, sentados en una piedra, leíamos trozos del Juan de Mairena.

Yo me encontraba cada día más a gusto con don Isaías, tanto que me negué a aceptar el primer permiso que me concedieron, por pasarme las Navidades con él, que no tenía familia. Aurora me escribió una carta indignadísima, a la cual no contesté. En cambio, escribí, por fin, a mi padre. Al tiempo que le felicitaba las Pascuas, le hablaba de mi amigo el maestro y le pedía dinero para trasladarme a la pensión donde él estaba. Me lo mandó. Habían pasado diez meses desde que llegué a Soria. Los ocho últimos, hasta que me licenciaran, los pasé, pues, en la pensión de don Isaías.

Recordados ahora aquellos dieciocho meses de mi servicio militar, a lo largo de los cuales leí bastante y pensé muchas cosas, no encuentro, sin embargo, ni aun rebuscando esforzadamente, un solo propósito concreto relacionado con mi porvenir. Fue, por el contrario, un tiempo estático que contribuyó de un modo poderoso a hacerme aborrecer aún más la noción de prisa y a alejarla de momento de mi horizonte. Lo cual no fue obstáculo para que él mismo –como todo tiempo aparentemente estático– se diese demasiada prisa en pasar.

Me acuerdo ahora, como si lo estuviese viendo, del departamento de tercera en el tren que me trajo, licenciado, a Madrid.

Don Isaías había ido a despedirme a la estación y me había llevado de regalo unos dulces y su libro de poemas de don Antonio Machado, dedicado por el autor.

–Mira –me dijo–, yo ya soy viejo y me moriré pronto. Guárdalo tú. Si quieres, lo puedes encuadernar. Le vendrá bien.

Era un libro muy usado, con aspecto de breviario.

A lo largo del viaje, tocándolo sobre mis piernas mientras me dejaba mecer por el traqueteo de las ruedas y miraba el atardecer rojo de septiembre a través de la ventanilla, pasaba revista a aquellos meses de Soria: una tregua más que ya empezaba a entrar en el reino del recuerdo. Y me decía, tomando vagamente conciencia de la nueva circunstancia que se avecinaba, pero sin intención definida ninguna: «Algo tendré que hacer. Lo que sea. Veremos».

Aquel otoño fue suave y luminoso.

Muchas veces echaba de menos a don Isaías y la ciudad recién abandonada. De mi estancia en ella había salido reafirmado en mi afición a los paseos solitarios, sin objetivo. Por eso tardé en ir a visitar a Bernardo.

También me había aficionado a observar a las parejas de novios que en el parque de Soria habían sido el punto de partida para muchas de mis reflexiones. Lo había hablado con don Isaías, que, como solterón y filósofo, a veces me daba la razón y a veces me la quitaba. ¿Cómo podía concebirse que dos personas que están la mayor parte del tiempo con las manos cogidas o haciéndose reproches pueden llegar a tener intereses ajenos a su propia relación?

Don Isaías, escuchándome diatribar, movía la cabeza sonriendo.

–Tú eres un buen mozo. No cantes victoria. Yo me puedo reír de esas cosas de amoríos, porque ya no estoy para nada. Pero tú, no.

A mi vuelta a Madrid volví a tomar apuntes de dibujo del natural, como cuando era pequeño. Llevaba un bloc y un lápiz y me sentaba en los cafés o en los parques. O iba a la estación a ver salir trenes. Dibujaba, sobre todo, las parejas de enamorados, que ejercían una especial fascinación sobre mí y que, en inagotable variedad de actitudes y posturas, poblaban la ciudad con la llegada del otoño. Luego, después de dibujarlos, me interesaban más todavía y ya no podía dejar de seguirlos observando.

Muchos de mis paseos o de mis prolongadas estancias en un café venían condicionados por una pareja a la que no era capaz de abandonar, sobre todo si creía atisbar que se estaba madurando una riña. Ya, cuando arrancaban a discutir con viveza y empezaban a llegarme claramente sus palabras, los espiaba con excitada esperanza. Me iba, si ellos se iban, cruzaba la calle cuando ellos, ávidos de poner en claro el tema de su discurso. Eran jóvenes, estaban indignados y sus ojos se habían visto animados por fin de un fulgor que parecía señalar la liberación de un anterior estado de letargo. Pero aquel tema que yo buscaba no existía, y nunca les oí aludir a nada que tuviera interés para un tercero. Esto me parecía imposible. Los seguía en su deambular hasta abandonarlos dentro de portales que se los tragaban o en cuyo quicio era la despedida. Nada se habían dicho. Aquellas discusiones –pequeños engaños dentro del juego– no alteraban el juego mismo y al final, con las lágrimas de ella, había sobrevenido –lenta o rápida– la reconciliación, como una ola que los devolvía siempre a la misma playa.

Por la noche, cuando volvía a casa, imaginaba la llegada al seno de la suya de aquella chica de la pareja, cuya imagen me acompañaba. Se habría sentado para cenar; habría dado las buenas noches. A lo mejor los padres ni siquiera sabían que tenía novio. Estaría mirando las paredes, reconstruyendo el rostro de él allí. Pero, al ver aquellas paredes como las de su cárcel, no comprendería que el hombre, su puerta de abertura al mundo, había estado cerrando esta puerta contra ella durante toda la tarde y que era él más que nadie quien la condenaba a consideraciones inertes sobre la propia belleza o felicidad.

A las chicas de las cafeterías, a las que pican los billetes en el Metro, a muchas que iban solas o con una amiga por la calle, las miraba con tanta fijeza y ternura que a veces llegaron a cruzar la palabra conmigo, creyendo que buscaba plan.

Y no era algo tan distinto, en el fondo, lo que me ocurría. Porque, al propio tiempo que consideraba la vaciedad de las relaciones amorosas, no se me ocultaba el peligro de caer yo mismo en aquel pozo desconocido alrededor del cual rondaba con el deseo de asomarme a mirarlo.

De esta manera fue como conocí a Gabriela. Una mañana la vi por la calle y eché a andar detrás de ella. «Iré adonde vaya –decidí–. Hasta que se meta en algún portal o se encuentre con uno que la espera.» Solían ser éstos los dos posibles remates de aquel juego por medio del cual me marcaba, a veces, un itinerario de paseo.

Pero Gabriela no se metió en ningún portal ni estaba citada con nadie. Primero cogimos el Metro y luego, en el tranvía que lleva a la Ciudad Universitaria, encontré un asiento a su lado. Noté que ya había reparado en mí y que me miraba de reojo, a pesar de que iba tomando notas en un cuadernito. Hasta que, al parecer, la tinta se le acabó.

–¿Tienes bolígrafo? –me preguntó entonces. Tenía los ojos muy verdes.

–No.

–¿Y un lápiz?

–No. No llevo nada.

Ya estábamos llegando a la Facultad de Letras, que era la última parada, pero yo entonces no lo sabía, porque nunca había ido.

–¿Ni libros tampoco?

–Tampoco.

–¡Qué bien! ¡Vaya un estudiante más especial! –me miraba con intriga–. ¿O es que no estudias?

–Sí, estudio.

Estudiaba bastante desde que terminé el bachillerato; y principalmente libros de Filosofía, pero ella, claro, se había referido a que estuviese matriculado en la Universidad.

Cuando nos bajamos del tranvía, me dijo:

–Nunca te había visto por aquí. Yo soy de Románicas. ¿Y tú?

–No sé todavía...

–Ah, no has elegido; estás en Comunes... Creí que eras mayor.

No contesté nada. Vi un edificio grande hacia el cual nos dirigíamos. Me gustaba, sobre todo, el sitio donde estaba enclavado.

Me dijo, cuando entramos, que iba un rato al bar, pero no interpreté que se estuviera despidiendo de mí, pues habiendo sido la causa de mi ingreso en el edificio, consideraba coherente que guiara mis primeros pasos dentro de él, así que la seguí por los pasillos y escaleras hasta una gran estancia encristalada donde había mucha gente. Era el bar.

Pedimos café en la barra y noté que ella aceptaba mi compañía sin la menor extrañeza. Se puso a hablar del Teatro Universitario y de una obra francesa que iban a ensayar, donde seguramente le darían un papel a ella. Dijo que le apasionaba el teatro. Aludía a representaciones celebradas y decía muchos nombres de obras extranjeras que daba por supuesto que yo tenía que conocer, o, cuando menos, a su autor. Pero a cada nombre nuevo pronunciado por ella rápidamente y con total seguridad, yo la interrumpía diciendo: «¿Y ése, quién es?». Hasta que su disertación sobre el teatro fue perdiendo brillantez, ya que las aclaraciones que se veía obligada a hacerme no siempre eran muy precisas, y se quedó mirándome con mucho desconcierto.

—Chico —dijo—, no me explico de dónde sales. Mira que preguntar hasta que quién es Priestley.

—Pero tú no me lo sabes decir muy bien. Ni siquiera sabes si se ha muerto o no.

—Pero qué tiene eso que ver. Todo el mundo ha oído el nombre por lo menos.

—Yo, no. Me molesta la cultura general.

—¿A qué le llamas cultura general?

—A saber muchos nombres para hacer buen papel y no tener que preguntar nunca nada. A la gente le da mucha vergüenza quedar por ignorante.

—¿A ti, no?

—No. Preguntar es lo único que vale la pena.

Me miraba con interés.

—¿Entonces, por lo visto, tú preguntas siempre todo lo que no sabes?

—Siempre que me dejan. Pero lo malo es que preguntas no las quiere nadie. Ni hacerlas ni oírlas.

—Es verdad —dijo—. Te desacostumbras de eso. Yo misma, hace un rato, me estaba casi riendo de la cara de extrañeza que ponías.

—¿Por qué? ¿Es que te gusta la gente que pone cara de enterada?

—No. Pero es la costumbre de aquí, y te contagias. Yo misma la pongo casi siempre.

No dije nada. Desde mis conversaciones infantiles con Miguel Terán había venido ampliando mucho mis opiniones y críticas acerca de lo que se tiene y no se tiene por costumbre; pero, a pesar de lo que desease, no podía entrar en una materia tan vasta así, de repente. Sin embargo, el silencio de la chica y su mirada intensa me alentaban.

—Es muy chocante —dijo— que una persona joven sea tan sincera. No se puede ser tan sincero.

—¿Por qué?

—No sé... —titubeó—. Si sólo se hablase de lo que se conoce bien, no hablaría uno de nada.

—Sí. Se morirían las conversaciones de cultura general, pero habría más silencio para las otras.

Me preguntó que cuáles eran las otras, pero tampoco supe explicárselo de buenas a primeras, por mucho que me invitaran a la comunicación aquellos ojos verdes y curiosos; y mi silencio, estrujado en medio de la algarabía del bar, se vaciaba de ideas.

—Lo primero que hace falta para hablar es tiempo —dije.

—¿Y ahora qué te pasa? ¿Es que tienes alguna clase?

—No.

Pero estaba incómodo porque me había dado cuenta de que unos chicos la estaban llamando por señas desde una mesa. Como no atendía, vinieron adonde estábamos y se pusieron a saludarla con mucha confianza y aspavientos. Yo, aprovechando que habían quedado un poco aparte, pagué mi café y me disponía a salir. Ella me detuvo con un gesto.

—¿Te vas?

—Sí.

—¿Quieres que mañana te traiga una obra de Priestley que me gusta mucho para que no tengas que hablar de oídas?

—Bueno.

—¿Vienes al bar a mediodía?

—Vendré.

—Hasta mañana. Y que mañana no tengas prisa.

—De acuerdo.

Volví al vestíbulo y, por las escaleras que arrancaban de allí, subí varios pisos hasta salir —una vez llegado al último— a una terraza grande desde donde se veían los perfiles de la Sierra de Guadarrama. No había nadie. Daba el sol. Me acodé en la barandilla y estuve allí un rato fumando, fija mi mente en la consideración de un hecho tan insólito como era el de que alguien me hubiese dado una cita. Luego oí susurros cerca, y me di cuenta de que venían de una caseta que había a mis espaldas, destinada a guardar un motor eléctrico o algo por el estilo. Dentro de la caseta, apoyados contra la pared, un chico y una chica se besaban. No me vieron, pero me fui para no molestarlos.

Estaba finalizando el mes de octubre. En el piso de abajo, delante de una puerta donde decía «Secretaría», había una gran cola de gente, y me enteré por unos anuncios de que a los pocos días se acababa el plazo previamente establecido de matrícula.

Aquel mismo día en casa, durante la comida, notifiqué que había decidido hacer la carrera de Filosofía y Letras. Pensaba que, si quería llegar a hablar con aquella chica, tendría que verla bastantes veces.

Aurora se puso muy contenta. Incluso se levantó de su asiento y vino a abrazarme. Luego le pidió a Rita que trajese una botella de vino de las que estaban guardadas para las ocasiones solemnes, y propuso un brindis. Cuando choqué mi copa con la del padre, alcé los ojos para mirarle, pero no dijimos nada.

Luego, después del postre, cuando Aurora ya se había ido, volvimos a mirarnos. No se había levantado como otras veces, ni yo tampoco; y guardábamos silencio delante de las tazas vacías de café.

–Ven a consultarme todas las dudas que tengas, David –dijo tan sólo–. No dejes de hacerlo.

Masculté una respuesta cualquiera y me fui a mi habitación, casi sin mirarle.

Luego, durante toda la tarde, los ecos que esta frase de mi padre habían despertado en mí me tuvieron pegado a los cristales del mirador, considerando con melancolía el hecho de que hubiéramos llegado a distanciarnos tanto. Me había olvidado completamente de Gabriela.

Lo mismo que ahora. Ella y mi breve paso por la Universidad son fragmentos de historia que posiblemente recompondré más tarde. Porque ya el hilo de lo que voy pensando me fuerza a desviar mi relato, haciéndole retroceder a los años del Instituto.

Bernardo y mi padre

A poco de terminar la guerra murió la abuela Trinidad y la heredamos. Mi padre, a quien habían destituido de su cargo universitario, escribía y estaba siempre en casa.

–Ven a consultarme todo lo que quieras –me dijo cuando empecé a frecuentar el Instituto–. No dejes pasar ninguna cosa a medio entender, como hace tu hermana, que estudia como un papagayo la pobre.

Me quedé muy sorprendido. ¿Habría adivinado mi complejo frente a Aurora, que estaba terminando el bachillerato antes de la edad reglamentaria y siempre a base de matrículas de honor? Pero mi padre no solía consolar a nadie y menos por semejantes caminos. Le miré y estaba serio.

–¿Piensas que Aurora no estudia bien? –le pregunté, confuso.

–Eso pienso exactamente. No sabe estudiar.

–Pero saca buenas notas –afirmé yo–. ¿No saca las mejores notas?

–¡Qué tiene que ver! Pero no sabe nada. Sólo estudia para sacar las notas y luego se le olvida todo, porque la verdad es que le importa poquísimo. Espero que a ti no te pasará igual.

Aquellas palabras, aunque afirmaban algo tan sorprendente como la escasa capacidad de mi hermana para los estudios, fueron, por lo que a mí se referían, el espaldarazo que me armó caballero. Prometí solemnemente que me esforzaría por entender bien todas las cosas.

–También allí, en clase –añadió mi padre–, discute con los otros compañeros lo que te parezca confuso. Y pídeles aclaraciones a los profesores si hace falta. Nunca te dé vergüenza hacerlo. Prométemelo.

–Te lo prometo.

Pronto, sin embargo, comprendí que esta promesa era casi imposible de cumplir. Los profesores hablaban de un modo tan seguro y uniforme que ninguna de sus pausas en la explicación, aunque a veces las hicieran, invitaba a posibles interrupciones. Y aun esta dificultad, con ser muy grande, habría sido superable; pero lo que más me desanimaba era darme cuenta de que una interrupción mía –caso de que hubiera tenido el valor de llegar a formularla– no habría sido secundada por el interés de los otros compañeros.

A veces, cuando menos entendía lo que estaba diciendo el profesor y más me parecía que hablaba para él solo, olvidado completamente de su auditorio, más volvía los ojos yo a este mismo auditorio, como para sentir respaldada mi incomprensión con la de ellos. Pero los demás, con las cabezas inclinadas sobre el pupitre, cogían sus apuntes mansamente, atentos sobre todo a dejarse escapar la menor cantidad de palabras posible. Y si alguno no escribía, nunca en su mirada, tropezada con la mía al azar, se reflejó la menor sorpresa o incertidumbre, sino el dulce reposo de quien no piensa en nada relacionado con lo que está oyendo. Y tanto a éstos como a los aplicados, en el fondo los envidiaba.

A mí, en cambio, como resultado de aquellas explicaciones rutinarias y rígidas se me agolpaban tantas dudas que no daba abasto para apuntarlas a medida que iban surgiendo, con lo cual perdía el hilo del discurso, y mis propios pensamientos se enhebraban embrolladamente unos con otros.

—Déjame tus apuntes para aclarar una confusión de los míos —me pidió un día, a la salida de clase de Religión, un chico delgado que, como yo, solía andar apartado de los demás.

Era la primera vez que me hablaba y me dio pena no poderle hacer aquel favor.

—No los tengo —le contesté.

—¿Cómo que no los tienes? Si digo los de hoy. ¿No has estado cogiendo apuntes todo el rato?

—No.

Me miró fijamente Bernardo Ponce a través de las gafas con sus ojos autoritarios y penetrantes.

—No mientas —dijo—. Si no me los quieres dejar, no importa. Pero te he visto escribir sin parar durante toda la hora.

Saqué de la cartera los papeles que había escrito, aunque me avergonzaba hacerlo.

—No te miento. Mira.

Bernardo se apoyó en la pared y pasó lentamente su mirada por aquel montón de palabras cruzadas en todas direcciones, plagadas de gruesos signos de interrogación.

—No te entiendo bien la letra. ¿O es taquigrafía? ¡Vaya apuntes raros!

—Ya te he dicho que no tomaba apuntes.

—¿No? ¿Y esto qué es?

—Dudas. Sólo apunto lo que no entiendo, ¿sabes?, pero es que parece mucho porque como todo se entiende tan mal...

Bernardo seguía teniendo los ojos fijos en mis cuartillas y esto me animaba a esperar su aquiescencia y a abrigar la ilusión de que se iba a poner a aclarar conmigo aquellos puntos oscuros. Sin embargo, se limitó a decir, tendiéndome los papeles:

—¿Y para qué lo apuntas?

—Es que dice mi padre que no deje pasar nada sin entender, que le pregunte las dudas al profesor. Lo apunto para que no se me olvide.

—¿Pero cuándo se lo preguntas al profesor? Yo no te vi.

–Nunca. Son tantas cosas las que no entiendo, que me da vergüenza. A la salida a veces pienso acercarme, pero se van demasiado de prisa. Mi padre –concluí con desaliento– no sabe cómo son los profesores de aquí.

–¿Los de aquí? –preguntó sorprendido–. ¿Pues dónde has estado tú antes?

–En ningún sitio; en casa. Te quiero decir que creí que los profesores serían de otra manera. Quitando un poco el de Gramática, ¿verdad?...

–Pero, chico, aclárate: ¿cómo son?

Otra vez su mirada concisa me desasosegó.

–No sé; no me gustan. ¿A ti te gustan?

–Hombre, claro que no –dijo con voz tranquila–. A nadie le gusta un profesor.

A todo esto había sacado de la cartera su propio cuaderno y lo estaba hojeando.

–Pues, ¿ves? –me apasioné yo–, eso es lo raro. Un profesor no tendría por qué darle miedo a nadie. Dice mi padre que...

–Perdona –interrumpió Bernardo–. Después seguiremos hablando. Voy a pedirle los apuntes a Peña, que se van al patio y luego no me da tiempo. Gracias.

Le vi alejarse por el pasillo a alcanzar al otro compañero que ya enfilaba las escaleras alborotadamente con el grupo de los que bajaban entre clase y clase a jugar al fútbol, y me quedé solo, parado un largo rato a la puerta del aula vacía. A través del balcón abierto vi cómo, mientras los otros jugaban, Bernardo se había sentado contra la pared en primer término y cotejaba sus apuntes con los del compañero. Rompí en pedacitos los papeles que aún tenía en la mano y los tiré por el balcón, pero, aunque bajaron planeando hasta los pies de Bernardo, él no alzó los ojos.

Durante toda la tarde esperé en vano (como luego en los días sucesivos) a que viniese a reanudar la conversación truncada.

–Papá, no puedo hablar bien con ningún amigo, como tú decías. Ellos lo entienden todo a la primera.

—¿Estás seguro?

—Sí. Soy el único que no entiende las cosas, a pesar de ser algo mayor. ¿Por qué será?

—Lo que se entiende en seguida, a veces es como si no se entendiera. Pero, además, ¿tantas cosas hay que no entiendes?

—Muchísimas —dije con desaliento—. Y otras me parecen tales tonterías que pienso que será que no las he entendido. Y no le voy a decir al profesor que me parecen tonterías; no me atrevo.

Mi padre sonrió.

—Podrían ser tonterías —dijo—. No sería tan raro. Pero, mira, vamos a hacer una cosa. Ven a discutir conmigo si son tonterías o no lo son, ¿quieres? Ven todas las tardes. Me gusta mucho que hablemos.

Siempre estaba deseando volver a casa. A veces, durante el camino de regreso, preparaba en mi mente las cosas que deseaba preguntarle a mi padre, y las ordenaba, eligiendo incluso de antemano las palabras adecuadas porque sabía que a él le gustaba la exactitud. Dada la atención que me dispensaba, empecé a creer que me consideraba inteligente, aunque nunca me dijo nada al respecto, y esto me enorgullecía, compensándome de mi inadaptación creciente al Instituto y al trato con mi hermana.

De esta manera, igual que a la llegada de un refugio del que se saborean anticipadamente las dulzuras, el corazón me latía con fuerza cuando me detenía unos instantes empuñando el picaporte de su despacho, antes de preguntar:

—¿Se puede?

Apenas empujaba la puerta de aquella estancia confortable y desordenada, me sentía invadido por su dulce intimidad, la misma que me atrajo en la niñez y de la que por fin tenía el privilegio de participar. Miraba los cuadros y cachivaches, los libros posados en todas partes, hasta sobre el borde de la gran chimenea, encendida en los días invernales; aspiraba aquel olor tan familiar a tabaco y café. Mi padre levantaba los ojos.

–Hola, David –decía por ejemplo–. ¿Quieres ver unos mapas muy bonitos? Pasa.

Con éstas o parecidas palabras, como si se sorprendiera cada día agradablemente de recibir una visita inesperada, me señalaba la gran butaca verde junto a su mesa. A veces terminaba de escribir alguna cosa antes de ponerse a hablar conmigo, y yo aprovechaba aquella pausa para curiosear algunos de sus libros ilustrados, cuya disposición en la librería ya había localizado más o menos. Era él casi siempre el que empezaba a hablar de lo que fuera. Nunca tenía prisa para atender a las consultas que se suponía que había entrado a hacerle, ni –conociendo mi habitual lentitud– me apremiaba a formulárselas; con lo cual podía ocurrir y de hecho ocurría muchas noches que, llegada la hora de la cena, la conversación hubiese derivado por derroteros propios, sin que ni él ni yo nos hubiésemos preocupado de encauzarla.

Evocadas a través del tiempo estas conversaciones que me hicieron aprender tantas cosas, no consigo sin embargo destacar ni una sola de las demás en lo que se refiere a algún particular detalle de comunicación afectiva. Mi padre, que era en todo muy preciso y científico, hablaba procurando claridad, sin apasionamiento, y yo le contestaba en el mismo tono distante e impersonal. Tratar de asemejarme a él y de hacer progresos en su estima eran por entonces los dos acicates de mi pensamiento.

Pronto, no obstante, empecé a ser consciente de que aquellas visitas al cuarto de mi padre, a medida que se me iban haciendo imprescindibles, contribuían por otra parte a aumentar las dificultades que ya tenía para acoplarme al mundo establecido y hacer amigos entre los de mi edad.

No era que en el Instituto los chicos me evitasen. El entorpecimiento para tener amigos estaba en mí mismo, en la insatisfacción que me producía su compañía imaginada como algo más pleno. Entre ellos la amistad se daba de un modo gratuito y espontáneo, surgía sin exigencias, en medio de una inconsciencia bulliciosa. Y yo, que me sentía llamar por mi nombre, que jugaba al balón y me sentaba en los bancos con todos, no era capaz, sin embargo, de participar de tal inconsciencia, precisamente por estarla considerando como un espectáculo que me producía –al mismo tiempo que deslumbramiento y envidia– un mareo semejante al que he sentido siempre delante de las ruedas iluminadas de las ferias, en las que no me determino a montar por miedo al vértigo.

Un día, Bernardo me dijo que me llamaban «el niño de su papá». Me puse colorado. A pesar de que a veces me contenía, eran muchas las ocasiones en que había sacado a mi padre a relucir delante de los chicos.

–Yo te lo digo por tu bien –añadió Bernardo con afecto–. Algunas veces por no saber un mote que te han puesto se te cae el pelo para todo el bachillerato. También te llaman «boca de pez». Yo no te llamo ninguna de las dos cosas. Yo te he defendido. Pero comprendo que te lo llamen.

–¿Boca de pez? ¿Por qué?

–Porque cuando te preguntan algo en clase la cara que pones da risa. No la pone ni un analfabeto.

Esto es verdad. Cada vez soportaba peor el que me preguntaran en clase. Me desmoralizaba el gesto de tedio con que solían hacer los profesores cualquier pregunta.

–A ver, señor Fuente. He dicho la segunda dinastía.

Había que empezar a hablar, a pesar de estar casi seguro de que nada de lo que uno dijese iba a alterar la expresión indiferente de aquellos ojos que esperaban contrarreloj. Empezar en seguida por donde fuese. Y cada segundo de demora aumentaba hasta tal punto la dificultad, que la lengua empezaba a inmovilizarse.

–Es la última pregunta de la lección. ¿Qué pasa? ¿No ha estudiado?

–No, señor –contestaba yo sin vacilar.

Era como un alivio a su aburrimiento y al mío; y nunca, cuando se me abrió, fui capaz de resistirme a aquella oportunidad de volver al asiento dejando de ser blanco de la expectación general.

–¿Y por qué no lo dice? Siéntese.

Adquiría entonces la voz del profesor un ligero tinte airado, pero, apenas puesta la mala nota, me olvidaban todos, pendientes del nuevo nombre que iba a ser elegido en la lista y pronunciado.

–¿Por qué dices tantas veces que no has estudiado? –me preguntó Bernardo–. ¿A que algunos días es mentira?

–Sí.

–¿Ves? Lo sabía. ¿Y entonces, qué te pasa?

–No sé bien. Debe ser que me azaro.

Pasados los primeros cursos, que aprobé sin la menor brillantez, Aurora empezó a someterme a interrogatorios.

–¿Qué te pasa? ¿Es que no tienes amigos en el Instituto?

–Sí.

–¿De verdad? A ver, ¿cómo se llaman?

–Ponce, Peña, Oliver... ¿Por qué?

–Como no los traes nunca ni hablas con ninguno, ni te llaman...

Mi hermana acababa de empezar la carrera de Derecho, y el alboroto de sus compañeros, que siempre estaban en el cuarto contiguo al mío estudiando, riéndose y merendando, igual que sus frecuentes llamadas telefónicas, eran hechos que demasiado evidenciaban por sí mismos mi soledad. Yo no sabía qué decir.

–Ya sabes que a papá le gusta que traigamos amigos –insistía–. ¿Por qué no los traes tú?

–Los veo en clase y me basta. A ti qué te importa. Te tienes que meter en todo.

–¡A saber si tendrás amigos siquiera!

–Los tengo. Claro que los tengo.

Empecé a considerar con desconsuelo mi anormal condición y durante algún tiempo las palabras de Aurora me rebulleron dolorosamente. No podía ni dormir de lo triste que estaba y a mi padre hubiera sido inconcebible ir a contarle cosas relacionadas con estados de ánimo. En cuanto a mi madre, estaba convencido de que se habría apurado mucho, pero no habría sabido qué consejo darme. Por fin comprendí que era forzoso pasar por la prueba de llevar un amigo a casa. Elegí a Bernardo Ponce.

Una tarde que terminaron temprano las clases, me hice el encontradizo con él y nos detuvimos en el paso de peatones, como otras veces. Habíamos estado hablando de un libro de Física antiguo que me había dejado mi padre y que tenía unos dibujos muy divertidos, y me pareció que a él le hubiera gustado verlo. Callábamos. Yo sabía que, una vez cruzada la calle, Bernardo se separaría de mí hacia la derecha porque aquélla era su ruta, y decidí hablarle en aquel mismo momento. De pronto la luz verde se apagó.

–¿Quieres venir a ver el libro? –dije a toda prisa, al tiempo que la luz roja se encendía y poníamos el pie en la calzada.

Bernardo me miró con sorpresa. Me intimidaba siempre al mirarme, aunque era más pequeño.

–¿Ahora?

–Sí. Ahora mismo. ¿Tienes prisa?

–Yo, no.

–Es que no te lo puedo traer mañana como he traído otros, porque es muy grande. Además, ahora que me acuerdo, es el cumpleaños de mi hermana y nos darán algo bueno de merendar.

Nos habíamos detenido en la otra acera.

–¿Cuántos años tiene tu hermana? –preguntó Bernardo pausadamente.

–Diecisiete. Ya estudia Derecho. Pero nosotros nos subimos a mi cuarto en seguida; ella estará con amigos armando jaleo.

–Sí, mejor –dijo Bernardo con voz displicente–, porque a mí las chavalas me aburren mucho.

–A mí también –accedí.

–¿Vives lejos?

–Por la Ciudad Lineal.

–Bueno. Vamos.

Ya en el tranvía, me di cuenta de que a mí mismo nunca se me habría ocurrido dar lugar a una situación tan complicada, y me rebelé, ya tarde, contra la coacción de Aurora. Bernardo se había puesto a mirar indiferentemente por la ventanilla como si no fuésemos juntos, y pensé que había aceptado por cumplir. Menos mal que se quedaron vacíos dos asientos en lugares separados y se aflojó la tensión que suponía para mí el hecho de llevarle de pie al lado sin que volviese a aludir a la situación que nos esperaba. Toda la preocupación por lo que iba a pasar la soportaba yo solo (estaba convencido); pero aquella misma indiferencia suya me hacía admirarle, como otras veces, y considerarle superior.

«Viene conmigo a casa», me decía casi sin creérmelo, mientras miraba de reojo sus facciones vulgares reflejadas en el cristal de la ventanilla.

A solas desde mi cuarto, había pensado en él con frecuencia, como en mi único amigo, sobre todo por el hecho de que tampoco él tenía una particular intimidad con nadie; y en estas ocasiones, llevado de mi empeño de asociarlo conmigo frente a los demás, hasta el detalle de que nos tratáramos poco lo consideraba con complacencia, como un dato positivo que corroboraba nuestra afinidad.

En el jardín de casa estaba mi padre ocupado en pintar de verde un banco y unas sillas que yo le había acompañado a comprar al Rastro unos días antes. También debía haber estado haciendo algunas composturas de carpintería porque había virutas por el suelo junto con la sierra y el martillo. De tarde en tarde, a mi padre le daban achuchones de actividad manual, que mi madre apreciaba como tesoros y que luego, a su muerte y con motivo de la modernización de la casa, pasaron al desván, y de allí a mi estudio, cuando lo puse. Mi padre llevaba puesto un mono azul y un sombrero viejo.

−¡Es mi padre! −le dije a Bernardo con mucha alegría, en el momento de empujar la verja−. Pasa.

Me daba una enorme seguridad el hecho de haberle

sorprendido en aquella actitud, que de pronto juzgué muy original, aunque ninguna de las veces en que le había visto de la misma manera se me hubiese ocurrido formular semejante juicio ni otro alguno. Pensé exactamente: «¡Qué bien! A Bernardo le va a parecer que tengo un padre muy original». Esto me hizo avanzar hacia allí en línea recta, sin mirar siquiera a Bernardo, que me seguía, para ver si asomaba o no a su rostro alguna particular expresión que diese por buenos mis auspicios. Incluso llamé a mi padre jovialmente y en voz demasiado alta, cosa inútil, porque ya estábamos casi a su lado y además él, desde que empujamos la verja, había levantado la cabeza y nos miraba acercarnos.

A la timidez que, desde que montamos en el tranvía me impidió volver a pronunciar una palabra, había sucedido esta repentina euforia. Pero, aunque yo entonces no lo sabía, no era sino otra clase de timidez disfrazada de las que, en vez de pegarle a uno la lengua al paladar, se la desatan para hacerle hablar alteradamente. Tampoco sabía que cuando nos importa de un modo especial poner en contacto a dos personas de nuestro aprecio resulta casi imposible conseguir un comportamiento no afectado; y sólo más adelante, al volverme a encontrar en trances similares, he podido reconocer, por verla repetida, mi afectación de aquella tarde en que hice la presentación de Bernardo a mi padre, con un despliegue de palabra superfluas totalmente insólito en mí.

Le dije en pocos segundos que era mi más amigo del Instituto, que estábamos siempre juntos y cuánto había deseado traerle a casa. Y aquellas cosas –aunque no lo eran– se volvían verdades al decirlas.

–Le gustan mucho las Matemáticas –añadí–. Por cierto, como a ti.

Esta última afirmación la hice para Bernardo. De pronto pensé que también a él tenía que darle algún dato acerca de mi padre. Al empujar la verja, me había parecido que bastaba con decir: «¡Mira mi padre!», como se le diría a alguien: «¡Mira el sol!»; hasta tal punto era él para mí una evidencia deslumbradora que hablaba por sí misma. Pero ahora mi amigo, después de estrecharle la mano, estaba quieto y serio y no decía una palabra. Empecé a perder seguridad y a hablar aceleradamente, dirigiéndome a uno y a otro sin transición dentro de la misma frase.

–Claro que a ti te gusta todo, ¿eh, papá? A mi padre –insistí– le gusta todo. Tan pronto le verás haciendo un mueble como estudiando las cosas más distintas. Nunca se aburre. ¿Verdad que no te aburres nunca?

Me puse a recordar otros trabajos caseros que mi padre había hecho, a hacerle preguntas acerca de las virutas que se veían por el suelo, a leer tontamente la etiqueta del bote de pintura. Veía que no se ligaba una conversación interesante y pasé a hablar del libro de Física, pero apenas mencionado, ya tampoco sabía qué decir de él, aparte de que era muy bonito.

Mi padre convino en que sí, en que, efectivamente, era muy bonito, y dijo que creía que a mi amigo le gustaría si le gustaban las Matemáticas, porque las Matemáticas y la Física guardaban bastante relación. Pero tanto esta frase como las que dijo luego me defraudaron por incoloras y poco definitivas. Ahora pienso que fui yo en realidad quien no le di lugar a decir más que lo indispensable, pues –debido a que el silencio entre grave y burlón de Bernardo cada vez me desasosegaba más– me sentía lanzado a interrumpir expeditivamente con nuevas preguntas, como si buscase a tientas con mis palabras un botón desconocido que, apenas apretado, nos incluyera a los tres en idéntica intimidad. Por ejemplo, pregunté por el ruido que se oía y dijo mi padre que detrás de la casa estaban bailando los amigos de Aurora, y que él se pensaba ir con mamá al cine; pero no hizo ningún comentario que indicase la posible relación entre estos dos acontecimientos. No dijo: «Nos vamos para dejarlos en mayor libertad», ni tampoco «porque ya no se puede aguantar tanta música», como yo hubiera deseado para que definiese una postura que fuese posible pista para Bernardo. De tan discreto y mediocre, mi padre parecía aquella tarde el clown, y yo –a pesar de ser quien me esforzaba por darle pie al lucimiento– el payaso de la expresión violentamente deformada. Pero a mi amigo ninguno de los dos le hizo reír.

Por fin nos despedimos de él. En la cocina, al pasar, vi que rebullían personas –tal vez Aurora entre ellas–, pero ya había olvidado el primitivo móvil que me impulsó a llevar un amigo a casa, o sea, el de que Aurora lo supiese, y pasé de largo hacia las escaleras que suben a mi cuarto. Tampoco me acordaba del libro de Física. Apenas traspuesto el umbral, noté que toda la euforia de un momento antes se había oscurecido y que para la situación presente no me servía ninguna conversación de las que hubiera podido inventar. Estábamos parados con la puerta abierta.

–¿La cierro? –preguntó Bernardo.

–Bueno, haz lo que quieras.

Bernardo cerró la puerta y se puso a curiosear los libros y los estantes sin demostrar la menor turbación. Ni tímido ni desenvuelto. Él a cada momento da la impresión de una pieza engranada en su sitio.

–Tienes un cuarto estupendo. ¿Es para ti solo?

–Sí.

–¡Qué tío!

Me asomé a la ventana. Me sentía al límite de mi resistencia, como después de haber hecho un esfuerzo inadecuado y baldío. No era capaz de seguir manteniéndome en tensión, y a los amigos de Aurora que se movían abajo lentamente, al compás de una dulce música, empecé a verlos borrosos a través de mis lágrimas. También otras veces, y especialmente en primavera, había llorado sin saber por qué asomado a esta misma ventana. Pero bien se me alcanzaba que ahora la situación era distinta, no sólo porque había otra persona a mis espaldas, sino porque esta persona –además de ofrecer el peligro inminente de descubrirme– no era ni mucho menos ajena al mismo motivo de mi tristeza. Y estas dos circunstancias me hacían experimentar una fuertísima emoción que intensificaba mi llanto.

–Oye –le oí decir cerca (tal vez estaba sentado en el sofá)–, ¿por qué le has dicho a tu padre que estamos todo el día juntos en el Instituto? No es verdad.

Me encogí de hombros sin responder, porque no podía. Bernardo acababa de manifestar que no era tan amigo mío como yo había dicho. Otro motivo de dolor. Ahora sí que tenía miedo de que se apercibiese de mis lágrimas, y, sin embargo, lo raro es que lloraba para él, casi exclusivamente con miras a que me descubriese. La prueba es que no hice ningún esfuerzo por rehacerme ni me limpié las lágrimas de un manotazo.

–Y luego, ¡qué raro hablabas! Parecías una locomotora –añadió aún.

Seguí sin decir nada. No sé cuánto tiempo pasó. Me pasmaba que las figuras de los que bailaban en el jardín se movieran con tanta soltura y ligereza, despegando los pies acompasadamente sin que ningún peso tirase de sus espaldas hacia la tierra. Quitaron el disco del picú.

–¿Y ahora, en cambio, qué te pasa? –preguntó al fin Bernardo–. ¿Te has quedado de un aire?

Y entonces fue cuando vino a mi lado y cuando Aurora –que en aquel momento alzaba la cara a una seña de Maritere– nos vio asomados a los dos. Se puso a llamarme con muchos aspavientos:

–¡David! ¿Qué milagro es ése? ¡Bajad!

Todos miraron hacia la ventana y yo, sin contestar, me metí para adentro. Mi amigo vino detrás y se quedó de pie junto a mí. Me había sentado en una butaca con la cabeza baja. Vi que sus zapatos eran mucho más viejos que los míos.

–¿Por qué lloras? –me preguntó con su voz seria y lenta que después, a lo largo de los años, tantas veces había de hacerme preguntas parecidas a ésta y siempre en el mismo tono conciso de quien no quiere dar coba a las penas inventadas.

Ya he dicho que no me gusta ser compadecido y también que no soy mentiroso. Pero todos tenemos un punto vulnerable y Bernardo es el mío, como iré explicando poco a poco, si es que soy capaz. La compasión –como la admiración o el amor– se desea despertar en la gente dura más que en la débil, o sea, en los que no suelen compadecer ni admirar. Y yo, aquella tarde –precisamente porque me parecía casi imposible llegar a obtener por parte de Bernardo una mirada tierna y comprensiva sobre mis penas–, la deseé como he deseado pocas cosas en este mundo.

Me quedé mirando fijamente mis zapatos junto a los suyos, y en aquella postura inmóvil, mientras las lágrimas me corrían por la cara, empecé a ensartar un extraño discurso. Dije que era muy desgraciado, que nadie me quería, que no conseguía tener un solo amigo: me huían todos. Por fin, más sosegado, alcé los ojos y le miré.

–No entiendo a qué viene todo eso –dijo tan sólo–. Hace un poco en el jardín estabas bien contento hablando con tu padre. ¿Tampoco te quiere tu padre?

Entonces me ocurrió algo muy curioso. Por primera vez en mi vida pensé en mi padre amargamente como en una tabla de salvación a la que no me quería agarrar. Se me vino a la memoria el mote que me habían puesto en el Instituto, y este recuerdo aumentó mi sensación de desvalimiento. Mi padre era el que tenía la culpa de todo, precisamente él era quien me impedía ser feliz. Y en el mismo momento de pensarlo se lo dije a Bernardo, cuya compasión necesitaba en aquel momento a todo trance. (Además ya había intuido lo que luego he venido a saber con toda certeza: que él y mi padre eran tierras antagónicas y que solamente renegando de uno podía estar en gracia con el otro.)

Me puse, pues, a hablarle de mi padre, copiando lo que acerca de él le había oído opinar a Aurora, sin darme cuenta de hasta qué punto estos mismos juicios me habían molestado siempre en boca de mi hermana: papá nos quería hacer a su imagen y semejanza; nos tenía cogidos, era un tirano. Decía que no pretendía influirnos en nada –le habíamos oído esa canción desde que éramos niños–, pero era mentira. Bajo su influencia o luchando contra ella nos veíamos obligados a crecer, a pensar y hasta a respirar. Y yo no tenía la suerte de tener un carácter como el de mi hermana, que nunca se dejaba mandar por nadie; y era, por eso, mucho más desgraciado.

Bernardo se había sentado y me escuchaba en silencio. El verle allí movía mi lengua y secaba mis lágrimas. Casi volví a tener la euforia de poco antes en el jardín, y unas palabras empezaron a criar otras. Ni siquiera sabía si estaba diciendo mentiras o verdades. Recuerdo que hablé mucho rato y que me expresaba de un modo hueco y retórico, como los abogados que pretenden impresionar favorablemente a un tribunal.

–Pero ¿qué hace tu padre? ¿Os pega? –preguntó Bernardo, muy perplejo, cuando al fin me callé.

Hubiera deseado poderle decir que sí, ya que parecía que éste era para él un motivo de queja de mucho fundamento, pero el decirlo suponía una mentira demasiado grande, y me vi obligado a reconocer que no era eso precisamente, sino que, al contrario, nos trataba muy bien.

–Pues, chico, no lo entiendo. Si te trata bien, vaya un problema. Hazle caso sólo en lo que te parezca, y aquí paz y después gloria. Luego, en cuanto tengas edad de colocarte, te buscas un empleo, si quieres vivir solo, y te vas de casa. Pero yo creo que para disgustarte tanto no hay motivos.

Le miré y no supe qué decir. De pronto la tristeza se me había vuelto inconsistente. Me avergonzaba de ella y también de haber llegado a renegar de la amistad con mi padre, que, al mirar a Bernardo, veía ensuciada, reflejándose en el espejo deforme que yo mismo había fabricado.

Bajé a la cocina a buscar un poco de merienda y a Aurora, a quien me topé en el vestíbulo con Maritere, le dije que no subiera a molestarnos ni nos llamara, porque teníamos mucho que estudiar. Me gustaba poder hablar en plural: era una especie de revancha.

–¿Ni siquiera nos dejas que nos asomemos al cuarto para saludar a tu amigo? Subíamos a verle.

—No es ningún bicho de feria.

—Por todo te picas, hijo.

—No me pico. Ya le conocerás otro día.

—Ah, ¿le vas a traer otro día?

—Sí. Estudiamos muy bien juntos.

—¿Cómo se llama?

—Bernardo.

—Perdonar el ruido que estamos haciendo —intervino Maritere, que era siempre muy amable conmigo y a quien Aurora un tiempo más tarde me quiso meter por los ojos para que saliera con ella—. Si queréis nos podemos ir a la parte de delante, ¿verdad, Auro?

Yo manifesté que, efectivamente, la música nos distraía del estudio y que se lo agradecería mucho, y aunque Aurora se quedó refunfuñando que mejor haríamos en bajar a bailar un poco porque faltaban chicos, luego, de vuelta al cuarto, comprobé que había hecho caso de la insinuación de su amiga, porque se oyó un último revuelo de conversaciones y de risas seguido de un «Adiós, niños, ¡que os cunda el estudio!», gritado desde abajo por la voz descarada de mi hermana, y se marcharon con los trastos a la parte de delante.

Terminamos la tarde en paz, mirando el libro de Física y también algunos dibujos míos que Bernardo mostró deseos de ver. Ya otras veces se había interesado en clase por las cosas que me veía pintar. Mis dibujos de entonces casi siempre representaban monstruos inventados o paisajes que salían en mis sueños. Saqué muchas carpetas que tenía y se los estuve enseñando, a lo primero con un poco de vergüenza; luego con pasmo, al comprobar que aquellos garabatos tenían tanto valor para él. Se detenía en cada dibujo con atención y desconcierto.

—¡Qué bien pintado, oye! ¿Y lo inventas tú?

—Sí.

—¿Y éste qué es?

Lo que más le intrigaba era saber lo que era cada cosa, y yo no siempre se lo sabía aclarar Muchos dibujos me sorprendían también a mí, porque no me acordaba nada de ellos (solía dibujar cuando estaba distraído), y me parecían bonitos cuando lo decía él, pero como hechos por otra persona. Dentro de algunos libros y cuadernos de apuntes salieron, en hojas sueltas, los que le gustaron más. Le regalé varios.

De pronto me preguntó que qué iba a ser de mayor. Era la misma pregunta que empezaban a hacerme algunos amigos de mi padre.

—No sé —dije—. ¿Cómo se puede saber una cosa así?

—Decidiéndolo —contestó—. ¡Vaya cosa! ¿Es que tú no lo has decidido?

—Yo, no. ¿Y tú?

—Yo, sí, claro. Yo voy a ser arquitecto. Por eso me da envidia de lo bien que dibujas. ¿Quién te ha enseñado?

—Nadie.

—Pero se puede aprender, como todo —afirmó Bernardo—. ¿No te parece?

—Claro que sí. Mucho mejor que lo que yo hago. Los dibujos que yo hago no sirven para hacer puentes ni casas. De dibujo lineal no sé nada.

Se puso a hablar con mucho entusiasmo de la arquitectura. Lo había pensado bien. Era una carrera difícil y bastante cara, pero tenía muy buenas salidas, y sobre todo un arquitecto puede hacer mucho bien a la humanidad construyendo pantanos, hospitales, escuelas y casas para los pobres. Ni él ni yo sabíamos entonces que un arquitecto no es un ministro, y que sólo construye lo que le manda construir la empresa para la cual trabaja. A esa edad es fácil entusiasmarse.

Dijo que si yo apretaba en Matemáticas también podría hacer aquella carrera. Su voz era firme y clara, y a mí, sin saber por qué, me entristeció que estuviera tan seguro de lo que iba a decir. «También él quiere crecer —me dije—, como todos.» Y me fui quedando silencioso.

Pero Bernardo, que nunca ha entendido de problemas psicológicos —de lo cual deriva su buena salud física—, aunque notó la tristeza con que escuchaba aquellos proyectos ambiciosos suyos, la achacó a que yo me consideraba incapacitado para los estudios de Arquitectura, y redobló sus esperanzas y sus ánimos. Me dijo también que él no había notado que los chicos me huyeran en el Instituto. Que él, por lo menos, no me huía.

—Lo que pasa —dijo— es que creí que te gustaba más estar solo. Como a mí.

—Pues, no. Preferiría mucho mejor, por ejemplo, estudiar contigo.

—Bueno; si quieres, podemos probar.

Anocheció sin que nos diéramos cuenta. Cuando bajé a acompañarle al tranvía, la casa estaba en silencio. Los amigos de Aurora se habían ido y mis padres también.

Al poner el pie en el último peldaño de la escalera, miré al fondo la puerta cerrada del despacho de mi padre.

—Ahí es donde estudia mi padre —dije casi cuchicheando—. ¿Quieres verlo?

—¿El qué?

—Esa habitación. Su despacho. Tiene cosas muy bonitas.

—Bueno. Pero le vamos a molestar.

—No está ahora. Se ha ido.

—¡Ah, como hablabas tan bajo! Ni que fuera la iglesia.

Efectivamente, con una unción y temor casi religiosos, di la luz de la lámpara verde, mientras mi amigo esperaba a oscuras en el umbral, y le fui mostrando algunos de los tesoros metidos en cajas y cajones cuyos escondrijos conocía de memoria. Y con aquella irrupción secreta en los dominios de mi padre, después de las palabras que antes había empleado para aludir a él, me parecía profanar aquel recinto.

Al llegar al estante donde tenía las reproducciones de arte, quise sacar un libro grande que me gustaba mucho y sentarme para que lo viéramos, pero Bernardo dijo que se le hacía tarde.

—Sólo otro ratito —insistí.

Y me daba cuenta de que insistía en retenerle para congraciarle con mi padre de alguna manera.

Cuando le acompañé a la parada del tranvía, notaba que me era preciso estar con él mucho más rato, que quizá la noche entera no habría bastado para hablarle en términos justos de la confusión y malestar de mi alma.

—Mi padre es muy bueno —me dio tiempo a decirle solamente—. Hoy ha estado un poco soso, pero ya verás cuando le conozcas mejor. Y además inteligente y generoso, no te creas que no.

Noté con desesperación que venía el tranvía y que Bernardo me miraba con sorna.

—Chico, si yo no creo nada. Todo te lo dices tú.

Se subió a la plataforma y me dijo adiós con la mano.

Ya he caído en hablar de mis cosas y no me puedo parar; pero antes de seguir, diré para mi descargo que no le doy valor a lo que cuento por tener relación con mi historia personal, sino en cuanto que estos hechos privados tejen el proceso que me ha traído a mirar y entender las cosas de una determinada manera.

De lo distinto que era Bernardo de mí me di cuenta desde que, a partir de entonces, empezó a elegirme como habitual compañero de estudio y recreo. Aquel simple hecho me hizo subir automáticamente en la estima de todos los chicos del Instituto, que empezaron a mirarme casi con envidia. Entonces comprendí cuánto le apreciaban, y que si estaba solo era porque la distancia la marcaba él con su comportamiento, pero que habría podido tener cuantos amigos quisiera.

Y era una distancia adecuada: a nadie trataba con dureza para conseguirla. Yo, en cambio, o me dejaba arrastrar por timidez a juegos y conversaciones que no me divertían, o esta misma timidez me llevaba a levantar murallas de hostilidad ante cualquier posible acercamiento. Pero Bernardo no era tímido, sino seguro: desde su retraimiento, mandaba en los demás.

Desde que empecé a estudiar con Bernardo, al despacho de mi padre iba menos, aunque me costaba no ir. Mi amigo me había desaconsejado aquellas visitas, y eran como un vicio secreto del que quería renegar, sin conseguirlo.

—Ahora ya no tienes tantas dudas como al principio, ¿verdad? —me preguntaba a veces mi padre.

—Menos. Ahora llevo muy claros los apuntes.

—¿Sigues estudiando con ese amigo?

—Sí, bastante.

—Pero le traes poco.

—No quiere. Preferimos aprovechar allí las horas libres.

Bernardo ponía pretextos para no venir a casa, a pesar de que a mí había llegado a quererme mucho. Me defendía ante todos y hacía grandes alabanzas de mi inteligencia. Según me dijo, le desesperaba que pasase por un mediocre.

—¿No te da rabia que le den sobresaliente a Trías, que es bobo, y que te suspendan a ti?

—No. Dice mi padre que la nota es lo de menos.

—Tu padre, tu padre... ¡Acabarás volviéndote lelo de tanto ocuparte de tu padre y de lo que dice!

A mí, a veces me daban ganas de preguntarle si él hacía caso de su padre o no, pero con Bernardo siempre se temía ser indiscreto. Ni en su modo de vestir, ni en su voz, ni en sus ademanes había nada de particular que le confiriese carácter o que permitiese imaginar cómo podrían ser su casa o su familia. Y yo, cada vez sentía mayor deseo de congraciarle con la mía y conmigo mismo. (Luego se verá lo difícil que esto me ha resultado a lo largo de los años.)

Reñíamos con frecuencia. Me reñía él sobre todo. Y el motivo principal era que, cuando estudiábamos, quería pasar por alto todas mis objeciones y preguntas.

—Eso no importa —se impacientaba—. No lo pide el programa. Sigue.

Pero yo me callaba sin seguir.

—Venga. ¿Qué te pasa ahora? Te distraes, ¿ves?

—No me distraigo. Es que no puedo seguir sin entender lo de antes. ¿Tú lo entiendes?

–Pues, sí. Es como lo dijo el profesor. Lo pones así en el examen, y listo. Anda, vamos a seguir.

–No, déjalo. Sigue tú solo. Yo tan de prisa no puedo.

–¡Qué cabezota eres! ¡Si no vamos de prisa! ¿No ves que si empezamos con las dudas, pasamos de una a otra y dejamos de estudiar? Anda, ven.

–Que no. Yo lo que no entiendo no lo estudio.

–¡Pues vete al diablo! Si eres idiota, peor para ti.

A veces estábamos muchos días sin hablarnos, y solía ser yo quien volvía a acercarme a él para hacer las paces. No podía resistir que estuviésemos enfadados.

Un día, después de varios de no hablarnos y con ocasión de una de estas paces, insistí en acompañarle a la salida de clase. Ya estábamos en sexto curso y le pregunté que si no le parecía raro que yo no supiese siquiera en qué barrio vivía.

–No tiene nada de raro –dijo lacónicamente–. Qué más da un barrio que otro.

Vivía cerca del Viaducto, en una calle pequeña. Llegamos hasta su portal y quise subir a buscar unos apuntes que me hacían falta.

–Yo te los puedo llevar mañana –dijo.

Noté que no tenía ganas de que subiera, pero yo, en cambio, tenía muchísimas y estaba decidido a no ceder.

–No. Dámelos ahora. Así estudio de noche.

Me precedió hasta el tercer piso por una escalera angosta de madera. Abrió con la llave. El pasillo estaba oscuro y me pasó a un comedor muy frío, donde le esperé. Había cromos baratos en las paredes.

Le dije, cuando me trajo los apuntes:

–¿Quieres que me quede un rato y hacemos el problema?

–No. Mejor que te vayas –contestó tajante–. Molestamos.

No se oían ruidos por la casa y yo sentía una extraña excitación. Haciendo un esfuerzo, pregunté:

–¿A quién molestamos? Llévame a tu cuarto.

–No tengo cuarto para mí solo –dijo sin mirarme–. Duermo con dos, y ahora uno está echado.

Hubo una pausa. Por fin levantó los ojos.

—Esta casa no es mía —aclaró—. Estoy de pensión.

—¡Ah!... de pensión. No sabía. ¿Y dónde tienes tu casa?

—En ningún sitio. Las vacaciones las voy a pasar con mi padrino, que vive en Colmenar, y es el que me paga los estudios. Pero al año que viene voy a empezar a ir por libre.

—¿Cómo por libre? ¿Para qué? No me lo habías dicho.

—Así ya el padrino no me tendrá que pagar nada, porque ganaré dinero. Tengo medio buscado un empleo.

—¿Un empleo?

—Sí, en una librería.

Eran demasiadas revelaciones de un golpe y no sabía qué pregunta hacerle de las muchas que se me estaban ocurriendo. Por fin articulé, casi con miedo:

—¿Es que no tienes padres?

Vi que negaba lenta y solemnemente con la cabeza, y me quedé anonadado, sobre todo por la vergüenza de haberle hablado tanto yo de mi propia familia.

—¿Cómo no me lo has dicho nunca? —me dolí.

—¿Y para qué iba a decírtelo? ¡Qué manía con hablar de las familias! ¿Qué puede importar la familia de uno?

Yo no era capaz de decir nada. Sólo podía mirarle.

—Pero tú —siguió—, si no sacas esta conversación, revientas. ¿A que sí? ¡Tenías unas ganas!

Hablaba casi agresivamente.

—Hombre —me excusé—, somos ya bastante amigos y yo te he contado muchas cosas... No está bien que tú...

—Yo —me interrumpió excitado— tengo muy poco que contar. Mi madre me tuvo de soltera y se ha muerto hace cinco años. Luego tengo unos tíos y ese padrino, que es el que más se ocupa de mí. ¿Ya estás tranquilo? Se acabó. De mi padre no sé nada. Ponce es el apellido de ella.

Hizo estas confesiones a toda prisa, como si deseara cubrir un expediente enojoso, y al acabar echó una ojeada hacia la puerta. Estábamos los dos de pie bajo la luz de una lámpara muy fea colgada del techo. Pero, a pesar de la incomodidad de la escena y de la frialdad con que hablaba Bernardo, yo no era capaz de separarme de él.

–A lo mejor tu padrino es tu padre –se me ocurrió decir de pronto, como si quisiera sentirle amparado por alguna parte.

Se puso muy colorado.

–¿Cómo se te pasa por la cabeza tal cosa, si no le conoces siquiera? Que lo digan los que le conocen, bueno.

–¿Por qué? ¿Se parece a ti?

–Dicen que se parece algo. Pero, aunque sea mi padre –añadió con impaciencia–, me da igual. Yo no le quiero, y a su mujer, menos. ¡No quiero volver a aquella casa! Es el último verano que voy.

–¿Es rico tu padrino?

–Regular. Tiene tierras.

–¿Y esos tíos que dices?

–No. ¡Pero qué más da! Al año que viene, con un poco de suerte no necesitaré de nadie; de mis tíos tampoco. Ya lo tengo decidido.

–¿No les vas a volver a ver?

–Aunque les vea. Les miraré como a la gente que me encuentro en el Metro.

–Pero ¿por qué? ¿No te quieren ellos?

Se quedó callado y, de pronto, sin transición levantó su rostro iracundo.

–¡Parece que no me oyes, demonios! ¿No te he dicho que no me gusta hablar de la familia? ¡Pues déjame en paz!

Me pareció que tenía lágrimas en la voz y me despedí atropelladamente. Ya en la puerta, le pedí muy cohibido que me perdonara, y bajé las escaleras a toda prisa. «Me llamará», iba pensando mientras bajaba, pero no me llamó.

Era una tarde de fines de febrero. Llegué hasta el Viaducto, y, en el mismo lugar donde años más tarde besaría por primera vez a Lucía, me asomé con la cara apoyada en los hierros de la barandilla a mirar mucho rato las nubes plomizas sobre el campo de Madrid. Hasta que se hizo de noche.

Luego me separé de allí, pero no quería volver a casa ni alejarme de aquellos barrios. Anduve sin rumbo, demorándome por calles y callejas que desconocía, y por tres veces volví a detenerme delante del portal de mi amigo con la comezón de subir de nuevo para que habláramos. La última vez el portal ya estaba cerrado, y me alejé, un poco asustado de las horas que se habían hecho.

Sin embargo, mis pasos seguían siendo lentos a propósito, y no telefoneé a casa ni cogí ningún tranvía, a pesar de que sabía que mi padre –que siempre se ponía a imaginar tragedias en cuanto tardábamos un poco– estaría preocupado por mí.

Crucé Madrid de punta a cabo, sin mirar la hora en ningún reloj. Sentía a cada momento crecer y pesar sobre mí aquella preocupación de mi padre, como una mano muerta de la que me quería libertar y que no hacía sino aumentar el nudo de mi angustia. Y el desatender por primera vez la llamada acuciante de mi casa, abierta para mí al otro extremo de la ciudad, me producía –al propio tiempo que una violencia casi física– la extraña sensación mezcla de libertad y desamparo que después he probado tantas veces.

Inflamado de amor por el amigo que acababa de descubrir destacando a mi lado como junto a un muñeco de palo y serrín, me agitaba entre los sentimientos más contradictorios. La imagen de Bernardo debajo de la lámpara del inhóspito comedor y la de mi padre, esperándome al calor de los leños de la chimenea, acompañaron en oposición irreconciliable mi peregrinar de aquella noche, sin apartarse un punto de mi mente y encendiéndome en ella confusas discordias.

Ya era tardísimo cuando llegué a casa. Recuerdo que miré desde fuera y estaba abierta y encendida la ventana del dormitorio de mi madre.

Al chirrido de la verja salió Aurora corriendo y se abrazó a mí, mientras estallaba a llorar con hipos convulsos. Yo también me eché a llorar, sin la menor extrañeza. Pero luego ella se separó y dijo:

–Esta noche has tenido que portarte así, David, ¡precisamente esta noche!... ¡Tanto como ella te ha llamado!

Mi madre, mientras yo paseaba, había muerto de un ataque al corazón.

Gabriela

Lo que más ama el hombre es mantener una cierta coherencia ante los demás; y así, el que otra persona nos tenga en sus manos, no depende en absoluto de que sea más inteligente que nosotros, ni siquiera de que se proponga ejercer semejante dominio o no, sino simplemente de que haya asistido a alguna rotura de esta coherencia nuestra.

Digo estas cosas porque, pasados muchos años después de la tarde en que Bernardo y mi padre se conocieron en el jardín de casa, he podido llegar a entender la importancia que tuvieron aquellos acontecimientos en la iniciación de mi vasallaje a Bernardo.

Él se había convertido en la persona ante la cual mi imagen se había roto, y la creciente necesidad de recomponer a sus ojos estos fragmentos me ha condenado durante años a presentarle –sin que él me las pidiera– toda clase de justificaciones acerca de mi comportamiento. Pero como quiera que este comportamiento haya sido siempre –dada mi naturaleza– débil y vacilante, estas mismas oscilaciones se registran en las explicaciones contradictorias con que me he afanado por justificarlo ante mi amigo. Y de esta forma sólo conseguía que los fragmentos de mi imagen rota se multiplicasen.

–A ti no hay quien te entienda, hijo mío –ha opinado él

casi infaliblemente al cabo de las complicadas confidencias que no he hecho en este mundo a nadie más que a él y que en general escuchaba con atención y paciencia–, un día dices blanco y otro negro.

Más tarde, el hecho de que Bernardo nunca admitiera sutilezas y de que se haya negado tercamente a compadecerse de mis problemas, he venido a apreciarlo como el mayor tesoro de su amistad. Buscar con acierto en los problemas psicológicos propios y ajenos es algo tan atrayente como peligroso, y puede condenar para siempre a la estéril contemplación de uno mismo. Pero para pensar así he tenido que verme en manos de psiquiatras.

El deseo de excitar la compasión de Bernardo, de hacerle aceptar y comprender mis motivos para ser débil, ha sido una constante en nuestra relación. Por ejemplo, él ha sido la persona ante la cual he llorado más veces. Puede decirse que iba a buscarle principalmente cuando me parecía tener evidentes razones para ser compadecido.

Recuerdo una noche de verano, la primera vez que fui a un piso que acababa de alquilar vacío y que se proponía amueblar poco a poco. Estaba alegre. Había terminado aquel año la carrera de Arquitectura, mientras que yo, de mi primer curso de Letras, solamente me había presentado a dos exámenes. Dudaba más que nunca de que valiera la pena de hacer algo y experimentaba una perenne sensación de inseguridad.

Además, me creía enamorado de Gabriela. La daba definitivamente por perdida, ya que había decidido inhibirme y escapar de ella. Pero también por ganada, en cierto modo, porque nuestra amistad había sido diferente de la que ella tenía con otros hombres y siempre estaríamos unidos por aquel vínculo. Aunque era algo muy inefable, a Bernardo me empeñé en explicárselo esa noche. Gabriela sólo podía ser poseída dejándola vivir libre, no queriéndola anexionar a la vida de uno. Y, sin embargo, al mismo tiempo confesaba mis celos. Celos de aquellos que no iban a saber considerarla con igual respeto.

–¡Y harán bien! –dijo Bernardo–. Yo sólo la he visto el día que me la presentaste, pero no me pareció que sea de las que agradecen esa clase de respetos. Eso a las mujeres se les ve en los ojos y, chico, se timó conmigo como una fiera en aquel poquito.

Me fui poniendo cada vez más triste. Estaba sentado en un almohadón –porque sillas no había– con un vaso de vino en la mano, y las lágrimas, que ya en mi vaga peroración de añoranza por la amiga perdida habían empezado a asomarme a los ojos, corrieron abundantes y silenciosas por mi cara hasta entrar en el vaso algunas de ellas.

–Pero, bueno, todavía no sé lo que te pasa. Porque yo lo que saco en consecuencia es que a esa muchacha, si la pierdes es por tu cobardía de siempre. Y porque te da la gana de no luchar. Yo ni siquiera veo tan claro que la hayas perdido.

–Desde luego, más la perdería si me la quisiera apropiar –dije.

Bernardo vino a sentarse cerca de mí contra la pared. Su voz era serena y fría.

–A ver, explica eso. Es demasiado tentador dejarse pillar por el sentimentalismo. Todavía no me has dicho lo que te ha pasado con esa chica.

Alcé unos ojos dolidos. Los suyos no parpadearon.

–Si no lo has sabido entender... –musité con desencanto.

Y sentía como si me dejase caer viciosamente en un hoyo de soledad. Hubo una pausa, y Bernardo esperaba.

–Déjalo, es lo mismo –añadí.

–¡No! –exclamó él–. ¡Qué lo voy a dejar! Me pides ayuda y luego me dejas con la mano colgando. Dialogar es otra cosa.

Yo miraba a las luces de la calle, que se desdibujaban a través de mis lágrimas. Me daba pereza salirme de mi confusión.

–Déjalo, por favor –repetí–, comprendo que no pueda dialogar contigo. Hablas desde otro sitio, desde fuera.

—Claro que hablo desde fuera. ¿Y no es desde fuera desde donde hay que atacar tu tristeza? Demasiado dentro estás ya tú mismo. Bonito sería que me arrastraras a mí también.

—Es que no puede ser –insistí–. Parece que no has recogido en absoluto todo lo que he estado diciendo antes, si ahora me pides que te cuente lo que me ha pasado con Gabriela. Es como si todo hubiese caído al vacío.

—Ha caído al vacío porque era vacío. Te pregunto que qué pasó, porque no me lo has dicho. Debes reducirte al «qué pasó», por muy duro que te sea.

No supe contestar.

—¿Ves? Si hubiera pasado algo, me lo podrías contar –resumió Bernardo ante mi silencio–. Ella te buscará seguramente, te llamará por teléfono. Todo será distinto de como lo imaginas ahora.

Yo bebía sin parar.

—No tiene mi teléfono ni me pondría, aunque llamase. Es mejor saber acabar las cosas a tiempo.

—Pero la verás al curso que viene. Y ¿sabes tú ahora lo que puede pasar?

—No pienso volver a la Facultad de Letras –dije completamente seguro, aunque era solamente en aquel mismo momento, al formularlo, cuando lo decidía.

—¿Por qué? ¿Y qué vas a hacer?

—No sé. Haga lo que haga, andaré siempre ya como por dentro de un túnel.

Bernardo, a esta altura, dio un puñetazo furioso sobre una bandeja que había en el suelo.

—¡Pero los túneles tienen salida, coño! Siempre una. La que sea. El que se queda dentro de ellos es porque se tira al tren.

En esto es en lo único que no estoy de acuerdo con mi amigo. En lo de que no me quisiera hacer amable y hospitalaria la tristeza, sí.

Pero los túneles no siempre tienen salida.

De Gabriela, la verdadera causante de mi ruptura con la Universidad, igual que de mi ingreso en ella, no le he hablado nunca a don Jaime; y no puedo por menos de sonreír, complacido, al imaginar la red inagotable de interpretaciones que le he escamoteado con esta pista. Una vez más habría creído estar enhebrando telas descosidas y levantando derrumbadas paredes en mi interior, él tan ávido de agarrarse a nuevas motivaciones que contribuyan a explicar mi desequilibrio y a justificar por último su obligación de curarlo.

Precisamente hace poco rato hemos estado hablando de este período anterior a mi encuentro con Lucía, y veo que le interesa aclarar cómo era mi relación con las compañeras de la Facultad.

–Pues las veía allí en clase, les preguntaba alguna cosa, y ya está.

–¿No salías con ninguna?

–No.

–¿Ni te gustaba ninguna?

–No.

–Así que de desilusiones amorosas ni de novias en este tiempo, nada.

–Nada.

–Pues es raro eso.

Yo no vengo en los catálogos de don Jaime y veo que empieza a darse por vencido en su empeño de rastrear una buena explicación para mi misantropía. No he tenido ningún fracaso, no he sufrido privaciones ni malos tratos, tengo temperamento artístico y estoy seguro de mi criterio –demasiado seguro, dice él–. Estas razones son las que enumera siempre y me habla de muchos enfermos suyos curados al conseguir evidenciarles la futilidad de sus motivos para el desequilibrio. ¿Cómo yo, pues, no me complazco a la vista de un expediente casi sin tacha?

Oyéndolo, pienso en esos padres que, para persuadir a sus niños de que no deben llorar, les ponderan los juguetes que tienen, al propio tiempo que les señalan a otros muchos niños que se sonríen jugando con los suyos. Estos mecanismos de consuelo son los mismos que siguen funcionando en la edad adulta. Todavía no ha aparecido en la sociedad ningún fenómeno capaz de desprestigiar la sonrisa. «Sonría. Sea optimista. Sea más feliz», rezan miles de anuncios. Nos señalan a los que sonríen, nos dicen que el mundo es de ellos. Y la gente, contagiada del sonreír unánime, saca una sonrisa mimética y aprende a llevarla –como las dentaduras postizas– hasta que ven que ya no les roza.

Don Jaime, por lo que me mira aún con cierta desconfianza, a pesar de que asegura que estoy curado, es porque no sonrío. Sin duda mi malestar lo juzga como una anomalía más peligrosa que las que tienen su raíz exclusivamente en desgracias personales, porque esa raíz, una vez localizada, puede arrancarse sin que el mal llegue a propagarse fuera.

Sigue, pues, buscando causas concretas que, a medida que pasa el tiempo, se siente más inquieto al no encontrar.

Me pregunta que cómo no encontré amigos tampoco en la Facultad. Me encojo de hombros; le digo que todos andaban con prisa, que no daban lugar a pasar de las relaciones superficiales. Se ríe como si fuera muy original lo que digo. Que me aclare, me pide. ¿Cómo que tenían prisa?

–Pues sí, prisa. Querían encauzar la conversación hacia conclusiones definitivas, en vez de dejarse llevar por las preguntas que surgieran, como hacía yo. Era un ritmo distinto. No nos entendíamos.

–¿Y no sería culpa tuya? Recuerda las pocas facilidades que das para que la gente se te acerque.

–Pues a lo mejor. Pero no se trata de culpas. Y, además, algunas veces no doy tan pocas facilidades. A usted demasiadas le di.

Don Jaime siempre da el quiebro cuando la conversación tiende a desviarse por derroteros peligrosos. Le he recordado algo tan molesto como el tiempo de nuestro conocimiento y amistad anteriores a mi venida aquí. Lo hago a veces cuando quiero que me deje en paz. No le conviene hacer alusiones a ese tiempo.

–¡No desprestigies el gremio! –bromea con el dedo extendido como si me reprendiese–. Yo no te he tratado tan mal.

Y casi inmediatamente añade:

–Así que tenían prisa tus compañeros. Eres como tu padre. ¡Qué David!

No contesto y me pongo a mirar una revista ilustrada de las que suele traerme cuando viene de Madrid. Conozco la inutilidad de hablar con él en un terreno que pueda llevarnos a tambalear ni aun levemente el prestigio de su profesión. Me habla a la defensiva, con miedo. De una conversación conmigo él –que es quien tiene que llevarme a buen puerto– no puede salir herido ni debilitado en nada. Acepta, pues, mi silencio como remate feliz a la charla de este día.

De pronto, en una de las páginas interiores de la revista que tengo entre las manos he visto a Gabriela retratada en diversas posturas. Ya la había visto otras veces y lo sabía. Se ha casado en Roma con un director de cine y está haciendo sus primeras películas bajo las órdenes de él. Siempre me pareció inaprensible la mirada de estos ojos alargados por el maquillaje y atribuía a su viveza un fluido misterioso.

–¿Quién es? –me ha preguntado don Jaime, al ver que me detenía tanto en la hoja.

–No sé. Una tal Gabriela Medina. Del cine.

–Eres igual que yo –me solía decir Gabriela cuando me veía con ojos casi distraídos, sin hablarla–. Vas por libre. Por eso no resulta empachoso estar contigo.

Solía hacérseme la encontradiza a la salida de algunas de mis clases para que volviéramos juntos a Madrid, dando un paseo. Pero sólo hasta el tranvía la acompañaba. Tenía miedo de ser indiscreto, porque ella se quejaba mucho de lo pesados que eran los chicos, y ni siquiera sé si vivía con su familia o estaba en alguna pensión, porque nunca le pregunté nada de su vida, a pesar de que llegamos a ser bastante amigos.

A veces también vino a buscarme a un bosquecillo de pinos que había enfrente de nuestro edificio, donde ahora han construido la Facultad de Derecho. A mí me gustaba pasarme los ratos de sol sentado allí, porque sólo entraba a las clases menos aburridas, y, tácitamente, vino el bosquecillo a convertirse en un lugar de cita, donde siempre estaba esperando la visita de ella. Allí charlábamos mucho y nuestras conversaciones, siempre incompletas, pendientes de un día para otro, a mí me parecían importantísimas, aunque a ella no se lo debían parecer tanto. Porque eran muchas las veces en que sólo me saludaba con la mano, al pasar, o que ni siquiera me veía, porque iba hablando animadamente con otros compañeros. Con ellos hablaba en un tono artificial y excitado, muy distinto –me parecía– del que usaba para dirigirse a mí.

Ya he dicho que todos aquellos chicos tenían urgentes proyectos. Querían fundar revistas, publicar manifiestos, ir al extranjero, llegar. Hablaban mucho de llegar. Y también a Gabriela –que hormigueaba, fomentando amistades que pudieran valerle en su carrera de actriz– me parecía a veces verla trepar con ellos como por una cucaña resbaladiza, ansiosa de encaramarse la primera. Entonces me era totalmente extraña, y su voz la oía lejos confundida en la algarabía general, pero era un alejamiento que me dolía como la más injusta traición del mundo. Sobre todo porque en otras ocasiones, cuando había hablado con ella de esos temas de la ambición o de la prisa se había manifestado totalmente de acuerdo conmigo. Me daban ganas de pedirle que me dedicara más tiempo y dejara de tratar a los demás, de indignarme con ella como con alguien que me pertenecía; pero, al apercibirme de la peligrosa pendiente hacia la que tales deseos me iban llevando, me asustaba mucho y dejaba de ir por la Facultad durante una semana. Me encerraba en mi cuarto o hacía excursiones solitarias por los alrededores de Madrid. De ese tiempo son mis mejores dibujos y cuadros.

–Vaya, ¿por dónde ha andado el príncipe misterioso? –me preguntaba ella, cuando volvía a verme–. Te he echado de menos.

Yo me callaba o contestaba de mala gana, y era entonces, hasta que volvía a entablarse un terreno propicio para la charla, cuando se interesaba más por mí y peleaba por desentrañar los motivos de mi silencio. Al fin acababa por decirle que no me pasaba nada.

–Pues entonces vamos a dar una vuelta, ¿quieres? Me reposa mucho estar contigo. No hables si no tienes ganas.

Pero yo en seguida volvía a tener ganas de hablar con ella.

Aún ahora recuerdo la luz inteligente y clara de sus ojos cuando me escuchaba. Aquel sosiego que asomaba a su rostro, embelleciéndolo. Bien se me alcanza que el poderla seguir idealizando se debe sobre todo al hecho de que nuestra relación no desembocase en nada, pero esto grandes esfuerzos me costó, ya que cada día me resultaba más duro que fuera sólo el azar quien dispusiera nuestros encuentros. Y debo decir que sólo gracias a la conversación con Bernardo, que, antes de conocerla, me puso en guardia contra los posibles manejos de mi amiga «la del pelo liso», me apliqué a ser sincero conmigo mismo y comprendí que, efectivamente, estaba empezando a «liarme», como él decía. Me puse a observar su relación con los demás chicos de los que frecuentemente se quejaba porque, «en cuanto hablaban dos veces con una chica pretendían tener derecho sobre su persona», y me di cuenta de que era ella misma quien daba pie a aquel afán exclusivista de los demás, que también a veces había despertado en mí.

Se lo hice notar una mañana que salió del bar a mi encuentro para zafarse de un tipo que la asediaba, un tal Luis. Era un muchacho enérgico y activo, que fumaba en pipa, a quien poco después hicieron director del Teatro Universitario. Estaba sentado a una mesa sin separar los ojos del grupo que ella y yo formábamos.

–Todo el día me está diciendo que me quiere. Me lo dice en todas las formas imaginables –me contó.

–Se lo creerá –le dije torvamente–. Las mujeres como tú le incitan a uno a creerse esas cosas.

–¿Por qué? ¿Tú cómo lo sabes?

–Lo veo.

–¡No me vendrás a decir también tú que soy coqueta, esa terrible vulgaridad!

–¿Te lo dicen mucho?

–Sí.

–Yo sólo digo que tienes una rara habilidad para enfrentar a tus admiradores unos con otros, aunque luego te quejes de lo que te amargan la vida.

(Desde que me había puesto a observarla, había asistido, efectivamente, a varias escenas que me habían hecho concluir lo que decía.)

–Pero ¿a que contigo no coqueteo? –dijo.

–Es que yo tampoco me he pronunciado como admirador tuyo.

–Gracias a Dios. Eres de los que no vienen con monsergas. Si no tengo más amigos como tú, la culpa no es mía, sino de cómo son los chicos.

Pero esta conversación, aparte de que me cerró la puerta definitivamente para hacerle saber –deseo que frecuentemente me tentaba– hasta qué punto me acordaba de ella todo el día, me dejó sumido en grandes perplejidades, porque –dada mi inexperiencia– no estaba completamente seguro de que no estuviera coqueteando conmigo también.

Durante el invierno había tratado de arrastrarme a alguna excursión de las que hacía con un grupo de amigos los fines de semana. Se puso muy contenta al saber que me gustaba la Sierra, como siempre que creía localizar una afición que le ayudaba a esclarecer mi hermetismo.

—¿Por qué no vienes algún día con nosotros? —me preguntó muy alegre—. ¿Tienes equipo de esquiar?

—Yo, no. Mi hermana.

—Pues que te lo preste, ¿no?

En mis frecuentes escapadas por los alrededores de Madrid a descubrir pueblos, caminos y descampados, también había llegado a alguna montaña, y la había escalado.

—Yo no voy a la Sierra a esquiar —contesté.

—¿Ah, no? Bueno, pero no importa. Muchos de los que nos acompañan tampoco esquían.

—Pero vosotros vais siempre a un sitio que decidís primero, ¿no? Por lo menos mi hermana es lo que hace con su pandilla.

—Claro que lo decidimos primero. ¿Tú, no?

—No. Yo cojo el tren, me bajo donde me parece y echo a andar. Ando mucho.

—¿A qué vas, a cazar?

—No, no voy a nada.

Le hablé de algunas de aquellas andanzas: de ríos, piedras y animales que había visto, de mis vacilaciones antes de elegir un camino. Le conté pequeñas anécdotas de mis encuentros con arrieros y pastores.

—Tú escribirías muy bien —dijo una vez—. ¿Has probado a escribir?

—Versos, cuando era pequeño.

—Pues te aseguro que la mayor parte de los que escriben no se fijan en las cosas ni la mitad que tú. Son una pandilla de memos.

—¿Y qué? Aunque eso fuera verdad, el que la gente escriba mal no es razón para que escriba yo.

—Pero, hombre, algo hay que hacer. A algo te querrás dedicar algún día.

—Supongo. Ya veremos.

Hasta que se enteró de que pintaba.

Fue una mañana, volviendo de clase juntos. Nos encontramos con Bernardo, a quien yo no veía desde la última discusión en que precisamente Gabriela se había mencionado por primera vez entre nosotros; y se la presenté. Estaba muy contento. Había ganado bastante dinero con unos proyectos, y se proponía amueblar poco a poco un apartamento vacío que había encontrado.

—¡Se acabaron las pensiones! —exclamó con voz triunfante.

Me dio sus señas para que fuera a verle. Ahorraba. Él mismo se hacía la comida en un infiernillo.

—Vida bohemia —dijo—. Como te gusta a ti.

Y, mientras hablaba, miraba mucho a mi amiga.

—Oye, por cierto —se acordó— que una vez me dijiste que en el desván de tu casa había muchos muebles inservibles. A ver si me proporcionas alguno. ¿O te han hecho falta para el estudio que pensabas poner?

—No.

—¿Por fin no lo pusiste?

—Pues... no del todo.

—¿Es que no trabajas?

—No.

Pintaba mucho en esa temporada, pero me resistía a llamarle trabajo a un enredo que me divertía y que me servía para evadirme de molestias familiares. Sin embargo, Bernardo, empeñado desde los años de bachillerato en hacerme persona responsable y en neutralizar los resultados —según él desastrosos— de mi educación de niño mimado, tendía siempre a profesionalizar mis aficiones.

—Claro —dijo—. Si tú lo que tendrías que hacer es irte de con tu padre. Poner el estudio en otro sitio. Siempre te lo digo.

—¿Pero por qué?

—Para verte por fin obligado a algo; es una postura realmente incómoda. Mientras sigas comiendo a la sopa boba de papá, es imposible que superes su influencia.

Traté de desviar el tema de la conversación que, desde que le vi, había temido que viniese a parar a ese terreno. Delante de Gabriela nunca había dejado entreabrirse mis puertas secretas y ahora la sentía atenta a la leve ranura por donde le llegaban noticias inesperadas. Imaginaba el parpadeo imperceptible de sus ojos excitados de curiosidad y, aunque no la mirase, su presencia me aturdía y me hacía perder el control de las contestaciones.

–¿Qué estudio es ese que dice tu amigo? –me preguntó a bocajarro en cuanto Bernardo se despidió.

–Ninguno. Él lo llama estudio porque hay gente que goza poniendo nombres sonoros a todas las cosas para moverse entre realidades inconmovibles.

–Pero estudio, ¿para hacer qué? ¿Eres pintor?

–Pinto algunas veces.

–Pues eso: pintor. ¿Y por qué lo ocultas?

–No lo oculto.

–A mí no me lo habías dicho.

–Creí que no te interesaba la pintura. Un día dijiste que no entiendes nada y que te parece chino.

–Bueno, pero como tú te reíste, creí que estabas de acuerdo conmigo.

–Y lo estoy. Todo es como chino en este mundo, según para quién.

Desde aquel día empezó a hacerme preguntas sobre pintura. Debía parecerle imposible que una pista tan preciosa como la de haber localizado mi quehacer no se le hiciera valedera para arrancarme opiniones absolutas con respecto a algo.

–¿Por qué no me llevas un día a tu casa a ver tus cuadros?

–¿Por qué? ¿No dices que la pintura te aburre?

–Lo dije por decir. He visto poco. A lo mejor no me aburren tus cuadros.

–Pero eso es absurdo. Primero, para convencerte de si te aburre o no la pintura, tendrás que ver bastante. ¿Conoces bien el Museo del Prado?

–No voy nunca.

–Pues vete.

Llegó la primavera. Me enteré de que me llamaban «el amigo de Gabriela». Ella era una de las chicas más populares de la Facultad y me venía a buscar a mis clases casi todos los días. Me empezó a atormentar la idea de que cuando acabase el curso perdería la ocasión de ver a Gabriela. Pero por otra parte pensaba que aquel carácter libre y esporádico, que de tácito acuerdo habíamos marcado a nuestra amistad, era sin duda lo único que a ella le hacía valorarla como algo diferente; y seguí sin hacerme preguntas sobre su vida ni intentar verla en otros lugares.

Un chico de mi curso me preguntó que si éramos novios. Me sobresalté.

—No. ¿Por qué?

—Pues eres bobo si no intentas algo. La tienes a tiro.

—¿A tiro de qué? No es ningún pájaro. Y, además, ¿tú qué sabes?

Pero a duras penas contenía mi emoción, pendiente de la respuesta del otro.

—Sé lo que he visto. Que se pone colorada cuando le dan bromas contigo.

No sabía qué hacer. Empecé a verla también mucho con Luis, aquel enamorado suyo de la pipa; y un día estuve en el bar sentado con ellos. Hablaban de irse juntos varios amigos aquel verano a París a unos cursillos muy interesantes. Gabriela estaba entusiasmada. Yo les pregunté que cómo estaban tan seguros de lo interesantes que eran, si todavía no habían ido.

—¿Sabes lo que dice Luis? —me preguntó ella a los pocos días.

—No. ¿Qué dice?

—Que eres un derrotista. Que si sigo teniendo tanta amistad contigo acabarás por quitarme toda la ilusión de vivir.

—¿Ya no te parece tan pesado Luis?

—No. ¿Y a ti? Es un buen chico, te advierto. Y además este año dirige el Teatro Universitario. Me va a dar el primer papel en una obra de Shakespeare.

—¿Y de qué me conoce a mí tanto?

—Es que yo, ¿sabes?, a veces le cuento las cosas que hablo contigo, las dudas que me has ido metiendo en la cabeza.

–Oye, ¿yo? Yo no te meto nada. Se te irán metiendo ellas, las dudas mismas, caso de que tú las dejes entrar. La gente sólo no tiene dudas porque no las deja entrar. Porque dudar es molesto.

No sabía qué hacer. No dormía. En casa estaba siempre de mal humor.

–¿Por qué pintas? –seguía peleando ella–. Algo sentirás cuando pintas. En algo pensarás.

–En nada, en los colores.

–Pero digo que tendrás confianza de estar haciendo algo valedero.

–No. Tomo la pintura como un refugio.

–¿De qué?

–Del ruido, por ejemplo.

–Ah... del ruido –y luego añadía tímidamente–: ¿Es que hay mucho ruido en tu casa?

–No. Digo del ruido que hacen los demás, en general. Del ruido que se te queda en la cabeza.

Se pusieron a ensayar *Hamlet* en el Teatro Universitario. Gabriela era Ofelia.

Desde las butacas de arriba, asistí, en la sala circular, a todos los ensayos. Había dejado de entrar en las clases de un modo casi metódico, y con los ojos entornados, sumido en la modorra primaveral, veía moverse las figuras del escenario a la luz de un foco.

Luis, en mangas de camisa y con sus movimientos precisos y seguros, era la imagen de la virilidad. Trataba a Gabriela como a un objeto de su incumbencia: la reñía, la cogía del brazo, la empujaba hacia la derecha o la izquierda. Ella algunas veces levantaba los ojos, sin distinguirme, hacia la parte oscura donde estaba yo sentado.

Me dio por imaginar que aquellas miradas eran mensajes incitadores para notificarme que se estaba empezando a enamorar de Luis; una mezcla de desafío y llamada de socorro.

Desde que noté esto, me era completamente imposible dejar de asistir al espectáculo, y lo hacía con la puntualidad que nunca había observado para ir a clase, hasta tal punto que solía llegar antes que los propios interesados. Día tras día estaba atento a sus actitudes con un creciente interés, y ya no podía abandonarme relajado en la butaca como un espectador indiferente. Estaba preparado al sobresalto. Pero no era el sobresalto celoso de quien cree adivinar que van a robarle algo a sus espaldas. Yo intervenía en aquello mismo que me preparaba a percibir.

Llegué a estar convencido de no ser un extraño ni mucho menos en el sentimiento que casi imperceptiblemente se iba fraguando en Gabriela y crecía de un modo gradual. Podía asegurar que participaba tanto como ella misma por habérselo conocido en el origen; y –es más– que incluso lo alentaba y favorecía con mi presencia, con la certeza de que iba a desembocar donde estaba yo calculando. Hasta que me pareció que si dejaba de asistir a los ensayos se quebraría el fluido que los unía, a través de mí, porque era yo –desde mi alta butaca– quien tiraba de los hilos que los acercaban a ellos allá abajo, en lo iluminado. Y, sin embargo, no podía dejar de asistir hasta ir comprobando si los hechos me daban o no la razón.

De tal manera que a cada nuevo detalle que venía a corroborar mis suposiciones, sentía una mezcla de desgarramiento y placer.

«Ahora él la mirará como antes, pero más rato.»

«Ahora se sonreirán, cuando le encienda el pitillo.»

«¿A que ella le pone los dedos sobre el brazo remangado?»

Casi nunca me equivocaba, y esto llegó a proporcionarme una de las emociones más extrañas que he probado en mi vida.

Hasta que a Gabriela dejó de preocuparle que yo asistiese o no, y últimamente ni se enteraba. No volví a cruzar la palabra con ella más que superficialmente; y fue para comentar la marcha de la obra. Me miraba totalmente distraída.

–¿Te parece que lo hacemos bien?

–Sí. Lo hacéis muy bien. Como yo esperaba.

Así que, cuando –ya al final de los ensayos– creí haber adquirido la certidumbre suficiente de que aquel asunto amoroso había llegado a su madurez, dejé de ir a mi espectáculo y abandoné a los personajes a sus propias fuerzas.

No sé lo que pasó. Ni siquiera asistí a la representación teatral el día que la dieron ni volví por la Facultad. Era la época de los exámenes. No me presenté más que a dos.

Aquel verano conocí a Lucía.

Lucía y Bernardo

Ya la misma tarde de conocernos me preguntó Lucía que a qué me dedicaba. Empezaba a acostumbrarme a que ésta fuera la pregunta que hacía casi inmediatamente todo el mundo; pero ella me la hizo con la misma espontaneidad con que acababa de contarme muchas cosas de su vida, a pesar de que éramos desconocidos. Y no me molestó. Le dije que acababa de abandonar la carrera de Filosofía y Letras.

–¿Por qué?

–Por dejar de ver a una chica que se ha hecho novia de otro.

Me miró con ojos incrédulos.

–Vamos, anda, chico. No me tomes el pelo.

–De verdad.

Efectivamente, el acordarme del reciente episodio de Gabriela, todavía me hacía tomarme en serio a mí mismo; y adopté, al mirar a esta otra chica que acababa de conocer en tarde de domingo, un aire dolorido y soñador, que contribuyó a desviar la anterior curiosidad de ella, pendiente ahora su atención del episodio que esperaba escuchar.

Estábamos sentados en el pretil de piedra que hay bordeando el río Manzanares, el cual escurría apenas sus aguas escuálidas y mezquinas encajonadas al fondo de las altas paredes de cemento, estuche pretencioso que evoca un ataúd. Era verano y pronto oscurecería. Las piernas de ella y las mías colgaban juntas contra el pretil. Algunos novios habían saltado ya este pretil y empezaban a guarecerse muy juntos contra él, esperando la noche.

Poco antes yo estaba en la otra orilla, de cara a un merendero con emparrado, donde había música de picú y baileteo. Vi a una chica que se apoyaba en una terraza que había arriba, ella sola, mirando el río, como si no estuviera en la fiesta. Yo también estaba solo y empezamos a mirarnos. No hacía gestos que quisieran llamar mi atención ni casi se movía. Al cabo de un largo rato, me acerqué al merendero.

La terraza era baja y, al alzar la cabeza para mirar a la muchacha, descubrí a sus espaldas algunas parejas abrazadas sentadas por el suelo, y otras bailando a las briznas de música que llegaban del emparrado de abajo. Ella tenía un vaso vacío en la mano.

–¿Cómo no bailas tú? –le pregunté.

–Ya ves, no me sacan. Sobran muchas chicas.

No era guapa, pero su rostro se iluminaba al hablar, enriquecido por una expresión confiada y sincera. Me recordó a mi madre.

–¿Qué fiesta celebráis?

–Se ha casado una vecina. Ya estarán en el tren.

–¿Quiénes?

–Rosario y su novio. Yo es que de la gente que hay aquí no conozco a casi nadie.

–Pues entonces, ¿por qué no te bajas a dar un paseo conmigo? Supongo que te dará igual un desconocido que otro.

Se sonrió.

–Completamente igual. Pero podías entrar tú; te dejan.

–Es que no sé bailar.

–Ah. ¿Cómo te llamas?

–David.

–Me gusta mucho el nombre. Y ¿cómo estás solo? Los chicos, si estáis solos, es porque queréis.

–Sí. A mí, generalmente, me gusta estar solo.

–¿Y ahora, de pronto, no?

–No. Ahora me gustaría dar un paseo contigo.

–Pues Sofía Loren no soy. Es la primera vez que me pasa una cosa así.

–Anda, baja, que me canso de mirar para arriba.

Bajó. Venía de buen humor.

–A lo mejor te desilusiona verme de cerca –dijo–. Debías de tener un punto de vista especial desde aquí, con el contraluz o algo.

Me enfadé. ¿Es que con una chica no se iba a querer estar más que para saber si era guapa o fea?

–Es lo corriente –dijo ella con naturalidad.

En seguida me enteré de que se llamaba Lucía, de que era huérfana de padre y trabajaba como mecanógrafa, así como de otros muchos de sus gustos y aficiones.

Tenía una voz muy simpática. Recién cruzados a la otra orilla, y sentados en el pretil, estuve a punto de decirle que a mí no me parecía fea, pero me contuve porque lo habría tomado por un cumplido.

De pronto empezó a quedar callada y yo también. Al cabo de este silencio fue cuando me preguntó que a qué me dedicaba y cuando salió a relucir Gabriela. Le hablé largamente de ella.

Hablar con alguien de Gabriela y que el interlocutor fuese esta chica desconocida a quien nadie había sacado a bailar, se fue convirtiendo en algo muy dulce. Más aún, apasionante. Y casi hasta que terminé no me di cuenta de que estaba deformando los acontecimientos de un modo totalmente novelesco. Con Lucía siempre he tenido tendencia a ser ligeramente mentiroso, y ahora sé que son sus ojos los que tienen la culpa, el silencio amoroso con que escucha. Pero entonces no lo sabía. Se nos hizo casi de noche. Gabriela, en el relato, había quedado falsificada para siempre, convertida en un ser cruel y egoísta. Lucía tenía los ojos brillantes.

–Perdóname, oye –dijo al fin.

–¿Perdonarte el qué?

–El que antes no creyera que era una cosa seria –dijo con voz respetuosa–. Pero es que una no está acostumbrada a conocer a chicos que sufren por cuestiones de amor. Creía que era una especie desaparecida de la faz de la tierra.

No me atreví a defraudarla diciéndole que, seguramente, yo menos que otros creía en la verdad de mis sentimientos ni pretendía ser fiel a ellos. Ya era difícil dar marcha atrás. Pero me sentía muy inauténtico al ser mirado con aquel fulgor admirativo.

–Son cosas que se pueden superar –me limité a decir en tono displicente.

Pero en seguida supe que ella lo interpretaba como un esfuerzo mío por hacerme valiente.

–Conmigo no tienes por qué fingir –afirmó–. Ya te he dicho que los hombres capaces de enamorarse como tú tienen, a mis ojos, un valor fuera de lo común.

Su terquedad me hizo quedarme a disgusto. Después nunca, a lo largo del tiempo, he sido capaz de llegar a convencerla, ni siquiera con juramento, de que aquella noche se me calentó la boca y que mi pretendida desesperación por no haber conseguido el amor de Gabriela era algo inventado, lo mismo que la dureza de corazón que atribuí a mi amiga de la Facultad.

Pero es que Lucía, en el fondo, al defender la firmeza y lealtad de mi sentimiento por otra mujer, lo que ha defendido es la posibilidad de llegar a despertarme ella misma otro semejante, esperanza a la que nunca ha renunciado. Y desde su punto de vista se comprende como una pretensión justa, porque si yo fuera capaz de enamorarme de la forma ciega que entrevió, hoy sé que ella –más digna de amor y ternura que nadie– habría sido, a lo largo de nuestras tenaces relaciones, la exclusiva poseedora de mis pensamientos. Pero ella no entiende que mis pensamientos no los pueda poseer nadie y que ni siquiera yo mismo les marque un rumbo satisfactorio.

De pronto aquella tarde –la primera en que me empecé

a preocupar por ella y que las ligaduras entre los dos nacieron– me puse a hablarle sin transición de que la gente tiene que aprender a estar sola y de que ese aprendizaje es el único que vale la pena, la más segura fórmula de salvación.

Hablaba en general, pero me refería, lo recuerdo muy bien, a las miles de probabilidades contra una que tienen las chicas, un poco insignificantes como ella, de no escapar a los laberintos del amor. Y, casi seguro de que no iba a entenderme, hablaba con empeño y desesperación, como uno que se lía a dar manotazos en el aire.

No dijo nada al pronto. Miraba sus zapatos de tacón que colgaban al lado de los míos. Justamente debajo, apoyados en aquella misma pared, acababan de instalarse unos novios y su cuchicheo intermitente nos llegaba en el silencio. Negreaba apenas la silueta de los cuerpos abrazados, próximos a fundirse también con la noche que venía.

Miré el perfil breve de mi compañera, sus ojos súbitamente abatidos y experimenté la íntima sensación de estar perdiendo pie.

–¿En qué piensas, Lucía?

–En eso de la soledad. Me he puesto triste. Menos mal que no me lo creo. ¿Quién comprendes tú que, por todo ambicionar, ambicione aprender a estar solo? ¿Conoces a alguien?

–Yo.

–¿Tú?

–Sí, yo. Yo mismo –repetí, aunque sin demasiada convicción.

Y entonces descubrí algo inesperado, que Lucía había puesto un instante la mano sobre mi antebrazo. Y simultáneamente con este descubrimiento, la escuché musitar en una voz firme, aunque emocionada:

–Tú tampoco, pobrecito. Tú tampoco.

Solamente el instinto defensivo, que siempre late agazapado en mi ánimo, me ayudó en ese momento a resistir tanta dulzura. Giré las piernas hacia el otro lado del pretil y me puse de pie.

–Anda, vámonos, guapa. Esto de la soledad es un tema largo. Lo seguiremos otro día.

Su mano, bruscamente expulsada de mi manga, se apoyaba en el borde del pretil. Antes de levantarse, me interrogó en silencio, como si no entendiera. Luego sonrió y giró las piernas a su vez.

–¿Otro día? –preguntó, por fin, cuando echamos a andar uno al lado del otro.

–Sí, mujer; lo que sobran son días para hablar. Sólo hace falta tener ganas de entender lo que te dicen. Eso ya es menos frecuente. ¿Tú tienes gana de entender lo que yo te diga?

–Sí. Mucha.

–Pues el tiempo ya lo encontraremos, que a mí siempre me sobra.

–¿No trabajas en nada?

–En nada.

Pero, por aquella tarde, no me hizo más preguntas sobre mi porvenir.

Por supuesto que, tácitamente, había quedado comprometido para acompañarla a su casa. Y de sobra se las arregló por el camino, apretada contra mí en la plataforma de aquel tranvía dominguero lleno de parejas próximas a separarse, para que me quedaran ganas de volver a verla y de confortar su desamparo a base de mis recetas para tratar de enseñarle soledad.

Luego me ha contado que pensó:

«Con tal de volver a verle, ¡a mí qué más me da que me hable de la soledad como de las misas gregorianas!»

El deseo de parecerme a Bernardo y de estar en gracia con él ha tenido una influencia decisiva para configurar los acontecimientos de mi juventud –lo mismo que me ocurrió en la infancia con mi padre– y así, durante un tiempo que ahora imagino como muy largo (aunque, dada la continua oscilación de mi pensamiento, sus fronteras serían más bien difíciles de delimitar), he tratado de hacer coincidir a la fuerza mis opiniones con las suyas. Y es muy curioso pensar cómo mi fracaso en este empeño ha venido a estar condicionado por el paulatino descubrimiento de una real semejanza con mi padre, precisamente cuando de su influencia renegaba. Es decir, que sólo al abandonar a mi padre como modelo de imitación y esforzarme por responder a una imagen diametralmente distinta, es cuando he venido a componer, por caminos autónomos, un pensamiento parecido al suyo y más distante cada vez del de mi amigo, el nuevo modelo a imitar.

Esto lo sé ahora que ya no me importa agradar ni a mi padre ni a mi amigo, y que no estoy pendiente de mi perfil en sus respectivos espejos.

(Las contradictorias figuras que los demás reflejan de uno mismo, al darnos idea de nuestra multiplicidad, nos desalientan en el empeño de adobar una imagen única, servible para todos, y lloramos sobre los miles, desconcertantes fragmentos de nuestra imagen rota. Pero, sin embargo, de abandonar el vano empeño de pegarlos una y otra vez, no se deriva ningún fracaso, sino, por el contrario, la más generosa victoria a que un adulto puede aspirar: la de echar estos fragmentos al río, y aprender a vivir sin la guía de la imagen que con ellos se quería componer.)

Este deseo que digo de agradar a Bernardo intervino, por ejemplo, como ingrediente importantísimo en el conglomerado de factores que determinaron mi caída sentimental hacia un ser como Lucía.

Yo estaba completamente seguro de que iba a ser aprobada calurosamente por mi amigo; es más, que para obtener su visto bueno ni siquiera necesitaría presentársela. Que me bastaría con decirle: «Ahora salgo con una mecanógrafa que mantiene a su madre viuda», para que suspirase con satisfacción, como quien ve tomar buen rumbo a un barco a punto de naufragar.

Incluso recuerdo perfectamente que aquella primera tarde junto al río Manzanares ya me sentí complacido al imaginar mirada por los ojos de Bernardo la pareja que formábamos. De lo cual pasé insensiblemente a idealizarla yo mismo, exactamente como si una extraña luz la embelleciera.

Uno de mis mayores motivos de complacencia consistía en pensar –como después pensé muchas veces cuando repetimos de novios aquel paseo– que formábamos parte como una nota más de aquel hermoso conjunto de enamorados pobres, que, a orillas del río, esperaban el anochecer. No teníamos dinero, como ellos; pero éramos más felices que los que necesitan divanes de terciopelo para arrastrar encima de ellos su hastío. Y de aquella manera, al mismo tiempo que veía como privilegiada nuestra situación, idealizaba también la de todos aquellos novios que se besuqueaban a lo largo de la orilla. No sabía yo entonces, como supe después –a fuerza de escuchar retazos de sus vecinas conversaciones en desmontes, cines y cafés–, que la mayoría de aquellos enamorados pobres se dedicaban a hablar empeñada y avariciosamente de los posibles métodos por medio de los cuales la gente llega a tener divanes de terciopelo; quiero decir que hablaban de dinero, sobre todo.

Desde aquel domingo en que conocí a Lucía y la primera vez que le dije «te quiero», pasaron algunos meses que puedo diferenciar y hasta decir cuáles fueron. Por entonces aún el tiempo no era como tierra echada encima de nosotros. Una de las cosas que ocurrieron en esos meses fue que Marcos, el actual marido de Lucía, se le declaró por primera vez. Ella le dio el plazo de unos días para pensarlo.

–Mejor dicho –aclaró cuando me lo estaba contando–. Es él mismo quien me ha dicho que me tome el plazo que quiera. Que él me piensa esperar siempre. ¿Has visto en tu vida un entusiasmo igual? Es algo increíble.

Estaba visiblemente halagada. No se podía imaginar haber despertado en un compañero al que trataba hacía más de un año un sentimiento tan profundo. Además era guapo y educado.

–¿Y por qué no le has dicho que sí? –le pregunté yo.

–Las cosas es mejor pensarlas. Quería consultarlo con mi madre. Y contigo, por supuesto.

–¿Y cómo te voy a aconsejar nada, si ni siquiera le conozco?

–No importa; pero tú sabes darme los mejores consejos siempre, entiendes de lo que conoces y de lo que no conoces.

–Tú sabrás si le quieres. ¿Tu madre qué te ha dicho?

–¡Huy, ella encantada! Lo conoce porque se lo presenté un día. Y como no soy guapa, tiene miedo de que me quede para vestir santos.

–¡Ya salió aquello! No me desesperes, Lucía. ¿Es que tú crees que una mujer no puede tener más alternativa que la de casarse o la de vestir santos?

–Ya. Antes así lo creía. Pero desde que soy amiga tuya pienso de otra manera. Por eso mismo no le he dicho a Marcos que sí.

Pasó algo de tiempo y seguíamos saliendo juntos de vez en cuando. Yo siempre le preguntaba que si le había contestado ya a su amigo y me decía que todavía no. Su madre, desde luego, la empujaba mucho. Y, al decirlo, se me quedaba mirando, como si quisiera saber si la otra opinión que ella había deseado pulsar, es decir la mía, había variado. Pero yo no me atrevía a insistirle en ningún sentido, y le hablaba de otra cosa. Hasta que empecé a comprender que para Lucía significaba un peligro salir casi a diario con un chico como yo, que, en el fondo, era demasiado distinto de ella y que además no tenía la menor intención de pretenderla en matrimonio. Porque Lucía, a pesar de proclamar con entusiasmo lo mucho que mi amistad la estaba haciendo cambiar, no dejaba de aludir al matrimonio como la inevitable meta de toda mujer.

–Mira, yo creo que tiene razón tu madre –le dije, pues, el primer día que la volví a ver–. Ese compañero tuyo, si es tanto lo que te quiere, podría seguramente ser un buen marido para ti. No es frecuente que un hombre prefiera con tanta seguridad a una mujer entre todas las que conoce. Lo estuve pensando anoche.

Lucía me escuchaba con una extraña sonrisa. Recuerdo muy bien el lugar donde estábamos hablando, no lejos del estanque del Retiro. (Y lo recuerdo sobre todo porque, aún no sé si casualmente o no, fue el mismo que escogió ella años más tarde para notificarme que había decidido casarse con su compañero.)

—¿De qué te ríes? —le pregunté, al advertir su gesto entre superior y misterioso.

—No me río, me sonrío.

—Bueno, pero ¿de qué?

—De que llegas tarde con tus consejos. Ayer le he dicho a Marcos que no me pienso casar con él.

Noté una especie de angustia en el estómago, como uno al que le echan encima una fuerte responsabilidad.

—Vaya por Dios, mujer. Pues no sé si has hecho bien. Tu madre se habrá disgustado.

Me miró de hito en hito: los ojos le brillaban tanto que me avergoncé.

—¿Y eso qué importa? —estalló, casi gritando—. No te entiendo, David. Eres tú el que me has dicho otros días que una decisión que le atañe sólo a uno, no se puede tomar o dejar de tomar por darle gusto a otra persona. Y menos si esa persona es el padre o la madre de uno.

Estaba casi hermosa en su indignación. «Y sin embargo —pensé con toda clarividencia— es casi lo mismo. Porque esa decisión la ha tomado solamente por darme gusto a mí, cuya influencia puede perjudicarle aún más que la de su madre le perjudicaría.»

—Di, ¿me lo has dicho eso o no? —volvió a insistir ella, pero no dejaba de mirarme.

—Sí, mujer, y me gusta además que obres con criterio independiente, y sabiendo lo que haces. Sólo que me gustaría saber los motivos que has tenido para decirle a ese chico que no. Otros días no me los has sabido aclarar y me parecías muy dudosa al respecto. Decías, al contrario, que cada vez te resultaba un chico más estupendo y que le estabas tomando un afecto que casi te parecía amor.

–Ya. Eso decía.

Hubo un silencio. El corazón me latía fuertemente y no me atreví a preguntarle nada más. Mirábamos las barcas, deslizándose sobre las aguas pacíficas del estanque en aquel domingo soleado de invierno.

–Me gustaría remar un poco –dijo ella.

–Yo no tengo dinero.

–Yo sí.

Nos acercarnos al embarcadero, sin volver a aludir al asunto de Marcos, ni a otro ninguno. Ella se mostraba segura y tranquila, mucho más que yo, que sentía en la garganta un nudo parecido al que precedía a mis exámenes orales en el Instituto. Incluso, dado que cuando montamos en la barca me vio tan distraído y tímido, fue ella quien se encargó de coger ambos remos y de conducirme rítmicamente hasta el centro del estanque en pocos minutos. Llegados allí, descansó y me pidió un pitillo.

–Y pensar –comentó, sonriendo, mientras lo encendía– que si Marcos me llega a pedir en matrimonio el año pasado, me hubiera parecido un cuento de hadas.

Todavía me resistía un poco, pero al fin comprendí que tenía que arriesgarme a que me dijese lo que fuera.

–¿Y ahora, por qué no te parece lo mismo? –pregunté.

–Porque tú me has hecho diferente –dijo–. Yo ya lo que más deseo es tu amistad. Yo sólo podría casarme con un hombre que sepa que iba a dejarme ser amiga tuya.

–Mía y de cualquiera –dije–. De casarte, debes desde luego hacerlo con un hombre que te deje tener otros amigos, que no quiera disfrutarte en exclusiva.

–Bueno, pues eso. Te he dicho amiga tuya, porque el amigo que más quiero eres tú, el único buen amigo que tengo.

Por allí vi el cielo abierto hacia otros horizontes.

–Pero debes aspirar a tener más –insistí.

–Sí. Todo se andará. De momento no sé de dónde voy a sacarlos.

–Yo te ayudaré a tener amigos, mujer. Por de pronto te

voy a presentar a uno mío: Bernardo. Pero no para que lo consideres como mío, sino para que lo juzgues y lo trates por tu cuenta.

–Bueno, pero no hace falta –puntualizó–. Contigo estoy muy bien. A ver si te crees que por no casarme con Marcos me he quedado triste. Al contrario, ha sido como quitarme un peso de encima.

Por el momento no volvimos a hablar de Marcos. Al final de la tarde –una tarde verdaderamente agradable– la acompañé hacia su barrio y estuvimos bebiendo vino en una taberna.

–Es muy tarde –decía con los ojos animados–. Pero mañana es lunes otra vez y hay que aprovechar los ratos buenos. Sólo siento la desilusión que se va a llevar mi madre. A lo mejor se cree que me estoy arreglando con Marcos y que por eso tardo. Si sabe que es contigo con quien estoy...

–¿Cómo? –me extrañé–. ¿También le has hablado de mí a tu madre?

–Hombre, sólo le he dicho cosas vagas. Pero cuando vuelvo a casa, le tengo que decir con quién he estado, como comprenderás. La pobre se aburre. Está esperando a que yo vuelva para que le cuente algo.

Me dijo que su madre no se fiaba de ningún hombre que se le acercara a ella, más que si se aclaraba en sus intenciones. De todos pensaba en principio que la iban a tomar el pelo, porque, entre hombre y mujer, no concebía más relación que la amorosa. Por eso le intranquilizaba su amistad conmigo, de quien sólo recibía informes vagos y contradictorios, por mucho que preguntase.

–Y además qué le voy a decir de ti –concluyó Lucía con orgullo–. Una amistad como la que tú y yo tenemos es tan poco frecuente que ni mi madre ni nadie la podría comprender. Para entender algo hay que imaginar primero que pueda existir en el mundo alguien como tú. Y luego conocerte.

Eran muchas veces las que Lucía se lanzaba a hablarme de mí mismo en esos términos encendidos y elogiosos, por su tendencia a las idealizaciones que tanto ha contribuido a dificultar hasta lo imposible nuestra relación amorosa. Siempre me ha dado todos los márgenes de confianza que ni he deseado ni merecía, y ha querido dejar patente que hasta en los momentos en que me he mostrado ante ella como un ser más evidentemente miserable, me estaba viendo de otra manera. Y yo me he sentido oprimido dentro de esta imagen ideal que de mí se había forjado, sin serme dable descarriarme absolutamente de ella ni tampoco realizarme allí, igual que dentro de una asfixiante armadura.

–A lo mejor todavía llegas a cambiar de idea en eso de Marcos y le das por el gusto a tu madre –le dije aquella tarde, en parte por cambiar de conversación y en parte porque sentía como una especie de remordimiento por no haber sido ajeno a aquella decisión de mi amiga tal vez dañosa para su porvenir.

Pero la miré y volvió a sonreír con aquella sonrisa enigmática y superior.

–Que no, hombre.

Me contó que el domingo anterior había estado con Marcos en aquella misma taberna. Se había acordado mucho de mí, de las cosas que yo le decía tan interesantes y que le habían enseñado a ver el mundo de otra manera. Con él era imposible salirse de la conversación de lo que a ellos dos les estaba pasando. Todo el rato insistiendo en que, si se casaran, sólo viviría para hacerla feliz.

–Además, ¿sabes lo que me dijo? Que había esperado tanto a decirme que me quería porque le había prometido el jefe subirle el sueldo y no se lo subió hasta el día de declarárseme. Ya ves, un año esperando por mil cochinas pesetas.

–¿Te desilusionó eso?

–Hombre, claro. ¿Tú lo concibes? Si llega a salirme otro novio entre medias, ¿qué? ¿A que tú una cosa así no la hubieras hecho?

–No, claro. Pero yo qué tengo que ver. No tengo oficio ni beneficio ni pienso en tener novia.

Lucía se me quedó mirando con sus ojos atentos y desorientados.

—Eso no —dijo—. Alguna vez querrás tener novia, supongo. O la tendrás, sin pensarlo, sin saber siquiera si quieres o no quieres.

Esperó, pero yo no decía nada.

—Y con lo del oficio, igual —continuó—. No te vas a pasar toda la vida siendo un desocupado.

En aquel momento me ocurrió algo muy curioso. Miré a Lucía y tuve un clarísimo presentimiento de todo lo que nos iba a suceder, casi podría decir que se me agolparon en un racimo agobiante y doloroso todos estos años que ahora me separan de aquella tarde de domingo, idénticos en su ceguera y confusión, en la cadena de inútiles intentos, de esfuerzos vanamente renovados. Y me pareció que no podía hacer nada por apartar su llegada paulatina y al mismo tiempo vertiginosa.

«Pero no puede ser —reaccioné en el interior de mí mismo, mientras volvía hacia casa—. En casos como éste, la voluntad debe existir y servir para algo. No vuelvo a verla nunca; y si me llama, le pongo un pretexto. Bien claro está que de tratar conmigo sólo le puede venir cada vez más daño.»

Y así, pensando con firmeza en la eficacia de aquel primer propósito con el que inauguraba la serie incontable de tantos parecidos, a lo largo del camino que me trae hasta aquí, llegué a casa muy triste, ya que el creer que había estrechado por última vez la mano de Lucía me ataba a su recuerdo con una naciente angustia. Aquella angustia me acompañó hasta antes de dormirme. Recuerdo que, ya en la cama, la firmeza de mi propósito se había debilitado un poco y me pregunté si no sería más que noble volver a ver a Lucía aunque no fuese más que para hablar con ella de tal propósito y de los pensamientos que me habían inducido a tomarlo. Pero, como tenía sueño, demoré para el día siguiente la solución de mis dudas.

El sueño es como una zanja que se lo traga todo. Ahora, después de mi trato con psiquiatras, me he dado cuenta de que ellos saben esto mejor que nadie y que en el sueño, su infalible aliado, fían toda curación. Hacia esa zanja barren los problemas cuya raíz no quieren de veras aclarar. Cuando más puede parecer que se están interesando por encontrar esta raíz con uno, le han dado ya la píldora que ha de llevarle al reino donde vuelve a enterrarse y a ignorarse toda raíz. Y la mirada de atención que uno interpretó como reflejo y compañía del propio afán inquisidor, no era sino un espiar la llegada del aliado, un ansia por ver borrarse la luz de la pregunta en nuestros ojos, ensombrecidos al cabo por los primeros síntomas del sueño que siempre nos sugiere lo mismo: dejar pendiente cualquier pregunta para el día de mañana.

Al día siguiente toda clarividencia y también toda duda se habían borrado de mi cerebro y me desperté con una euforia nueva. ¿Por qué, en realidad, iba a ser un daño para Lucía el que se negara a casarse con una persona conformista cuya compañía le resultaba aburrida? Si era yo quien había hecho nacer en ella un determinado criterio de discriminación como resultado del cual veía las cosas de esta manera, la influencia de mi amistad no era tan mala.

No ahondé mucho más. Hacía otro día hermoso y echaba de menos el rato de sol que pasamos montados en la barca. Es muy curioso hasta qué punto la conciencia se agarra, cuando le conviene, a las más burdas justificaciones. Me volvió a nacer la esperanza de que Lucía me escuchase y de que de nuestra relación se derivase alguna autonomía para ella.

La llamé y aquella misma tarde, cuando salió de la oficina, fuimos a casa de Bernardo.

—¿Tu amigo es tan original como tú? —me preguntó de camino.

—No sé qué decirte. Es arquitecto. Mucho, desde luego, no nos parecemos.

—¿Y por qué tienes tantas ganas de que le conozca?

—Para que seáis amigos. A ti te conviene tener varios amigos. Amigos varones. Cuantos más mejor.

—¡Si te oye mi madre...!

—Por ella lo digo sobre todo. Te vas a volver tonta si la haces caso.

—Ya ves que contigo no la he hecho caso. Cuando una cosa me importa...

—Pero sólo con un amigo estás mal.

—Tú ¿tienes más de uno?

Me quedé reflexionando. No; casi sólo tenía uno. Precisamente aquella mañana, pensando en relacionar a Lucía con lo que hubiéramos podido llamar «mi mundo», saqué una agenda de hule que aún conservo vieja y manoseada y de la que suelo echar mano en mis momentos de depresión para revisar una vez más los nombres y direcciones en ella apuntados, que no pasarán de seis o siete. Pero aquella mañana, igual que siempre, el único nombre valedero había sido el de Bernardo.

—No, yo no tengo muchos amigos —contesté a Lucía—. Pero para una mujer es más necesario que para un hombre. Tú, por ejemplo, con chicos debías salir más.

—Sí, bueno, pero tampoco te creas que es tan fácil. Ese chico a quien vamos a ver, por ejemplo, será muy amigo tuyo. Pero sólo por eso no va a salir conmigo mañana.

—¿Por qué dices «salir contigo» en lugar de «salir tú con él»?

Se quedó sorprendida.

—¿Qué diferencia hay?

—Mucha. Hay muchísima. Porque salir tú con él, depende sólo de que se lo propongas, si te parece que va a ser interesante vuestra amistad. ¿Por qué no vas a ser tú quien le diga hoy por ejemplo: «¿Quieres que nos veamos otra vez mañana? Parece que hoy hemos hablado poco?».

—¿Eso le tengo que decir? —preguntó Lucía tan viva e ingenuamente que me hizo sonreír con cierta ternura.

—No, mujer, nadie te dice que le vayas a decir eso.

—Ah, bueno, oye; me pegas cada susto...

La miré; estaba totalmente desconcertada. Le dije que, por favor, no pensase que tenía que comportarse con mi amigo de una determinada manera, que bastaba con que se dispusiera a juzgarle por su cuenta y no como a una persona que le presentaba yo; que, por lo tanto, el único ruego que le hacía era el de que si le parecía antipático me lo dijera luego con plena libertad. Porque además –añadí–, a mí no me parecía raro que Bernardo no resultase simpático a quien le veía por primera vez. Lucía aprovechó aquella ocasión para volver a la carga con sus sondeos.

–¿No es simpático? –preguntó.

–No sé lo que dirás tú. Cada uno entiende por simpático una cosa distinta.

Hubo un silencio. Ya por entonces luchaba Lucía frente a mí con sus dos deseos siempre encontrados: el de aclarar cuanto antes cualquier cuestión oscura y el de seguir las evoluciones de mi discurso con respecto a aquella misma cuestión por derroteros que la desviaban de ella. Y en sus silencios, según más tarde explicó, se concentraba tratando de escoger las palabras que mejor podrían servirle para concordar ambas tendencias.

–Yo por simpático entiendo agradable –concretó, por fin, aquella tarde–. Como todo el mundo, ¿tú no?

Le dije que no estaba muy seguro, y que todo aquello de la simpatía me parecía discutible, pero que, en todo caso, lo que podría decirle era que, según aquel criterio, Bernardo desde luego no era simpático.

–¿Cómo? –se extrañó–, ¿tampoco para ti?

–Tampoco.

–¿Quieres decir que no te agrada verle?

Me quedé pensando.

–Sí –afirmé yo mismo un poco asombrado del descubrimiento que hacía–, eso quiero decir más o menos. Vengo a verle siempre con un poco de miedo. Las cosas que me dice no son de las que me gusta oír.

–Y entonces, ¿por qué vienes? No lo entiendo.

Traté de explicárselo. Me daba confianza, por otra parte, que fuera tan sincero. Tan terriblemente sincero. Insistí con ahínco y entusiasmo, como si quisiera afianzar a mi amigo ante mí mismo por aquel punto de la sinceridad por el que nunca me había fallado.

Por otras partes empezaba a fallarme y me daba miedo pensarlo. Mucho más que a sus amonestaciones y sus críticas tenía miedo, cada vez que volvía a encontrarme con él, a descubrir nuevos puntos de separación entre nosotros. Miedo de que dejase también de valerme el nuevo faro cuya luz había elegido como guía, porque echarme a vivir sin aquella luz y sin la de mi padre me resultaba algo demasiado duro de imaginar, como dormir al raso para siempre, perdidos los puntos cardinales.

Pero todo esto no se lo dije a Lucía. Ni tampoco le dije que precisamente aquella tarde, por el hecho de ir en su compañía, me acercaba a casa de mi amigo menos desvalido que otras veces, con la certeza de quien cree llevar en la mano un salvoconducto bastante valedero. Y esta confianza, que me esperanzaba, me hizo encenderme, al final, en un abierto panegírico acerca de Bernardo, al que confesé que me gustaría mucho llegar a parecerme. Lucía me escuchó atentamente, y ya no me preguntó nada más. Sólo cuando volví a insistirle en que, a pesar de lo que le decía, ella juzgase a mi amigo por su cuenta respondió:

—Claro, naturalmente. Estate tranquilo.

Pero su voz había perdido toda zozobra porque, por fin, se había orientado, a su manera. Yo mismo, al haberme extendido tanto en mis informes y consejos, le había marcado el comportamiento a seguir y quitado la libertad de seguir otro ninguno. Supongo que pensó más o menos: «Total, que será lo distinto de él que sea, pero que se quieren mucho. Y que espera que yo le sea simpática. Si no, no me atrevería».

Y se preparó para que todo resultase bien en aquel sentido, como resultó efectivamente.

La simpatía entre Bernardo y Lucía estuvo, así, condicionada desde el principio. En ella, por el deseo de agradarme a mí. En él, por mi propio deseo de agradarle, ya que era este deseo el que me había hecho escoger, entre todas las chicas que conocía y que podría haber llevado a su casa, a la primera que calculaba que él mismo habría elegido para amiga o novia suya.

Bernardo vivía en un ático por Diego de León. Más tarde, cuando se fue de viaje a Alemania me dejó una llave de aquel mismo piso, y Lucía y yo fuimos allí a hacer el amor algunas tardes, hasta que el portero nos empezó a poner mala cara. Por eso aquella gran estancia que poco a poco mi amigo fue decorando y amueblando es ahora en mi recuerdo un lugar totalmente familiar, y me es difícil revivir la extrañeza con que la miré aquella tarde en que fui de visita con Lucía. Nada más había estado antes dos veces, y desde la última, en que sólo había tres sillas y una cama, lo encontré todo muy cambiado y mucho más bonito. Sin embargo mi sorpresa fue menor que la que se reflejó en el rostro de él al verme llegar a su casa acompañado de una chica de la que no tenía ni noticia.

–Mira, éste es Bernardo. Lucía Solano –presenté.

Se estrecharon la mano allí mismo, en la entrada, y nos ayudó a quitarnos los abrigos.

¿Me gustaba aquel paragüero? Lo había comprado en el Rastro. No hizo el menor comentario de momento. Se puso a decirme que cada vez le iba mejor en su trabajo. Precisamente estaba celebrando aquella tarde una especie de fiesta porque le habían encargado los planos de una obra importante y se alegró de que llegásemos tan a tiempo de participar en aquella celebración. Se oía música, unas canciones mejicanas.

–Está Celes y otros amigos. Pasar.

Celes era un viejo amigo de Bernardo al que quería entrañablemente. Durante la guerra a la llegada de los nacionales le habían evacuado con sus padres de un pueblo de Toledo, donde eran labradores pobres; pero como a él le metieron con otros niños en una camioneta que salía primero, a sus padres no los volvió a ver porque les pilló el fuego del combate y murieron. Celes, que a fuerza de ambición y asco a la pobreza había llegado a enriquecerse luego mucho con el estraperlo, acudía frecuentemente a la soledad y calamidades de sus primeros meses en Madrid. «Yo no me moriré sin haber pasado de ser un pobre destripaterrones como ellos», había jurado llorando delante del amigo de sus padres que vino a notificarle su orfandad. Los relatos del Celes correspondientes a esta época de su infancia en el Madrid rojo y después en el recién liberado eran interesantes y a veces sabía comunicarles cierto patetismo, que emocionaba. Pero con ellos se terminaba su repertorio y no decía ninguna otra cosa que tuviese el más mínimo interés. Se trataba de una persona sin escrúpulos ni ideas, inflamada únicamente por el afán de medrar.

Aquella tarde me desagradó verle. La última vez que habíamos estado juntos Bernardo y yo con él para estrenar un coche que se había comprado, se empeñó en invitarnos a ir de putas y había sido una noche tan siniestra presidida por sus fanfarronerías con acento madrileño, que terminé insultándole y dejándolos solos en un bar de la calle de Echegaray. Pero no parecía recordarlo. Al contrario, cuando entramos fue el único que se levantó y vino a saludarme con los aspavientos de euforia característicos en él.

–¡Hombre, David y una chica! ¡Juerga! ¡Más gente! A ver si esto se anima.

Celes era un rubiales muy guapo y tenía mucho éxito con las mujeres. Era él quien había llevado a dos chicas inglesas que había allí, una de las cuales se pasó toda la tarde con la cabeza reclinada sobre su hombro. Bernardo hizo las presentaciones. Los otros que había eran un decorador catalán que trabajaba con Bernardo, y su novia. El catalán se llamaba Germán Fontanet y tenía cara de sesudo, con su pipa y su gran bigote negro. También era negro el jersey de cuello alto que llevaba puesto y del mismo color los pantalones de pana.

–Está de luto por España –comentó el Celes, riendo, a mi lado–. Pero, fuera de bromas, es un buen tío.

Lucía, contra lo que yo esperaba, no se mostró nada cohibida, sino que entró en situación mucho antes que yo, defraudado de haberme encontrado allí con tanta gente. Una vez hechas las presentaciones, se fue a sentar lejos de mí, junto a la ventana, y se puso a beber y a hablar animadamente con unos y con otros.

—Pero, oye, ¿qué novedad es ésta de traerte una chica? —me preguntó Bernardo, en un aparte.

—Pues ya ves.

Súbitamente sentía cernirse sobre mí una de mis crisis de abatimiento y tendía a explicarme con desgana.

—Pero ésta no es la del pelo liso, ¿verdad? —insistió Bernardo sin dejar de mirar a Lucía.

—No. Ésta es una chica que conocí hace unos domingos por el Manzanares. Trabaja de mecanógrafa y vive con su madre viuda, a la que mantiene —informé de un tirón—. Casi no sé más de ella. Pero hemos congeniado y salimos.

—¡Bravo! —se alegró Bernardo—. Menos mal que andas con gente sana y no con tanta actriz ni puñetas. A ver si tienes la suerte de que se case contigo una mujer así y te enseñe a ganarte la vida. Pues mira, me gusta. Es maja.

Lucía, enfrente de nosotros, hablaba con una de las inglesas medio por señas, y haciendo, cuando la otra no la entendía, unos comentarios que el Celes le jaleaba mucho. Lucía a veces es bastante salada y conservaba en esa época toda la espontaneidad y alegría que luego a mi lado fue perdiendo. Me miraba de vez en cuando y los ojos le brillaban mucho al sonreírme, como si estuviera participando desde el otro extremo de la habitación de la conversación secreta que me traía yo con Bernardo. Me entusiasmó verla tan viva y alegre.

—Déjate en paz de casorios —le dije a mi amigo—. Te la he traído porque quiero que la conozcas también tú, y la trates. Necesita tener amigos, ¿sabes? Lo necesita terriblemente. Es de esa clase de mujeres que no sabe mirar a los hombres más que como posibles pretendientes y eso perjudica a su inteligencia. Debes salir con ella, te lo pido. Si habla sólo conmigo, igual le da por enamorarse de mí. Y se puede hablar con ella, te aseguro; no es que no sea inteligente. Pero puede llegar a serlo mucho más si la ayudamos.

Había empezado a animarme bastante en mis explicaciones, pero de pronto, al mirar a Bernardo y ver que sonreía, un conocido malestar me invadió: era una mortificación parecida a la que se siente al tropezar con un escollo del que uno siempre se olvida, aunque sabe que existe, y que le obliga a replegarse cada vez con mayor cobardía y pesadumbre. En aquella ocasión el escollo se localizaba netamente en una palabra recién pronunciada por mí y que se contaba entre las que eran «tabú» para hablar con mi amigo: la palabra inteligencia.

La inteligencia es tomada como un artículo de lujo. En el mejor de los casos –es decir, cuando se la desprecia abiertamente–, se la supone relegada a un terreno acotado, enjaulada, como un pájaro exótico cuyo canto de vez en cuando gusta ir a escuchar. Casi nadie ve en ella un instrumento para la vida, el único que siempre tiene aplicación. Y es muy triste ver cómo los hombres, que se desvelan por mantener en buen uso todos sus utensilios y vestidos, abandonan en cambio su inteligencia y la dejan enmohecerse como a una arma inútil.

Ya había hablado de esa cuestión con Bernardo algunas veces, pero él decía que no buscarle a la vida más finalidad que la de andar afilando y desenmoheciendo a solas la propia inteligencia era un deporte como el de jugar al golfo o al polo.

–¡Ah, vamos –dijo aquel día–, de manera que se trata de la inteligencia otra vez! Creía que lo de esta chica era un asunto serio.

–¿A qué llamas tú un asunto serio? –me exalté–. ¿A que quiera casarme con ella sin pensar en si es tonta o lista, por la comodidad de que me resuelva las pegas que soy incapaz de resolver yo solo? ¡Y a mí qué me importa casarme con ella o no! Lo que quiero es hacerla persona, liberarla de su condición de mujer y de tantos defectos de educación que pesan sobre ella. Precisamente porque me interesa y porque la quiero.

Bernardo movió la cabeza.

–¡Pobre chica! –dijo–. ¡Va aviada contigo! ¿Me la pasas?

Tal vez, si le hubiera dicho que sí en aquel momento, con el mismo entusiasmo con que se lo diría ahora, Lucía no estaría casada con su compañero de oficina, sino con mi amigo. Pero solamente contesté, sin mirarle:

—No es ningún par de zapatos. Es una persona o podría llegarlo a ser. Y si hablas de ella como de un objeto que se puede pasar de uno a otro, le quitas toda categoría de persona.

Mi amigo se levantó.

—Venga ya. No empieces con historias. Te digo que me parece muy maja chica y con eso ya le doy más categoría que tú, que le andarás montando la cabeza con sofismas. Me voy un rato para allá con ella.

Me quedé solo. La habitación era lo suficientemente grande como para poder decir esto con cierta propiedad, sobre todo si se tiene en cuenta que el foco del jaleo —es decir, el lugar donde estaba instalado el picú y un mueble con bebidas—, quedaba a otro extremo. El picú era de Celes y él mismo lo manejaba y atendía. La música estaba puesta en un tono realmente sabio para boicotear cualquier relación verdadera, es decir ni tan alto como para desanimarle a uno de emprender una conversación ni tan bajo como para que su languidez no se metiera en los sentidos relajando la atención y el interés de lo que se estaba diciendo y escuchando. Me puse a beber. La particular opresión que Bernardo ha ejercido siempre sobre mi conciencia se había vuelto a poner de manifiesto, y, aunque me rebelaba a estar bajo su influjo en cuestiones para enfocar las cuales yo veía que mi clarividencia era mucho mayor, no conseguía escapar de la pesadumbre que el hecho de no poder entenderme con mi amigo me producía.

Germán Fontanet vino a mi lado. Había decorado un establecimiento que dirigió Bernardo. Y también era crítico de pintura.

—Tenía ganas de conocerte —dijo—. Bernardo habla mucho de ti. ¿Eres pintor, verdad?

—Sí; más o menos.

A Germán le dio aquello mucha risa.

—Es bueno eso, ¿eh?, es muy bueno. Más o menos, dice.

Y miraba a su novia como buscando apoyo en su hilaridad. Pero ella era un ser totalmente impasible.

—No sé por qué te ríes —dije—. Todo en este mundo es relativo.

—Exacto —asintió con su seriedad íntegra y milagrosamente recobrada—. Todo relativo. Yo también lo digo siempre. Oye, ¿tú no haces exposición de tu obra?

—No.

—Pues haces mal, David, haces mal. Se puede ser todo lo genial que uno quiera pero mira, las exposiciones son las que te dan a conocer. Claro que tú eres raro, Bernardo ya lo dice.

Siguió, en vista de mi silencio, dándome consejos cada vez con mayor familiaridad. Me di cuenta de que Bernardo a sus amigos les debía presentar de mí una imagen de personaje curioso. Aquel chico estaba enterado de muchos pormenores de mi vida e incluso citaba algunas frases mías. Esto me hizo sentirme incómodo y cohibido. Él lo estaba también, tal vez porque se sentía responsable en alguna forma de que yo no abriese la boca. Pero como en las situaciones de violencia, siempre el que más aguanta el silencio es el que aglutina la atención alrededor de sí, tanto llegó a preocuparse aquel chico de mi persona, sacando a colación todos los temas que debía imaginar adecuados para desagraviarme, que ya al final mi propensión a la melancolía, favorecida también por la bebida que no dejaba de ingerir, había aumentado considerablemente.

—Me gustaría que vinieras alguna vez a la tertulia que tenemos otros amigos y yo, en el café «El sótano», por la noche. Va por allí gente interesante —seguía diciendo Germán.

—Gracias, a lo mejor voy.

—¿Sabes dónde es?

—No.

—Mira, entonces es mejor que te apunte las señas. Tú eres muy despistado.

Saqué mi agenda de hule y allí me apuntó sus señas y las del café.

(De esa manera fue como, algún tiempo más tarde, por el azar de ponerme a repasar la agenda en una noche de desesperación, me acerqué por primera vez a aquella tertulia de pintores que luego he llegado a frecuentar.)

–Yo voy siempre. Tú caes por allí y si no estoy, te sientas y me esperas. Hay que salir un poco, no vivir tan aislado. El contacto con la gente de la profesión es necesario.

–No sé qué decirte.

–Sin duda, hombre, sin duda. Y una tertulia es una cosa buena. Yo me estoy en el café hasta que cierran; en casa, de noche, no puedo parar. Claro que eso sólo será hasta que me case con esta pequeña, ¿verdad, gatita?

Por fin mi silencio debió parecerle demasiado invencible y se dedicó, ya en plan intensivo, a darle achuchones a la novia que tenía pegada al costado.

–Gatita –repetía en un susurro–. Gatita.

Empezó a acometerme un sentimiento de apartamiento y fracaso, paralelo al que experimentaba en el patio del Instituto, cuando no era capaz de divertirme con los juegos de los demás. Miraba a Lucía, hablando animadamente con Bernardo y, a través del humo del tabaco, los veía muy lejos, como barcos que se alejasen en la niebla.

Me levanté y fui a la cocina, a beber agua. Estaba todo muy limpio y ordenado. Me senté en una banqueta y pasé los ojos por todo aquello, detallando las recientes adquisiciones de mi amigo. Un calentador de gas, una escalera de madera y metal apoyada contra la pared, cacerolas, tarros, pañitos... A Lucía, seguramente, le entusiasmaría una cocina así. Bernardo vino a buscarme:

–¿Qué? ¿Ya estás haciendo la gracia de meterte en un rincón? ¿Qué haces aquí?

–Nada, mirando.

De repente Bernardo se puso serio.

–Oye, esa chica no será novia tuya todavía, ¿verdad?

–¡Ya te he dicho que no!

–Pues entonces, David, sigue un consejo mío. Te lo digo completamente en serio. Déjala en paz.

Le estaba pareciendo muy sana e inteligente y me dijo que no sabía por qué la quería moldear cuando mi molde era de los que se debían hacer añicos y no repetirse nunca. Que era más bien ella la que tendría que cambiarme a mí.

–Sólo que no sé si va a poder ya –concluyó.

–¿Cómo? –me extrañé.

–Sí. La has deslumbrado mucho. Habla de ti como de un dios.

–Ah, pues eso no puede ser –me inquieté–, le tengo que hacer comprender que ella no se debe dejar deslumbrar por nadie. ¿Ves cómo lo que le pasa es que está muy desarmada para la vida y tiene tendencia a dejarse influir?

–Déjala en paz –repitió mi amigo con firmeza–. No la hagas comprender nada. Para contarles pajaradas, ahí tienes por ejemplo a esas dos inglesas que no te entenderán ni pío. Pero en esta chica haces mucha mella. Déjala en paz.

Pero, aunque la gravedad de Bernardo me impresionó un poco de momento, recogí sobre todo con satisfacción los elogios que hacía de Lucía, a quien más que nunca deseé ayudar a liberarse de toda clase de influencias –incluida la mía– y a hacerse una persona con criterio propio.

Y así, las cosas siguieron adelante.

Han pasado los años, y ha tenido que ser ella quien me mande a paseo. Mi soberbia es tan grande que nunca he querido aceptar del todo la evidencia de que para que una persona aprenda las cosas por sí misma, mucho más que estar a su lado diciéndoselo, hay que dejarla sola para que acierte o para que naufrague.

Una de las cuestiones que más me ha obsesionado siempre –obsesión que, según don Jaime, ha contribuido como factor primordial a mi desequilibrio– es la cuestión del dinero, tratada siempre a la ligera por cuantos aceptan su tiranía.

El dinero es, para mí, la mayor fuente de males conocida.

(Y no quiero decir con esto, ni mucho menos, que –dada la holgura económica que generalmente he disfrutado– supiera llegar a pasarme sin él. Pero precisamente por tal circunstancia, mi pensamiento se ha desgarrado durante años y años con respecto a esta cuestión entre evidencias y contradicciones.)

Dice don Jaime que yo tengo una gran inteligencia, pero que me empeño en llevarla demasiado lejos. Y así arrastrado –según él– por mi afán de pesquisas, desenfoco los asuntos, llegando a ver peligros en cosas inocuas. Este «afán de pesquisa» consiste en que deseo buscarle al malestar del mundo, por lo mismo que es general, causas de tipo general también, enterradas por alguna parte. ¡Y tienen que aparecer, porque no hay efecto sin causa! ¿O es que a don Jaime le parece que el mundo marcha a derechas?

Dice, claro, que no. Y que cada día, efectivamente, crece en las estadísticas el porcentaje de gente desquiciada. Pero que –aparte de las causas personales que yo menosprecio tanto– se han encontrado influencias en fenómenos característicos del mundo de hoy, por ejemplo, la influencia de la radiactividad.

¡La radiactividad! Ya tenemos un argumento más con que amueblar nuestro hueco pensamiento. Ante argumento tan abrumador, tal vez sean muchos los que se encojan de hombros, como al encontrarse con un muro impenetrable.

Porque ¿quién va a ir a buscar la radiactividad para echarle una reprimenda por las malas pasadas que nos juega?

Cada afirmación de este tipo, tendiendo a reafirmar la confusión patente, no hace sino dificultarnos la posibilidad –cada vez más remota– de analizarla. Todo se confabula para hacernos sentir presos de maleficios que a la razón de cada uno le es dable modificar, y que, es más, parecen serle ajenos totalmente.

Eso de echarle la culpa de los males del mundo a la radiactividad tiene la ventaja de que uno puede seguir siendo un ser totalmente resignado y hasta alcanzar una relativa estabilidad en la creencia de que las cosas, si no se arreglan, será porque no tienen arreglo. Ya que en los designios de la radiactividad –tan alta diosa– nadie soñaría con intervenir.

Pero hurgar, por ejemplo, en un revoltijo como el del dinero –que tenemos tan a mano– para ver si debajo de su brillo se oculta el cáncer que buscamos, eso nos da más miedo.

Todo el mundo habla de dinero. Es el motor que condiciona los más diversos comportamientos. Y sin embargo, bien poco nos detenemos a meditar sobre él. Es como un gobernante absoluto e indiscutido, cuyas exigencias hallan eco siempre.

A Bernardo, por ejemplo, el dinero, por el mero hecho de ser ganado con esfuerzo, deja automáticamente de parecerle corruptor.

En los últimos años le he visto muy poco. Me angustiaba ir a verle. Pero no porque me riñera. Sino porque sus diatribas contra mi conducta han perdido, desde que es rico, toda nobleza y buena fe y tienen ese tono de agresión personal de quienes, antes de ser atacados, se preparan a defenderse.

Últimamente se había cambiado a un piso mucho mayor y vivía en medio de un auténtico lujo. Su ideal era el de que toda la gente llegase a alcanzar aquellas mismas comodidades, mientras que yo, por el contrario, si algo iba viendo claro era que solamente llegando a suprimir en todos la desmesurada ambición a vivir cada día con más comodidades, se aminorarían en mucho las calamidades del mundo.

Pero Bernardo, en lo tocante a aquello del dinero –como ocurría con otros temas–, mostraba una resistencia inicial a escucharme. Y es que hay mucha gente, como él, que antes de ponerse a escuchar las palabras (rebatibles o no) que van a decirle, está juzgando la boca de donde salen. Y si a esa boca, por las razones que sea, no se le concede autoridad en un tema determinado, de poco servirá que enuncie acerca de él las sentencias más sabias.

—Pero tú ¿qué sabes de las calamidades del mundo? —me cortaba siempre—. ¿Es que has pasado hambre alguna vez?

No. Yo nunca había pasado hambre. Y, sin embargo, empezaba a intuir que el nudo de la cuestión no estaba en las experiencias personales. A Bernardo, y mucho más que a él a su amigo Celes, que continuamente se jactaba de haber comido cáscaras de melón durante la guerra, ¿qué les había enseñado el pasar hambre? Era algo muerto, escrito en un papel, como una buena nota. ¿Pero qué diferencia de mentalidad había entre Celes y mi tío Alejandro?

No estaba tan claro aquello. Con que todos los millonarios se arruinasen y los que no tenían dos reales llegasen a millonarios a base de deseo y ambición, nada habría cambiado más que el dinero de mano, pero no la maldad del dinero en sí mismo.

Pero Bernardo, que con los años se ha ido convirtiendo en uno de esos seres que no vacilan nunca y que creen haber llegado a conclusiones definitivas, me veía llegar con mis reflexiones y preguntas como a un pájaro de mal agüero.

Con aquello del dinero, especialmente, se ponía excitadísimo. ¿Cómo podía yo decir que el dinero era un mal? Yo me podía permitir el lujo de no ganarme la vida, pero ¿cómo no iba a ansiar dinero una madre que no puede dar medicinas o comida a su hijo? ¿Había leído las estadísticas de mortandad infantil? ¿Sabía cómo emigraba la gente del campo de Andalucía a buscar trabajo donde fuera? ¿Me había molestado en calcular lo que se puede comprar con el jornal de un peón albañil para alimentar a cinco de familia?

No. Yo no sabía nada. Yo no había leído aquellas estadísticas abrumadoras. Pero, mientras a Bernardo, preocupado de problemas sociales, semejantes enumeraciones le tranquilizaban la conciencia, yo, la mía, la tenía cada vez más revuelta y desasosegada.

La prima Magdalena

La prima Magdalena es un significativo punto de referencia con respecto a mis primeras reflexiones sobre el dinero.

De niña, se manchaba los trajes a propósito, presumía de brusquedad y gustaba de copiar nuestras palabras y actitudes, aunque sólo alcanzase a resultar afectada. A mí me seguía a todas partes.

Una vez que estaba construyendo un barco de madera, ella, sentada junto a mí, dijo de pronto:

—David, me gustaría ser tu hermana.

—¿Por qué? —le pregunté.

—Para ser como tú.

A mí me halagaba que me admirase una niña casi cuatro años mayor.

—¿Y cómo soy?

—No sé: distinto. Mejor que Aurora y que todos.

—Pues ya ves, Aurora es mi hermana y sin embargo, no es como yo. Dice que me aburro.

—También lo dice de mí. Yo me parezco a ti más que ella, ¿verdad?

—No sé.

Era como borrosa la prima Magdalena. Nunca me había parado a pensar en ella.

–Pero digo más que ella. Eso sí... –insistió casi suplicante.

–Puede.

–Yo, si fuera tu hermana haría lo que me dijeras y estaría siempre contigo.

–Ya estás mucho conmigo.

–Qué va; no estoy nada. Yo digo ayudarte todo el tiempo y que me enseñaras todas las cosas que aprendieras tú. Te regalaría muchas cajas de herramientas y haríamos esculturas de madera.

–Me gusta más pintar.

–Pues también. Una caja grande con paleta, caballete, y muchas pinturas buenas. Lo más caro. ¿Te gustaría?

–Si fuéramos hermanos –dije yo, después de reflexionar–, tendría dinero igual que tú y compraría todo eso yo mismo.

Se puso colorada.

–No tengo yo tanto dinero, no te creas.

–Bueno, tu padre.

–No mi padre. No sé por qué siempre estáis diciendo que tiene tanto dinero mi padre.

–Yo no digo nada.

–Aurora me lo dice.

Me callé y ella se fue poniendo cada vez más mohína.

–Dime algo.

–¿Qué quieres que te diga? Si Aurora dice eso, será que lo ha oído.

–¿Tú también lo has oído?

Vacilé. Me parecía que la iba a disgustar mucho.

–Yo también –dije, al cabo–. Pero qué más te da que tu padre tenga dinero como que no lo tenga.

–¿A ti te da igual?

–¿El qué?

–Que mi padre tenga dinero.

Siempre me miraba mucho cuando salía con problemas de aquellos, mientras esperaba la respuesta; y esto, que es un vicio de mujeres y yo entonces no lo sabía, me ponía muy incómodo. Una mujer rara vez acepta el silencio como posible contestación.

–Di. Contesta. Parece que no me oyes.

–¡Pero qué pesada eres! Eres igual que Aurora, no digas luego que no. Si es que no me importa nada de eso del dinero; ni de que lo tengas ni de que lo dejes de tener ni de que lo tengamos nosotros o quien sea. ¡Qué quieres que te diga!

–Vosotros tampoco sois pobres.

–Bueno, ¿y qué?

–Que no te importa porque no sois pobres. Si lo fuerais te importaría. Tu padre no trabaja mucho, y sin embargo vivís bien. ¿A que sí?

–Sí. Yo vivo en la gloria.

–Digo que no os da envidia de nosotros.

–No, claro. ¿Por qué nos la iba a dar?

–No sé. A Aurora le da un poco, por ejemplo. Me lo ha dicho. ¿Ves como tú eres distinto?

Dejé de hacerle caso porque me aburría; hasta que de pronto se echó a llorar con mucho desconsuelo.

–¿Qué te pasa? –le dije después de mirarla un rato.

–Nada –contestó entre hipos–, que no entiendo nada. Dice mi padre que el tuyo no nos quiere porque tenemos tanto dinero. ¿Lo entiendes tú?

Éste era un tema confuso. Ni yo ni mi hermana lo entendíamos tampoco. Aunque a ella, por supuesto, le preocupaba más que a mí, y, como de costumbre, en diversas ocasiones había tratado de asociarme a su preocupación requiriendo mi ayuda para esclarecer el misterio que sentía oculto bajo el hecho de que tío Alejandro no nos visitase.

Cuando llegaban los calores de junio era frecuente que nos mandase recado para saber si queríamos ir con Magdalena unos días a la montaña o al mar; pero mi padre rechazaba estas invitaciones sistemáticamente. Nuestra casa era fresca y no salíamos de veraneo.

Una noche, después de quedarse escuchando con el oído a la puerta del dormitorio de mis padres, entró Aurora en mi cuarto y me despertó.

–No entiendo, ¿qué quiere decir cretino?

–No sé. Déjame dormir.

Ella, sin hacerme caso, buscaba en un diccionario pequeño.

–Es un insulto. ¿Ves lo que te digo siempre? Papá no le quiere al tío Ale. ¿Por qué será?

–No sé.

–¿Tú no le quieres? No te duermas.

–¿A quién?

–Al tío.

–¡Yo qué sé!

–Nunca sabes nada.

–Cómo lo voy a saber, si sólo le veo en Navidades.

–Pues a mí me gustaría ir con ellos.

–¿Con quiénes?

–Con Magda y el tío. Pareces bobo.

–A lo mejor te dejan. Apaga.

–No me dejan, no. Papá no quiere. ¿No le estás oyendo?

–Yo no.

–Pues te lo acabo de decir. Dice papá que el tío Ale es cretino.

–¿Y qué tiene que ver?

–Eso digo yo. Fíjate la de sitios que habríamos visto si fuéramos con ellos. Cada año va a un sitio, Magda.

–Sí, pero bien triste que está siempre. Y no se entera de lo que ve. Todos los sitios donde ha ido le parecen igual.

–Porque es tonta.

–Eso, no. A lo mejor serán todos igual. Venga. Déjame dormir.

–No quiero. Mañana tienes que venir conmigo a llorarle a papá. Pero llorar con lágrimas, como yo hago. Si voy sola, parece un capricho mío. Siempre lo tengo que pedir todo yo.

–A mí déjame en paz. Cuando yo quiera algo ya lo pediré.

–¡Pero si es que nunca quieres nada! ¿Cómo te puede dar igual no venir de veraneo?

–De veraneo, ¿adónde? ¿No sabes adónde?

–Yo no. ¡Adonde sea!

–¿Y por qué quieres ir entonces?

—Porque sí. Porque me gusta.

—Te pregunto que por qué.

—¡Uf! Eres peor que papá. Pues para saber cómo es el sitio adonde vayan. Precisamente porque no lo sé.

Yo, sin embargo, a través de los pálidos relatos que Magdalena hacía de sus viajes, no era capaz de ver más que una niebla uniforme que confundía unos paisajes con otros de cuya contemplación no retiraba curiosidad alguna. Solamente le hacía algunas preguntas sobre Valdelaire, una finca que tenía su padre cerca de Salamanca y donde pasaban temporadas más largas, por ser este lugar el único al que Magdalena se refería con conocimiento y claridad como a una tierra existente. Hablaba de grillos, de lagartijas, de caballos, de una escalera, de la sombra de las encinas, del camino que iba al río, de un guarda que se llamaba Tomás. Y nada más aquellas cosas parecía haber visto de verdad en toda su vida, aparte de nuestro jardín.

En una ocasión, por lo mucho que gozaba logrando despertar mi interés, accedí a hacer un plano de la finca, con arreglo a todos los particulares que me fue refiriendo, trabajo que nos llevó varias tardes. Y a base de mi meticulosidad y de sus correcciones, lo hice tan conforme a la realidad que, cuando por fin conocí Valdelaire, me di cuenta de que me orientaba por dentro de la casa y por la finca tan bien como ella misma por lo menos.

Esto tuvo lugar ya en la primavera del año treinta y seis.

Había yo tenido una afección de ganglios y dijeron que me convenía cambiar de aires. Aquel año mi madre hablaba del dinero con mucho apuro, y discutía con papá por qué él no quería que le pidiera nada a la abuela, a quien habíamos dejado de ver casi del todo. No me podían llevar a ningún sitio. Finalmente escribieron al tío Alejandro que estaba con Magdalena en Valdelaire y quedó decidido que me mandarían allí y que Aurora, en cuanto terminara sus exámenes de bachillerato, vendría a unirse también con nosotros, esto último debido sobre todo al escándalo que armó cuando supo que yo sin desearlo ni merecerlo —pues ni siquiera había ingresado aún en el Instituto– iba a hacer un viaje y ella no.

Mamá, aunque se quedaba en Madrid, tenía la intención de venir a vernos cada dos semanas para no abandonarnos del todo ni tampoco a papá. Pero, después del viaje que hizo para acompañar a Aurora y de otra posterior visita de dos días en la cual nos anunció que nos quedaríamos todo el verano porque en Madrid estaban las cosas bastante revueltas, y papá muy intranquilo sin nosotros, ya no la volvimos a ver ni a mi padre hasta el final de la guerra que estalló a los pocos días.

Ya en aquella última visita mamá habló al tío Alejandro de la posible revolución y discutieron. Ella decía que, aunque hubiera guerra, a papá no le pasaría nada porque no se metía en política. Y dijo el tío:

–Pero no se puede estar tranquilo con un hombre como David que va en contra de todos y no está con ninguno. Nunca le podrán mirar bien ni los de un bando ni los de otro. Y si no, ya lo veremos.

Muchas veces me acordé de esto que había dicho el tío y que repitió luego cumplida y jactanciosamente cuando los hechos le dieron la razón, porque en efecto mi padre, que durante los últimos meses de la guerra sufrió prisión en Madrid, fue también perseguido por los nacionales después de la liberación y al punto destituido de su cargo en la Universidad.

Es muy curioso el hecho de que, mientras las rebeliones de Aurora se apaciguaron casi por completo en este período de Valdelaire, las mías empezaron a fermentar.

Al principio no sabía yo mismo por qué me encontraba a disgusto, y mucho menos me explicaba que una sensación totalmente confusa se tradujera en irritación contra el tío Alejandro, tan bien dispuesto hacia nosotros y particularmente amable conmigo (casi hasta la exageración), tal vez porque le intranquilizaban los oscuros motivos de mi reserva. Un hombre rico, generoso y optimista, acostumbrado a recibir la gratitud y la sonrisa de todos, se negaba a admitir un hecho tan insólito como el de que su sobrino de once años no le quisiera. Lo rechazaba por incoherente. Y aquel mismo empeño suyo de buscarme y agradarme –por sentirlo yo como un interés vuelto hacia su propia figura en lugar de hacia la mía– no consiguió más que aumentar mi reserva y también la complacencia que sentía afirmándome en ella, ya que empecé a ser consciente de mi poder: el de estar desconcertando a una persona mucho más poderosa a todas luces.

Aquella escondida lucha con el tío Alejandro culminó a mi favor a raíz de cierto episodio ocurrido el primer invierno de nuestra estancia, y el cual delimitó ya para siempre la distancia que sigue manteniéndose entre nosotros, a pesar del tiempo transcurrido.

Él iba mucho a Salamanca, donde tenía parte de sus negocios; así que los únicos ecos de la guerra que alcanzaban a aquel oasis nos llegaban a través de las conversaciones que sostenía a su vuelta de la ciudad, con amigos suyos. Eran industriales y ganaderos ricos a los cuales invitaba a comer y cenar, y hasta a pasar algunos días porque la casa era grandísima y estaba bien acondicionada y servida para recibir a mucha gente.

Oían la radio, se espantaban de las barbaridades de los rojos, tenían el alma en un hilo por su dinero de Madrid, y finalmente el tío, como siempre se las estaba dando de tan activo y vital, decía que se aburría aprisionado en aquel rincón, sin saber adónde ir ni cómo esparcirse.

Una tarde uno de sus amigos dijo –yo lo oí perfectamente desde el porche de la entrada:

–Bueno, pero no te quejes; la maestrita es una monería.

Y él contestó:

–¡Psss! Se hace lo que se puede. A falta de pan...

Me quedé perplejo y, a pesar de que las risotadas que siguieron hicieron más ininteligible el resto de la conversación, me pareció indudable que estaban aludiendo a una particular relación del tío con Susana, la institutriz que teníamos. En los días que siguieron los espié.

Susana era tímida, silenciosa, de cuerpo muy infantil y nos daba clase de inglés. Una vez me dijo que nunca había estado en Londres ni en ningún otro sitio de Inglaterra, pero que no le dijera al tío que me lo había dicho. También me contó (yo no sé por qué desde pequeño mi silencio ha atraído las confidencias de la gente) que sus padres eran muy pobres y que ella necesitaba ganar mucho para ayudarlos. Cuando conocí a Lucía años más tarde, a veces me chocó el gran parecido de su mirada y de su voz con las de aquella Susana a la que yo había idealizado igual que a todas las mujeres insignificantes que he encontrado en mi vida.

No podía aceptar que amase al tío Alejandro, que a pesar de hacer deporte y cuidar mucho su ropa, era para mí la negación de la juventud, sin que este juicio tuviera que ver nada en absoluto con la edad que pudiera calcularle.

Así que, como he dicho, me dediqué a espiar sus recíprocas actitudes. Y aunque éstas me parecieron completamente correctas –por ejemplo jamás se miraban al hablarse–, luego pensé que tal corrección era extraña por parte del tío, expansivo y bromista con todos, y que bien podría ocultarse otra cosa bajo aquella aparente frialdad de relaciones.

Efectivamente, una noche me desperté de pronto y tuve ganas de levantarme. No era muy tarde. Bajé al salón en pijama y entré sin dar la luz. No sabía si iba a calentarme al fuego de la chimenea, que quedaba encendida hasta más de las doce, o a buscar algún libro para ahuyentar mi insomnio; pero ya en el murmullo interrumpido cuando empujé la puerta de la entrada, supe que había venido a cerciorarme de lo que estaba sospechando.

Di la luz. El sofá estaba de espaldas a la puerta y lejos de ella porque la habitación era enorme; de cara al fuego de la chimenea todavía vivo. Tuve la sangre fría de avanzar y de llegar a asomar mi cabeza sobre ellos.

Susana estaba desnuda de medio cuerpo para arriba, y apenas había tenido tiempo de cubrirse con un almohadón. Tío Alejandro, recién replegado al extremo opuesto del sofá en una postura violenta, me miraba muy pálido, mientras que con manos torpes trataba de meterse la camisa. No me dijeron nada, y esto me dio fuerzas para hablar a mí:

–Buscaba un libro, porque no me duermo –dije en una voz bastante firme de la que me sentí orgulloso.

Busqué de espaldas a ellos en la biblioteca, a pesar de que las manos me temblaron mucho, y cogí al azar un libro cualquiera. Luego, sin volver a mirarles, di las buenas noches y salí de la habitación.

En la cama me asaltó el terror de volver a ver a Susana al día siguiente y de imaginar la vergüenza que ella sentiría. Era un pensamiento insoportable que me impedía dormir y comprendí que no era capaz de volver a verla.

Apenas empezó a clarear un poco, cuando aún todos dormían, me levanté sigilosamente y me escapé por la ventana del salón. Llegué aprisa hasta las tapias de la finca, que salté con dificultad, y salí al campo corriendo. Un perro ladraba por el lado de la carretera.

Eché a andar a la buena de Dios, porque casi ni se veía nada, tratando nada más de alejarme de los ladridos de aquel perro, y así también de las proximidades de la carretera, por donde pensaba que a esas horas podría tener algún encuentro que me asustase. El campo, a pesar de lo oscuro que estaba, me daba menos miedo. Bastaba con no tropezar.

Hacía mucho frío. Me había herido las manos contra los cristalitos del borde de la tapia, y aquel dolor y el frío en las mejillas eran sensaciones intensas que me mantenían vivo y despierto. No sabía hacia dónde iba, sólo de dónde escapaba, y este recuerdo fue el que me dio fuerzas para correr mucho rato sin detenerme ni sentir el cansancio.

Me acuerdo de mi ansiedad mientras avanzaba pendiente de que saliera el sol y la unción casi religiosa con que lo vi por fin alzarse y resplandecer sobre todas las cosas, calentándolas. Solamente entonces regulé el paso.

A medida que la escarcha se deshacía contra mis zapatos y maduraba el día, la alegría de caminar y de mirar se hacía más grande y total. Ya no me daba miedo salir a la carretera y, aunque no escogí deliberadamente ninguna dirección, empecé a orientarme muy bien.

Anduve todo el día por encinares y rastrojos, por tomillares y a la orilla del río; hacía algún trecho por la carretera, volvía a meterme a campo través. Pasé cerca de tres pueblos, pero los evité, y sólo una vez me detuve en una casilla de peones camineros para pedir un vaso de agua.

A media tarde llegué a un monte pelado con algunas encinas, y me senté junto a una de ellas a descansar. Casi estaba sudando de la caminata porque había salido muy abrigado, y además me vencía la fatiga. Me quité el abrigo, me puse extendido en el suelo y sobre él me dormí.

Me desperté temblando de frío, ya casi de noche, y rodeado de ovejas. El pastor del rebaño, un hombre viejo, estaba de pie junto a mí y me contemplaba, tal vez desde hacía rato, mientras se apoyaba con ambas manos en su cayado. Me levanté y echamos a andar juntos. Le dije que me había extraviado y que si me podía calentar con él en alguna parte porque estaba dando diente con diente.

No me preguntó nada, aunque me miraba de reojo las manos heridas que me dolían mucho, y me acompañó a su choza, donde dijo que podía pasar la noche si tenía gusto en ello, que él, por su parte, agradecía mucho cualquier compañía que el destino le quisiera deparar.

Y así, aquella noche, vine a dormir y a compartir queso y fuego con Gumersindo, el pastor viudo que tenía sus dos hijos en la guerra.

—Pero ¿en la guerra... guerra? —le pregunté yo muy impresionado.

—No sé que haya otra —contestó—, aunque bien pudiera ser, que el mundo es grande, hijo, según dicen. Para mí no hay más guerra que esta que te digo, y me basta con tener noticias de ella, porque no creo que ninguna de las otras que pueda haber más lejos venga a ser ni mejor ni peor.

—Yo te pregunto si tus hijos están donde tiran los tiros.

—¿Y dónde iban a estar?

–No sé. Como ha ido tanta gente a la guerra, unos estarán más atrás que otros, y a los de atrás no les llegarán tiros.

–Yo digo –reflexionó Gumersindo– que ellos habrán ido a los de delante.

–¿No lo sabes seguro?

–Seguro, no.

–¿Y por qué no se lo preguntas?

Se encogió de hombros, como ahuyentando una idea angustiosa.

–Déjalo, chico. Para qué quiere uno saber nada. Lo que sea, será. Además, por mucho que me explicaran cómo es el sitio donde están, no iba a ser capaz de imaginármelo yo desde aquí.

–Claro –concedí–. Ya te lo contarán cuando vuelvan.

Me miró muy serio, volviendo el rostro de la lumbre que estaba atizando.

–Cuando vuelvan –dijo–, si es que vuelven, a mí de la guerra que no me anden contando nada. Bastante gozo será volverles a ver.

Yo, a instancias suyas, me había sentado en una de las tres yacijas que había en el interior de la choza y me puse a comer en silencio el pan y el queso que me alargó. Luego él encendió un candil que colgó de uno de los palos que formaban el enrejado del techo y salió a llevar el ganado al redil. Me tendí en la yacija, cerca del calor de la lumbre, mirando las cucharas, el candil, las tenazas, todos los utensilios que poblaban el pequeño recinto, y casi estaba dormido cuando volvió.

–Anda, mozo, descansa, que mañana será otro día. Ahí dormía el Colás. Pero no te andes desnudando. Parece como si tuvieras calentura.

Me tapó con una manta muy gorda.

–Oye –le quise consolar–. Dicen que la guerra se va a acabar pronto. Que van a ganar los nacionales.

Se encogió de hombros.

–Por mí que gane el que sea.

–¿Te da igual que ganen los rojos o los nacionales?

—¡Si nadie gana! Nadie va a salir de donde está.

—Pero los nacionales, ¿son los buenos, no? Tú sabrás eso...

—Mira —dijo—, buenos ni malos no hay. Eso para las novelas, el que las lea. La guerra es lo único malo, más que una peste.

Me arrebujé y dormí con escalofríos de fiebre. A la mañana siguiente me sentía muy malo, y Gumersindo no me dejó marchar.

Le vi salir a buscar unas yerbas las cuales, según dijo, cocidas en infusión caliente eran sanas para cualquier mal; y me quedé mirando con ojos absortos la claridad de aquel trozo de campo que se veía afuera. Me parecía que había pasado muchísimo tiempo desde que me escapé. No sabía si escaparme también ahora, a pesar de la fiebre, o proponerle a Gumersindo cuando volviese que me dejara quedarme a hacerle compañía hasta que la guerra se acabara y pudiera volver a Madrid a vivir con mis padres, cuyo recuerdo en aquel momento me ponía un nudo en la garganta. Y sufría acuciado por la urgencia de decidir, porque bien se me alcanzaba lo difícil que sería pasar otro día entero huésped de la choza, sin contarle a su dueño alguna historia falsa o verdadera que explicase mi extraña aparición por aquellos lugares.

Así que casi sentí alivio cuando, al cabo de largo rato, le oí llegar, hablando con otra persona que iba a ser la encargada de ahorrarme el tormento de decidir. Se trataba de Tomás, el guarda de la finca, que andaba buscándome por los alrededores con el chófer desde el día anterior, y a quien en la casilla de camineros donde bebí agua, le habían dado por fin noticias mías, y del rumbo que había tomado.

Gumersindo no quiso de ninguna manera coger el dinero que Tomás le ofrecía, y solamente aceptó un cigarro. Nos acompañó hasta el coche, y cuando ya arrancaba, llamó con los nudillos al cristal. Lo bajé:

—Toma, chico. Las yerbas. Que te las cuezan en casa.

Las tomé, pero no pude darle ni las gracias porque casi estaba llorando de la pena al despedirme. Él, en cambio, me miró al marchar con los mismos ojos impasibles y pacientes que me habían descubierto junto a la encina.

Estuve enfermo bastante tiempo con pulmonía. Supe que Susana se había marchado y que iba a venir un profesor nativo. Al parecer, el tío había pensado que ella nos enseñaba muy poco. Luego me contaron que el profesor nuevo había venido ya. Que tenía pecas y cara de liebre; que era muy serio.

Me hablaban de estas cosas Magdalena y Aurora en las visitas que hacían a mi cuarto; y, en cuanto pasaron los primeros días de gravedad, empezaron también a acuciarme con preguntas acerca de mi escapatoria. Yo cerraba los ojos. Ni el tono de autoridad y enojo de mi hermana, ni el admirativo de mi prima lograron arrancarme más aclaración que la de que me había perdido.

A Aurora lo que la alteraba sobremanera era el hecho de que tío Alejandro no me hubiese pedido explicaciones de ningún tipo ni que me hubiese reprendido, a pesar del susto que habían pasado todos durante mi ausencia.

–¿O te ha reñido a ti solo?

–No.

–Ya verás en cuanto te pongas bueno. Ya verás. Ahora es porque tienes fiebre.

–Ya veré, ¿qué?

–Ya verás el tío...

–¿A que no me dice nada?

–¿A que sí?

–¿Qué te apuestas?

–Pues yo le pienso decir que te riña. No estando papá, él es quien te tiene que reñir; y pegarte, si hace falta. Se lo pienso decir.

–Díselo. No me hará nada.

A Aurora le desconcertaba mi seguridad.

–No sé la suerte que tienes siempre de que nadie te riña. Lo que es como lo hubiera hecho Magda. O yo...

–Pero ¿hacer qué? Si yo no he hecho nada. Me perdí.

–Sí... perderte. Cómo te ibas a perder tú. ¿Y adónde ibas? Eso poco lo dices. A algún sitio irías.

–Yo qué sé. A pasear.

–Yo a nadie se lo digo. Dímelo a mí –me instaba Magdalena a solas con dulzura y terquedad–. Cuéntame por qué te querías escapar.

–No sé. Déjame. Si además no me quería escapar.

–Sí. Sí querías. Yo vi la ventana del salón abierta y la cerré antes de que la viera nadie. Había oído el ruido que hacías porque estaba despierta, y a lo primero me dio miedo hasta que comprendí que eras tú. Entonces fui a tu cuarto y lo vi vacío. Supe que te habías escapado y fue cuando bajé al salón a cerrar la ventana. Ya suponía que te habrías ido por la ventana.

–¿Y por qué lo sabías?

Dudó un poco. Luego dijo:

–Porque a mí también algunas veces me vienen pensamientos de escapar; y tengo la idea de hacerlo a esa misma hora y también saltando por una ventana de las de abajo. Pero nunca he sido tan valiente.

La miré con asombro.

–¿Cómo? ¿Que tú te quieres escapar de casa?

–Sí. Lo pienso muchas veces. Y esas veces, de tanto como lo pienso, no puedo ni dormir.

–¿Y por qué? Esta casa es tuya y tú...

–No me preguntes –cortó–. Es un secreto.

Me fui poniendo mejor. Del episodio del salón, naturalmente, no había dicho ni una palabra a nadie, pero el tío no las debía tener todas consigo porque cada vez que me sorprendía hablando con Magdalena, nos miraba con claras muestras de intranquilidad. Por una parte me parecía que estaba buscando la ocasión de tener una explicación conmigo, pero en cambio, si nos quedábamos solos –lo cual ocurrió desde luego pocas veces– no sabía para dónde mirar, y se iba en seguida sin llegar a pronunciar ni una palabra.

También noté, cuando al fin me puse bueno, que siempre que sus ojos se cruzaban con los míos durante el rezo cotidiano del rosario, ceremonia dirigida por él después de cenar o bien por Aurelia, la vieja cocinera, ya no me reñía como antes aunque notase que mis labios se habían distraído de seguir las oraciones, sino que, por el contrario, mi mirada era capaz de abatir y de poner en fuga a la suya.

Sin embargo con el pasar del tiempo, y como quiera que ningún detalle evidente pareciese darle pruebas de que las cosas habían variado; es decir, cuando se convenció de que yo no le había acusado ante nadie —con lo cual su honorabilidad permanecía en pie—, debió ser incapaz de interpretar tal conducta mía en otra forma que como la proposición de un entendimiento entre ambos; porque una mañana, de pronto, se acercó a mí, me palmeó la espalda afectuosamente y me dijo con esa cobardía de los optimistas, cuando se empeñan en dar por zanjada una cuestión aunque no se hayan acercado a ella ni de lejos:

—Decididamente eres buen chico, David. Más te diré todavía; eres todo un hombre.

Pero yo, aprovechando que tal afirmación no venía a cuento, me negué a recoger la alusión oculta, y al decirle que no entendía por qué me decía aquello, advertí su leve parpadeo inseguro.

—Porque sí —sonrió luego—. Ya sabes por qué te lo digo. Y además tengo ganas de demostrarte cuánto te aprecio. Me tienes que decir lo que quieres que te regale.

—Nada. ¿Por qué?

—Algo querrás tener.

Me ponía impaciente su porfía.

—No necesito nada —dije hostilmente—. No lo quiero.

—Bueno, bueno. Ya se enterará el tío de lo que tienes gana de tener. Mejor. Será más sorpresa.

—¡No me compres nada! —estallé con furia, mirándole.

No me replicó ni se movió del sitio, pero me hizo señas de que hablase más bajo.

—Si fuera mayor, no habría vuelto —añadí—. Volví porque soy pequeño y porque estaba malo.

El tío estaba muy pálido. No había yo supuesto tener tanta autoridad sobre él.

–Hijo, David. No te pongas así –balbuceó–. Cuando seas mayor, comprenderás. No irás a decir nada... Pídeme lo que quieras.

Repentinamente tuve una iluminación absurda.

–¡Que no vuelvas a rezar el rosario con todos! –exclamé.

–¿El rosario? ¿Cómo el rosario? –preguntó con la cara de quien cree no haber oído bien.

–¡Sí! ¡El rosario! –me empeñé triunfante–. Que no lo vuelvas a rezar. Como lo reces otro día, digo por qué se ha ido Susana. Y cuento cómo estabais y todo.

–Pero bueno..., calla... ¿Qué tiene que ver el rosario?

–No sé.

–¿Pues entonces?

–Pero te juro que lo digo. Esta misma noche. En el primer misterio glorioso.

Y así fue como el tío, temeroso de mis ideas fijas «iguales a las del padre», según comentaba a veces, rompió con la costumbre de presidir en el comedor el rosario familiar, bajo pretexto de que él en su cuarto se concentraba mejor, y también de que aquellos rezos tan ostentosos podían herir las convicciones de míster Cohen, el nuevo preceptor, que no era católico.

–¡Pues que se haga! –dijo Aurelia–, que también se hacen los chinitos de la misión.

Pero sus objeciones no fueron recogidas y desde aquel día el rosario lo rezó ella en la cocina después de fregar, casi siempre sola porque, con la ausencia del tío, se dio tácitamente por levantada nuestra obligación de asistir con los ojos abiertos, aun acabadas las letanías, hasta las últimas oraciones de una larga tira que solía rematar con las especialmente dedicadas por la intención del Papa para que viniera a tener buen término la guerra española.

Yo también rezaba en la cama oraciones inventadas por mí para que la guerra se acabase y no les pasase nada a los hijos de Gumersindo. Me acordé mucho de él a lo largo de todo el invierno, que fue muy frío, y pensaba en lo solo que se encontraría dentro del chozo, esperando que algún día le llegase la noticia de que la guerra había concluido. Empecé a oír los partes de la radio, no como una lluvia de palabras que no me atañían, sino con el nuevo interés de desvelar un poco toda aquella confusión. Le hacía preguntas a Magdalena y juntos buscábamos en el mapa de España los lugares más nombrados: Robledo de Chavela, Brunete, Teruel; y los marcábamos con rayas rojas.

Aurora decía que perdíamos el tiempo. Ella estudiaba mucho para seguir su bachillerato por libre en Salamanca, y le molestaba que le preguntásemos cosas de la guerra.

–¡A mí qué me importa! Yo no voy a ir. Vaya una manía que os ha entrado de pronto. Tú, David, más valía que te pusieras a estudiar algo.

Parecía estar contenta de que las cosas se mantuvieran mucho tiempo como estaban. Allí en Valdelaire habían empezado a llamarla la señorita Aurora, y había adquirido un especial empaque, que se ponía de manifiesto por ejemplo en el modo de dirigirse a los criados y de pedirles que nos trajeran el té al salón. No tenía timidez para nada. A los tres días de llegar míster Cohen, se dirigía a él en inglés con total desenvoltura, sin preocuparse de los errores que hacía, e incluso a Magda y a mí nos hablaba a veces en inglés. Esto nos lo había aconsejado el nuevo preceptor para que practicásemos el idioma entre nosotros, pero solamente a ella se le ocurrió hacerlo posible. También era asombroso el tipo de conversaciones que era capaz de sostener con este profesor o con tío Alejandro. No parecía tener una edad diferente a la de ellos, y empezó a hacerse proverbial su sociabilidad, que el tío alababa muchísimo. Sobre todo si habían venido amigos suyos, a los cuales ella saludaba y atendía, en lugar de escurrirse de la visita que era lo que solíamos hacer Magda y yo. Y en las alabanzas que el tío Alejandro hacía de la sobrina delante de todos había, de un modo más o menos velado, un reproche para la hija.

Porque, en contraste con aquel aplomo de Aurora, se volvía borrosa y secundaria la figura de Magdalena, a menudo ausente o aislada en un silencio terco, mientras miraba el fuego de la chimenea con ojos concentrados. Yo mismo me llegaba a olvidar de que existía. Una tarde entré en el salón y la vi al fondo ojeando un álbum de fotografías. Como estaba de espaldas y la alfombra amortiguaba el ruido de los pasos, no me sintió llegar, y se asustó mucho.

–¿Qué miras? –le pregunté.

–Nada.

Me extrañó que hubiese cubierto con el brazo las fotografías de aquella página y también que diera muestras de tanto azaro.

–Déjame ver –le pedí suavemente.

Casi toda la página estaba llena de fotografías de la misma persona, una mujer joven guapísima.

–¿Es tu madre? –le pregunté con esa emoción y misterio con que se alude en la infancia a personas de la familia que nunca son nombradas por los mayores.

Magdalena asintió con los ojos fijos en las fotografías. Se reían, contestándole, los de la madre claros y alegres.

–¡Qué guapa es! –dije con admiración.

–¿Verdad que sí? –musitó.

–Sí, mucho... Vive, ¿verdad?

Volvió a asentir y yo no me atrevía a romper el silencio, que se empezó a hacer tirante. Por fin dije:

–¿Por qué no habla tu padre nunca de ella?

–Porque dice que es muy mala –contestó torvamente–, no quiere oír su nombre.

–¿Mala? –volví a mirar las fotos–. No puede ser. No tiene cara de mala, ¿verdad?

Magdalena no me miraba.

–Pues eso dice él. Que vive en pecado.

–¿Y tú lo crees?

–Me da igual –se encogió de hombros con voz dura–. Me da completamente igual. Si ella vive en pecado, yo también, igual que ella.

Tuvimos que guardar corriendo el álbum porque míster Cohen nos buscaba para dar la lección.

Después de la clase de inglés, cuando empezaba a ser de noche, se cerraban los postigos de toda la casa, se atizaba el fuego, y comenzaban las interminables veladas en las butacas del salón. Mirábamos las viñetas de antiguos libros ilustrados, jugábamos al parchís y a la baraja, oíamos discos. Tanto bienestar me gusaneaba como una culpa incomprensible. Allí, en la inmensa habitación de ventanas escondidas detrás de rojas cortinas de terciopelo, cara a la lumbre de la chimenea, resultaba difícil escapar con la imaginación de aquellos leves rumores que nos rodeaban a un lugar raso y frío, donde montones de hombres estaban despiertos bajo los tiros y a lo mejor muriendo en aquel mismo instante. A veces no podía aguantar estar allí sentado, y de repente corría las cortinas, abría la ventana y me asomaba.

–Pero, niño, que estamos a bajo cero. Cierra ahí.

–Yo tengo calor. Quiero ver las estrellas.

–¡Que cierres!

–Mira, Magda. Ven tú. ¡Mira cuántas!

–Ríñale, míster Cohen –cortaba Aurora–. Ríñale. Le volverán las décimas.

Era un gran consuelo ver que las estrellas, por lo menos, pestañeaban todavía. Le conté a Magdalena que a veces me daba miedo que hubiese dejado de existir todo lo de fuera y que sentía la necesidad de asomarme a comprobar si era verdad o no. Porque de pronto imaginaba que iba a haber rodeando la casa una noche bellísima pero inexistente, sin aire, como la de un paisaje que había pintado en un cuadro del hall. De noche también me asaltaban estas suposiciones para ahuyentar las cuales dormía siempre con la ventana abierta; y por eso estuve muy pachucho aquel invierno y los que siguieron con catarros y pejigueras.

En cuanto llegó la primavera, una tarde me monté a caballo y me fui a ver a Gumersindo. Acerté pronto porque me oriento bien en el campo y había aprendido a cabalgar de prisa. No demostró gran sorpresa cuando me vio:

—¡Vaya el mozo! —dijo solamente—. Otra vez por aquí.

Me dio vergüenza decirle cuánto me había acordado de él todo el invierno y me senté a su lado sin saber de qué hablar ni que se me viniera a la cabeza ninguna de las cosas que había imaginado preguntarle y que sabía que volverían a bullirme en ella en cuanto le dejara. Por fin le pregunté por sus hijos, y me dijo que no sabía nada, que estarían bien. Casi nunca tenía carta porque, igual que él, los hijos eran analfabetos y les tenía que escribir un compañero.

—¿Desde que yo estuve no has sabido nada?

—Ya no me acuerdo cuándo estuviste tú.

—Pero ¿y si les pasa algo?

—Eso sí que se sabe. Las malas noticias las mandan en seguida. Por eso prefiero no saber nada. En cuanto veo un sobre, me pongo a temblar. Ni me atrevo a llevar la carta a que me la lean.

Atardeciendo, merendé con él y me habló de las ovejas y de sus enfermedades. De lo que sentía que se le murieran. Aludía a cada una de ellas sin darle un nombre, pero buscándola con los ojos por entre el rebaño disperso y copioso y señalándola con el cayado familiarmente, con total seguridad.

Le pregunté que si eran suyas.

—¿Las ovejas? No. Del amo.

—¿De qué amo? ¿El amo, dónde está?

—Vive en Salamanca. Tiene que conocerlo mucho tu tío.

—¿Mi tío por qué? ¿Tú conoces a mi tío?

—De oídas. Y habrá venido a cazar con el amo algún otoño, lo más seguro. Los amos de las fincas de por aquí tienen que ser amigos todos.

—¿Y el amo tuyo viene a ver las ovejas?

—¡Qué va! Sólo a cazar. Aquí va a andar viniendo a ver ovejas ni pastores. El administrador es con el que me entiendo; ése sí viene: don Luciano.

—¿Y cuando las ovejas están malas?

—Pues nada, las cuido.

—Digo que si se entera el amo.

—Enterarse no sé si se enterará. Pero como no las distingue ni las conoce, es como si no se enterara.

—Claro. ¿Y entonces por qué has dicho que son suyas? Si no las conoce...

Se quedó meditando.

—Tienes razón. Son cosas que se dicen no sé por qué. Suyo es el dinero que dan, pero las ovejas son mías hasta que se mueren. Bien mías que son, claro que sí. Del pastor.

—Y el dinero que dan, ¿por qué no?

—Eso ya es harina de otro costal. El dinero es para los ricos. Los pastores son pastores y se mueren como nacieron. No sé cuándo has oído tú mentar a un pastor que sea rico.

—¿Por qué? ¿No se puede hacer rico?

—Alguno habrá que se haga rico, no digo que no. Pero lo que es seguro es que ése dejará de cuidar ovejas.

—¿Y tú no quieres dejar de cuidarlas?

—¿Yo? ¿A qué santo? Si quisiera ser rico, además, en la cara se me conocería, como se le conoce al Colás, mi hijo el pequeño. Eso se lleva escrito.

—¿Quiere ser rico él?

—¡Huy, él sí! Anda buscando paraísos. No sé lo que cree que va a encontrar.

Le pregunté que cómo se lo podía notar escrito en la cara y me explicó que siempre tenía la mirada intranquila, como retirada de lo que veía delante. Me figuré unos ojos parecidos a los de Aurora. Gumersindo, en cambio, tenía fijos los suyos en el cielo que se iba poniendo rosa, y me recordó a los sabios de los cuentos orientales. Podría contestar a cualquier pregunta de las que le siguiera haciendo con aquella voz sosegada de quien ha penetrado los principales misterios.

—¡Yo no quiero ser rico! —exclamé fervientemente—, ¡no quiero serlo nunca! ¡Yo quiero ser como tú!

Pero en seguida sentí mucha vergüenza, porque él me miró y dijo:

—Cada uno tiene su sino.

Comprendí que no pudiera considerarme de su especie.

El amo de aquellas ovejas era fácil que fuese alguno de los amigos del tío Alejandro que tomaban café en el salón de las cortinas de terciopelo; me di cuenta de que si Gumersindo viera este salón tendría por ridículo que yo, viviendo dentro de él, me hubiese pasado el invierno añorando el olor ahumado de la choza, y su compañía. De la misma manera que Magdalena a mí me había parecido afectada cuando se manchaba el traje con barro en nuestro jardín.

Al despedirme de él, ya sabía que no iba a volver a verle; pero guardé para siempre –con sus palabras– la amargura por esta amistad frustrada.

Me volví muy arisco y me escapaba de las conversaciones de todos. Un día Magdalena me preguntó:

–Tú estás enfadado con papá desde hace mucho. ¿Por qué?

Me callé y me encogí de hombros. Era incapaz de decirle una mentira.

–Dice que te trajo de Salamanca una caja de pinturas muy bonita y que no se la querías coger. ¿Es verdad?

–Sí, pero luego se la he cogido.

–¿Y cómo no querías? ¿No tenías tantas ganas de tenerla?

–¿Quién le dijo a él que tenía ganas?

–Yo. Me lo preguntó hace mucho. Pero di, ¿por qué no la querías?

–¿Y qué más da, si ya la cogí?

–No me la has enseñado siquiera. No la usas.

–¡Ya la usaré, déjame en paz! La usaré cuando yo quiera, ¿no?

–David, no te enfades conmigo. Sólo quiero saber lo que te pasa con papá.

–Pero ¿por lo de la caja o por qué demonios?

–Por todo. Parece como si no le quisieras. A ver si te crees que no se nota.

–Ah... lo notas tú.

–Claro. Dime, ¿es que de verdad no le quieres?

–Pues no. No mucho.

–¿No mucho... o nada?

–¡Nada! ¡Nada en absoluto! ¡No le puedo ni ver!

Magdalena se quedó abatida como bajo el peso de una gran desgracia.

–David, es horrible –dijo con un hilo de voz.

–¿Horrible por qué? No habérmelo preguntado. Te pones tan pelma...

–Pero ¿por qué no le quieres?

–¡Qué sé yo! ¡Qué más da por qué! No se puede querer a la gente a la fuerza o porque te haga regalos, ¿no?

Nos estábamos mirando y mi furia se aplacó al notar la intensidad con que se me clavaban los ojos de ella, hasta que se llegaron a arrasar en lágrimas.

–¡Eso es lo que yo digo! –estalló al fin, como si explotara–; que qué le va a hacer uno, ¿verdad? Lo mismo pienso yo. ¡A la fuerza no se puede!

Se abrazó a mí y se puso a llorar contra mi chaqueta. Repetía:

–¡No se puede remediar, no se puede! ¡Y no es pecado, si no se puede remediar!

Ya aquel día sospeché que el secreto de Magdalena consistía en que ella tampoco quería nada al tío. Pero no me convencí hasta bastantes años más tarde, cuando, desde un pensionado inglés a donde él la había mandado para que se educara, se escapó a París y le escribió diciéndole que había ido allí para reunirse con su madre, deseo que alimentaba desde niña, y que estaba decidida a quedarse a vivir en su compañía para siempre.

Aurora, la única de la casa que seguía visitando bastante a tío Alejandro, comentó apasionadamente la noticia durante algún tiempo. Siempre que sacaba el tema a relucir, le molestaba mucho que nadie se hiciese eco de sus acalorados juicios contra Magdalena ni de su conmiseración por el tío.

–Pero ¡déjale en paz de una vez! –estalló un día mi padre–. ¿A qué santo tienes que ir tanto por allí?

Vivía el tío después de la guerra en un palacete que

había comprado en la calle de Velázquez, en medio de un lujo que a Aurora la deslumbraba.

–Voy a hacerle compañía porque está destrozado y más solo que un perro.

–Vaya, eres como tu abuela, que en paz descanse, que si no compadecía a alguien no podía vivir.

–Ah... entonces a ti te parece que el tío Ale merecía un pago como el que ha tenido.

–Yo no digo eso. No sé si lo merecía ni me importa. Sólo digo que no te metas tanto tú.

Discutían mucho rato. A Aurora, con el tiempo, se le había agudizado una necesidad ya apuntada en la infancia de emitir juicios tajantes sobre las personas y de tomar partido por unas o por otras a cada momento. Mi padre le decía que el mundo no está habitado por ángeles y demonios, sino por personas bastante parecidas unas a otras, las cuales se comportan de modo variable, según las circunstancias. Y que eran estas circunstancias las que convenía analizar, si se quería llegar a entender algo.

–Tú, además –añadía–, debías tenerlo particularmente en cuenta si no quieres convertirte en un abogado defensor de los que no ven más allá de sus narices.

Noté que mi padre, aunque veladamente, siempre trataba de justificar a la mujer del tío Alejandro.

–Por lo menos ella nunca se las dio de santa –dijo una vez.

Me empezó a entrar mucha curiosidad por saber cosas de la tía de Francia. Tanta que, muchas veces, cuando hablaba a solas con mi padre, la comezón de preguntarle por ella me hacía perder el hilo de la conversación, preocupado como estaba de elegir un momento oportuno para desviarla hacia el tema que me intrigaba. Pero nunca he sido hábil para estas cosas, y la circunstancia de que ese momento, por poder ser cualquiera, tuviera que determinarlo yo, fue precisamente la que contribuyó a detener en mi lengua durante años la pregunta tantas veces preparada.

No valen de nada los criterios cronológicos para evocar el tiempo pasado. Muchas veces he pensado en la ineficacia de los diarios íntimos –como aquel que empezó a escribir Lucía después de que nos besamos por primera vez–, en cuanto que pretenden ser arcas donde guardar, día a día, para salvarlo del olvido, lo que sólo puede ser salvado echándolo, por el contrario, al olvido mismo, como a una olla donde las fechas cercanas han de cocer inexorablemente revueltas con las lejanas y sólo nos puede importar la calidad del caldo que den. Pero es de esta manera como a veces emergen, del guiso donde todo se ha mezclado, aromas reconocibles y precisos.

Así, jalonando los años de mi relación con Lucía, hay de vez en cuando episodios que no sé dónde están colocados en el tiempo, pero que atraviesan la cortina indiferenciada de las horas y los días, imponiéndose con un perfil neto y único.

Uno de estos acontecimientos fue el de que una tarde recibí una carta de la prima Magdalena.

Querido David –decía más o menos–. ¡Cuánto me acuerdo de ti a pesar del tiempo que ha pasado! No se puede explicar en una carta de qué manera ha cambiado mi vida, y solamente lo podrías comprender si quisieras venir a compartirla por algún tiempo. A mamá y Lucien, un amigo suyo que es pintor, les hablo de ti mucho y me han preguntado que por qué no te invito a venir. Mamá dice: «¿Por qué no va a querer? Con todo el sitio que sobra en casa y lo que le echas tú de menos. Puede quedarse un año, dos... o toda la vida».

Vivimos en una casa grande y bonita. Siempre vienen artistas y escritores amigos de mamá y de Lucien. ¡Me gustaría tanto, David, presentarte a toda esta gente, enseñarte París y que hicieras viajes con nosotros! Por ejemplo, esta primavera vamos a ir a una casa que ha comprado Lucien en un pueblo abandonado en una montaña de la Costa Azul. Lo ha arreglado todo en estilo rústico y cabe muchísima gente. Cada uno puede hacer la vida que quiere cuando vamos allí: vestirse o no vestirse, comer o no comer. Hace días estuvimos; es un lugar maravilloso, completamente solitario, y me acordé muchísimo de ti.

Aurora me ha escrito. Dice que ni estudias ni tienes amigos, y que vas volviéndote cada día más raro. ¿Es posible que hayas dejado también de dibujar? Pero ¿por qué?

¡Qué ganas de verte, David, de hablar contigo! A veces, a pesar de hacer una vida tan libre y divertida, me encuentro algo sola. Nunca he vuelto a hablar con nadie como contigo.

Ven. Si tienes algún problema de tipo económico yo me encargo de reservarte el billete del tren desde aquí. ¿Y qué otro impedimento podrías tener, a no ser ése?

Soy una estúpida. ¿Cómo no se me habría ocurrido antes invitarte?

No te vuelvo a insistir. Pero que sepas que no necesitas ni siquiera avisar. Y que, a partir de hoy, te estaré siempre esperando.

Te abraza, *Magda.*

Y debajo, en una letra grande y desigual:

Je serais vraiment heureuse de t'embrasser. Je me souviens toujours avec tendresse de ton père. On t'attend.
Tante Jacqueline.

Recuerdo que durante todo aquel invierno tuve sueños muy novelescos, algunos de los cuales los escribí, y en todos acababa viviendo en París o en aquella casa solitaria de la montaña, y andaba por calles y caminos con Magdalena, su madre y sus amigos, que eran extravagantes y alegres, capaces de las más peregrinas aventuras. Y de la misma manera, por el día, cuando pensaba en ellos, prolongaban en mi imaginación su estela de seres soñados e inalcanzables.

—¿En qué piensas? —me preguntaba Lucía, al verme tan callado.

—En nada especial.

—¿Has escrito a la prima de Francia?

—No. ¿Para qué?

—Hombre, por lo menos para darle las gracias por la invitación, ¿no?

—No, porque tendría que explicarle por qué no voy, y es complicado, no sé qué decirle.

—¿Te has quedado con ganas?

—¡Qué pesada te pones con lo de Francia! Si no voy a ir, para qué volver sobre ello.

—Es que no acabo de entender por qué no vas. Conocer a esa gente que conoce tu prima, a lo mejor podía ser una oportunidad para ti.

Porque Lucía, abandonada poco a poco, con dolorosa perplejidad, la esperanza de ser ella misma un aliciente para mi actividad y mi trabajo, empezaba a poner esta esperanza en impensados y casuales acontecimientos, ya que abandonarla del todo no podía.

También yo, por supuesto, he pensado muchas veces que aquel viaje a Francia habría influido sin duda para determinar un rumbo a mi vida, tan estancada al parecer. Pero las razones que tuve para rechazarlo, aunque bastante confusas, ahora sé que tenían que ver precisamente con mi resistencia general a tomar rumbo.

El no prestar atención a todas las voces entusiastas y alentadoras que me cercaban llamándome a lugares distintos y sugiriéndome el porvenir como algo seguro y deseable, se había convertido en una terquedad casi morbosa. Era algo correlativo con el miedo a crecer de los años del Instituto, aquella especie de horror a ser arrastrado por los proyectos hacia cajones cerrados donde no tendría aire para pensar, donde moriría. Y así, a pesar de que mi situación provisional, en contraste con las definitivas posiciones que iban adoptando los otros, se había vuelto incómoda y melancólica, no por eso me parecía falsa, mientras conservase los ojos limpios para contemplarla y contemplar, desde ella, las que por mejores tenían los demás.

Ahora me doy cuenta, por ejemplo, de que esta simple actitud pasiva fue la que contribuyó a prestigiarme como buen pintor en la tertulia de profesionales que frecuentaba

Germán Fontanet y que yo también, en mis últimos tiempos de intolerancia familiar, he frecuentado mucho.

El café es terreno neutro, de nadie, y para mí fue un gran refugio cuando lo descubrí. Aunque se esté entre conocidos, nada le obliga a uno a un comportamiento determinado y desaparece esa tensión que pesa sobre nosotros incluso en casa de los más íntimos amigos, que en una forma o en otra nos dedican su atención.

Las dos o tres primeras noches, Germán se ocupó algo de presentarme a sus amigos, pero después se olvidaron de mí porque hablaba menos que los demás, y únicamente se acostumbraron a no extrañar mi rostro, y, más tarde, a alguna de mis inesperadas explosiones de indignación, cuando quería hacer patente mi disconformidad con algo de lo que había oído. Y estas mismas intervenciones, unidas a mi silencio, influyeron para que se me terminase mirando casi con respeto, y hasta que se hablase de mí como de un pintor notable, cosa que me produjo una enorme sorpresa, dado el espíritu de competencia que alentaba en aquellas reuniones. Sólo se admitía sin discusión la obra de los muertos. Pero es que, como he pensado después, a mí, en el fondo, me consideraban como muerto, o, al menos, como fantasma, ya que no amenazaba con hacer exposiciones ni enseñaba a nadie aquellos cuadros, que por tan extraños caminos se llegaron a acreditar con el valor de lo inexistente y misterioso.

Es muy curioso que algo tan banal como asistir de vez en cuando a esta tertulia de café me respaldase un poco ante los ojos de la familia. Recuerdo que una noche, ya después de casada Aurora, oí desde la cocina retazos de una conversación que sostenían ella y mi padre en el despacho, en la cual aludieron a este hecho y al de que por entonces hubiesen arreglado mi cuarto como a dos importantes acontecimientos que podrían ser indicadores de un cauce en mi vida.

A mi padre le había contado cosas de esos pintores, sobre todo por lo violento que era no saber de qué hablar durante la cena, desde que estábamos solos. Pero me extrañó que se lo dijese a Aurora, con aquella seriedad, ya que mis comentarios sobre la tertulia habían sido más bien irónicos. Ahora comprendo hasta qué punto estaba empeñado él, por ese tiempo, en justificarme ante los demás; y casi me conmueve recordar este ciego afán por dar sentido al más pequeño detalle.

Recuerdo lo contento que se puso cuando le notifiqué, a raíz de la boda de Aurora, que había decidido arreglar mi cuarto. Era la primera noticia que le daba desde que le dije que la carrera de Letras no me gustaba hacerla por oficial y que a lo mejor la seguía por libre. Me había él advertido que por libre me daría más pereza enterarme de los programas y que tendría que estudiar mucho para aprobar, pero no puso el menor ahínco en aquellas advertencias, ya que debió juzgarlas baldías, como lo fueron, efectivamente, porque no seguí la carrera ni por libre ni por oficial. Sin embargo, hacía como si creyera que yo estudiaba.

Nos veíamos poco. Él terminaba la consulta a las seis, y a veces, al salir a la calle, alzaba los ojos hacia el mirador de mi cuarto. Si se encontraba con los míos, a veces fijos en el jardín a través del cristal, desviaba la mirada como disimulando.

Y a mí me quedaba siempre la desazón por las cuentas pendientes, aunque nadie me las pidiera.

Desde que arreglé el cuarto, sin embargo, nunca más volví a sentir la necesidad de tenerle que dar cuentas de mis estudios abandonados. Lo primero que ocurrió fue que se le empezó a llamar el estudio y que Rita, al conjuro del nuevo nombre, respetó mucho más mis continuados encierros en él.

Otra consecuencia que trajo consigo aquella reforma –aconsejada y planeada por Bernardo– fue la de que él y mi padre volvieran a verse, ya que con ocasión de problemas surgidos al derribo de un tabique, vino por casa una mañana.

Se saludaron, cuando él ya se iba, en el jardín, justo donde se conocieron. Pero, consciente de que aquella presentación era totalmente nueva, dije «el arquitecto señor Ponce», en lugar de «mi amigo Bernardo», con lo cual mi padre no lo reconoció. También Bernardo me dijo que le había encontrado muy cambiado a él.

–Claro, más viejo –dije yo.

–No, al contrario. Me ha hecho mejor impresión que aquella vez. Va mejor vestido y tiene un aire más sano.

–Pues no sé cómo está sano, porque no para de ver enfermos.

–Pues por eso será, porque trabaja –dijo Bernardo–. Y trabajar es una cosa sana. Cuando tú lo comprendas estarás sano también.

Sin embargo, mi padre no era de la misma opinión, como me confesó en una conversación que tuvimos, una noche que –ya tarde– coincidimos en la cocina en el momento de prepararnos sendos cafés. Nos los tomamos allí mismo sobre la mesa de mármol. Callábamos. La cocina, desde que se había muerto mi madre, era una habitación aséptica e impersonal. Empezó a violentarme aquel silencio que me parecía propagador de idénticos recuerdos, y para romper la emoción que se iniciaba pregunté de dónde venía, ya que poco antes había oído el ruido de un coche que le dejó a la puerta de casa y las voces de amigos que le despedían. Casi nunca le hacía preguntas de ese tipo a mi padre. Me dijo que del teatro y se puso a hablarme espontáneamente de los amigos que le habían acompañado y con los que alternaba por entonces. Luego me he enterado de que uno de ellos era Jaime Ferrer. Me dijo que no eran amigos, sino relaciones sociales a las que le obligaba su trabajo. Comentó lo difícil que era encontrar personas profesionalizadas que tuvieran verdaderas ganas de hablar de algo. Usaban sus palabras solamente con un fin: para darse a valer ante el interlocutor.

Yo le dije que en la tertulia de pintores pasaba lo mismo. Que cuando daban una opinión cargaban el acento sobre el hecho de estarla dando precisamente ellos, no sobre la importancia que pudiera tener la opinión en sí. Y además que si no se hacía uno mucho el simpático no llegaban a confiarle su amistad.

—Claro —dijo mi padre—. La gente está demasiado acostumbrada a la simpatía, a los golpecitos en la espalda. Y sin esas contraseñas de confianza no te abren la puerta.

—Pues a ti sí te la han abierto —observé yo—. Parece que tienes muchos amigos ahora.

—Sí —dijo—. Me relaciono bastante. El aprendizaje de la soledad es demasiado duro. Y yo, en eso como en otras cosas, he claudicado.

Pero volvió a insistir en que para él con aquellos amigos, sus mujeres y las gentes del círculo que ellos conocían y trataban, sólo conseguía en el mejor de los casos relajarse del cansancio.

Me di cuenta de que mi padre, efectivamente, tenía cara de estar muy cansado, y él lo corroboró diciendo que estaba fuera de sí todo el día con tantos enfermos y que no tenía ánimos para ponerse a leer ni a pensar.

—En cuanto te acreditas como buen médico, caes en la rutina. Me parece que voy a dejarlo todo el día menos pensado.

—¿Cómo? ¿Dejar de ver enfermos?

—Sí. Dedicarme a la Medicina teórica. ¿Qué te parecería?

—Tú sabrás lo que haces —le dije—. Creí que trabajabas porque necesitábamos dinero.

Le noté algo agitado. Había puesto el dedo en la llaga. Precisamente él, siguiendo los consejos de Aurora, había consentido en hacerse —ya maduro— un hombre activo y responsable para presentar esa imagen ante mí, y ahora no se atrevía a renegar abiertamente del papel representado.

—Claro, algo de eso hay, el dinero hace falta. Y el de la abuela ya se acabó hace tiempo. Pero yo al fin a mucha gente no le cobro. Y, además, con las publicaciones también me podría defender.

Parecía pedirme apoyo. Le dije que no tenía ni idea de

cuestiones financieras ni de lo que gastábamos ni nada. Pero que, desde luego, consideraba que vivíamos como ricos, y que había muchas comodidades de las que podríamos prescindir mucho antes de que fuese propio decir que estábamos en la miseria. Y que yo estaba dispuesto a gastar la mitad de lo que gastaba o nada en absoluto.

–Gracias, David, ya veremos. Por lo menos unas vacaciones de soledad creo que me las tornaré.

De pronto me metí la mano en el bolsillo de la chaqueta y me encontré con la carta de Magdalena que tenía arrugada allí. Mi padre estaba de espaldas en aquel momento y no hablábamos. Me pareció una pausa providencial. Saqué la carta y la dejé encima de la mesa, doblada por donde se podía leer claramente: *«Je me souviens toujours avec tendresse de ton père».* Cuando volvió con la cafetera, las manos le temblaron al ponerla sobre la mesa y además ocurrió algo más insólito todavía: se puso colorado. Me preguntó que por qué me habían escrito y le puse al corriente. Luego, mientras tomábamos el café, vino el silencio propicio.

–Oye, papá, ¿tú a la tía Jacqueline la conociste mucho?

–Mucho, no. Pero al principio venían bastante por aquí. Les gustaba esta casa.

Me excitaba haber topado aquella noche por primera vez con puntos vulnerables en la sensibilidad de mi padre.

–¿Al principio de qué?

–De casarse. Alejandro la trajo de uno de sus largos viajes de negocios. La había conocido en un café de París donde cantaba, y cuando vinieron, ya tenía Magda unos meses. Tu madre entonces creía que no podía tener hijos y las tomó a las dos bajo su protección. Venían aquí al jardín. A Jacqueline no le gustaban los niños, se aburría.

–¿Y el tío?

–Él venía menos. Casi en seguida empezaron a llevarse mal. Ella tenía nostalgia de París y de su trabajo. No era una mujer cómoda para Alejandro. La había comprado como un juguete sacándola de una vida de pobreza, y nunca le toleró que no le viviese agradecida. No resistieron juntos ni dos años.

—¿Se fue ella?

Mi padre asintió sin hablar.

—¿Con otro?

—Nunca he sabido nada. Supongo —musitó con los ojos bajos.

Cuando le pregunté que si era guapa, se puso a hacer caminos en el mármol con el azúcar desparramado.

—No sé bien si era guapa o fea, pero irrepetible. Era una mujer como para volverle a uno loco.

Me puse a esperar con una particular emoción a que levantase los ojos para conocerle en ellos el disimulo con el que suponía que querría encubrir lo que habían dejado adivinar sus palabras. Pero al contrario, cuando me miró de frente, estaba serio como quien se dispone a confiar a otro un secreto importante.

—Fíjate, David, los años que han pasado. Tú ni habías nacido. ¿Te das cuenta? Y, sin embargo, nunca la he podido olvidar.

Mi cuñado Julio

Todo el mundo anda a vueltas con el problema de la felicidad. Se habla de dar mayor felicidad a los pueblos, de mujeres que han fracasado en la búsqueda de la felicidad, de medicinas, espectáculos y viajes para que la gente se rejuvenezca y sea más feliz. Se concibe la felicidad como algo compacto y estable, como una tierra firme donde se sueña con acampar para toda la vida.

Para la conquista de esta tierra una de las vías infaliblemente admitidas es la del amor entre hombre y mujer. La literatura de todos los tiempos ha fomentado y respetado sin discusión esta creencia imbuida, sobre todo en las mujeres, desde la infancia con el mismo arraigo que la fe religiosa. Así el amor, al convertirse en indiscutible panacea de todos los males, obliga a quienes juran haber encontrado, por medio de él, la felicidad, a militar ya siempre al abrigo de ella, como bajo una bandera en la que no se admite mancha ni deterioro. Pero el deterioro es demasiado evidente, es decir, si una mujer se ve obligada a reconocer que el amor no le ha proporcionado una felicidad duradera, echará la culpa a las circunstancias adversas, en lugar de sentirse movida a revisar sus viejos conceptos posiblemente erróneos y ponerlos en tela de juicio. Así que querrá ensayar una nueva experiencia, de la cual tampoco aprenderá nada.

La felicidad, sobre todo la que proporciona el amor, no puede ser más que atisbada, rozada. Es una sombra movediza, y todo el que no se resigna a admitirla en su condición y pretende fijarla se lleva a casa un cadáver.

Yo esto he intentado metérselo en la cabeza a Lucía en varias ocasiones. Le he dicho que la mayoría de los matrimonios fracasan o creen fracasar por error de enfoque, por querer seguir reinventando imágenes de una película que antes se movía. Por empeñarse en un pacto para hacer estático lo que sólo puede ser dinámico, un pacto para conservar el amor y tratarlo con miramientos, como a flor de invernadero.

Pero a Lucía le extrañaba mucho que yo, no habiéndome casado, pudiera hablar con tanta seguridad de lo que les pasa a los matrimonios. No comprendía, por ejemplo, que sólo con observar a mi hermana y su marido, durante un verano que vivieron en casa con nosotros, pudiera haber llegado a concluir que estaban en un callejón sin salida y creyera saber acerca de su relación más de lo que sabían ellos mismos.

Yo le dije que las cosas únicamente se pueden conocer observándolas desde fuera, aun a cierta distancia; que el entrar a formar parte de una determinada situación no siempre le da a uno más claros elementos de juicio acerca de ella, sino que suele ocurrir al contrario.

Así me había pasado a mí, por ejemplo, con mis reflexiones acerca del noviazgo, que eran mucho más agudas cuando, a mi vuelta de Soria, vagaba por las calles siguiendo a las parejas, que ahora, al cabo de estos años, a lo largo de los cuales había peleado y peleaba porque Lucía pudiese ver las cosas de un modo cada vez más inteligente, sin alcanzar más resultado que el de verme yo mismo arrastrado muchas veces a aquel reino de niebla y confusión del cual me figuraba estarla liberando.

–Y es que termina uno por cocer –le dije– en el mismo

guiso del que pretende separar los distintos sabores. Y con el nuevo sabor que añade uno no es posible contar, porque de ése no se sabe nunca nada.

Lo mismo pasaba con los padres y los hijos. Durante ese tiempo (ya bastante cercano al de ahora), al comprobar de qué modo tan irremisible habíamos llegado a falsear nuestra relación mi padre y yo, me daba cuenta de que era nuestra atadura carnal la que había entorpecido la amistad iniciada y propuesta por él en un terreno demasiado difícil. Yo había conseguido llegar a ser muy amigo, por ejemplo, de don Isaías, que, seguramente, no tenía tantos puntos de contacto conmigo como podría tener mi padre, pero al que aventajaba en serme un extraño, mientras que mi padre, por mucho que hablase de distancia entre nosotros, seguramente era víctima, como yo, de aquel afecto que deformábamos a fuerza de empeñarnos vanamente, sin resultado, en actuar fuera de su órbita.

Estas cosas no se las dije a Lucía porque eran demasiado complicadas, incluso para mí, pero, en cambio, le hice saber que no quería tener hijos nunca.

—¿Ni aunque te casaras conmigo?

—Ni aunque me casara contigo.

Se puso muy triste. A ella los niños le gustaban mucho. Le dije que a mí también. Precisamente desde que mi hermana estaba en casa jugaba mucho en el jardín con sus dos gemelos, que tenían tres años, y hasta a veces les daba de comer, porque era conmigo con quien se divertían más; y los entendía a fuerza de observarlos mil veces mejor que sus padres.

A Lucía le conmovió mucho aquella historia.

—¿Ves? Y luego dices que no quieres tener hijos. Dices lo que no sientes. Pues harías un padre muy bueno.

—Claro que sí. De hijos ajenos haría buen padre. Y es lo que le debía pasar a todo el mundo. A ver si así se acababan de una vez las historias de la sangre.

—¿Entonces tú un niño de tu hermana sí lo tendrías?

—Sí. Y uno que sacara de la Inclusa, mejor. Hay ya tantos

niños hechos y mal atendidos, que buena gana de molestarme en fabricar uno propio.

—¿Y uno mío no querrías tenerlo?

—Sí. Si te casas con otro, que es lo que acabarás por hacer, puedes mandarme algún hijo a temporadas, cuando te estorbe.

Fingió enfadarse.

—Yo, David, te hablaba en serio. Te decía un hijo nuestro, nuestro... ¡de los dos!

—No sabría tratar a un hijo propio, Lucía, estoy seguro. Te lo he estado diciendo. Me equivocaría siempre. Yo también te he dicho en serio todo lo que te he dicho.

Le empezó a entrar mucha ternura por los hijos de mi hermana. ¿Por qué había dicho que estaban mal atendidos? ¿Es que su madre no los quería? Yo le dije que sí, que los quería demasiado, pero precisamente sólo porque eran suyos, sangre de sus entrañas, y que cualquier otro niño no le importaba más que como punto de comparación. Al contrario, era casi un rival. Por eso había dicho que los atendía mal; porque no atendía a los niños en sí, sino al hecho de que fueran suyos.

—¿Cómo se llaman?

—Los gemelos, Miguel y Román. Con ésos es con los que hago mejores migas.

—¿Tiene más?

—Una niña que está aprendiendo a andar ahora. Paloma. Ésa es una melindrosa.

—¿Y tu hermana vuelve a estar embarazada?

—Sí, es por lo que han venido. Se encuentra mal y andaban sin criada. Además su casa creo que es muy caliente ahora en verano. A mi padre fue al que se le ocurrió que vinieran, pero ya le debe estar pesando.

—¿Por qué ha de pesarle, hombre? —contemporizaba Lucía, que aun sin conocer a nadie de mi familia, no podía admitir una posible desunión entre sus miembros como aquella a la que yo aludía a veces con mis comentarios.

—No sé. A lo mejor no le pesa. Allá él.

–¿Pero por qué lo has dicho? –insistía. Y su curiosidad nunca conseguía aplacarse del todo.

–Porque a mí me resulta pesado que estén.

–¿No has dicho que lo pasas tan bien con los niños?

–Sí. Con los niños, sí. Y mi cuñado tampoco me estorba.

–Pues vamos que tu hermana, la pobre, no sé lo que te va a estorbar. Tú también, cómo eres. Y aunque te estorbara un poco, por Dios, con tanto crío, buena falta le hará descansar en vuestra casa. Ya ves, a mí me es bien simpática tu hermana, sin conocerla.., y me parece una mujer de mucho mérito.

Yo solía cortar aquellas efusiones de Lucía con alguna frase tajante. ¿Cuándo se le quitaría la manía de hablar por hablar? ¿Qué falta le hacía a Aurora que nadie se viniese a solidarizar con ella ni la compadeciese? Bastante se compadecía ya ella a sí misma. Y en cuanto a lo de descansar, al parecer era para lo que había venido, pero ni ella descansaba, ni dejaba un solo rincón de sosiego a su alrededor.

–Tendrá que trabajar. En una casa siempre hay trabajo –defendía aun Lucía tercamente–. Lo hará por vuestro bien.

–Sí, hija, desde luego: por nuestro bien. Eso lo deja bien claro. Pero que le fastidien a uno por su bien es el mayor fastidio conocido bajo las estrellas.

Efectivamente, Aurora, en lugar de relajarse (aprovechando que yo me cuidaba mucho de los niños y que entre Rita y una criadita joven que trajeron para la pequeña Paloma, se encargaban de todo lo demás), había vuelto a tomar las riendas de nuestra casa, y, a poco de estar allí, ya se oían de nuevo órdenes y gritos todo el día.

La cocina volvió a relumbrar como los chorros del oro, y no podíamos dejar nada por el medio. Decía Aurora que no sabía adónde habríamos ido a parar si no llega a venir ella a hacer aquel repaso.

Mi padre andaba medio malo desde principios de primavera. Consulta no pasaba, y a la enfermera la despidió. Había dejado también de visitar a los pocos enfermos que ya tenía y nunca contestaba al teléfono. Era capaz de oírlo sonar durante un largo rato desde la butaca, allí, al alcance de su mano, sin cogerlo. Si al fin acudía yo o la criada, y era un recado para él, bastaba consultarle con un gesto, y en seguida sus ojos se abatían, negando.

—No, señor. No puede ponerse. No se encuentra bien.

—¡Qué chisme más diabólico! —comentaba a veces, cuando habíamos colgado—. Estoy deseando quitarlo de ahí.

Empezó a recetarse infinidad de píldoras, inyecciones y gotas, y continuamente tenía los dedos de una mano en el pulso de la otra. Luego he sabido que ya por entonces debía inyectarse algo de morfina. Tomaba notas y leía sus libros de Medicina horas y horas encerrado en su cuarto, sin molestar a nadie, como era su costumbre de toda la vida, pero también andaba muchos ratos nervioso por la casa, y se cambiaba suspirando de un asiento a otro.

Al comienzo de los calores, antes de que Aurora viniese, una noche de las que yo dormí mal y bajé al amanecer a la cocina para hacerme un café, lo encontré de espaldas a la puerta, hirviendo agua para una de sus inyecciones. Se sobresaltó al oírme entrar, y luego se disculpó de su susto medio riendo, pero, aunque sólo fueron unos segundos, conocí todo el temblor que pocas veces había visto en sus ojos y, de pronto, me di cuenta de que mi padre ya era viejo. Le pedí perdón por haberle asustado y le pregunté que si se sentía mal, pero no me respondió.

—¿Adónde vas tú? —preguntó, en cambio.

—A ninguna parte. Es que no duermo bien. A estas horas es cuando se respira.

Mirábamos los dos a la ventana abierta sobre el jardín, abandonado desde hacía tiempo y sin flores.

—Toma Gomicianol —me dijo con voz floja—. Va muy bien. ¿Te lo apunto?

—No, papá, gracias. Ya me lo has dicho otras veces.

—¡Ah! ¿Ya te lo he dicho? Perdona.

Era exagerada la disculpa que había en su voz y se quitó las gafas con gesto de fatiga. Entonces nos miramos de frente, pero, sobre todo, le miré yo. Casi siempre era al revés, era él quien me miraba a mí, desde sus ojos impasibles. Ahora se le apuntaba una luz nueva. La pupila se le había empequeñecido y se difuminaba lo blanco como una corona de humo alrededor.

«Por los ojos se envejece –pensé–. Son las ventanas de la casa.»

Parpadeó, como si le estorbase mi mirada. Volvió a ponerse las gafas y fue a sentarse en una silla, al tiempo que decía con una voz más firme, en la que volvía a aletear el control de sí mismo:

–A veces se me borran las imágenes. Todo se me confunde. Apaga el gas, por favor.

Luego se echó en un vaso con agua unas gotas que solía tomar, y, cuando acabó de contarlas, mientras las revolvía con la cucharilla, añadió sin mirarme:

–Te vas a pasar por casa de Aurora y a decirles que se vengan. A los gemelos se les puede poner arriba, donde estaba el laboratorio.

–¿Venirse aquí? –me extrañé yo–. ¿A vivir?

–Sí. Ya lo hablamos el otro día. No sé si tú estabas cuando lo hablamos, no me acuerdo...

–Yo no estaba, desde luego. Pero...

–Pero ¿qué...?

–Nada, que no lo entiendo. ¿Es que estás malo?

–Estoy como siempre. Pero los niños tomarán más el aire en este barrio y me hacen compañía y a Aurora le puedo vigilar a diario la tensión. Eso es todo. ¿Te acercas luego a decírselo? Le dices que se vengan ya a comer si quieren. Así tiene toda la mañana para recoger en su casa.

–¿Yo? ¿Por qué no mandas a Rita?

–Prefiero que vayas tú, para que así Aurora vea que también tú estás de acuerdo.

–Pero si no estoy de acuerdo.

Por una vez a mi padre no le impresionó una objeción mía y, lo que es más, pasó por encima de ella; de donde deduje que tenía un empeño terrible en que mi hermana viniera, aunque la razón de este empeño quedase oscura entonces para mí. Luego, recordando este tiempo, he venido a calibrar el daño que le empezaba ya a hacer con mi desvío; y he supuesto que quería escapar a la violencia de verme siempre a solas.

–No importa –dijo secamente–. Ella no te va a preguntar si estás de acuerdo o no, de eso estoy seguro; así que no tendrás que decirle una mentira.

De esa manera fue como aquella mañana volví por casa de Aurora, a la que solamente había hecho un par de visitas de recién casada, aunque la veía por casa todos los domingos.

Me abrió ella misma la puerta. El vestíbulo estaba oscuro.

–Que dice papá que si queréis iros a vivir allí, como dijisteis el otro día, que vayáis.

Aurora llevaba un kimono y bigudís.

–¿Qué dices? Pasa. No te conocía. Creí que sería el lechero. Julio se acaba de ir a la oficina. ¿No lo has encontrado?

–No. Que dice papá que vayáis a casa. Que ya os espera hoy a comer.

Se oía el alboroto de los niños y el ruido de la lavadora.

–Pero pasa, hombre, por Dios. Aquí ni te entiendo.

Pasé. El comedor era pequeño. Tenían en la pared, enmarcada, una acuarela mía de la que no me acordaba en absoluto. Volví a dar el recado de mi padre, escuetamente.

–¿Pero es que está peor papá? –preguntó Aurora.

–No sé.

–¿Cómo que no lo sabes?

–No. Sólo ha dicho eso.

–Pero el domingo no estaba muy decidido a que fuéramos. Algo le habrá hecho cambiar de idea.

Volví a decir que no sabía. Aurora se empezaba a impacientar.

–¿Es que no has hablado con él desde el domingo?

–Poco.

–¡Pero notarás si está mejor o está peor, demonio!

–Yo esta mañana le he notado un poco distraído, pero

otras veces también lo veo así. A mí él nunca me ha dicho que esté malo.

–¡Y qué tiene que ver que lo diga o que no lo diga! ¿Cuándo dice algo de sí mismo papá? Pero los ojos están para abrirlos. Alarma ver en qué estado ha caído.

Me empezaron a llamar los dos gemelos, que estaban en la cama todavía, y me habían reconocido por la voz. Fui a su cuarto y Aurora vino detrás de mí refunfuñando. Se pusieron a enseñarme un camioncito que tenían al cual se le había roto una pieza.

–El tío David nos lo arregla.

–Por aquí se mete, tío.

El cuarto estaba muy revuelto. Me senté en la cama de uno de los gemelos, y, apoyando el juguete en las rodillas, lo examiné con atención. El otro niño se vino en pijama a aquella cama y los dos miraban cómo me disponía a trabajar. Pero a mi hermana aquello le produjo una irritación inaudita. Cogió el camioncito, lo tiró al suelo y lo pisó. Luego, como los niños habían estallado en llanto, les dio un cachete a cada uno.

–Eres una bestia –le dije–. Menos mal que si vais a casa, de tus hijos me podré ocupar yo.

Luego salí y eché a andar por el pasillo hacia la puerta. Daba de sobra por cumplido mi encargo. Pero ella no se conformaba con que yo no tomara alguna actitud altisonante con respecto a aquel asunto de papá. Le hubiera gustado seguramente que nos pusiéramos a compadecerle juntos. A lamentar, sobre todo, que hubiese dejado de visitar enfermos y que ya no entrase dinero en la casa.

–Eres como de corcho –venía casi gritando a mis espaldas–. Es pedir peras al olmo pedirte a ti una opinión sobre nada. Tú qué opinión vas a dar ni qué te importa de la familia. ¿Que está enfermo papá? Pues santas pascuas, como si se muere. No entiendo que se pueda llegar a ser así.

–Bueno, entonces vais, ¿no? –le dije ya en la puerta.

–Claro que iremos, tenemos que ir hoy mismo. Cuando él nos llama, por algo será. El pobre nunca dice nada, pero a saber cómo le tratarás tú... ¡Eh! Espera. Tienes que ayudarme.

Se asomó al rellano de la escalera llamándome, pero yo ni siquiera miré para arriba. Sentía mucha ira contra ella y escapaba de la escena que sin duda habría tenido lugar si continuaba escuchando sus monsergas.

En la calle sentí una libertad que me alivió. Era una mañana alegre, como para irse lejos. Igual a aquellas de alta primavera, antes de que Gabriela empezase a ensayar el *Hamlet*. Con las mismas nubes blancas rodando. Por la Facultad no había vuelto nunca. Se me copió un trozo del bosquecillo de pinos y deseé vivamente volverlo a ver.

Casi sin decidirlo, distraído, tomé el Metro y luego, en la Moncloa, un tranvía Moncloa-Paraninfo. Era final de junio. Los exámenes ya se habrían terminado. Cuando descubrí las primeras edificaciones, sentado en el tranvía casi vacío, me di cuenta de que había hecho todo el trayecto de un modo maquinal, como en el tiempo cuyo recuerdo me asaltaba.

Apretaba el calor. Empecé a pensar que era una cáscara el tranvía, que era una barca, y otras cosas confusas como las que preceden al sueño. Al llegar a la última parada, el cobrador, tal vez extrañado de que no me apease inmediatamente, me dijo articulando muy claramente «Facultad de Letras. Final de trayecto», y yo, que casi me había dormido, le di las gracias en inglés, porque de pronto me dio risa que me hubiese tomado por un extranjero.

En el bar de la Facultad adonde entré directamente había, en efecto, algunos estudiantes extranjeros de un curso de verano que se estaba celebrando. Sobre todo chicas con pantalones y blusas de colores. Las miré una por una, como esperando encontrar en algún rostro una luz conocida que me atase al tiempo y la circunstancia del local que era de pronto casi irreal de puro nuevo, como pisado por primera vez. Sin embargo, si alguna de aquellas personas mantuvo unos instantes mi mirada, lo hizo devolviéndome la misma extrañeza que debió ver en la mía, sin reflejar otra cosa ni invitarme a ninguna. Me puse a beber en la barra, de espaldas a la luz y a las conversaciones. El vino estaba fresco y entraba bien. Sólo después de un rato noté que uno de los camareros era el mismo y me había reconocido.

–Hombre –dijo sonriendo–, le estaba mirando a usted y venga a mirarle, y decía: «A lo mejor me equivoco». Como no me saludaba, y además se ve a tanta gente por aquí.

–Creí que no me había reconocido –me disculpé.

–Está algo cambiado, más delgado, me parece, pero, vamos, a mí no se me escapa una cara.

Un chico que estaba a mi lado y que antes hablaba con el camarero estaba ahora atento a nuestra conversación.

–Hola, Fuente –dijo.

Le miré. Era un muchacho que tenía pendiente la Literatura de primero cuando yo estudiaba y por eso había coincidido conmigo en aquella clase. Era el que me había preguntado una vez que si Gabriela era mi novia. No me acordaba de su nombre. Le invité a beber un vaso conmigo.

–Bueno, gracias. Te advierto que ya me iba.

Había venido sólo a enterarse de una cosa en Secretaría. Me contó que se había casado hacía pocos días porque iba a tener un niño su novia. Hablaba muy nervioso.

–Vaya por Dios –intervino el camarero–. Eso le pasa a cualquiera. Pero con tal de que haya salud.

El chico se puso a quejarse. Lo que había eran muchos nervios. No sabía por dónde iba a salir. Todavía le faltaba aprobar unas asignaturas en septiembre para acabar la carrera.

–¿Qué rama hiciste? –le pregunté.

–Pedagogía.

–Eso es muy bonito. Seguramente es lo que hubiera elegido yo de seguir la carrera.

–Es verdad, tú no volviste por aquí.

–No. Sólo hice un curso.

–¿A qué te dedicas?

–A nada especial.

–Pues yo, chico, estoy fastidiado. Hecho una pura duda.

Volvimos a hablar de la Pedagogía. A él y a su mujer les gustaría mucho poner un colegio para párvulos en cuanto él terminase la carrera; tenían una serie de ideas bastante originales. Pero, claro, no tenían dos pesetas. Y había que comer. Se tendrían que conformar por el momento con dar clases particulares de lo que fuera.

–Hombre, ya lo creo –le animé yo–. Poner un colegio es una idea estupenda. Deben ser muy malos todos los que hay. Yo también lo había pensado al volver del servicio, porque en Soria conocí a un maestro que me dijo que para niños pequeños no hacía falta tener acabada la carrera.

–Ya. Si la carrera es lo de menos. Lo importante es el dinero.

–Y las ideas –dije yo.

–Pero sobre todo el dinero –insistió él.

Cuando se despidió, porque tenía prisa, me dio una tarjeta con sus señas y me dijo que, si quería, fuese a verle alguna vez. Se llamaba Alfonso Ruiz.

–Yo no me voy a mover de Madrid –dijo–. ¿Tú sales de veraneo?

–Tampoco.

–Pues, hombre, ven a vernos. A Marisa le gusta que vayan amigos a vernos.

–Iré, de verdad –contesté con toda convicción, porque, mirando su rostro, de expresión dulce y abatida, me habían entrado deseos de charlar con él más veces. (Y, efectivamente, le visité con frecuencia aquel verano.)

–Pero, sobre todo –encareció–, si supieras de alguna clase particular de lo que fuera, por favor, no me olvides. Ahí tienes mi teléfono apuntado.

–Descuida.

–Y a usted lo mismo le digo, Pedro, yo vendré por aquí –añadió dirigiéndose al camarero–. A todo el mundo se lo digo por si acaso.

–Natural –dijo Pedro–. En un caso como el de usted...

–¡Qué asco de vida! –comentó luego, tras una pausa,

cuando Alfonso se había ido–. ¿Quiere usted otro vaso de vino?

–Bueno.

Me lo echó.

–Pues vaya, hombre, vaya. ¿Y a usted, qué tal le va?

–Bien.

–Sí, bien. Pero cuando se van ustedes de aquí, luego todos vuelven con cara como triste. Los mejores años los pasan de estudiantes. ¿Digo la verdad o no?

–Pues sí, seguramente.

–Me acuerdo de aquella señorita morena que iba con usted, una muy simpática. ¿Qué ha sido de ella?

–No sé. No la he vuelto a ver.

Terminé el vaso y pedí un bocadillo. Luego pagué y me fui.

Me subí a la terraza. Era mediodía. El sol caía unificando todo el paisaje abierto y entrañable que hay pintado al fondo de los cuadros de Velázquez. Desde mis ojos a la muralla circular de la Sierra se punteaban miles de árboles y casitas. En todas partes era mediodía, aquel alegre mediodía de principio de verano.

Cuando bajé a buscar el bosquecillo, vi que en el sitio donde estaba se alzaba a medio acabar el edificio de la Facultad de Derecho. Caminé detrás de él. Todavía, más allá, quedaban algunos pinos. En el lugar que me pareció más espeso, puse la chaqueta en el suelo y me tumbé, jugando con los dedos en la tierra. No tardé en quedarme dormido, sin ningún pensamiento. Dormí hasta el atardecer.

A Aurora y Julio les pusieron a dormir con la niña en mi cuarto, y yo me fui a otro pequeño que había al lado.

Por las noches, como casi siempre estaba despierto, me enteraba de sus conversaciones a través de la ventana abierta. Mi hermana tenía un tono amargo, de reproche. Su voz, siempre predominante, era como una salmodia que cerraba la entrada a cualquier réplica. A veces me tapaba la cabeza con la almohada o me iba al jardín y dormía en el invernadero por no oírla.

Me enteré, ya de un modo evidente, de algo que siempre había intuido: que el motivo principal de la antipatía de Aurora hacia mí era el que no podía soportar mi libertad, mi falta de compromiso.

–Nunca está preocupado ni tiene remordimientos. ¡Nunca necesita nada! No he visto soberbia como la suya –dijo una noche a Julio con un acento de odio que yo no podía entender–. Viviría en los ojos del puente con tal de no tener que rozarse con nadie.

–Déjale, es su manera –intervino mi cuñado–. Da bien poca guerra, mujer.

–¡De eso me quejo! Preferiría que me plantara guerra, que diera la cara de alguna manera. Que se aclarase. Aunque se repitiese aquí la batalla de Waterloo, que, desde luego, te juro que se repetiría. Pero es que con él no encuentras enemigo.

–¡Y para qué quieres encontrar siempre enemigo! Deja a la gente que sea como quiera. Él te deja a ti, no te trata como a un enemigo, tú eres quien pone la hostilidad.

–Ah, vamos, soy yo, ahora resulta que soy yo quien tiene la culpa de cómo es mi hermano. No, si encima de lo que me preocupo por todos, así me lo agradecéis, haciéndome oír estas cosas... Cría cuervos...

–No, Aurora, por Dios, si yo lo que quiero decir es que no te tomes disgustos, que lleves un embarazo tranquilo.

–Sí, tranquilo. Pues a buena parte he venido a caer para estar tranquila. Al cráter de un volcán.

–Si quieres nos vamos mañana. Tu padre parece que no te necesita mucho.

–¿Cómo no me va a necesitar? Tú no te das cuenta de nada porque te vas a la oficina, pero qué sería de él si yo no le racionara los cafés, si no fuera a darle conversación de vez en cuando, si no riñera a las criadas para que no las tenga que reñir él, si no le cogiera los recados, si no le revisara la ropa... Contar con David es contar con un fantasma. Tiene que ser Aurora, aunque esté cansada, aunque no pueda con su alma, la que lleve la responsabilidad de todo. Del padre, del marido, del hermano, de los niños... ¡Aurora siempre! Me tiene que caer todo encima. Acuérdate cuando las paratíficas del niño, el verano pasado...

Englobaba a la desesperada todas las causas que pudieran haber contribuido a su agobio del momento, vinieran a pelo o no, como si al desenterrarlas exhibiera ante los demás una especie de marca indeleble, la cual, de haber olvidado generosamente tribulaciones viejas, iría borrando de su piel el brillo del mérito.

—Reconócemelo por lo menos —solía decir a veces, casi llorando, como en una rabieta, cuando Julio guardaba silencio o trataba de negar importancia a sus problemas—. Reconoce que nadie aguanta lo que yo aguanto. No me digas que podría tener más paciencia, no me digas...

Defendía con dientes y uñas su derecho a quejarse, y lo que más le sacaba de quicio era no sentirse dar la razón abundante y ostentosamente o que intentasen consolarla y arrancarle el marchamo del sufrimiento. Quería vivir cargada de razón por los cuatro costados, envuelta en la razón que entre todos le reconocían y le ayudaban a llevar para que no le arrastrase ni pesase tanto, como quien agarra en procesión el manto de una reina.

Las primeras horas de la mañana las solía gastar en hablar interminablemente por teléfono, con amigas suyas, supongo. Para no tener que entrar en el despacho de mi padre había mandado poner, sin consultárselo, otro aparato supletorio en un rincón del hall, que se comunicaba con el de él por medio de una clavija. Aprovechó para llevar a cabo esta renovación una mañana en que mi padre se quedó en la cama. Cuando bajé a desayunar, vi a los empleados que estaban probando el teléfono nuevo bajo la inspección de ella.

—¿Qué hacen? —le pregunté.

—Nada. Poniendo el otro teléfono.

—¿Qué otro teléfono?

—¡Ése, ese que ves ahí! ¿Cuál va a ser? —se indignó extemporáneamente—. ¡Parece que no tienes ojos en la cara!

—Ya, ya veo que están poniendo un teléfono ahí. Pero digo que por qué lo ponen, que quién se lo ha mandado poner.

—¡Yo! ¡Se lo he mandado yo! ¿Pasa algo?

—Claro que pasa. ¿Lo sabe papá?

—No, no lo sabe todavía. Se lo diré luego.

—Pues se va a enfadar mucho. ¿No le has oído decir que lo que quiere hacer es precisamente lo contrario, quitar el teléfono de una vez?

—Ya. Pero eso es un disparate del que luego se arrepentiría mucho. A papá no se le puede hacer caso en todo lo que dice. En cambio, con esta solución, el teléfono no le molestará más que en los casos indispensables.

—Pero se lo debías haber consultado; verás cómo se enfada y no le gusta.

—Bueno, pues que se enfade. ¡Déjame en paz!

Mi padre se enfadó, efectivamente, muchísimo. Más de lo que yo mismo había calculado. Hasta tal punto fue violenta la escena que tuvo lugar aquel mismo día a la hora de la comida, que yo creía que daría motivo a que Aurora cogiese inmediatamente sus trastos y se fuese con toda su familia. Y si aquel altercado —del cual no tomé parte en absoluto— no tuvo este desenlace que yo le auguraba, se debió a la intervención de mi cuñado, el cual, con una voz inicial de medias tintas que me impresionó por cómo llegaba a poner de manifiesto su falta de convicción en cualquier cosa, fue empujando el temporal, sin embargo, hacia un terreno de conclusiones prácticas, en el cual, finalmente, se mostró enérgico y dijo la última palabra. Y así, como quiera que a mi padre, que se había vuelto bastante tacaño, lo que más le había irritado de aquel caso, aparte de que hubiesen forzado su voluntad, era el hecho de que una reforma que no deseaba le viniese a ocasionar nuevos gastos inútiles, Julio propuso, y acabó dejando acordado, que ya que se había tratado de una disposición de su mujer, mientras vivieran allí, las cuentas del teléfono las pagarían ellos.

–Pagaremos el exceso por el aparato supletorio –protestó mi hermana–. Lo otro no sé por qué.

–He dicho que todo –concluyó Julio–. Y no se hable más del asunto.

Con cuyo acuerdo, que se tuvo por definitivo ya que nadie –al menos delante de mí– lo volvió a discutir, se dio por salvado aquel escollo y la comida terminó en un silencio tirante, presidido por el gesto martirizado de Aurora. A los postres, cuando mi padre se fue a acostar y ella se levantó para ayudar a recoger la mesa, me dijo mi cuñado en un aparte, sonriendo:

–Vaya, menos mal. Por hoy seguimos aquí.

Con lo cual supe que había participado de mis augurios. Sólo que él, según me pareció, no los había tenido por felices. Y aquella sonrisa, acompañada de un suspiro de satisfacción, que cerró la frase, me descubrió en Julio, por primera vez desde que se había casado con mi hermana, algo que podía interpretarse como una llamada a nuestra antigua complicidad.

–¿Es que a ti te gusta estar aquí? –le pregunté sorprendido.

–Sí, hombre. Aurora aquí, por lo menos, con unas cosas y otras se distrae. En casa, solos, es mucho peor. Cuando está embarazada se pone nerviosísima y la toma siempre conmigo.

Saqué el coñac y bebimos unas copas. Luego, cuando salió para la oficina, le acompañé hasta el tranvía. Pasamos por el aguaducho donde él y Aurora se habían conocido.

–¿Un café? –le propuse.

–No puedo, oye, que se me hace tarde. Gracias. Otro día.

–Bueno. Pero de verdad otro día. Una de estas noches, ¿eh? Aquí por la noche se está bien.

–Sí, muy bien –dijo–. Ya me acuerdo.

Pero aquella invitación, aunque quedó en pie, tardó tanto en tener una circunstancia favorable para ser atendida que, pasados unos días, llegué a pensar que Julio la había aceptado por cumplir y me olvidé de ella.

No volví a verle. Las noches en que no salía con Aurora (que eran muy pocas) se iban los dos al cuarto, siempre al mismo tiempo, y allí, cuando no discutían, supongo que leería el periódico, que solía llevar en la mano al retirarse. A veces empezaba a leerlo de sobremesa, sentado en una butaca del comedor, pero entonces ella se sentaba en la butaca de enfrente hojeando alguna revista también, hasta que en sus bostezos, demasiado ostentosos, se le conocía que aquella lectura no le interesaba y que solamente se había quedado para esperarle.

–Venga, ¿acabas? –decía–. Que yo me muero de sueño. Arriba sigues.

Yo, siempre que asistía a escenas como ésta, esperaba con renovada curiosidad a ver si alguna noche, por fin, mi cuñado le contestaba lo que me parecía absolutamente lógico y adecuado al caso, es decir, que dado que él no tenía sueño –como parecía derivarse de su enfrascamiento en el periódico y de lo que solía remolonear para levantarse del asiento– no tenía por qué sufrir las consecuencias de un sueño ajeno. Y el hecho de que nunca llegase a escuchar una contestación de este tipo tardé en aceptarlo como definitivo, ya que, por muchas vueltas que le diera, me resultaba inconcebible, y mantuve renovada durante mucho tiempo mi esperanza insatisfecha. Hasta que la esperanza –una vez desaparecida– dejó paso a una gran perplejidad. Y de esta manera surgió y se fue aumentando el caudal de preguntas que quería hacerle a Julio, en cuanto una situación propicia se presentase. Pero como ya he dicho que se tardó en presentar, acabé tomando notas de aquellas preguntas, las cuales terminaron por desembocar en las reflexiones de tipo general acerca del matrimonio que a Lucía tanto le sorprendieron.

Ya he dicho que Julio y Aurora, por las noches, solían salir juntos. Casi siempre, cuando él volvía de la oficina, ella ya le estaba esperando muy compuesta y le metía prisa para que se duchase y se pusiese decente. Luego cogía el volante del coche y se iban. A veces llamaban que no les esperásemos a cenar.

Recuerdo que una noche salí al mismo tiempo que ellos y les pedí que me acompañaran hacia el centro, si era aquél su camino. Me dirigía hacia la tertulia de pintores amigos de Germán Fontanet, que había empezado a frecuentar.

—A saber cuál será nuestro camino —dijo Julio, de mala gana—. Igual podemos acabar jugando al pinacle en una casa como en Cercedilla. El caso es inventar.

—Ni que te llevaran al patíbulo —protestó ella—. Lo que es como no fuera por mí, tú acababas como papá, sin ver a nadie y comido por las ratas.

Frases parecidas a ésta también las decía Aurora a lo largo de sus interminables conversaciones telefónicas de por la mañana, que solían tener lugar cuando salía de la ducha. Me figuro que las amigas con quienes hablaba habrían sido sus acompañantes en la búsqueda de diversiones de la noche anterior, porque frecuentemente empezaba diciendo:

—Te llamaba para comentar lo de ayer...

Y terminaba quejándose, sin duda apoyada por la otra, de lo aguafiestas que era Julio.

—Ya ves, como si yo no lo hiciera por él, sobre todo —decía—. Para que su vida no se reduzca a un ir a la oficina y volver de ella, para que se expansione y no se haga un viejo antes de tiempo. Lo que es por mí no lo haré en el plan en que estoy, que algunas noches no puedo ni con mi alma ya desde las ocho.

Me aficioné a espiar aquellas charlas de mi hermana que me suministraban nuevos datos para mis meditaciones acerca de la relación matrimonial, y casi siempre me quedaba sentado en el rellano de la escalera fingiendo preparar algún juego para los niños.

Del tema del marido pasaba a las lamentaciones generales sobre la responsabilidad que pesaba sobre ella desde que vivían en casa. Algunos ratos, bastante largos, se callaba y entonces debía ser que le había tocado su turno de quejas a la otra, transcurrido el plazo del cual, Aurora reemprendía el suyo con nuevos bríos. Otros silencios, más breves, me figuro correspondían al reconocimiento de su mérito y valor por parte de la interlocutora. Lo cual daba lugar a que ella pudiese decir que lo que hacía no lo hacía por sacrificio, sino porque tenía sangre en las venas y que ella las cosas mal hechas no las podía ver, que eso era cuestión de su carácter activo, y que no tenía mérito alguno.

–Como unas personas son rubias y otras morenas –solía concluir–. No depende de uno. Yo veo un trasto por el medio o una cosa sucia y me da alergia.

De estas consideraciones se pasaba, sin transición, al tema de las criadas, que era, casi indefectiblemente, el que cerraba la conversación. Era algo así como la salida de los ministros en el No-Do. Y hasta tal punto se repetía aquel mismo esquema en estas conversaciones de mi hermana, que, hasta que no llegaba a lo de las criadas, ya sabía yo que no tenía por qué preocuparme, y aquel tema, en cambio, era el que me servía de aviso para levantarme del rellano sigilosamente y hacer como que subía o bajaba.

Otras veces hablaba de los niños. Solía dar como suyas opiniones que también formulaba en casa, sobre todo a lo largo de sus discusiones conmigo acerca de la educación de los hijos, y que había leído en *Tu hijo*, un libro americano que tenía siempre en la cabecera de la cama. Pero el tono mucho más seguro con que emitía por teléfono aquellas mismas opiniones que yo acostumbraba a rebatirle, las transformaba haciéndolas parecer algo pensado por ella misma. Paloma tiraba todos los juguetes. ¿Lo haría por rebeldía o por maldad? Ella creía que los niños saben ya lo que hacen al llevar a cabo estos actos de desobediencia. Le parecía que tenía que castigarla. Aunque unas veces, desde luego, lo hacía en plan de llevar la contraria y otras en plan de jugar. Le parecía a mi hermana que a la edad de Paloma podían ya tirarse rayas bien netas que diferenciasen y catalogasen todos los comportamientos. Y otra cosa, ¿por qué habría aprendido a decir «tata» antes que «mamá»? Esto la preocupaba mucho. La llamaba mucho menos a ella mamá que a la tata, tata. Y la chica nueva no dejaba de ser una extraña. Le daba rabia que Paloma la quisiese tanto, ella era muy madre en eso.

Por aquí se enlazaba con el tema de las criadas, nuevamente. Estaba pendiente de que para sustituir a la tata joven «algo tole-tole, aunque honrada», viniese a ocuparse de los niños una señora vasca que le habían recomendado, pero que hasta finales de verano seguramente no podría moverse de Elgóibar. Era una señora venida a menos, pero muy fina, viuda de cierto abogado. Una mujer hecha que seguramente tendría autoridad. Mi hermana, la palabra autoridad la deletreaba con delectación. A la tata joven, a lo mejor cuando se fuera de casa la dejaba para la cocina, aunque tuviera que tomarse el trabajo de enseñárselo todo, porque era torpe y muy lenta.

Aquellas conversaciones telefónicas de mi hermana debían compensarla muchísimo, yo digo que hasta le subían la tensión, porque, frecuentemente, recién colgado el aparato, que a lo mejor había cogido con uno de sus peores gestos de malhumor, arrancaba a canturrear con una euforia que a veces le duraba toda la mañana, o por lo menos hasta la hora de comer los mayores. Los niños comían antes y en este turno tendía a enrolarme yo, sobre todo por lo que les divertía a ellos que me pusiesen un plato en su misma mesa pequeñita, y que luego nos subiésemos a dormir la siesta todos juntos. Rita protestaba algo de que le pusieran tanto engorro en la cocina, pero, en cambio, a la otra chica le hacían mucha gracia aquellas comidas informales, que a veces lográbamos salvar del control de Aurora.

–¿Lo sabe su hermana que está usted aquí comiendo? –preguntaba Rita siempre–. Mire que luego se enfada.

—Cállate, chivata —le decían los gemelos.

Y se reían tanto, que ella misma se acababa por reír.

—Bueno, allá usted se las entienda con su hermana. Yo lo digo por usted.

Yo las horas de las comidas familiares las temía, y sólo por solidaridad con Julio las llegaba a soportar con paciencia. Sin embargo muchos días me quedaba dormido o me iba a la calle, sin avisar. Lo de fingirse dormido y luego comisquear a media tarde cuando las tatas estaban en su cuarto, también lo hacía mi padre con frecuencia, pero del sigilo con que entraba en la cocina mirando alrededor deduje que la estancia de Aurora en la casa le cohibía tanto como a mí, por lo menos, y que empezaba a pesarle. También me di cuenta de que a veces decía mentiras para justificar su ausencia de la mesa, como por ejemplo que había salido a ver a algún enfermo.

La desazón que nuestro desorden le causaba a Aurora la descargaba contra mí, «porque a papá le veía enfermo y había que disculpar sus manías» —según decía suspirando.

Del desarreglo de los horarios se lamentaba a veces en nombre del trabajo y mal ejemplo que daba con ello a las criadas, y en otras en nombre de mi salud. ¿Cómo iba a permitir ella ni ver con tranquilidad que anduviera rondando a las horas más intempestivas la cocina para comer a escondidas como un pobre? Yo sabía que aquel reproche, el día que lo hizo, iba también dirigido a mi padre, que estaba presente, y contesté sin querer en plural, apoyado por su presencia.

—Pero no entiendo —dije con calma—. ¿Qué es lo que no puedes resistir, que nos estropeemos la salud o que parezcamos pobres?

Se enfadó muchísimo, sobre todo porque Julio se sonrió un poco y yo creo que ella lo vio. La culpa la tenía ella por preocuparse de mi salud. Le debía dar igual, como si reventaba.

—Claro, eso es lo que me parece a mí. Que te da igual. Por eso está feo que digas mentiras.

—¡No es mentira! Lo decía por tu bien, sólo por tu bien.

Le hice comprender que a mí me daba igual comer caliente que frío, que no comer o que vivir dos años menos con tal de que nadie se hiciera la víctima por mi causa, que eso era lo único que no toleraba.

–Desde hoy –le dije–, ya me puedes borrar de la lista negra de tus motivos de sufrimiento.

Se ofendió y mandó a las chicas que ya nunca, como no estuviera sentado a la mesa o no hubiera avisado, me volvieran a guardar la comida ni la cena. Desde entonces los terrenos quedaron deslindados y hubo cierta paz. Las veces que no tenía ganas de comer a la mesa, si podía, me enrolaba en el turno de los niños y si no, Herminia, la tata joven, sustraía algo para mí y me lo llevaba a mi cuarto.

Cuando le di las gracias me dijo que no le costaba trabajo y que le divertía mucho, al contrario, hacer algo a escondidas de Rita, con la que no se llevaba bien.

Herminia tenía diecisiete años y era de una rara belleza que yo califiqué de subterránea, casi sólo apreciable con el trato.

La lentitud que Aurora le achacaba no era ni mucho menos torpeza, como pude comprobar, aplicándome a observar su comportamiento con los niños, sino atención. Precisamente el sosiego de que se acompañaba para llevar a cabo sus trabajos, los hacía mucho más valederos, y el reparar en aquello contribuyó a acercármela como un ser libre y privilegiado en aquella casa llena de ruidos. Nuestra amistad se inició un día en que me sorprendió escuchando lo que mi hermana hablaba por teléfono. Fue tanta la risa que le dio que a poco se atraganta.

–Hace usted lo mismo que yo –me decía luego, en el jardín, húmedos nuevamente de risa los ojos casi infantiles–. Lo mismo, lo mismito. A poco nos oye su hermana, perdone que me riera tanto.

–Pero, hija, si a mí me gusta mucho que te rías.

–¿Sí? Pues usted se ríe bien poco. ¿Qué le pasa? ¿Es que está triste?

–No sé.

–Dice Rita que es usted muy orgulloso. A mí orgulloso no me parece.

–Cualquiera sabe cómo seré.

–Pues los niños bien que le quieren, es lo que yo le digo a Rita. Y los niños sólo quieren a la gente sencilla. A ellos que no les den más cosa que su tío David. Hasta la Palomita le empieza a querer ya. ¿Ha oído cómo le busca por las tardes, cuando se despierta de la siesta? ¡Es más mona!

Me dijo que ella le estaba cogiendo mucho cariño a la niña y que le daría pena tenerse que ir de la casa. Que si a mí me parecía que la iban a echar, porque mi hermana no le daba ninguna muestra de estar a gusto con ella. Le conté lo que había oído de que iba a venir una señora mayor para los niños y que a ella a lo mejor la dejaban para la cocina.

–Si yo de cocina no sé nada.

–Pero por lo visto mi hermana te lo va a enseñar.

–Alabado sea Dios; con lo que me aturullo cuando me quiere enseñar alguna cosa...

Y después de una vacilación, añadió:

–Su hermana es demasiado recta, perdone que se lo diga, pero me parece que usted también piensa eso, ¿no?

–Sí, hija, sí. Es una tía insoportable.

Le volvió el atraganto de la risa. Luego dijo que ella por el señorito no se iría nunca, que era lo más bueno y lo más considerado del mundo y que, desde luego, con mi hermana tenía una paciencia de santo.

–Sí, demasiado. No se debe tener tanta paciencia con una mujer. Es mejor la mano dura.

–Eso decía un tío mío. Que no hay cosa peor que un hombre calzonazos. Pero eso no lo digo por su cuñado, no le he querido insultar, que además bien que le quiero desde que entré. Además es tan fino y tan guapo...

Lo dijo con un fervor totalmente espontáneo, pero de pronto se puso colorada.

–No se lo vaya usted a decir a él, por favor. Lo he dicho en buen plan, no se figure...

No tardé en darme cuenta de que Julio correspondía con intensidad a la admiración de la chica. Aquellos ojos abotargados y cobardes que traía de la oficina se le transfiguraban al seguir furtivamente sus evoluciones alrededor de la mesa, mientras servía la comida. Y con qué educación se dirigía a ella, por ejemplo, para decirle: «Herminia, ¿me podría acercar aquella jarra?» o «Herminia, ¿qué tal ha comido Palomita?». Qué dulzura al pronunciar su nombre. Parecía que se pasaba la comida ensayando el modo de pronunciarlo más amorosamente aún en la ocasión siguiente.

Me daba miedo que los demás se diesen cuenta como yo, y a los motivos que ya tenía para querer hablar con Julio, vino a añadirse el nuevo deseo de advertirle acerca de aquel arrobo de sus miradas, para evitarle posibles altercados de celos con Aurora, la cual, por milagro, aún no me parecía enterada de que podía tener una rival en la insignificante persona de la criadita.

Hasta que por fin llegó, cuando ya había dejado de esperarla, la noche que me dio ocasión para volver a repetir a Julio aquella invitación para tomar café que habíamos dejado pendiente.

Ya fue pocas semanas antes de que se trasladaran de nuevo a su casa. Era un domingo. Por la tarde fueron los dos al cine y yo, que estaba reñido con Lucía, me quedé solo en casa con los niños. Ya a la vuelta discutieron bastante durante la cena porque al parecer Julio se había dormido en un trozo de la película y ella decía que ir a los sitios con él era mil veces peor que ir sola. Yo pensé que era una ocasión muy adecuada para que él le preguntase que por qué no iba sola, pero como no se lo preguntó, y a poco se despidieron para irse a acostar, supuse que es que habría reservado aquella pregunta para hacérsela en el cuarto, donde sin duda la discusión seguiría. Así que, como estaba aburrido, me subí al mío procurando que no me oyeran, para enterarme de en qué paraba todo aquello. Ya desde fuera de la puerta oí que Aurora estaba llorando y seguí oyendo sus sollozos un buen rato después, a través de la ventana. Tras largos sondeos de mi cuñado, se puso en claro, al fin, el motivo de aquella crisis de nervios. Se trataba todavía de la película. Aurora quería confesarle las dulcísimas sensaciones que en ella había despertado, y pretendía que él enfocase y tuviese en cuenta aquellas sensaciones con la misma seriedad que un adulterio habría requerido. Al parecer el protagonista iba con una chica de paseo y de pronto le ofrecía una flor de un jardín metida en un bote viejo que encontraban por la calle. Este regalo y la mirada que se cambiaron con él los enamorados habían conmovido a Aurora hasta las más íntimas fibras de su ser.

Explicaba entrecortadamente cómo había envidiado aquella situación, la cual —confesaba— le había hecho desear con ardor en ese momento escapar de su circunstancia, de todo lo que la mantenía atada a él y a los hijos.

—Y encima te miro, y te veo allí dormido como un cerdo —concluyó con repugnancia.

Él objetó que no sabía por qué le comparaba con un cerdo por el hecho de dormir en la butaca de un cine en vez de hacerlo en la del comedor como a veces en la siesta, y que no tenía la culpa de que le aburriesen las películas de amor; que ya sabía ella de siempre que le aburrían.

En cuanto a lo demás no debía saber qué decir, porque se hizo un silencio muy tirante.

—Tú, Auro —dijo al cabo con una voz que se esforzaba en vano por ser tierna—, debías hacer caso a lo que dice tu padre y tomar más vitamina B.

El tono doliente de Aurora se cambió en agresivo. No se trataba de vitamina B ni mucho menos, se trataba de que estaba empezando a perder la ilusión por él, ¿lo quería más claro?, de que se estaba empezando a hartar de su falta de atenciones y de su indiferencia. Y de que aún le podía gustar a otro hombre.

—Pero, hija mía —fue lo último que dijo Julio calmosamente aún antes de perder los estribos y marcharse al jardín dando un portazo—. No pretenderás que vayamos por las calles regalándonos botes viejos mientras esperamos la llegada de nuestro cuarto hijo. Date un poco de cuenta de las situaciones y aprende a aceptarlas tal como son en realidad.

–¡Cállate! Si fueras un hombre y no un insensato te tendría que importar lo que he dicho y se te caería la cara de vergüenza por tenerlo que oír. Pero ni eres hombre ni nada. Eso es lo que pasa.

Sentí mucho alivio al escuchar el portazo de Julio, que ahogó su respuesta. Todavía esperé, conteniendo la respiráción junto a la ventana para ver si Aurora se asomaba a llamarlo, pero no lo hizo, a pesar de que en seguida se oyeron los pasos de él hacia la verja del jardín y el chirrido de ésta que se cerraba también violentamente.

Entonces fue cuando me deslicé por la escalera y salí a la calle sigilosamente. Como había supuesto, Julio estaba en el aguaducho.

Me acerqué:

–¡Qué calor hace, verdad!

–Sí, no se respira. Está uno nervioso con tanto calor.

Me senté a su lado.

–¿Aceptas el café del otro día?

Tuvo una sonrisa cansada.

–Sí, hombre. Y coñac también. Al coñac invito yo.

Cuando trajeron las copas, levanté la mía, antes de beber. Él me imitó con la suya, sin mirarme, haciendo un garabato torpe, y se le notaba cohibido, como a uno que volviera a persignarse después de muchos años de no entrar en la iglesia.

–Tú dirás lo que celebramos, chico –dijo, después de vaciarla de un trago–. Porque como no me lo digas tú...

–Pues cualquier cosa. Por ejemplo el que por fin te hayan dejado venir aquí conmigo a tomar el fresco y una copa en libertad.

–Ya. Para qué vamos a hablar de eso. Déjalo.

–Como quieras. Aquí se está bien.

–Sí. Tenía ganas de venir, no te creas.

–Me lo figuro.

Callamos un rato. A nuestro alrededor la gente hablaba apaciblemente entreverando su discurso de risas y silencios. Había algunos hombres con chaqueta de pijama y alpargatas. Todos conocían al camarero. Estuve comentando con Julio, cuyos padres durante bastante tiempo habían vivido en un chalet de por allí cerca, la distinta fisonomía que el barrio había venido tomando de pocos años a aquella parte. Él estaba de acuerdo. Seguramente, recién casados nuestros padres, sería un barrio rico, casi aristocrático, pero actualmente muy poca era la gente de dinero que seguía viviendo a gusto apartada en aquellos chalets y que no se dejaba arrastrar hacia las avenidas llenas de ruido y de luz, donde se demolían sin parar los edificios de una planta con su cachito de jardín para dar paso a altivos rascacielos. Crecía la avalancha hacia las afueras. Hasta nuestro barrio también habían llegado las voces de alarma, y cada día era mayor la desbandada hacia el centro. Hablaban de que iban a hacer allí una autopista. Los cartelitos blancos de «Se vende» menudeaban en los chalets del barrio, que los ricos malvendían, en su furor de escapar como quien desecha un traje anticuado.

–Eso de la autopista, bien preocupado que le tiene a tu padre.

–Claro que sí. Y tiene razón en preocuparle.

–Mira que si os expropian.

–Y aunque no nos expropien. En cuanto nos rodeen de cafeterías y autos, se acabó.

–Es verdad. Yo también vivo muy a gusto en este barrio. Y tal como está ahora, mejor. Me refiero a lo de que viva gente de medio pelo.

–Ya.

Seguimos bebiendo, y cada vez eran más relajadas las pausas, más grato el murmullo de las conversaciones alrededor. Veíamos enfrente, por la brecha de una calle nueva que estaban abriendo en declive hacia el centro de la ciudad, contornos de lejanos edificios nimbados en lo alto por un vaho rojizo que los desdibujaba.

Ya no me acuerdo de cómo se encauzó la conversación

hasta que empezamos a emborracharnos, pero lo importante de aquella noche, más que todo lo que se dijo cuando las lenguas por fin se desataron, que no vino a parar en gran cosa, es que teníamos conciencia de estar viviendo una especie de tregua, una fiesta donde el sabor de lo excepcional venía dado de nuestro común gozo al reencontrarnos, sentados allí juntos a dos pasos de casa, en un barrio aún milagrosamente indemne de la prisa.

–Ni cuesta de las Perdices ni puñetas –como decía a lo último Julio, casi llorando–. Aquí es donde yo quería venir a pudrirme. No te cases, chico, no. De ninguna manera. Y te digo esto como si no fueras mi cuñado. Como un consejo de hombre a hombre.

Le advertí lo de Herminia, y se turbó. Me confesó que le parecía un ángel. Pero le extrañaba que yo hubiese notado aquello. Era un amor completamente puro.

–Ya. También se nota.

–Es que tiene un encanto especial esa chica. Pero le voy a decir a Aurora que la despida. Me pone malo; la querría tratar como a una reina, como a la Virgen. Mañana le digo a Aurora que la eche. Tienes razón, lo va a notar ella. ¡Qué bueno eres!

Él fue quien más habló, y quien más bebió también. De vez en cuando se quedaba callado, como recapacitando, y en seguida, juntando las manos me pedía con voz asustada que no tuviera en cuenta nada de lo que estaba diciendo, que Aurora era buenísima, que no quería decir él que fuera mala, pero que no tenía la culpa de ser mujer y que con una mujer no hay quien se entienda.

Yo asentía a sus desahogos. Luego para tranquilizarle y que notase que le comprendía bien me puse a hablarle un poco de Lucía, a la que compadecía mucho por haberse enamorado de mí y a la que, sin embargo, en aquel momento echaba furiosamente de menos, como siempre que estaba bebido. Pero le dije lo que también me creía con idéntica fe a lo largo de cada una de nuestras riñas, es decir que había decidido no volver a verla jamás.

Los ojillos de Julio se alegraron.

—Así que tienes una novia, eh, tuno. Y no se lo habías dicho a nadie.

—A nadie. Sólo te lo digo a ti. Y que de ti no salga.

Se puso muy serio, mientras se llevaba la mano al corazón.

—Me ofendes, David. Esa noticia quedará aquí guardada para siempre, como en el fondo de un pozo. Soy un hombre de honor.

Después, aunque nunca volví a aludir con él a aquella confidencia, el tiempo me ha hecho saber que guardó celosamente el secreto confiado.

Cerca de la una, cuando ya empezábamos a quedarnos solos le dio por querer consolarme y buscar conmigo una solución para mi asunto. Estaba más borracho que yo, pero mucho menos triste.

—Mira —me decía paternalmente—. Tú estás enamorado de esa chica. Se te nota. Lo que deberías hacer es llamarla ahora mismo y hacer las paces.

—Sí. Puede que tengas razón.

—Claro que la tengo. ¿No dices que es buena?

—Una santa.

—Pues fíjate. Si no caes con ella, vas a caer con otra peor. ¿Tiene mal genio?

—¡Qué va a tener! Me gustaría que la vieras.

—Pues ahora —se entusiasmó Julio—. ¿Por qué no vamos ahora? No es tan tarde.

—Sí, pero...

—Nada de peros, ¿dónde vive?

Se levantó y pagamos. Lucía vivía por Atocha. Recuerdo que en el tranvía que nos llevaba hacia allá le iba yo explicando a Julio que su madre seguramente no la dejaría bajar porque era muy tarde. Nunca quería que Lucía saliera de noche.

—Naturalmente y hace muy bien —objetaba él accionando al hablar con gestos paternales y responsables—, con tal como anda el mundo. Pero nosotros le decimos: «Señora, comprendemos su actitud, pero hoy es un día especial. Aquí mi cuñado...». Y si no, verás, le hablo yo mismo, será mejor, le digo: «Señora, permítame que me presente: soy el cuñado de David, como su hermano...».

—Pero si es que yo no la conozco —me asustaba yo—, eso no, con la madre mejor no hablar.

—Algún día tendrás que conocerla. Y qué mejor día que hoy. Qué más da una hora que otra, presentándose uno con educación.

—Que no, Julio; no te pongas pesado. De subir ni hablar.

—Bueno, pues por teléfono.

—No. Ni por teléfono. Con la madre, nada. Llamo a Lucía, y, si puede, que baje un momento al portal.

—Nada de que si puede. Se lo mandas. ¿No dices que con las mujeres hay que tener mano dura?

—Sí, bueno, pues se lo mando.

—Le dices que tu cuñado Julio la quiere conocer.

Cuando llegamos a Atocha había empezado a llover y yo me sentía muy deprimido. Julio se había ofendido un poco porque yo al final le dije que no me diera tantos consejos, y sólo quería seguir bebiendo. Entramos en un bar que hay enfrente de casa de Lucía.

—Estoy en el momento de la sed, ¿sabe usted? —le explicaba al camarero, apoyado en el extremo de la barra, mientras yo pedía una ficha de teléfono—. Cuando uno ya empieza a tener sed de verdad, no sé si conoce ese momento, y se bebería lo que fuera.

El camarero le decía que sí, mientras le servía.

—Póngale también a ése, aunque es un ingrato —me señalaba Julio.

—No le insulte, es cliente —dijo el camarero sonriendo.

Yo les veía como a través de niebla. No estaba, sin embargo, tan borracho como para no saber que de llamar a Lucía y sobre todo a aquellas horas, no podría venir más que un aumento en el caos ya existente entre nosotros. Así que, aun con el auricular descolgado, me estuve resistiendo durante un poco a meter el dedo en los agujeritos para marcar aquellos números cuya combinación sabía de memoria. Pero era una especie de prohibición habitual que precedía siempre a llamadas como ésta. Me gustaba ir a aquel bar a llamarla. El teléfono estaba al lado de la puerta encristalada, y se veían de allí los balcones de casa de Lucía, en la acera de enfrente. Aquella noche mirándolos a través del chaparrón de verano que arreciaba, la imaginaba a ella, tal vez despierta, escuchando desde la cama el golpeteo de la lluvia, mientras pensaba en mí. Y el saber que era la única persona en toda la ciudad que en aquel momento se sobresaltaría al reconocer mi voz era el aliciente definitivo al que, como tantas veces, fui incapaz de resistir. Marqué.

Efectivamente, había mucho sobresalto en la voz apagada y secreta que casi en seguida pronunció mi nombre. Sí. Estaba despierta. Que si me pasaba algo, que dónde estaba, que para qué la volvía a llamar. Para nada, sólo porque quería oír su voz. Y también verla, quería que bajase un minuto al portal. Ella no podía. Era más de la una y estaba lloviendo. ¡Cómo le pedía eso! ¿Y si se despertaba su madre? ¿Había mirado lo del empleo? ¿Lo del empleo? Ah, sí; habíamos reñido otra vez por lo del empleo. Pues no. Yo no había mirado nada. ¿Entonces? ¿No habíamos terminado para siempre?

–¿Ves? –me dijo–, ¿ves cómo el que no me deja vivir eres tú?

–Pero ¿tú tienes ganas de volverme a ver?

Claro que las tenía, se le había pasado el tiempo, desde que reñimos, pensando en mí. Me rebelé. Le dije que era como un perro, que así no se iba a librar de mí nunca.

(A lo largo de los años, Dios mío, conversaciones como ésta cuántas veces se repiten, fatales revolcaderos donde caímos una vez y otra. Es la misma conversación, en el recuerdo, idéntico su esquema, como el de las monsergas telefónicas de mi hermana.)

Me gozaba insultándola para ver si provocaba los insultos de ella que necesitaba para mi purificación. Pero, en vez de insultarme, se echó a llorar. Y yo, también casi llorando, le decía que era un canalla, que me despreciase.

–Es muy fácil de decir –comentaba ella–. No me llames. Sabes que te quiero hagas lo que hagas. Y como tú me vuelvas a llamar, vuelvo contigo.

Luego me preguntó que si había bebido y en su voz había alarma y ternura. Le dije que sí. Pero que con mi cuñado.

–¿Mucho?

–Sí. Bastante.

–¿Ves? No te puedo dejar de la mano. Sólo me tienes a mí. Luego te vuelven las depresiones.

Le conté que las depresiones ya me habían vuelto, que vivía desde hacía una semana en plena depresión. Quería impresionarla para convencerla de que bajase a verme.

–Está aquí conmigo mi cuñado –le dije–. Es sólo un momentito. Tu madre ni se entera. ¿No decías que tenías tantas ganas de conocer a alguien de mi familia?

Sí, sí. Pero no podía, que no la forzara a hacer lo que no podía. Hablaba con una voz apurada y débil, como si estuviera amortiguándola en el hueco de la mano. El teléfono lo tienen en un recodo del pasillo, cerca del dormitorio de la madre. Ella me lo había dibujado en un plano muchas veces y también me había rogado que no la llamase nunca por la noche para no aumentar la antipatía que tenía su madre por mí. Pero yo insistía con mi testarudez de borracho. ¿Por qué no podía bajar? Si no lo hacía, quería decir que no me perdonaba. Además llovía. ¿No había dicho una vez que le gustaría andar debajo de la lluvia, de noche, conmigo por las calles desiertas? Y ella, en voz contenida, que sí, que lo había dicho. ¡Pues entonces que bajara, que se despertara su madre o quien fuese! ¡Que se opusiera a su madre! Era tan bonito hacer un disparate alguna vez.

–Disparates demasiados hago por ti –dijo ella en un tono de involuntario reproche.

La conversación, como todas las de este estilo, amenazaba con no terminar nunca. Menos mal que Julio, que había venido acercándose desde el otro extremo de la barra, me hizo una seña y me preguntó en qué quedábamos, que si le dejaba ponerse a él, y le cedí el teléfono. Naturalmente no convenció a Lucía para que bajase, pero en cambio logró, al menos, disimular que estaba borrachísimo, tanto que incluso a Lucía, según me dijo al día siguiente, le había hecho la impresión de un hombre muy educado. Quedaron en que, para que él tuviera el gusto de verla, se asomaría un instante al balcón del comedor.

Cruzamos la acera. Vivían en el segundo. Salió a oscuras y sonrió un poco a Julio. Luego me miró a mí intensamente. Diluviaba. Antes de meterse me tiró un beso y un papel.

—Léelo, por mí no te contengas —dijo mi cuñado.

—Ya lo leeré en casa. No me dirá nada nuevo.

Cuando llegamos de nuevo al barrio, íbamos muy silenciosos. Julio debía pensar en la bronca que le esperaba con Aurora y, en cuanto a mí, la sonrisa de Lucía había vuelto a poner en carne viva la sensación de culpabilidad para con ella que, hiciese lo que hiciese, me perseguía.

Pasamos por el aguaducho, ya cerrado. La tormenta de verano, recién cesada, había dejado un olor a tierra fresca.

—Yo te quiero mucho —me dijo Julio, parándose—. No sé qué le decías a tu novia de un empleo. A lo mejor reñíais por eso. Yo, si quieres un empleo, en mi Banco te puedo buscar uno. El director me quiere porque, aunque me esté mal el decirlo, cumplo siempre bien.

—Ya lo sé, hombre. Gracias.

—No te creas que es por meterme a arreglarte la vida. Pero es que sé lo que te dan la pelma con eso de los empleos las mujeres. ¿Qué te dice?

Yo había sacado del bolsillo el papelito arrugado de Lucía y lo estaba leyendo a la luz de una bombilla.

Ven mañana a esperarme a la oficina —decía—. Volveremos a hablar de lo que quieras. Y ahora duerme. Lucía piensa en ti.

–Nada –le dije a Julio, mientras lo rompía–. Mañana veremos. Siempre es igual. Todo igual.

–Sí –corroboró él–. La vida sólo tiene de bueno algunos ratos como el que pasamos antes sentados aquí. Lo demás para el gato.

Y añadió, mientras enfilábamos la callecita de casa:

–Mañana, ya verás, estaremos otra vez en el mismo agujero.

Al día siguiente supe por Herminia, que me lo contó casi llorando, que la señorita le había dicho que buscara otra casa. Durante la comida, Julio no me miró apenas ni la miró a ella.

Por lo demás, seguíamos en el mismo agujero.

La vuelta de Magdalena

Tía Jacqueline murió en un accidente de automóvil y la noticia de su desaparición me conmovió extrañamente. Poblaba mis fantasías y sueños con un rostro tan concreto que a veces lo había llegado a dibujar.

Ahora pienso que este acontecimiento, ocurrido en marzo del mismo año cuyo verano pasaron Aurora y su familia en casa, pudo influir en la súbita melancolía de mi padre y en aquel bajón de su salud.

Pero yo, por entonces, andaba tan enfrascado en mis propios pensamientos y tan empeñado en la tarea de dar razón y acuerdo de alguna manera a las infinitas contradicciones que dichos pensamientos me originaban, que no reparaba en el sufrimiento de los demás.

Este período de tiempo anterior al regreso de Magdalena es el primero en que, según ha rastreado don Jaime, mi inadaptación empezó a adoptar formas patológicas. Uno de los temas que me obsesionaban era el de la felicidad, como ya he dicho. Otro, el de la educación de los niños, tratado años atrás con don Isaías y sacado de nuevo a primer plano de mi consideración con motivo de la reciente estancia de mis sobrinos en casa.

Yo les fomentaba la indisciplina. Jugábamos a escondernos en el jardín y a no contestar cuando su madre nos buscaba. Les enseñaba a componer lo roto y a no despreciar lo viejo, a guardar piedras y palos como tesoros. Trataba de sacarles de su compostura y rutina, de los temores a lo sucio y a lo malo, del respeto por las horas. Pero mi afán por querer contrarrestar la educación que les daba su madre llegó a ser algo parecido a una tiranía. Y me asusté. ¿No era una forma como otra cualquiera de quererlos influir? ¿No habría que dejar completamente libres a los niños, para que fueran como quisieran o pudieran ser?

Y sin embargo, no podían ser libres. Abrían los ojos al mundo que tenían en torno, y de momento trataban de imitarlo. Era el comienzo de la vida. ¿Y qué imitaban, en qué escuela se les iba a formar?

–Si te pones así, la vida es una pura duda –me dijo un día Alfonso Ruiz, aquel chico que encontré en el bar de la Facultad y al que fui a ver algunas veces ese verano–. Uno tiene que saber más o menos lo que le parece bien, y hacerlo. Con esas depresiones que te dan a ti, no sé qué negocio quieres que montemos.

Hablábamos a veces de poner un Colegio, porque la cuestión de la Pedagogía, a los dos nos preocupaba, y más o menos nos indignaban las mismas cosas. Sólo que noté que a él le indignaban en tono menor. Me explicaré con un ejemplo:

A mí los tebeos interplanetarios que les compraban a mis sobrinos me producían tales explosiones de ira que los rompía en mil pedazos en cuanto caían bajo mis ojos, y me ensañaba en esta destrucción, aunque los niños la presenciaran llorando a mares. También les hacía desaparecer todos los juguetes de guerra que podía. Hasta que le fueron con el cuento a su madre y ella tomó cartas en el asunto. Me vino a preguntar que si era verdad lo que contaban los niños. Le contesté que sí.

–¡Tú estás mal de la cabeza! ¿Dónde les has metido el campo de concentración de plástico?

Le dije que lo había metido en una caja de cartón con

piedras y que lo había tirado al fondo del río Manzanares. Esto era verdad y Lucía me había acompañado en aquel paseo, uno de nuestros pocos paseos con objetivo.

–¿Será posible? ¿Al río? Pero ¿por qué?

–Para que no lo encuentre nunca nadie. Era algo espantoso, compréndelo, Aurora. Algo totalmente antieducativo. No sé cómo permites que tus hijos tengan semejantes juguetes.

Se enfadó muchísimo. Pero ¿con qué permiso me metía yo a disponer de los juguetes de los niños? ¿Sabía lo que costaba un juguete como aquél? ¿Es que creía que Julio robaba el dinero?

Cuando hizo una pausa, traté de seguir hablando porque estaba verdaderamente interesado en que oyera algo de lo que quería decirle, pero manifestó tan mala fe y tal cerrazón para escuchar cualquier palabra, que perdí la cabeza y la golpeé con brutalidad, sin reparar en su embarazo.

Esta lamentable escena (aparte de que diese lugar aquella noche a un conciliábulo familiar en el despacho de mi padre, al que asistí desde el jardín y en el que Aurora le conminó para que tomase medidas expeditas con respecto a mi salud mental) trajo como consecuencia el enfriamiento de mis relaciones con los niños, que –puestos en guardia por su madre– me empezaron a mirar con prevención y recelo.

–Claro –opinó Alfonso, cuando se lo conté–, es que tú no tienes paciencia, y así no puede ser. Las cosas hay que admitirlas de momento como son, si se quiere llegar a cambiarlas.

–¡De momento, de momento! Y luego ese momento dura toda la vida.

–Pero, hombre, es que tú tomas medidas contraproducentes.

–¿Y cuáles hay, si no? O no me importa un rábano de los niños, o, si tengo el menor interés por ellos, ¿cómo quieres que vea con tranquilidad que se alimenten de tebeos de la era atómica, de juegos de violencia y destrucción?

—Pero el mundo es así —decía Alfonso tristemente— y el que esos estímulos anden por el aire como microbios no lo puedes impedir tú por muchos tebeos y juguetes que rompas. Al contrario, si a un niño le rompes esos juguetes o esos tebeos, le crías más deseo de ser como los otros niños que no sufren semejantes prohibiciones.

—Puede. No sé.

—Yo sí sé. Estoy seguro de lo que te digo.

—¡Pues por lo menos no lo digas tan tranquilo!

—¿Y cómo lo voy a decir?

—¡Llorando! Si no se puede impedir, es horrible. ¡Hay que llorar, gritar, por lo menos!

Me empecé a volver auténticamente desquiciado. No podía dormir tranquilo, sobre todo porque había notado que mis sobrinos desde que salían más con su madre, ya se aburrían de los juegos que antes hacíamos en el jardín. Mi hermana solía llevarles a casa de una amiga que acababa de comprar uno de los recientes aparatos de televisión que pronto invadirían el mercado. Venía diciendo que habían dado una tarde ejemplar, sin rechistar.

Yo seguía protestando y protestando, aunque nadie me oyera.

—Pero, Aurora —porfiaba, a veces con desabrimiento, otras incluso con dulzura—, ¿no comprendes que es horroroso para un niño pequeño eso de pasarse las tardes enteras viendo televisión?

—Y para un mayor también —intervino un día mi padre, que miraba con pesadumbre las antenas de la televisión (ya perceptibles incluso en alguno de los tejados de nuestro barrio) como a temibles emisarios de un ejército que pronto nos asolaría.

—Es verdad —convine—. Pero los mayores están ya tan entontecidos que da menos pena. En cambio por los niños aún se puede intentar luchar.

—Sí —dijo Aurora sarcástica—. Como no esperemos más redención que la que nos venga de tus manos.

Ella a sus hijos les mataba, poco a poco, el deseo de preguntar, de saber por sí mismos. Les enseñaba a estar fuera de la realidad, fuera de sí y fuera del tiempo. Y la televisión les acostumbraba a paisajes de mentira, a montañas y ríos de mentira, sobre los que no podían operar, les mediatizaba la visión del mundo.

–Pues yo les llevo a verla porque les gusta –concluía Aurora como argumento definitivo–. A ellos bien que les gusta. ¿A que sí?

–Sí –decían los niños–. Es de mucha risa.

Le confesé a Alfonso que había ido tomándoles antipatía a mis sobrinos desde que los veía marchar por aquel camino irremediable.

–Ya –dijo él–, pero si le tomas antipatía a un niño porque sus gustos estén viciados en ese sentido, mejor será que no sueñes con poner un Colegio, porque, entonces, todos los niños que vayan ahí te serán antipáticos y no tendrás gana de hacer nada por ellos.

Yo aquello del Colegio lo hablaba siempre en teoría, pero Alfonso se había ido encariñando con el proyecto y parecía estar pendiente de mis resoluciones, precisamente porque al principio, en una de mis noches de euforia, había sido yo quien se lo propuse como algo de veras interesante y prácticamente viable.

–Lo que más importa es el dinero –decía Alfonso–. ¿No decías que tu padre a lo mejor te lo daba?

–¡Qué va! Si por lo visto no tenemos nada ahora. Se pasa la vida piando porque no tiene dinero, y se ha vuelto más tacaño.

–Anda, ¿y hace quince días no sabías si teníais dinero o no?

–No, me entero ahora, por lo que habla en la mesa con mi hermana. Pero, además, no hay que pensar en el dinero. Primero, pensar bien cómo lo queremos poner.

–Chico, pero es que en eso de ponerlo tú tienes unas teorías demasiado radicales.

Yo quería que hubiera muchos animales vivos en el Colegio, muchas piedras y plantas y casi ninguna obligación fija. Necesitábamos un chalet. Era lo primero y casi lo único, según mi parecer.

—No, oye tú. ¿Y profesorado?

—Nada, eso no importa. Primero tú y yo. Y tu mujer.

Hablábamos durante horas y horas en su casa, tomando café. Hasta que la mujer me empezó a tomar mucha antipatía.

—Lo siento, David —me dijo una noche—, pero eso del Colegio es una fantasía, ni vais a ver los chalets, ni os preocupáis de buscar el dinero ni nada. Os juntáis aquí con ese pretexto del Colegio, y Alfonso no prepara sus clases, pierde el tiempo en hablar contigo, y luego se pasa todo el día con sueño. Perdona que te hable así, pero es que yo soy muy sincera. Él no se atreve a decírtelo.

No volví a su casa. Alfonso, que me quería bastante, vino a buscarme dos o tres noches a la peña del café.

—No le tomes en cuenta eso que te dijo Marisa. Ya sabes cómo son las mujeres. Y además, chico, la vida empuja. Hay que vivirla como es. Pero yo no creas que he perdido el interés por eso del Colegio. En cuanto concretes algo, me llamas. Tú tienes más tiempo.

Quedamos en eso, pero yo nunca concreté nada.

Ya había oído decir que iba a volver la prima Magdalena, pero cuando Aurora vino a visitarnos con la noticia de que estaba en Madrid y de que acababa de verla por la mañana, me dio un vuelco el corazón.

Se alojaba en el Palace. Tío Alejandro vivía con una señora polaca divorciada y estaban arreglando los papeles para casarse. Al parecer, Magdalena venía a tratar con él cuestiones de dinero.

—Pues si tiene dinero para venir al Palace —intervine yo desabridamente—, ¿para qué quiere más dinero todavía?

Aurora la defendió, dijo que nunca había sido interesada. Parecía que la balanza de sus afectos empezaba a inclinarse de parte de la prima transformada en París. Habló con fervor de estas transformaciones: era ahora una mujer elegantísima y desenvuelta y se había operado la nariz. Nos advirtió que no la íbamos a conocer y, al aludir a la futura madrastra polaca que iba a tener, dijo por dos veces «la pobre Magda».

Yo sabía que, mientras hacía aquellos comentarios, me estaba mirando sobre todo a mí. Al fin dijo:

–Ha preguntado muchísimo por ti, David.

–Pero ¿y cómo no nos habrá venido a ver? –interrumpió mi padre, a quien había emocionado visiblemente la noticia.

–Es que tiene que hacer muchas cosas. Dice que vendrá en cuanto pueda. Os ha estado telefoneando, pero, claro, en vano...

El teléfono lo habíamos quitado poco después de marcharse Aurora a su casa y ella, que estaba para dar a luz, se quejaba amargamente de aquella incomunicación, sobre todo porque nosotros apenas la llamábamos.

Me había podido dar cuenta de que su estancia en casa había saturado a mi padre casi tanto como a mí. Y ahora ella, que sin duda se apercibía de la indiferencia con que la veíamos llegar, nos veía unidos –a pesar de nuestro gradual aislamiento–, aliados en un bloque común y terco contra el cual se estrellaban aquellos reproches suyos siempre formulados en plural.

–¡Es algo que no me puedo explicar por muchas vueltas que le dé...! –insistió ese día–. ¡Mira que os entró manía con lo de quitar el teléfono! ¿Por qué os entró esa manía?

Como no le contestábamos –yo no tenía razón de hacerlo porque la decisión había sido de mi padre–, su tono alterado fue *in crescendo*, y finalizó –como solía– por engrosar aquella queja con una larga enumeración de otros disparates cometidos también desde su marcha.

–Yo ya, cuando vengo, no quiero ni subir a mirar lo de arriba –concluyó–. ¡Cómo lo tenéis todo!

–Pues no subas –dijo mi padre–. ¿Quién te manda subir?

–¿Pero es que Rita no trabaja si yo no la vigilo o qué? –si-

guió ella como si no le hubiese oído–... Y luego que nunca
la veo para poderle leer la cartilla en forma adecuada.
¿Dónde se mete?

–Ya no vive aquí Rita –comunicó mi padre–. Viene sólo
de vez en cuando. Está en casa de su tía. No la necesitábamos.

Aurora se puso al límite de la indignación. Ya le extrañaba a ella tanto abandono. ¡Gozábamos dejándonos comer por la desidia! ¿Cómo podía tener el valor de decir
que en una casa como aquélla no hacía falta una criada? La
íbamos a matar a disgustos, la íbamos a hacer abortar de
uno de aquellos sofocones...

–Aunque abortases –dije yo–, no se perdería mucho. Total para la educación que les das a tus hijos...

Y entonces ocurrió algo inesperado. Y fue que mi padre
perdió su control característico para gritar:

–¡Cállate, David! ¡Tú qué sabes! De educación de hijos
no debe atreverse a hablar nadie. ¡Nadie! ¡Callaos los dos!
¡Idos! ¡Dejadme solo!

Me subí a mi cuarto y me puse a fumar y a pensar en la
prima Magdalena.

Se hizo de noche cerrada y yo seguía inmóvil sobre la
cama, sin dar la luz ni levantarme a cerrar las contraventa-
nas, a pesar de que entraba frío por las rendijas del cristal.

En ese tiempo, pasaba por baches de total inactividad,
donde hasta las ideas parecía como si se coagulasen. Y los
esfuerzos que hacía para liberar de aquella parálisis por lo
menos al pensamiento, mi última atadura a la vida, eran
tan angustiosos como baldíos. Experimentaba la sensación
de estar tirando de un hilo oxidado y –comprobando tal incapacidad– algo parecido al terror.

Aquella tarde pasé varias horas sin moverme, tratando
esforzadamente de imaginar cómo sería mi encuentro con
Magdalena para marcarme de antemano algunas pautas,
pero no fui capaz de otra cosa que de reproducir –eso sí,
con todo detalle– el dibujo azul estampado en una falda
suya de verano que usaba en Valdelaire. Eran unos círculos

en forma de corona con dientes menudos: unos tenían dentro una flor de lis, otros una especie de estrella marina. Sin embargo la monotonía insistente de aquellos dibujos en mi mente ni siquiera trajo como consecuencia la llegada del sueño, a pesar de que, ya desesperado, acabé acudiendo al tubo de somnífero. Pero me mantuve aún más despierto, una vez ingerida la píldora, y fue porque me arrepentí en seguida y la repudié con fuerza –como me ha pasado otras veces–. Es decir, concentré todos los esfuerzos de mi voluntad libre para ponerme en guardia a esperar el efecto de la droga con el ánimo de resistir a él. Y ya, teniendo la mente alerta contra algo, no me consideraba un ser tan inerte.

«No tendré más remedio que salir a la calle», es lo único que pensaba de cuando en cuando, como en un *leitmotiv*, sin que este pensamiento alterase, no obstante, mi inmovilidad.

Conocía muy bien la situación por padecer habitualmente otras semejantes. Y uno de sus síntomas característicos era el de que salir a la calle también me asustaba.

Cuando, por ese tiempo, me ponía a imaginar todos los sitios a donde podía ir sólo con decidir ponerme de pie y trasponer la verja, me asaltaba una inquietud angustiosa. Y, como si la invasión de posibilidades creciera ante mi rechazo, se cruzaban todas las imaginables empujándose unas a otras para colocarse en primer plano, y arrastrarme a cada punto con el pensamiento a lugares distintos. Acababa a veces tapándome la cabeza con una almohada como los ascetas que sufren tentación, porque conocía por experiencia el desasosiego de vagar por las calles atendiendo alternativamente a cada posibilidad de rumbo que, apenas ofrecida a mi consideración, era suplantada por otra igualmente valedera. Y así gastaba mi tiempo en ir de una parada de autobús a otra, en vacilar entre dos bares, o en arrepentirme de una trayectoria iniciada o cumplida. Hasta que el cansancio me hacía volver a casa, que había perdido, además, su inmanencia de cobijo y se había vuelto provisional como cualquiera de aquellas posibilidades fácilmente intercambiables.

Bajé a la cocina. Buscaba a mi padre, como otras veces, pero también como otras veces, cuando acudió –debía de andar vagando por la casa–, y se quedó parado en el quicio, no supe qué decir. Me puse a hacer gestos inútiles, como si buscara algo en un estante.

–¿Te vas a quedar despierto esta noche? –preguntó él.

–No sé. A lo mejor.

–También yo. Si quieres hacemos café.

–No, yo voy a salir a tomarlo fuera.

Hubo una pausa violenta.

–¿Qué te traes ahora entre manos? –preguntó al cabo mi padre, con cierta timidez.

–¡Nada! ¡Ya sabes que no hago nada! –exclamé con impaciencia–. ¿Cuándo te querrás convencer?

Me ponía nervioso que no quisiese rendirse a la evidencia de mi nulidad, como le pasaba a Lucía. Pero con mi padre sólo era duro desde que había empezado a detectar los primeros síntomas de su debilidad sentimental para conmigo. (Obedecía en eso a mandatos bien viles: los de esa tendencia que nos incita a ser más crueles con los débiles que con los fuertes.)

Porque mi padre, desde que había ido abandonando paulatinamente sus actividades profesionales –decisión en la que ahora sé cuánto debió influir su deseo de no ser para mí un mortificante ejemplo–, a duras penas ocultaba, al hablarme, que estaba pendiente de mi aprobación o repulsa a sus palabras. Y también era frecuente que pretendiese darme ánimos, cosa que le salía muy mal, porque en el terreno afectivo siempre ha sido muy torpe.

–No te desanimes, hombre –me dijo aquel día–. Ayer parecía que olía a pintura, cuando pasé por delante de tu puerta.

–Estuve limpiando las paletas.

–Por algo las limpiarías.

–Por nada. Porque me aburro. ¿Me das dinero?

–¿Para qué?

–Para salir a dar una vuelta, ya te he dicho.

Vaciló.

–¿Cuánto quieres...? Ya sabes que no tenemos mucho.

Estaba endemoniado aquella tarde y mis nervios estallaron contra él. Le dije lo que más podía dolerle:

–¡Guárdate tu dinero, con mil pares de santos! Ya sé que toda esa tacañería es una táctica que os traéis entre Aurora y tú, para obligarme a trabajar. Pero vais aviados, si pensáis reducirme por métodos tan mezquinos. ¡Prefiero pedir limosna! ¡A mí no me enchiquera nadie!

Dice don Jaime que todas mis anormalidades tienen relación con esa manía recurrente de que los demás intentan encerrarme, imprimirle un forzoso rumbo a mi vida, y sobre todo del afán de defenderme de ello. (Incluso me ha rogado muchas veces que haga memoria a ver si de muy niño me dejaron encerrado por castigo en alguna habitación oscura donde me asaltaran terrores.) Y que este recelo de estar sufriendo presiones ajenas –asegura– había llegado a lo patológico en ese tiempo anterior a su venida a nuestra casa.

Esto seguramente es verdad. Al menor pretexto que pudiese dar pie a tal interpretación, veía alrededor mío agresores contra aquella libertad e indeterminación de mi vida que estaba dispuesto a defender con dientes y uñas. Y, en un ímpetu sin discriminación, pegaba palos de ciego contra vivos y fantasmas.

Me fui, pues, a la calle violentamente, preso de un ataque de soberbia y de ira. Pero la soberbia, que era mayor, me ofuscaba el criterio, haciéndome ver a la ira como santa.

Durante un buen rato caminé en triunfo y me parecía tener en las manos una batuta con la cual habría podido dirigir y cambiar el destino de todas aquellas gentes que se cruzaban conmigo. Las miraba con la superioridad de un genial relojero que pudiese localizar las averías sin necesidad de andar desmontando maquinaria ninguna. Iban camino del día siguiente –que ya esgrimía en el aire la hora inalterable de entrada a la oficina– con la sonrisa enajenada de quien no se ha detenido a pensar en los peligrosos remolinos del río por el cual se deja arrastrar plácidamente. Presos en la trampa de que yo me había librado y para no apercibirse de cuyo daño se les suministraba diaria anestesia.

Pero –aparte de que yo no sabía que estaba bien cerca de caer, a mi vez, en trampa semejante– mis euforias siempre duran poco. Y así, cuando llegué a las calles del centro aquella petulante satisfacción ya había cedido paso a una desazón sin límites.

La ruleta de las indecisiones empezó a girar. No sabía adónde ir. Me paré. Y de pronto fue como si empezase a mirar a los transeúntes desde un ángulo distinto. Su sonrisa me parecía cálida y envidiable. ¿Cómo, hacía unos instantes, podía haberme alegrado de mi condición de espectador, perenne fuente de amarguras desde la infancia? A ellos les esperaban a cenar. Iban hacia sus hogares, hacia ventanas que se veían encendidas en todos los edificios, hacia los brazos abiertos de sus mujeres, de sus hijos, o de sus padres, en línea recta, como hacia un perfecto paraíso.

Y yo ¿adónde iba? ¿A quién pensaba dirigir ni amonestar con mis gestos desarticulados y grotescos? ¿Qué agua iba a sacar para nadie de aquel pozo seco hundido en el fondo del cual era incapaz hasta de acercarme a mi padre para juntar su soledad con la mía?

Todos estos pensamientos y otros muchos se atropellaron en mi mente y me tuvieron durante un rato inmóvil contra la pared de una casa, contemplando el ir y venir de los demás.

Por fin eché a andar de nuevo. La ruleta de las indecisiones se había detenido en un nombre, que me pareció una luz roja de socorro.

«¡Magdalena! –me dije–. Voy a telefonear a Magdalena.» No me encontraba lejos del café donde empezaban a admitirme, incluso con un conato de afecto, en la tertulia de pintores profesionales, y a tolerar mis explosiones de inconformidad. Era para ellos una especie de inocuo extravagante que daba color y contraste a sus reuniones.

Recuerdo que aquella noche, cuando entré, estaban discutiendo acaloradamente acerca de si era mejor la pintura de un tal Freire –que otras veces iba por allí– o la de un consagrado francés, cuyos cuadros, por cierto, yo tampoco conocía. Me senté con ellos. El que llevaba la voz cantante en la polémica era un crítico conocido, un hombre de unos cincuenta años que me tocó al lado y que fue al que escogí mentalmente para pedirle prestados diez duros, cosa que hice en cuanto hubo una relativa pausa en la conversación.

Me los dio en seguida porque todavía nunca le había sableado. Pedí un coñac y me levanté.

–¿Te vas?

–No. Voy a llamar por teléfono. Vengo en seguida.

Pero solamente fui capaz de comprar la ficha, de buscar en la guía el número del Palace y de marcarlo. Cuando pregunté en qué habitación se alojaba la prima y una voz de mujer me contestó: «En la 601. Le pongo», me empezaron a temblar las manos y colgué apresuradamente. Luego apunté el número 601 en mi caja de pitillos y volví a salir a la tertulia.

Seguían discutiendo de lo mismo. El coñac ya me lo habían puesto, y me lo bebí de un sorbo. Al cabo, después de bastante rato de silencio, intervine con fastidio para poner en duda lo absoluto de toda aquella polémica.

Se interrumpieron con sorpresa. ¿Es que yo había visto los últimos cuadros de Freire? Yo dije que no, que ni los últimos ni los primeros. Al crítico que me había dado los diez duros, que era el que más estaba exaltado, le indignó que, siendo así, me metiera a opinar.

–Un crítico como el Vasari, que no era ningún tonto –aclaré yo–, hizo tapar con cal en el siglo XVIII muchas pinturas de Giotto, que otros siglos posteriores valorizaron y otros más adelante volverán a despreciar. Es una lección, me parece, bastante elocuente.

Que por qué decía aquello. ¿Es que a mí no me gustaba Giotto? A mí, claro que me gustaba, porque estaba sujeto, como todo el mundo, a unas convenciones dentro de las cuales era válido. ¡Qué tenía que ver yo! Pero mucho era cuestión de moda, convenía no olvidarlo. Dijeron que si pensaba uno como yo, nunca se llegaría a hacer nada porque se desconfiaría de la propia obra.

—Claro; y es de lo primero que hay que desconfiar.

—Hombre, eso no. A algo hay que agarrarse.

Empecé a callarme y seguí bebiendo. Me venía una depresión furiosa dentro de la cual se me hacía evidente la inutilidad de los esfuerzos por comunicarme con los demás. Me hablaban, me estaban llamando derrotista, y se reían benévolamente, incluso con simpatía, como se ríe don Jaime cuando da por zanjados los asuntos.

Ya bastante bebido, me levanté y fui de nuevo al teléfono.

Otra vez me temblaron las manos mientras esperaba que me pusieran con la habitación de Magdalena. Pero resistí. Tardaba en coger el auricular. Por fin vino su voz lánguida y desconocida.

—*Allô...*

—¿Magda?

—Sí. ¿Quién?

Mi voz había sido baja y neutra. La imaginé incorporándose tratando de reconocerme.

—¿Eres tú? —dijo por fin.

—Sí —murmuré—. Yo.

No dije más, distendido todo mi ser en una sensación gozosa de alivio.

Y entonces ocurrió lo que menos esperaba. La voz se hizo jubilosa y acariciadora, pero fue para decir:

—Salve, Bruno, guapo. Sabía que volverías a llamar. Anda, vente a terminar el whisky. Me había dormido.

Colgué sin contestar nada. Luego salí, pagué mis consumiciones y me despedí de los contertulios.

Hacía frío y era tarde. Ya no quedaba disponible más medio de locomoción que un taxi, y, como no tenía bastante dinero para cogerlo, volví a casa a pie. Emprendí el camino poco a poco.

De pronto, cuando ya estaba relativamente cerca de nuestro barrio, pensé en mi padre y me asaltó el presentimiento de que le había ocurrido algo. Una corazonada fulminante que me cortó casi la respiración. Me acordé de que pocos días antes había estado justificando con calor a un suicida, viejo conocido suyo, que había fallecido por tomar una dosis excesiva de barbitúricos. Apreté el paso, sobresaltado. Mi padre estaba muy triste últimamente y siempre tenía muchos tubos de somníferos en su cuarto. Recordaba con nitidez las etiquetas de aquellos tubos, sobre todo una amarilla correspondiente a un preparado alemán que le había oído decir que era el más fuerte.

Mi angustia fue *in crescendo*. El corazón me hacía daño al latir de puro revivir, trayéndola al presente, la noche en que mi madre había muerto, llamándome en vano, mientras yo recorría las calles de Madrid. Ya el último trecho de camino lo hice corriendo tan velozmente que la poca gente que ya andaba a aquellas horas por la calle se quedaba parada mirando hacia atrás como si buscasen a mi perseguidor.

Recuerdo el escalofrío que me daba subir, recién dada la luz de la escalera.

Escuché contra la puerta del dormitorio de mi padre. Me sentía al límite de mis fuerzas. ¿Dormiría? No se oía nada. Todo estaba oscuro.

Me violentaba mucho entrar en aquella habitación, cuyo umbral pocas veces había traspuesto después de morir mi madre; pero era tanto el terror de pensar en entrar como el de quedarme fuera y al fin me decidí por la primera opción.

Encendí pues mi linterna de bolsillo –cuya luz oscilaba al temblor de mis manos–, empujé la puerta y avancé de puntillas hacia la mesita de noche. Allí fue donde primero dirigí la luz. Junto a la Biblia y a un cenicero sucio, estaba el tubo de somníferos. Pero lleno de pastillas; podrían faltarle una o dos, a lo sumo.

Miré a mi padre. Siempre duerme boca arriba. Su rostro digno y grave reposaba sobre la almohada, y el pecho se le alzaba, a intervalos de su respiración acompasada.

No me sintió salir.

Entré en mi cuarto y me eché a llorar de bruces sobre la cama. (Supongo —aunque ahora no lo recuerdo— que debí formular, más o menos vagamente, el propósito de no volver a hacer sufrir a mi padre o al menos procurarlo. Pero ya he apuntado en otra ocasión mi total inconsecuencia para atender a este tipo de formulaciones. Y también me he quejado de las fatales zanjas de separación que abre el sueño entre cada dos días para incontaminarlos.) Me dormí no sé cuándo.

A la mañana siguiente me desperté vestido y arrebujado debajo de una manta.

Tenía frío. Había soñado con mi madre. Entraba una luz lechosa y los cristales del mirador estaban empañados. Al asomarme, vi que una nevada intensa cubría los tejados y los árboles: la primera nevada del invierno.

Bajé. Rita había venido a limpiar.

—Dígale a mi padre que voy a ver a la prima Magdalena. Que a lo mejor como con ella. Que no me espere.

—Está en su despacho él solo —contestó Rita de mal humor—. Entre usted y se lo cuenta. A mí ya sabe que le molesta verme entrar allí. Se cree que voy a ponerle algo en orden.

—No puedo. Tengo prisa. ¿Qué hora es?

—Las once.

—¿Me da cinco duros?

—Cójalos de ahí.

Salí y se quedó refunfuñando.

Me dolía la cabeza. A la luz del día todo se volvía aún más hiriente y mezquino.

En el Metro, mirando el rostro de las gentes, contraído y opaco me puse a pensar que no existe solidaridad posible. Yo formaba parte de aquella masa de gente que se conglomeraba a mi lado y les escuchaba. Pero hablaban de problemas totalmente particulares, en los que no cabía interferencia; pues solamente en el caso de que yo viviera en la calle de Maudes o tuviera aquella amiga rubia, podía compartir o comprender algo de lo que ellos sentían. Y sin embargo Lucía, en lugar de ser Lucía, podría haber sido aquella chica rubia. Y mi padre aquel otro señor. Si, pues, todo era totalmente contingente e intercambiable, ¿en qué residía la importancia que dábamos a sentimientos y necesidades que podrían no haber existido? Y por otra parte, ¿dónde estaba la solidaridad?

Pero a la salida del Metro, en Banco de España, mis meditaciones quedaron rasgadas ante la contemplación de un triste espectáculo.

Una mujer pobremente vestida estaba sentada en el suelo contra la pared de un edificio como si se hubiera caído o desmayado, y a su lado, en silencio, un niño como de tres años levantaba los ojos angustiados a los transeúntes, mientras lloriqueaba.

–No se acerque usted, no haga caso –me dijo una señora al advertir que me detenía–. Es un truco que tiene la gente ésta. Todos los días se desmaya alguno en las calles del centro.

Accionaba expeditivamente al hablar, moviendo un librito negro que traía en la mano. La mujer sentada levantó los párpados débilmente y sus ojos se llenaron de ira. Era joven aún.

–Hijadeputa –murmuró, como rezando.

La señora se fue a pasos vivos, santiguándose y nos dejó solos. Cuando la ayudé a levantarse, se sacudió la falda sin darme las gracias ni mirarme y cogió al niño de la mano. Le pregunté que si estaba mejor, pero no contestó. Eché a andar detrás de ellos y apenas dados los primeros pasos volvió a apoyarse en la pared y se cubrió el rostro. Entonces la cogí por los hombros y entramos a un café que estaba cerca. Se dejó conducir.

Durante un rato estuvimos callados. El niño se puso de rodillas y estaba enfrente de mí mirándome como a una cosa.

De la misma forma maquinal e inexpresiva pidió café al camarero, cuando vino. Le pregunté que si se encontraba mejor.

–Sí –dijo–. Es del embarazo.

Y, sin transición, se puso a contarme la historia de su familia. Habían venido hacía tres días de un pueblo de Jaén donde no había trabajo más que cuando la recogida de la aceituna. No se podía resistir más tiempo: se morían de hambre. «En las ciudades grandes –mandaban a decir los que habían venido– hay sitio y trabajo para todos.» Les animaban en las cartas. Da pena arrancar de la tierra donde se ha vivido siempre, pero cuando ya no se puede más, no se puede.

Hablaba en un tono uniforme, mirando a la calle, como si no me lo contara a mí. Los ojos se le abatían a ratos y a ratos se abrían parados y sonámbulos, como aturdidos del movimiento del local. Su pueblo era Linares. Vinieron. Un primo de Fernando les había dicho en una carta que por vivienda, nada. Que se puede, en los barrios extremos, hacer una chabola en dos noches, cuando no andan los guardias. Y que trabajo, el que se quisiera. En el pueblo lo habían vendido todo. Se refería a lo del pueblo y a lo de Madrid simultáneamente y los nombres propios destacaban como pintados a brochazos sobre un fondo gris. Me prendía el relato, a la vez vigoroso y confuso. Sólo se interrumpía con alguna pregunta que ella contestaba brevemente y con cierta sorpresa como si hubiera dado por supuesto que yo tenía que conocer a las personas y lugares a los que aludía.

–¿Fernando es su marido?

–Sí, claro... mi marido.

Nos trajeron café y unos bollos. Ella, antes de beberlo, puso las manos apretadas contra la taza.

Buscaban trabajo hacía tres días el marido por una parte y ella por otra. Con ganas, en una ciudad tan grande, se podía hacer de todo.

Lo decía como para convencerse a sí misma y no cesaban sus palabras con el desaliento de su mirada fija en la calle surcada de coches y de gente. Dijo que tendría que volver al barrio a ver la suerte que había tenido hoy él. Me dijo el nombre del barrio, pero yo nunca había ido. Allí vivían aquellos primos que la habían liado para venir.

¿Y ellos, dónde vivían? Contestó que ellos también allí, al lado de los otros, pero en la calle, hasta que pudieran hacer la chabola. Los parientes les metían a los niños por la noche, bastante hacían.

–¿Y ustedes?

–Nosotros nada. Allí en el desmonte, ¿no le digo?, con una manta.

Me parecía atroz, increíble, tenía miedo de no entender por lo que me dolía la cabeza. Recordé el frío que había pasado la noche anterior camino de casa a pesar de ir bebido y con abrigo.

La mujer hablaba ahora de cómo los emigrados del campo construyen las chabolas acarreando ladrillos rotos de los vertederos, por la noche, porque el Ayuntamiento lo prohibía; no quería que creciera aquel barrio. Los que se marchaban traspasaban sus chabolas por cuatro y cinco mil pesetas. Me miraba a los ojos. Tenía los suyos llenos de lo que decía como ventanas por donde vaciase su esperanza. El rumor de la gente que entraba y salía era un zumbido mareante paralelo al crescendo del relato.

–Ya ve usted –concluyó–. Esta noche se queda libre una chabola. Pero cuatro mil pesetas, fíjese. No tiene una ni para el autobús.

Me busqué en los bolsillos. Tenía los cinco duros de Rita que puse maquinalmente sobre la mesa.

–Espere... –dije, de pronto, iluminado de una esperanza repentina–. Vuelvo en seguida.

Me había levantado interrumpiéndole, y ella se había incorporado también, tal vez pensando que nos íbamos; pero volvió a sentarse.

Salí a la calle corriendo.

El hotel Palace estaba cerca, pero, cuando llegué, la prima Magdalena no estaba. Por lo menos eso me dijo el conserje, al que me dirigí con el aliento entrecortado y que miró con desconfianza mi pelo despeinado y mis pantalones arrugados. El dormir vestido me debía haber dejado mal aspecto. Pedí agresivamente que la llamaran, que le dijeran que estaba allí su primo David. Me salía a la vez el despecho por mi fracaso al telefonearla la noche anterior y hablaba con dominio como si Magdalena me perteneciese. Me repitieron que no estaba.

—Quiero subir a verlo. Es un caso urgente.

Discutimos. Pasaba el tiempo. Vino un señor y me suplicó que no gritase. Luego otro, con mejores maneras, me explicó prolijamente lo que era costumbre hacer y lo que no. Yo estaba fuera de mí, y decidido a no marcharme hasta comprobar si era verdad que Magda no estaba en su cuarto. A lo mejor había venido a verla aquel Bruno y había dado orden de no ser molestada. La imaginaba, casi con odio, tendida sobre almohadones allá arriba, mientras la mujer del suburbio esperaba mi vuelta. Pero insistieron en que no estaba, y que si era tan urgente, la esperase. Yo no podía; tenía que subir. Propuse que subiera alguno de aquellos señores conmigo; prometí irme, si no estaba, no cometer ningún atropello. A todo esto empezaba a mirarnos la gente de alrededor, a quien sin duda llamaría la atención mi actitud tan incorrecta y alterada. Estaba al borde del insulto. Me preguntaron que si no les creía. Les dije que no, que sólo creería lo que viera con mis propios ojos.

Por fin, tras discusiones entre ellos, debieron convenir en que tampoco era tan difícil atender mi petición y considerarlo como el medio más prudente para quitarme del medio, pues sin duda empezaban a estar asustados.

Y así fue como, acompañado por dos de aquellos señores, como un reo entre guardias, me asomé por primera vez a las dos estancias de Magdalena, que efectivamente estaban vacías, y respiré aquel leve perfume suyo a nardo que después vendría a serme bastante familiar. Requisé bien todos los rincones. Pero me sentía muy ridículo e incómodo bajo tantas miradas inquisidoras, y me fui.

Cuando volví al café, la mujer ya no estaba.

–Dijo que se tenía que ir –explicó el camarero–. Que muchas gracias.

No volví a casa. Me complacía en sentir mi pensamiento colgado del destino de aquella mujer de ojos como brechas, cuyo recuerdo, a medida que pasaba el tiempo, me despertaba algo parecido al deseo.

Tenía un plano de Madrid y en una taberna donde paré largo rato, localicé el barrio de que me había hablado. Llegué por la tarde. Estaba en un hondón y casi no se veía más que cuando uno se iba a caer en él. Apareció de pronto, al borde de un desnivel que estaba rematando una extensión de tierra donde habían colocado dos toscas porterías de campo de fútbol.

Bajé las escalerillas hechas con los tacones de la gente. Las casitas, algunas excavadas en la tierra, otras levantadas con ladrillos desiguales, se extendían inmensamente en la hondonada separadas por estrechos pasillos que se cruzaban en todas direcciones. Todo parecía idéntico. Anduve mucho rato despistado por aquel laberinto y debí recorrerlo muchas veces. Casi todas las casitas estaban abiertas y de algunas salía olor a comida. Me paré. A una mujer que estaba a su puerta encendiendo un brasero y que me miró con curiosidad, me acerqué a preguntarle que si vivía allí una tal Encarna –que era el nombre de la prima de ellos–. Que era de un pueblo de Jaén.

–¿De Jaén? ¿De qué pueblo? Hay muchos de Jaén en este barrio.

–De Linares, creo.

–¿Cómo es ella?

–No la conozco. Conozco a una cuñada suya. O prima. Unos que no tienen casa.

Al parecer, también había varios sin casa. Vinieron más mujeres y me empecé a sentir abrumado. ¿Para qué la estaba buscando? ¿Qué le iba a decir? Oía como en sueños las preguntas que me hacían, mientras me agobiaba una sensación de impotencia. ¿Qué pintaba yo allí, entre aquellas gentes, ni qué iba a ser capaz de hacer por una desgracia tan real como la suya? Ojalá no encontráramos a la mujer. Ni siquiera le traía el dinero. Me quería escapar.

–¿Es usted de la Junta de San Vicente de Paúl?

–No.

–Será de los americanos –comentó una–. De esos que trajeron el queso el otro día.

Por fin conseguí que me explicaran por dónde se salía. Llegué a casa en un estado de gran abatimiento.

En una pizarrita que teníamos junto a la puerta para dejarnos recados, mi padre había escrito: «Me voy al cine. Si quieres dinero, lo encontrarás en una caja azul de cartón que hay en la librería, detrás del primer tomo del Espasa».

Era la primera vez que mi padre me confesaba dónde escondía el dinero, aunque yo ya sabía que desde hacía tiempo lo había sacado del Banco y lo guardaba en casa. Y, aunque me prometí a mí mismo no hacer uso jamás de aquella confianza y seguirle pidiendo cuanto necesitase, comprendí que aquel ofrecimiento significaba un intento más de alianza. También pensé, mientras subía las escaleras, que mi padre se debía encontrar tan solo como yo, para haber caído en la resolución de irse al cine, con lo que le aburría; pero me encogí de hombros con frialdad. Mucho peor lo estaría pasando aquella mujer andaluza del suburbio, al ver acercarse otra noche cruda. Y tampoco se podía hacer nada.

Subí a mi cuarto y me quedé dormido.

No habría pasado mucho tiempo, cuando me despertaron golpes con el aldabón. No se usa casi nunca porque el timbre es muy potente. Al abrir los ojos, no entendía nada, veía el cielo anochecido y no era capaz de reaccionar. Luego los golpes se repitieron, y oí una voz que chillaba mi nombre desde el jardín. Me asomé. Había una mujer abajo, y fuera un coche.

–¿Estáis sordos en esta casa? ¡Me iba a ir! –pronunció la misma voz que la noche anterior invitaba a un tal Bruno a terminarse el whisky.

Me busqué en los bolsillos del pantalón y le tiré la llave.

–Hola. Es que me he dormido. Sube.

Luego oí sus tacones por la escalera arriba y apareció la figura de Magdalena en el umbral de mi habitación medio en penumbra.

–Chico, se mata uno por aquí. ¿No tenéis luz eléctrica?

Di la del flexo. Ella avanzó y se puso a abrazarme y a besarme repitiendo mi nombre muchas veces. Pero su voz recordaba a la de los doblajes de las películas. En sus ropas había el mismo perfume a nardo que noté en la habitación.

–¡Qué voz sacas ahora tan artificial! –dije, con el enconado deseo de cohibirla–. Anoche no te reconocía.

Me miró con sorpresa.

–¿Anoche?

–Sí. ¿Quién es Bruno?

Se echó a reír. Le hacía mucha gracia haberme confundido con Bruno. Era un antiguo amante italiano al que había reencontrado en Madrid por casualidad. Majo chico, pero demasiado fogoso y absorbente. Hartaba.

Más tarde me acostumbré a escuchar con total impasibilidad los relatos eróticos de la prima Magdalena y a ponerlos en tela de juicio, ya que –según ella misma reconocía a veces de buen humor– cuando no tenía historias reales con que entretenerse, se las inventaba, adornándolas con todo el lujo de detalles necesario para hacérselas creíbles a sí misma. Así que aún no sé si aquel Bruno era de los existentes o de los inexistentes.

Se había sentado enfrente de mí con las piernas cruzadas. Yo la miraba fijamente, sin reacción.

–¿Qué piensas? –sonrió–. ¿Te extraña que tenga amantes? Pues si los tenía mi madre, ¿por qué no los voy a tener yo, que soy más joven? Además ir por las claras es bueno. Peor es lo de papá que ha andado siempre con tapujos...

–Si yo no digo nada –protesté–. Ni lo pienso tampoco.

–¿Entonces por qué me miras así? ¿Se puede saber lo que piensas?

No sabía bien por qué la miraba. Buscaba en vano algún recuerdo que me la hiciese reconocible. Hasta el dibujo de estrellas marinas y flores de lis de su falda de verano me habría servido, pero había huido de mi mente. Me encontraba vacío frente a ella, como delante de un escaparate de modas.

–Pareces del *Vogue* –dije–. Eso es lo que pienso, nada más.

No era fea como de niña. Tenía un rostro correcto, muy maquillado. Pero en lo que más había cambiado era en la desenvoltura.

–¿Y de dónde quieres que parezca, si me visto en Jacques Fath? –comentó sonriendo.

Pero yo deseaba herirla, quebrar aquella sonrisa. Sobre todo porque me seguía acordando de la mujer del suburbio.

La vi coger del suelo una botella de vino que había mediada y beber un trago largo cuyas huellas se limpió con el dorso de la mano. Me molestó aquella facilidad para adaptarse instantáneamente a una situación.

–Te imaginaba viviendo más o menos de esta manera –dictaminó, tras una pausa.

Me revolví airado:

–¿De qué manera? ¿Ya me has colgado un cartel también tú a la primera ojeada? ¿Me has catalogado para tu colección?

Se echó a reír.

–Lo que más me ha ayudado es tu visita de esta mañana. Sólo tú eres capaz de presentarte a verme irrumpiendo en esa forma tan particular.

Le dije que no había ido a verla sino a pedirle dinero, y se quedó levemente desconcertada, pero en seguida reaccionó.

–¿Cuánto querías? –preguntó, abriendo el bolso y sacando un talonario de cheques.

Luego, como yo no contestaba, añadió:

–No creas que me ofendo. Cada cual debe aceptar su papel.

Pero en la decepción de su voz hallé por primera vez un timbre verdadero.

Nos estábamos mirando y de pronto me pareció completamente irracional mi hostilidad hacia ella. Era yo quien la catalogaba de antemano, cerrando la puerta a la comunicación.

—Perdóname, Magdalena —le dije de pronto—. Estoy loco estos días. No sé lo que me pasa. No hay quien me aguante. Vete.

Y hundí la cara entre las manos. Deseaba que se quedase.

Y se quedó. Vino a mi lado y me hizo mirarla. Me di cuenta de que el maquillaje que llevaba solamente le valía para la sonrisa. Ahora que estaba seria la aviejaba y resultaba anacrónico. Como ver a un payaso llorando de verdad.

—Cuéntame lo que quieras, David —dijo—. Sólo he venido para hablar contigo. Espero todo el tiempo que haga falta.

Me puse a contarle casi llorando la historia de la mujer del suburbio cuyo encuentro me había trastornado tanto y por la que en aquel momento me creía capaz de dar la vida.

—Es una exaltación puramente literaria la que te hace ver las cosas con tanto apasionamiento —dijo ella cuando acabé—. Sientes que te justifica esa preocupación por un ser que, en realidad, no tiene nada que ver contigo. Imagínate que tuvieras que verla a diario; ¿cómo os ibais a entender? A mí también me han venido a veces esos arrechuchos de amor social, como a todos los que vivimos cómodamente. Mira, si no, esas señoras que se dedican metódicamente a hacer actos de caridad para ser alabadas por sus amistades. Es, ante todo, un deseo de acallar la propia conciencia lo que le hace a uno fingir interesarse por los problemas del prójimo oprimido. En el fondo molestan ellos y sus problemas. Hay que desconfiar de nuestra sublime compasión.

Hablaba gravemente y con cierta amargura, como quien ha estado atormentado por lo que dice. La miré con afecto. Se estaba haciendo eco de mis meditaciones de aquella mañana acerca de la solidaridad.

–¿Ya no te avergüenza tener dinero, como cuando eras niña? –le pregunté.

Se encogió de hombros.

–A veces. Pero mi madre, que era muy sana, decía que más vergonzoso que amar la vida holgada que proporciona el dinero es dejarse llevar de los retorcimientos que se admiten como santos para disfrazar ese amor, cuando existe.

Con el regreso de la prima Magdalena, se puso al rojo vivo mi obsesión de ahondar en el complejo fenómeno del dinero y de intentar analizarlo como presunto culpable de los males del mundo.

Mi descontento de entonces se había desplazado completamente de lo personal. Mis problemas me parecían nimios y absurdos y mi continuo malestar lo sentía ya como índice claro de algo que en el mundo no marchaba bien. Sabía que no todo consistía en buscar o dejar de buscar una solución para mí. Ganarse la vida, hacerse a sí mismo no era –como pensaba Bernardo– una panacea sino, en todo caso, una morfina, un arropar y poner a salvo la propia persona, limitarse a ella para cegarle la entrada al dolor. Y yo, a pesar de lo que envidiaba a los que vivían con arreglo a normas establecidas, prefería aquella herida abierta por las contradicciones de un mundo que me negaba a aceptar.

Solía hablar con Magdalena de estas cuestiones relacionadas con la conciencia y el dinero que frente a Bernardo siempre había tratado con timidez por mi miedo a oírle decir que estaba jugando a elucubrar sobre lo que me habían dado resuelto.

–Es cierto que para pensar sobre el dinero seguramente hace falta no carecer de lo más preciso –le decía a Magdalena–. Sólo el que tiene una cosa puede llegar a librarse de la tiranía que supone vivir continuamente deseando poseerla.

–Claro –convenía ella–. Lo mismo pasa con el amor. A ti y a mí nos parece una pamema. Pero en el fondo es porque los dos hemos pasado por la experiencia de que alguien nos mire con entusiasmo.

Y sin embargo, yo no estaba seguro de que ella hubiese pasado por tal experiencia. A veces me parecía un poco forzada aquella postura suya de mujer dura y cínica, y no pocas percibí en su voz un matiz de desvalimiento. Alardeaba demasiado de haber hecho el amor con muchos hombres y de lo natural que le parecía que la mayoría se acercasen a ella movidos en principio por el interés de que fuera rica.

—El dinero —decía—, ¡qué más da de quién sea! A mí me revientan las historias de dignidad. Bastante engorro es ya para los que no lo tienen, ¡conque si va a resultar un obstáculo también, cuando lo hay, por la pijotería de andar mirando si lo pones tú o lo pongo yo...!

Me contó que a sus amigos modestos, cuando les convencía de que no necesitaban ocultar frente a ella el poco o mucho interés de tipo económico que les llevase a encontrarla, era cuando la empezaban a querer de verdad.

—Pero, chica —le dije yo—. Con esas teorías te vas a quedar en la calle. ¿Tanto dinero tienes?

—Mucho. Y más que me dará mi padre ahora. Cuando sea vieja, el dinero ya ¿para qué lo quiero? ¿Para irme en un autobús de inglesas a Palma de Mallorca? ¡Vamos, quita!

A Magdalena le entusiasmaba acabar hablando de amor. El gran amor de su vida y también su gran desengaño —según me contó una noche en que estaba bastante bebida—, había sido un librero casado de la rue Soufflot.

Durante una temporada bastante larga, la inmediata a su regreso, la vi casi a diario, más que a Lucía. Solíamos encontrarnos de noche, y no sé si era esta circunstancia, o a la de que Lucía nunca tuviese noticia de tales encuentros, la que les confirió un matiz de prohibición que les daba aliciente, a pesar de que nuestras efusiones no pasaran en ese tiempo de ternuras de primer grado.

Le gustaba trasnochar y beber y conocí con ella los lugares más caros de la ciudad, casi siempre situados en callecitas estrechas a donde llegaba aventurando su coche en rápidos esguinces. En aquellos sótanos, tenuemente iluminados, entre luces rojas, música lánguida y whisky escocés, divagábamos hasta la madrugada.

También venía a buscarme muchas veces a la tertulia de pintores, a muchos de los cuales le presenté. Luego, cuando cerraban el café, nos acompañaba a todos en su coche, y seguíamos bebiendo en algún club nocturno. O en su cuarto del hotel. Le dije que los contertulios del café le ponían buena cara porque se habían enterado de que se interesaba por asuntos de pintura y veían en ella a una posible compradora de sus cuadros. Que yo mismo se lo había oído comentar.

Se echó a reír.

–¡Anda! ¿Y te crees que no lo he notado? Pero hijo mío, no hay que ser tan exigentes. Todos buscamos la compañía de los demás con algún fin bastardo.

Pensé que, en parte, tenía razón. Para mí también su regreso había representado un desahogo económico notable. Le pedía dinero siempre que me hacía falta con la mayor naturalidad –aprovechándome de sus generosas teorías–; y había podido pagar deudas y comprar nuevo material de pintura.

Por cierto, que también me figuro que será ella la que corra ahora con todos los gastos de mi reclusión aquí. Aunque nunca se lo he preguntado a nadie.

Sin embargo, me gustaba verla, además, por razones menos bastardas, principalmente cuando podíamos estar solos. Su compañía me era reposante sobre todo porque nunca le sorprendí afán ninguno por tratar de romper mi silencio.

–Yo bebo como tú –dijo un día–. Para hablar mejor. Pero también para callar mejor.

Le hice notar que, cuando había más gente, no bebía a ese ritmo lento, ni mucho menos. Que se alteraba y estaba alborotada. Lo reconoció como verdad.

–Pero es que, estando contigo, David, no sé lo que ocurre. Gusta ir a tu paso.

Y me miró de un modo tan profundo como en los tiempos de Valdelaire. Esa misma noche, para escapar a la molestia de su intensa mirada, fue cuando le hablé por primera vez de Lucía. Y lo hice tan larga y sinceramente que me descubrí muchas cosas a mí mismo.

Ella tuvo la discreción de no interrumpirme con comentarios de ningún tipo, como la de no volver a aludir luego a aquel asunto hasta bastante tiempo más tarde, cuando se enteró de que habíamos roto.

Solamente me preguntó, al final:

—¿Y ella sabe que el matrimonio no entra en tus planes?

—Sí lo sabe. Se lo digo siempre.

Y entonces Magdalena, mirándome de aquella forma penetrante que le es característica, me hizo una advertencia que me impresionó y a la que no supe cómo contestar.

—Hay maneras y maneras de decir las cosas, David. ¿Se lo has dicho de la manera más honrada para que se lo crea de verdad?

A la prima Magdalena fue a la primera persona que le enseñé mis cuadros. Entendía muchísimo y le entusiasmaron. Se puso a hablarme de grises de Picasso y verdes de Cézanne, y me avivó una cierta conciencia de profesionalidad con sus alabanzas. Sin embargo nunca me hablaba del porvenir, le parecía natural que un verdadero artista no tuviera proyectos inmediatos ni se interesase por el dinero. Yo, en esa época, estaba tan amargado y nauseado de todo que me así como a una tabla redentora a su comprensión. Le dije cuánto me entristecían las charlas con los otros pintores.

Un sordo espíritu de valoración comparativa campeaba en todas sus conversaciones. No veían nada fuera de los negocios de su profesión. Todos querían llegar, y para llegar había que marcar hitos y jalones, levantar ídolos, imitarlos. Se mostraban expeditivos y dinámicos frente a todas las cosas, hombres de su tiempo. Componían su ademán y su figura encerrados en la barrera de sus días, dentro de la cual se afirmaban todas sus valoraciones, y nunca se les ocurría mirar fuera, más allá.

–Tú eres distinto –me dijo Magdalena– de todos estos piernas que te rodean. A ellos sólo les preocupa la cotización como a los comerciantes, la competencia: ser más que éste o aquél. Comprendo que te desanime oírlos, pero tú no pienses en ellos.

–¡Claro que pienso en ellos! Me entristece ver en qué se viene a convertir un conocimiento de las cosas, una destreza. A mí me ocurriría igual si llego a meterme en la industria que hay montada, cuando muerda los cebos que han mordido ellos. ¿Es que no lo ves?

–Tú no los morderás.

–¿Pero y qué, aunque yo me librase? ¿Arreglaría con eso el mal? ¿Dejaría de ser un motivo de tristeza el ver alrededor de uno la corrupción de todo?

Decía Magdalena que mi disconformidad era propia de los espíritus privilegiados. Empezó a cargarme con sus alabanzas. Y otra cosa que me molestó fue enterarme de que a veces venía a ver a mi padre y se pasaba largos ratos encerrada en el despacho con él.

–¿De qué habláis? –le pregunté de mal humor.

–De cosas, con tu padre se habla bien de cualquier cosa. Y yo le quiero. ¿Es que no le voy a poder ir a ver?

–¿No hablaréis de mí?

–También. De todo.

–¿Y por qué no me habías dicho que le veías?

–¿Para qué te lo voy a decir? Mis relaciones son privadas con cada persona.

Estaba incómodo y, además, pasado el consuelo de las primeras conversaciones, me volvió la mala conciencia del señorito que resuelve grandes problemas universales bebiendo whisky. Pensaba en la mirada entristecida de Lucía si nos hubiera visto a Magda y a mí alguna de aquellas noches en que con los ojos nublados de beber compadecíamos a media humanidad y creíamos penetrar los designios de la otra media.

Hasta que un día Aurora, con ocasión de contarme cotilleos de Magdalena y su padre, comentó lo desquiciada que le parecía la vida de la prima. Me contó historias suyas, algunas de las cuales yo ya conocía.

—Pero la espina de ella es que va para solterona, la pobre. Como no lo remedies tú.

—¿Yo?

—Sí. Claro. Tú. ¿No has notado las ganas que te tiene y cómo trabaja el asunto?

Aquel mismo día volví a buscar a Lucía y lloré con sus manos sobre mi cabeza. No tenía otro novio, no quería a ningún chico. Sólo me esperaba a mí.

Magdalena no me pidió nunca explicaciones de mi brusco apartamiento. A veces, cuando estaba muy apurado de dinero, iba a pedírselo. A lo mejor me decía que me sentara.

—No puedo. Me espera Lucía abajo. Este dinero es para el cine.

—Bueno, guapo. Pues hasta la vista.

Nunca me preguntó que cómo era mi novia, ni me dijo que por qué no subía conmigo. En cambio Lucía tenía una curiosidad loca por la prima. Le parecía una falta de dignidad que yo aceptase su dinero. Me pinchaba para ver si yo hablaba de ella con entusiasmo, pero no lo conseguía.

—¿Y a ella no le parece raro que le pidas dinero?

—¿Por qué le va a parecer raro? Lo tiene y le sobra. El dinero, ¡qué más da de quién sea! Por desgracia hace falta a veces, pero es absurdo preocuparse tanto de si sale de un lado o de otro.

Aquel verano —el mismo que empezó a venir don Jaime por casa—, Lucía estaba siempre de mal humor. Se quejaba de que nos veíamos poco y de que nunca le quería presentar a mis amigos del café.

—Si son todos muy tontos.

—Pues por lo menos a Magdalena.

—¿Para qué? ¿Qué tiene ella que ver contigo?

—Nada. Pero contigo sí. Contigo tiene que ver más de lo que dices. Mucho meterte con el dinero y luego, mira.

—Pero venga ya, déjame en paz.

—¿Es guapa?

—Qué va a ser guapa.

Pero un día la vimos desde el piso de arriba de un autobús. Tenía su coche parado en el semáforo, descapotado. Me vio y agitó el brazo para saludarme.

—¿Quién es ésa?

—Mi prima Magdalena.

—¿Y decías que era fea? ¿Por qué me has dicho una mentira?

—No es mentira. Cualquiera que se vistiera como ella, parecería algo.

Pero Lucía empezó a echar a la existencia de Magdalena la culpa de que nuestras relaciones fueran más tormentosas cada vez. Decía que estaba enamorado de la prima y que iba a acabar casándome con ella.

Tiempo próximo

He recibido una carta de mi padre. Me habla del inminente expropio de nuestra casa y de la tribulación de su ánimo. Todo en términos muy incoherentes. Tengo que ir.

Mi padre nunca escribe cartas más que para dar algún recado concreto. En todo el tiempo que llevo aquí sólo tengo noticias suyas a través de don Jaime y de Magdalena que, a su vuelta de un largo viaje, se enteró de mi reclusión y me escribe con frecuencia.

Venir no ha venido nadie a verme. Yo no quiero y además, por lo visto, es mejor.

Ya en su última carta Magda hablaba de mi padre con preocupación. Se le van las ideas. Ha llegado a confesarle que está enamorado de ella y la llama a veces por el nombre de su madre. Dice Magda:

...a veces se ríe, como si supiera que está haciendo esas bromas para consolarse de ser viejo. Pero otras está muy serio. Dice que me está siempre esperando, y en las últimas visitas que le he hecho me recibió con flores y champán. Le gusta que charlemos hasta el amanecer. Espanta de casa a toda la gente, menos a Jaime y a mí. Pero a Jaime se goza en decirle disparates tremendos. Yo no sé cómo él le aguanta. Tu padre dice: «¿Que por qué me aguanta? Pues por la ilusión que le hace tener un paciente nuevo. ¿No ves que yo le hago creer que estoy loco?». Pero, David, tengo miedo de que esté un poco loco de verdad. Mucho más que tú, por supuesto, que no sé por qué no vienes ya de una vez. Tengo que darte muy buenas noticias de lo tuyo.

Lo mío, para Magdalena, son mis cuadros. Antes de venir aquí se los regalé todos para que hiciera con ellos lo que quisiera. Ahora, al parecer, va a poner con un amigo francés una galería de exposiciones. En todas las cartas me habla de esto.

Pero yo estas noticias acerca del porvenir de mis cuadros las leo como algo que no me concierne. Lo único que me concierne es mi padre. Cada día más.

Esta tarde se me cruza continuamente su imagen, dando vueltas por el jardín del chalet, metido en el despacho; tal vez subiendo un momento a mi cuarto y cambiando de sitio algún objeto.

No sé si estoy curado, ni siquiera si cuando me trajeron aquí me tenía que curar de algo. No me importa. En cuanto venga don Jaime mañana, como todos los jueves, le pediré que el sábado me dé de alta y me lleve con él a Madrid. Ya me ha dicho muchas veces que estoy bueno.

Quiero volver a casa. Mi padre es lo más mío que tengo. Lo que ha ido dejando de él la vida es el único muñón que me ata a la vida a mí también. No puedo apartarle de mi corazón ni de mi remordimiento.

Pero no sabré decírselo nunca; tal vez solamente sea capaz de cometer nuevas torpezas y crueldades cuando vuelva.

A veces, en el recuerdo nos tropezamos con remolinos oscuros que dan al traste con toda la lógica. Penetramos los defectos de los demás incluso con clarividencia, sin ser capaces de dar el alto a nuestras vetas de animalidad.

La maldad es como un virus, como una pendiente por la que se resbala. Y al que le toca el papel de malo, ya no le cabe sino embriagarse en su propio fétido olor. Hay algo excitante en esa irracional terquedad.

Recuerdo ahora, como si lo estuviera viendo, el rostro abrumado de mi padre, su mirada muda de bicho castigado en las múltiples ocasiones en que le contesté mal o desencadené mi furia por nimiedades, últimamente, es decir, en el tiempo inmediatamente anterior a la venida de don Jaime a casa. Es el último tiempo que discierno y puedo analizar. Después todo es tiempo próximo. No sé leer en él.

Fue el día de San Antonio del año pasado, cuando vi por primera vez a don Jaime en el despacho de mi padre. Mejor dicho, la noche de ese día.

Llevaba yo dos o tres sin aparecer más que a dormir porque había sido presa de un ataque de ira, para rematar el cual acabé rompiendo cristales y derribando a patadas objetos y muebles. La causa había sido que mi padre me sacase a colación a Magdalena y me preguntase que por qué no salíamos ya juntos. Aunque como se trataba de una violencia irracional es impropio hablar de causa. Cualquier otro pretexto habría sido valedero para desencadenarla.

—Vives reconcomido —recuerdo que me dijo mi padre—. No puedes vivir así. Habrá que tomar, en serio te lo digo, una determinación.

Estaba sentado en una butaca, con la cara apoyada en las manos, y no me miraba para hablar. Pasaba los ojos por los cristales rotos en el suelo, las sillas patas arriba, y no se movía.

—Hay que tomar una determinación contigo —repitió.

Yo me fui a la calle y anduve durante dos días vagando por la ciudad casi sin comer y metido en cines y bares, huyendo de la tentación de ver a nadie a quien pudiera hacer sufrir. A mi padre me parecía una canallada haberle herido de aquella manera y estaba asustado de mi falta de control, pero todavía mucho más de la idea de volver a verle y tener que pedirle disculpas. Volvía a dormir ya muy tarde, cuando suponía que estaría acostado. Pero por otra parte, no podía pensar más que en él, en la amargura con que me había hablado, y me revolvía a disgusto en aquella situación cerrada y acuciante que era como caer en un hoyo de negrura.

A la tercera noche, cuando volví a casa, vi la luz que salía del despacho por la puerta entreabierta.

Me detuve en la entrada sobresaltado, pero también experimentando al fin un alivio. Pensé que me estaría esperando porque querría hablarme; y cuando estaba allí clavado en el suelo, luchando entre los deseos encontrados de entrar o de largarme de puntillas a dormir, oí un murmullo de conversación. Inmediatamente se fortaleció mi deseo primero y avancé hacia la puerta. Era muy raro que a aquellas horas él estuviera levantado, porque, aunque padecía algo de insomnio, solía leer en la cama desde temprano; pero más raro todavía era que hubiese venido alguien.

Empujé la puerta. Don Jaime tiene unos ojos profundos, cercados de ojeras, y me mantuvo la mirada sin parpadear. Yo le miré también largamente, entregándome a su presencia que me amparaba.

Después de las pasadas angustias, al borde de la depresión correspondiente a aquella noche, el encontrarme en mi propia casa y junto a mi padre con otra persona que desviaba el malestar de un encuentro directo y me recibía con una mirada carente de insolencia y curiosidad, era como poder asirme a una escala. Sus ojos eran neutros, reposantes. Luego he sabido que alcanzar este tipo de mirada es un ejercicio de maestría común a los de su profesión, como también he caído en la cuenta de que en aquel mismo momento empecé a ser su paciente.

—Buenas noches, papá —me fue pasmosamente fácil articular sin dejar de mirar al otro.

—Jaime Ferrer —presentó escuetamente mi padre—. Mi hijo David.

Me dio la mano y me preguntó que si no le recordaba. Por lo visto había venido algo a las tertulias de amigos de mi padre anteriores a la guerra. Efectivamente, después de que me lo dijo, me pareció que en su rostro había rasgos familiares. Supuse que sería de la edad de Miguel Terán, tal vez solamente unos veinte años más viejo que yo.

Al principio me quedé de pie, apoyado en la mesa. Continuaron la conversación, que mi entrada había interrumpido; una conversación de viajes. Don Jaime, que al parecer había estado en América, contaba cómo dan caza a los caimanes los indígenas de ciertos puntos del Perú. Se había vuelto a sentar sosegadamente, y de vez en cuando me miraba como a un nuevo interlocutor. Retrocedí con el recuerdo a los años infantiles, en que yo espiaba, subido a un árbol del jardín, escenas como ésta, y me sentí muy turbado cuando mi padre me preguntó que por qué no me sentaba. Dije que iba a la cocina a hacer café.

–Pero vuelve, si no tienes sueño –dijo don Jaime–. Y tráenos más también a nosotros.

En la cocina, mientras esperaba a que hirviera el agua, miré en la alacena y comí con muy buen apetito unas sobras frías. Deseaba volver al despacho al amparo de aquella persona en cuyos ojos había limpiado mi mirada antes de ser capaz de dirigirla a mi padre y que sabía levantar conversaciones que nos incluían a los tres.

Volví con la cafetera y me senté. Con motivo de la cacería de caimanes, los indígenas organizan fiestas extraordinarias por los ríos abajo, en barcos engalanados. Yo revolvía mi taza de café sin dejar de mirarle. Yo no molestaba, pero al mismo tiempo –y esto es lo que me atraía– no despertaba curiosidad en el desconocido, que era quien dominaba la situación. Contaba las cosas sin efectismo ni apasionamiento, con gran meticulosidad, y de su relato, completamente intemporal, quedaban vivos, igual que en los paisajes que uno realmente ha visto, particulares definidísimos. La narración se desvió por otros lugares a los cuales nos llevaba con él. A veces, yo miraba a mi padre –borradas las fronteras que horas antes me parecían insuperables–, y en sus ojos había el mismo interés que en los míos. Este interés común hacia un tercer sujeto ajeno a nuestra relación quitaba violencia al hecho de que nuestras miradas se encontrasen; y hasta llegamos a mirarnos a propósito para reírnos juntos de la misma cosa; o en un mudo comentario de asombro.

Por ejemplo, cuando don Jaime habló de Machupichu. Desde hacía mucho tiempo éste era el escenario recurrente de mis sueños, y mi padre lo sabía. Había comprado libros que traían información y fotografías, a pesar de lo cual seguía pareciéndome aquella tierra una invención maravillosa que los ojos de los mortales no podrían tener el privilegio de admirar. ¿Era posible que aquel hombre hubiera estado en Machupichu? Se lo pregunté de nuevo, para estar bien seguro, y mi padre en este punto intervino para aclarar que a mí aquel lugar me atraía casi obsesivamente desde que había oído hablar de él por primera vez, lo cual había ocurrido muchos años atrás, cuando estudiaba bachillerato.

–Fui yo quien te enseñé las primeras fotografías –dijo.

Luego he pensado lo que entonces no tenía datos para sospechar, que todo lo que ocurrió aquella noche había sido planeado de antemano por ellos, aunque tal vez no supusieran que yo iba a responder tan bien a sus previsiones.

Don Jaime habló largamente de Machupichu y contestó, complacido, a todas las preguntas que empecé a hacerle. A cada aclaración y pormenor de los suyos, las imágenes que yo tenía provisionalmente alzadas del pueblo muerto y misterioso se me colocaban de otra manera, a tenor de lo que iba oyendo. Pensaba lo difícil que sería conocer a otra persona que también hubiera estado allí y quisiera hablarme de ello, y aun si esto ocurría, ninguna podría con su narración acercarme a las tierras que amaba como don Jaime, que jugaba en ello empeñadamente la carta de mi conquista y la estaba consiguiendo. Aristas, caminos, pequeñas escaleras del pueblo abandonado se me modificaban con las palabras que escuchaba ávidamente.

La conversación había venido a convertirse en un diálogo entre nosotros dos, al cual mi padre asistía sin decir nada. Hasta que vimos que se había dormido. Supongo que se durmió de verdad, que esto no entraba en la farsa. Es muy posible que el sosiego y distensión experimentados al comprobar lo bien que iban las cosas unidos a un posible cansancio por insomnios de noches anteriores dieran lugar, por fin, a un sopor feliz. Don Jaime se levantó y le puso una mano en el hombro, sonriendo. Le dijo que se fuera a descansar, que se había hecho tarde, y como él protestara, le obligó a levantarse, cogiéndole familiarmente de la mano.

–Tener sueño no es ninguna vergüenza, querido David. Y en el caso de usted es una verdadera necesidad. Otro día quiero verle más fuerte.

Mi padre dijo que se iba con la condición de que él se quedara todavía conmigo el rato que quisiéramos, y en la puerta se dieron la mano efusivamente. Yo, que casi nunca beso a mi padre, me acerqué y le besé.

Efectivamente, don Jaime se quedó un rato todavía porque yo también se lo pedí. Pero lo suficientemente poco como para que me quedaran ganas de volverle a ver. Me habló con cierta preocupación del abatimiento de mi padre, y más tarde supuse que las visitas que empezó a hacer a la casa –sabiamente dosificadas por cierto– tenían el motivo de ejercer una vigilancia desinteresada sobre su estado de salud. (Ellos notaron que había creído esto y con su comportamiento apoyaron a propósito mis suposiciones.)

Eran alrededor de las dos cuando le acompañé a la calle. Tenía allí el coche.

–Hasta la vista, David –me dijo, ya sentado al volante, a través de la ventanilla abierta–. Otro día te traeré fotografías de mis viajes.

No me atreví a preguntarle que qué día iba a ser ése, pero se me hizo muy largo el tiempo hasta que volvió.

Los meses que separan la fecha en que conocí a don Jaime de otra inolvidable para mí (el día en que me enteré de que era su paciente) son seis. Medio año casi exacto.

Si algún escritor sintiera el capricho de querer tomar un determinado período de mi vida para novelarlo, yo creo que, sin dudar, escogería éste, el más rico en acontecimientos destacados. Porque, efectivamente, mi vida vino a convertirse, al fin, en algo parecido a una novela con argumento. Pero yo, en cambio, es como si hubiera perdido las riendas de ella, y sólo soy capaz de referirme a los episodios que componen este argumento enumerándolos uno por uno cronológicamente, igual que si recitara de memoria el programa de una lección sin haber estudiado la lección misma.

Recuerdo que cuando supe que don Jaime se dedicaba a la psiquiatría, ya era mi amigo. Un amigo por quien yo me sentía sabiamente guiado y apuntalado, del que era capaz de fiarme hasta la muerte. Su interés por mis opiniones y dudas de todo tipo me parecía el más sincero que había despertado en nadie, y así el detalle de conocer su profesión no me puso en fuga, ni mucho menos, sino que empecé a apoyarme para todo lo que me era doloroso y confuso en las experiencias que suponía que sus estudios me podrían aportar. Acudía a él continuamente y ni siquiera paré mientes en el hecho de que me aconsejara –como de pasada– ciertas medicinas que tomé siempre sin vacilar y que unas veces me decía que me vendrían bien para la tensión baja y otras para aliviar unos fuertes dolores de cabeza que padecía desde hacía tiempo. Don Jaime era lento y discreto. Venía de tarde en tarde y siempre como a ver a mi padre. Cuando él no estaba –cosa que ocurría con frecuencia, y ahora pienso que es porque se pondrían de acuerdo primero–, trataba de marcharse en seguida. Era yo mismo quien solía retenerle. La casa se me había hecho más hospitalaria desde que don Jaime venía, y muchas tardes me quedaba para esperarle. Llegué a distinguir bien el ruido de su coche, y en cuanto lo oía, bajaba a saltos la escalera.

–No está mi padre. ¿Tiene mucha prisa?

–No mucha.

–Pase un rato. Haremos té.

Me había dicho que no tomase tanto café. Yo hacía lo que él me mandaba. Pero quería que me escuchase y escucharle yo. Me gustaba que mi padre no estuviera, porque así hablábamos también de él; y el que saliese más aquella temporada yo lo achacaba a que quería distraerse de sus melancolías.

De las conversaciones con don Jaime recuerdo más que nada el resultado –el tema se me borra casi en absoluto–, y este resultado era el de un aborrecimiento paulatino de mi condición de espectador sin asidero, y un deseo vehemente de entrar a formar parte del mundo de los demás.

Sé que le hablaba de mis tristezas y depresiones, y también –aunque con un ímpetu cada día más amortiguado– de mis esporádicas crisis de indignación contra todo.

Él, que siempre tendía a venir al terreno de lo personal, me dijo que esas crisis de descontento las habían pasado todos los genios. Que yo llegaría lejos.

–Pero ¿qué es llegar lejos? Precisamente la cosa más triste es conocer a esa gente que se cree que ha llegado lejos.

–Sí, sí... –replicaba entristecido–. Es un mundo de locura éste en que vivimos. En eso tienes mucha razón.

No sé cómo se las componía para apaciguarme siempre. Así que aquellas conversaciones, que era él quien guiaba hacia donde quería –dado que no tenían contenido verdadero, como he comprendido después–, se han venido a desleír una vez traicionada la amistad que dio pie a ellas.

Poco a poco me empezó a invadir una especie de niebla confortadora que limaba las aristas de mi difícil trato con los demás.

Una vez fui a casa de Aurora. Sentía haber sido a lo largo de toda mi vida muy cruel para juzgarla. Me quedé a merendar y jugando al parchís con unos amigos suyos que vinieron. Luego dijeron que al pinacle. Yo no sabía jugar al pinacle, y me enseñaron. Por lo visto les fui muy simpático, según supe después.

Por entonces mi cuñado había insistido en que él podía interceder ante el director de su Banco para que me empleasen allí. Esa tarde le dije que bueno, que le hablara si quería. Lucía sufría cada día más teniendo que decirle a su madre que seguía saliendo con aquel chico «sin oficio ni beneficio». Y yo algunas noches soñaba que la traía a vivir a casa con mi padre y conmigo.

Empecé a ir a la oficina a primeros de septiembre. El verano había sido terriblemente caliente y Lucía y yo habíamos visto muchos barcos. Barcos de guerra y de pesca, de piratas –casi siempre en tecnicolor–, veleros, transatlánticos, largas piraguas que hacían regatas en el Norte. Y también de aquellos barcos con dos grandes ruedas laterales en travesía por ríos como el Rin o el Misisipí, que a mí me emocionaban y me parecían más legendarios que ninguno. La gente que viajaba en todos aquellos barcos, aunque a veces fuera de otros tiempos antiguos –yo mismo lo veía por sus trajes–, la sentía presente y amiga, incluso cuando solamente atisbaba sus rostros fugaces y apenas destacados (al parecer indiferentes), que se confundían con los demás, pasando. Precisamente porque se me escapaban, se me quedaba la comezón, la envidia de aquellas historias, del aire que envolvía al barco y a las gentes, aguas allá, por rutas que se cargaban de sentido.

Al salir del cine muchas veces aún era de día. Era muy sorprendente encontrarse con la luz agobiante y dura de las siete de la tarde, mirar las manchas movedizas de los niños que rondaban las sillas de sus madres, a las puertas de las casas; descubrir, por ejemplo, un puesto de melones, o, encima de nuestras cabezas, el letrero de «Refrigerado», donde se reía a carcajadas un oso polar.

Ni Lucía ni yo habíamos visto el mar. Ella pensaba que se estaría bien en aquellos paisajes de la película. En islas desiertas.

–No, mujer. No te lances. Tan aburrido como aquí.

–Pues a lo mejor pintabas, al ver colores nuevos. Ya ves Gauguin.

Porque Lucía, desde que se había enterado de que la prima Magdalena era entendida en pintura, gastaba muchos de sus ahorros en comprarse libros de biografías de pintores. Y había aumentado su admiración por mí, de la que –hiciese lo que hiciese– era incapaz de librarla. Decía que los artistas lo que necesitaban es una novia que les aliente.

Ahora recuerdo que lo de mi empleo en el Banco, que acepté sin decirle nada para darle una sorpresa, no le produjo el entusiasmo que habría sido esperable. Pero entonces no me pareció sintomática aquella indiferencia, ya que a mí mismo cada vez eran menos las cosas que me hacían vibrar en ningún sentido. Así que –dado que en los ojos de Lucía no recogí ningún comentario especial–, yo, por mi parte, tampoco lo hice, y de aquel mi primer y único empleo remunerado puedo decir bien poco.

Los meses que pasé antes de ir al servicio militar dedicado a clasificar los anuncios del periódico los recuerdo como un placer mucho más neto y verdadero.

Podría hablar, eso sí (si no fuese tan indiferente), de la disposición que tenían las mesas en el despacho donde me destinaron, del color de las carpetas o del nombre de mis compañeros. Pero en absoluto del quehacer. Llegó a sorprenderme muchísimo que al final del primer mes el jefe de personal pusiera unos billetes en mi mano, pequeña partícula de todos aquellos fajos que nos rodeaban por doquier. Le hice a Lucía mi primer regalo decente: una manta escocesa de viaje, porque ella es friolera. También a don Jaime le compré unos libros. Y a casa llevé una cierta cantidad de café bueno.

–¡Vaya; pronto has liquidado la primera paga! –bromeó don Jaime al darme las gracias–. Ni que te quemase los dedos.

Pero era algo así. Como si me quemase los dedos. De todas mis reflexiones, disconformidades ya amortiguadas, me había quedado, sin embargo, como poso, un aborrecimiento irracional por el dinero. De aquel roce diario con un mundo donde se guardaba, se recontaba y aumentaba, encerrado en cajas fuertes, manoseado por expertos celadores que lo veían crecer, que lo aislaban y repartían sin equivocarse nunca; aquel metódico y sagrado desvelo por el dinero me producía aún un infinito disgusto. Pero no protestaba.

Me limitaba a pequeños desahogos de sequedad en las personas que me parecían participar más activamente en todo aquel asunto de su desenvolvimiento y manejo.

El director del Banco me recordaba a tío Alejandro en lo que respecta a su relación conmigo. Desde el principio me distinguió mucho y parecía que sólo deseaba tenerme contento. Pero yo no le podía sufrir. Fue el blanco mayor de mis antipatías.

Pasó septiembre y cayeron las hojas de los árboles. Lucía estaba cada día más triste. Yo le dije que quería conocer a su madre. Ni se sorprendió siquiera.

–Déjalo –respondió–. A ver si haces una exposición de pintura o algo. Si no no sé qué le voy a contar de ti.

–Pues que gano dos mil pesetas al mes.

–No. Déjalo todavía.

–Como quieras...

–¿Y tu prima?

–Bien.

–¿La ves?

–No. Casi nada.

Íbamos, al salir de nuestras respectivas oficinas, a un café de la calle de San Bernardo, que ahora ha desaparecido. Era muy largo y oscuro, y estaba poco frecuentado. Me acuerdo de un gato gordo de pelo rojizo que había.

«La he hecho sufrir mucho –pensaba, mirando a Lucía–. ¡Y se parece tanto a mi madre!»

Luego cambiaba de postura y me ponía a jugar con un lapicero sobre el velador muy lentamente, como en sueños. Aparecían caballos, árboles, niños, dibujos casi infantiles. Lucía seguía extasiada el movimiento de mis dedos.

–¡Qué bonito! –exclamaba siempre ante la figura terminada–. ¡Qué pena que lo tengamos que dejar aquí!

No me puedo controlar esta tarde. Creo que don Jaime vendrá el jueves. Si no, me escapo a Madrid haciendo autostop.

Me he negado también hoy a tomar la medicina.

Estoy muy inquieto. La carta de mi padre ha coincidido con la marcha del único enfermo que era amigo mío y en cuyo cuarto –recién venido él– nos juntábamos para hablar a veces. Hace días que no lo veía. Me he enterado de que se lo han llevado a Madrid para aplicarle el electroshock. Últimamente ya le daban medicinas muy fuertes y andaba siempre con un enfermero. Era profesor de Lógica. Decía que el mundo está lleno de letreros, pero todos equivocados.

–¿Y don Mauro? –le pregunté ayer a Eugenia–. ¿Qué tal sigue?

Y ella es la que me ha contado que se puso peor y que se lo han tenido que llevar. Al principio no quería decírmelo.

–No creo que te impresione –ha dicho–. Al fin tú ya estás bueno.

Por la tarde fui a ver al médico que sustituye a don Jaime cuando él falta, que tiene una habitación en el piso de abajo. Me vio tan agitado que se asustó.

–¿Qué han hecho con don Mauro? ¿Por qué se lo han llevado? –le pregunté con exigencia.

Me dijo que me calmara. Eso es lo primero que dicen siempre. Luego ensartó una larga explicación técnica. Don Mauro estaba realmente enfermo y fue un error traerle aquí. No era una simple exaltación o un agotamiento nervioso, como el mío, por ejemplo. Yo he respondido a todo, yo ya estoy bueno.

–¡Pare usted esa música! –le interrumpí.

Se volvió y cerró la radio, que estaba puesta en un tono lánguido y amable. La música aquí en Villa Julia forma parte de la careta sonriente que esgrimen y que quieren ponernos a todos como un remedio al desconsuelo.

Siguió. Ellos ya tenían en cuenta los peligros de cada tratamiento. A don Mauro no le podía yo medir por mi mismo rasero.

Grité. ¡Claro que le podía medir por mi mismo rasero! Él no pretendía olvidar el dolor, como los demás, sino ahondar en sus raíces, para ver si entendía algo. Por eso había compartido mi desconcierto. Porque pensaba, conmigo, que lo de menos era poner remedio o no a nuestras propias averías. Y ellos, nuestros guardianes, al detectar que aquella relación mía con don Mauro no era superficial, sino profunda, habían tratado de separarnos muchas veces. Porque su oficio les prohíbe reconocer hondas y generales razones de tristeza en nadie. La vigilancia que ejercen sobre nosotros es tan hábil que no se advierte apenas, pero está orientada a que nos relacionemos unos con otros en grandes grupos inofensivos. Y don Mauro y yo ahondábamos en una herida donde no hay que andar hurgando.

—¡Él ya no hurgará más en nada! —exclamé casi con lágrimas—. ¡Ya le han tapado ustedes la boca!

Lo han incomunicado, eso es todo lo que se les ocurre. Y —rota su relación de pensamiento y sentimiento con el mundo— ya lo aceptará de un modo inerte, porque le han levantado un muro delante de las narices.

Me exalté muchísimo y el ayudante de don Jaime procuró por todos los medios calmarme y también disimular la contrariedad que le producía, en ausencia de su superior, esto que ahora estarán llamando «mi retroceso».

—Yo creo que usted se mete en callejones sin salida —me dijo—; no se empeñe, por Dios bendito, en ver fuente de daño en todas las cosas.

No pude dormir. Que me meto en callejones, que me empeño en ver el daño. ¡Se empeñan en no verlo ellos! —mejor diría yo—. En no verlo y en tapárnoslo como sea a los que lo vemos un poco. ¿Por qué iba a meterme yo en un callejón cerrado más que otra persona? Estoy metido, con todos los que viven, en el callejón de estar viviendo. Se le buscan salidas urgentemente siempre a este mismo callejón, al único que hay, y por donde damos vueltas todos, incluso los que creen avanzar. El que no le sabe inventar una salida, o, aunque sepa, rechaza la invención, no va a ser por eso el causante de que el callejón exista.

A la noche vino Eugenia. Estaba tan abatida que apenas si alcé los ojos. Ella estaba arrepentida de haberme dicho lo de Mauro y se quería disculpar. También quiere disculpar al gremio de los psiquiatras. No sabe por qué me pongo así; ellos tienen que curar, es su misión.

—¡También la misión de los locos es la de gritar! —dije.

—Por Dios, locos, ¡qué palabra! —trató de sonreír, cuando se iba.

Lucía, admirable criatura. Ha tenido que llegar esta noche para que te entienda. ¡Tú no me querías «normal»! ¡No me querías amordazado! No me reconocías así. En ese terreno vencía Marcos, tu marido, que siempre había sido de esa manera.

Desde la tarde en que me notificaste que preferías casarte con él hasta hace unos instantes en que, de repente, se ha hecho luz en mi cerebro, no había entendido nada.

Había pensado que el final de nuestras relaciones sobrevino por consunción, como una muerte «tras larga y penosa enfermedad». Recordaba la frase con que empezaste a hablar, igual que se recuerdan las palabras de despedida de los muertos.

—Parece mentira —dijiste— que lo nuestro haya venido a convertirse en una cosa así.

Llevábamos mucho rato sentados en un banco del Retiro, sin hablar, con las piernas al sol. Era una tarde de noviembre y, al final de aquella solitaria avenida, circulaba la gente por el paseo central, camino del estanque.

No entendía tu tono de desencanto. No lo he entendido durante todos estos meses. Me pareció un golpe a destiempo. ¿Cómo «así»? ¿De qué te quejabas? ¿No era todo normal ahora? ¿No te había hablado de casamiento incluso? ¿Qué querías?

Pero tú te limitaste a bajar la cabeza tercamente. Dijiste que ya no te parecía yo. Que habías dejado de quererme. Que eso era todo.

–Todas las cosas tienen su final tarde o temprano –dijiste. Luego estuvimos hablando de Marcos.

–¡Menos mal que has soltado lastre! –me dijo Magdalena cuando lo supo–. Esa chica, por lo que me contabas de ella, no te pegaba ni con cola.

Sin Lucía, en el fondo, estaba a gusto. Me convertí en el amante de turno de Magdalena. Era de esperar. De todo este período sería del que sacase gran partido un novelista.

Yo sólo recuerdo que me estaba aficionando al dinero.

Magdalena me proponía que nos fuéramos juntos a hacer un viaje. Hablaba con regodeo de nuestra falta de prejuicios. Y también me aconsejaba que dejase el empleúcho aquel de una vez para todas.

Yo nunca decía nada. Todo eran proposiciones optimistas. Y, sin embargo, una pequeña atadura a todo lo que, a veces con enorme clarividencia, había visto en ruinas me hacía resistir con cerrazón.

Un día le dije que no quería volver a verla. Le expliqué como pude mis confusas sensaciones. Eran sólo sensaciones, porque no pensaba.

Ella se fue a hacer un largo viaje. «Para olvidarte», dijo. Y yo, como despedida, le regalé todos mis cuadros.

Así llegaron los primeros días de diciembre. Hacía tiempo que no veía a don Jaime. Una noche llegué a casa y vi la luz del despacho encendida.

–¿Habrá venido? –pensé con alegría.

Empujé la verja y entré. Antes de llegar al despacho quise darme una vuelta por el jardín con el raro presentimiento de que me despedía de todas las cosas. Me puse a recordar mi infancia. Concretamente un día en que le estuve diciendo versos a la luna, bajito, desde mi balcón, también en vísperas de Navidad, y que luego mi madre, pasados algunos años, me contó que me había estado oyendo.

Quería retrasar el momento de entrar. Jaime, desde que

éramos tan amigos, cuando venía, solía esperarme. Estaba seguro de que era él quien acompañaba a mi padre.

Habían abierto la ventana, sin duda para que se ventilara el humo –Jaime es muy higienista–, y una diabólica tentación de subirme al cedro, como cuando era niño, me asaltó violentamente. Tuve, sin embargo, miedo de hacer ruido y me senté contra el tronco. Me gustaba sentir el frío, toda la soledad de la noche apretándose contra mí, en una furiosa libertad. Me acordé de las noches de Valdelaire, de cuando Magdalena quería escaparse a conocer a su madre. Y lloré.

El interior del despacho no se veía, pero se oían las voces. El tono de mi padre era entre amargo y secreto. Me entró una súbita curiosidad porque oí que pronunciaban mi nombre. Nunca había sabido de lo que hablaban a solas. Me acerqué a la pared.

–A mí sigue dándome miedo, Ferrer, te lo aseguro.

–Pero ¿por qué? Ya ves que no ha hecho falta un tratamiento fuerte. Ha respondido en seguida, lo hemos cogido a tiempo.

–No –dijo mi padre–. David sólo está centrado artificialmente. No sé cómo se le ha ocurrido aceptar ese trabajo que hace. Me da miedo, te digo. ¿Crees que no es la mayor anormalidad posible que se encuentre a gusto en ese Banco?

–Pero era una prueba necesaria. Le ha servido para salirse de la angustia que sentía no siendo un hombre como los demás.

–No creo –dijo mi padre– que sea camino el de empeñarse en hacerle sentirse como los demás. Se habría tratado más bien de que aceptase el ser como era sin desesperación, y que hubiera hallado un medio de expresión propicio.

–Claro, la pintura. Ya cuento con eso. Pero volverá a pintar.

Me pareció horrible que decidieran con tal seguridad acerca de mi porvenir. Sentía como si me arrancasen algo de dentro.

–Ojalá sean las cosas tan fáciles como las explicas tú –dijo mi padre, haciéndose eco exacto de lo que yo pensaba.

Me despegué de la pared y di la vuelta a la casa. Sentía un placer frío y agudo, como de quien recobra una batuta perdida. Desde ahora los acontecimientos volvía a dirigirlos yo. Y este mismo placer de estar haciendo bailar a los demás –cuando son ellos los que creen lo contrario– no me abandonó ya, sino a rachas parciales, aun después de mi ingreso en Villa Julia.

Giré la llave en la cerradura y me dirigí a la cocina.

Inmediatamente, en la estancia contigua, se interrumpió el murmullo de la conversación, y no me había dado tiempo a encender el gas, antes de que la voz de mi padre, ligeramente sobresaltada, preguntase:

–¿Eres tú, David?

–Sí, papá –contesté, acercándome a la ventana–. Buenas noches.

–¿Qué haces?

–Voy a cenar algo.

–Ven luego, si quieres. Tenemos aquí a Jaime.

–Me alegro, os llevaré café, ¿queréis?

–Sí, claro.

Mientras cenaba, miré a la ventana. Callaban. Estaban esperando; y yo penetraba las razones de su espera. Recuerdo que no sentía rencor contra mi padre, pero le pensaba desde lejísimos, como si le recordara y me fuera irrecuperable.

Y los sufrimientos que le había infligido, unidos a los que sabía que aún le tenía que infligir, me parecían algo fatal e irremediable.

Preparé el café esmeradamente y elegí tres tazas desiguales, que eran las que más me gustaban. Luego las puse en la bandeja, juntamente con las cucharillas, el azúcar y la cafetera, y ceremoniosamente me dirigí al despacho.

Es la última vez que he tomado café con ellos. Al día siguiente tuvo lugar la escena en el Banco que motivó mi reclusión aquí.

Si me hubiera ido con Magdalena a hacer un alegre via-je, abandonando definitivamente la brecha del pensar, ¿se habría remediado por eso lo que tantas veces veo en ruinas? ¡No! Sería poner una valla delante de esas ruinas. Los pen-samientos que me producen desazón responden a cosas que aunque yo calme mi conciencia seguirán de la misma manera. A lo mejor don Jaime, después de la escena con su ayudante, no me va a dejar volver a Madrid. Últimamente ya me ha hablado de curación y regreso. Sin embargo, no aca-ba de confiarse. Me estuvo diciendo que lo que tengo que hacer ahora es solicitar una beca de las que da no sé qué Pa-tronato para pintores jóvenes. Ya hace calor en Madrid y se-ría muy bueno para mí un viaje de ese tipo en el verano.

—Pero, ¿no estoy ya bueno? –le pregunté.

—Naturalmente.

—¿Entonces? No me voy a pasar la vida mudando de ai-res y de ruidos, como los millonarios hastiados.

—Ya, hombre, si no es eso. No se puede hablar contigo –dijo don Jaime–. Qué tiene que ver que estés bueno. Es ló-gico suponer que te sentirás deprimido al volver a casa. No te puedes volver a encerrar en tu cuarto, sin hacer nada. Para tu curación tienes que ayudar tú. Seguirla. Quererla. No se detienen las cosas y se cancelan en un punto.

Al final le he dicho que si quiere que me vaya a algún si-tio, que me iré, pero que yo no hago la pamema de pedir esas becas, que el dinero me lo da Magda en cuanto yo se lo pida.

La letra de mi padre ya casi no la recordaba. Además, en la carta de hoy, muchas palabras apenas se entienden, es-tán montadas unas letras encima de las otras. Empieza di-ciendo «David, la casa se va a pique», y a lo largo de la car-ta pone muchas veces más mi nombre, David, escrito a veces con trazos inseguros. Es una carta de llamada.

—A tu padre, cuando vuelvas, procura no defraudarle –me dijo don Jaime al final de nuestra última conversación.

No sé en qué podría ya dejar de defraudarle. Sólo pue-do concebir un final trágico. Por ejemplo, el de que la misma noche de mi regreso la casa se cayese de vieja y nos sepultase a los dos bajo ella, mientras tomábamos el café en el despacho. Sería la única manera de no esperar a las últimas boqueadas, y este gran acontecimiento sustituiría a todas las mezquinas e insuficientes explicaciones, se tragaría mis remordimientos y los suyos. Nos iríamos a pique de una vez los tres juntos.

Epílogo

Cuando don Juan Ergoitia aceptó al empleado nuevo comprendió desde el primer momento que suponía una claudicación. En el Banco no hacía falta personal, y además aquel chico no tenía práctica de empleos anteriores ni era buen mecanógrafo. A él, por supuesto, no le dolía hacer favores; pero en este caso lo que le ponía en guardia era no calibrar el alcance del favor, no estar convencido, digamos, de que lo empleaba en acciones seguras.

El chico era cuñado de Julio Viñas, un empleado que cumplía muy bien y que ocupaba un cargo de confianza. El señor Ergoitia apreciaba mucho a Julio. Incluso un par de veces al año, por Navidad y por Pascua, les invitaba a él y a su mujer a merendar o a tomar café, y así se habían conocido la mujer de Julio y la suya y habían llegado a tener una cierta intimidad.

–Si no fuera porque al fin y al cabo es la mujer de un empleado tuyo –solía decir la del director cuando se iban–, ahí tienes a una persona que sería una amiga para mí. Tiene clase, ¿no encuentras?

El señor Ergoitia se encogía de hombros porque su único criterio de diferenciación con respecto a mujeres consistía en imaginar si todavía estarían apetecibles o ya no en traje de baño. Aquélla le parecía de las que sí, pero nunca se atrevió a manifestar en alta voz esta sola opinión positiva formulada con relación a la señora de Viñas.

Sin embargo, no le extrañó mucho que esta señora, alentada por la simpatía que le manifestaba la suya, viniera un día a visitarla con objeto de interceder por un hermano que tenía para que él lo admitiera en la entidad. Y aunque ya Julio le había hablado días atrás del chico, para él la recomendación de su propia esposa, que había escuchado a la otra con vehemente y novelesco interés, fue la que influyó decisivamente en su ánimo, inclinando la balanza a favor del empleado nuevo.

Bien es verdad que los primeros informes que recibió de él no le gustaron ni un pelo. Sobre todo aquello de que pasase por crisis de descontento, de que la familia quisiese ayudarle a tener confianza en sí mismo y de que fuese artista.

—¡Ay, Luisa, hija, cuántas gaitas! —no pudo por menos de interrumpir con impaciencia.

Pero el señor Ergoitia, aunque aborrecía los problemas, también adoraba a su mujer. Le vio un pliegue desdeñoso en los labios por donde momentos antes fluía el cálido discurso, y aquel gesto lo decidió todo. Sentirse vulgar o poco comprensivo a los ojos de ella era lo que más le aterraba en este mundo; y por culpa de sus muchas ventoleras y fantasías, que rara vez se atrevía a defraudar, se había visto empujado en no pocas ocasiones a fingirse magnánimo y hasta idealista. Falsas actitudes que le apretaban como corsés molestos y que luego, al aflojarse y liberar su yo reprimido, le devolvían con nueva firmeza el rastro para avanzar, igual que si reconociera un mal olor del propio cuerpo cuyos efluvios solamente él aspiraba.

Claudicaría, pues, una vez más.

—Puedes dar por admitido al hermano de esa señora —dijo— en cuanto yo repase la nómina.

El hermano de Julio Viñas fue así destinado por las mañanas, como prueba, a la sección de correspondencia extranjera.

Al director no le fue simpático y le miró desde el primer día con inquietud. Y esto era lo más extraño: no la aversión que pudiera sentir hacia él, sino que un tipo como aquél, que en ningún terreno iba a poder perjudicarle nunca —lo cual resultaba evidente— le hiciera sentirse intranquilo.

Ya en la primera entrevista que sostuvieron, cuando el muchacho vino a presentarse, ocurrió el extraordinario fenómeno de que no le habló como a un inferior, sino casi con humildad, consintiéndole una actitud displicente y alejada totalmente impropia. Por ejemplo, a sus consideraciones acerca de la poca falta que hacía el personal en aquel momento, y de la suerte tan grande que suponía para un chico, sin práctica como él, entrar a formar parte de los empleados de la Entidad, el otro le cortó con una voz anodina y distraída:

—Entonces, ¿por qué me coge?

No había querido sentarse. Estaba apoyado en la gran vidriera que daba a la avenida ruidosa y hormigueante.

—¿Cómo dice?

—Digo que no comprendo los motivos que puede tener para pedirme que venga a trabajar aquí, si no le es necesario. ¿Le es necesario o no?

—Lo he hecho por su cuñado —se atropelló el director.

No iba a haber añadido nada más, pero la inmutabilidad de su interlocutor le forzaba a seguir hablando, como si resbalara por una pendiente a su pesar.

—Para mí es una gran alegría —añadió— poder complacer a su cuñado. Y lo importante es que usted sepa dejarle en buen lugar. Todo resultará bien, magnífico.

El chico le miraba en silencio.

—Creí que me habían buscado un trabajo mecánico, algo que puede hacer cualquiera —dijo tras una pausa—. Pero si otra persona puede ser más competente para ocupar ese puesto que iban a darme, yo no le voy a quitar el sitio a esta persona.

Se despegó lentamente de la vidriera, se estiró un poco la chaqueta y avanzó. Se comprendía que iniciaba la despedida, tal vez sin disponerse a añadir nada más. Y aquí viene la parte más absurda, la que el director nunca se llegó a explicar y cuyo recuerdo le persiguió durante largo tiempo, mortificándole. En lugar de indignarse contra la insolencia de aquel tipo, de ser él mismo quien le mandara a la calle, tuvo miedo de que se fuera. Algo parecido a la sensación de fracaso imaginó confusamente que le quedaría luego si no era capaz de saberle retener. Cambió el tono de voz, le pidió, por favor, que se sentara, le dijo que había entendido mal. Era difícil interesarle y más aún convencerle y tuvo que rebuscar en su mente recursos persuasivos para hacerle cambiar de actitud. Estaba seguro de su competencia, de su integridad.

–Hace mal en estar tan seguro –dijo el chico–. Usted no me conoce.

–No tiene que ver eso, amigo mío. Hay personas a las que basta con mirar un momento para verles el fondo y poder responder de ellas. Usted es de ésos, y le ruego que se quede. Llegaremos a un perfecto acuerdo. ¿Contento?

–No lo comprendo –dijo el otro tan sólo.

Ni en aquella entrevista, ni a lo largo de los meses que permaneció en el Banco, consiguió el director arrancarle una mirada amable ni una palabra de gratitud. Y la verdad es que las buscaba. Muchas veces se acercaba a su departamento para poder darle los buenos días y ofrecerle un pitillo. Había sabido por el jefe de Sección que con frecuencia se retrasaba en llegar y por eso, antes de entrar allí, se aseguraba preguntando a algún ordenanza, o echando él mismo un vistazo a través de la puerta de cristales, de que ya estaba realmente sentado delante de su mesa, porque no soportaba ni la idea de tener que reprenderle ni la de perder autoridad ante los otros subalternos a los que jamás había tolerado, conociéndolos, retrasos de este tipo. Y así sus merodeos por aquella sección que antes apenas visitaba tenían que ser encubiertos por otros pretextos, incluso ante sí mismo, que no quería dar crédito a tan estúpida sinrazón.

Pero lo cierto era que no podía ponerse a trabajar hasta saber si había llegado o no el nuevo empleado, cuya presencia en la casa le pesaba casi continuamente como algo físico. Y, a medida que pasaba el tiempo, buscaba con mayor empeño algo que normalizase la situación: un comentario amistoso por parte de él, una sonrisa, la confesión de que se encontraba a gusto. Pero, naturalmente, tampoco iba a forzar los límites de lo razonable. Y dentro de estos límites se estrellaba contra la indiferencia incorrecta del empleado, contra aquellos ojos ausentes que jamás le sonreían con gratitud.

Se le vino a convertir en obsesión, por lo inexplicable, el desdén de aquel chico. Le odiaba. Llegó a odiarle como a nadie en esta tierra, precisamente porque buscaba, sin lograrla, una amistad que no le importaba en absoluto. Solamente en casa se desahogaba un poco con su mujer.

–No me gusta el cuñado de Julio, no sé qué le pasa. Es un tipo orgulloso, encerrado en sí mismo. ¿A ti te gustó?

La mujer del director miraba al vacío con ojos soñadores. A ella ya lo creo que le gustaba. Solamente le había visto una mañana en el despacho de su marido, pero mientras éste atendía de espaldas al teléfono tuvo tiempo de detallar a sus anchas aquel perfil inalterable que no revelaba el menor azaro ni alteración, y del que no fue capaz de separar los ojos. Le había dicho que se parecía a su hermana, y él había contestado: «¿A mi hermana? ¡Válgame Dios!», y luego se puso a mirar a la ventana mientras ella esperaba vanamente a que añadiera algo más. Eso había sido todo. La típica maestría de la mujer del director para romper silencios había fallado en absoluto.

–A mí ni me gustó ni me dejó de gustar. Ya sabes que sólo le vi unos minutos –contestaba, fingiendo indiferencia.

Pero durante varias semanas se estuvo reprochando a sí misma el no haber sabido aprovechar mejor tales minutos, y en silencio compartía –aunque con diferente matiz– la preocupación de su marido por aquel desconcertante empleado.

Hasta que ocurrió el episodio de la cliente americana, que promovió un alboroto sin precedentes en el Banco. Y por fin se había sabido que lo que le pasaba a aquel chico es que no estaba bien de la cabeza.

Este episodio es difícil de narrar con detalle porque de los dos participantes en él, uno –el cuñado de Julio– se negó a aclarar nada, y otro –la señora americana– casi se accidentó, y entre la dificultad que tenía para hablar el español y las variaciones constantes que dio a su versión acerca del suceso, no hizo más que embarullar las cosas.

Era una señora de buen ver todavía que venía al Banco con suma frecuencia. Llevaba muchas joyas y tenía una especie de tic nervioso que consistía en abrirse el abrigo y pasar la mirada aceleradamente por ellas y palparlas como si las recontara. Sobre los brazaletes frotaba casi continuamente los dedos de la mano opuesta. Aquel día había cobrado una fuerte cantidad que guardó cuidadosamente.

–Este mismo joven que me ha agredido –explicaba más tarde entre balbuceos– estaba presente cuando me dieron el dinero. Y siempre me mira de un modo muy raro.

La cuestión de que hubiese habido o no agresión no quedaba clara. Se habían cruzado por las escaleras de los lavabos. Uno bajaba y la otra subía. El chico se había apoderado del bolso de la señora, lo había abierto y había empezado a lanzar por el aire todo un mazo de billetes de mil. Se llenaron las escaleras de aquellos papeles crujientes que llovían como pasquines que anunciaban una fiesta o una revolución, despegándose unos de otros, planeando, posándose en desorden. Un conserje que sirvió de testigo afirmó que el mismo empleado se agachaba a recogerlos y volvía a tirarlos por el aire.

–Riéndose –informó–. Y con algunos hacía bolitas. Pero que golpease a esta señora, como ella dice, yo no lo vi.

Desde luego robo no había llegado a haber ni, a lo que parecía, intención siquiera de realizarlo. Es más, pasada la primera euforia, el mismo culpable había presenciado la recolección de los billetes diseminados sin despegar la espalda de la pared, como si asistiese a un espectáculo que ya no le concernía en absoluto; y había perseverado en esta actitud apática hasta que los condujeron acompañados del cajero, el conserje y otros empleados que habían visto algo al despacho del director, en una procesión que se abría calle entre las filas compactas y agitadas de los curiosos.

En cambio, la señora había perdido completamente el control de sí misma, y durante la operación de recogida de los billetes, que había atraído a muchos ayudadores y a la que ella misma ayudaba nerviosísima, no dejaba de erguirse de vez en cuando, sin olvidarse de repasar sus joyas, chillando: «¡A mí! ¡Al ladrón!», con lo cual el lugar del suceso y sus alrededores se habían poblado rápidamente de un enjambre de personas que se empinaban unas sobre las cabezas de las otras para mirar, y que no perdían tiempo en inventar y difundir, variándolas, las versiones más peregrinas. Varios señores responsables corrieron hacia la gran puerta giratoria y se apresuraron a avisar a los celadores del bien público, dos guardianes que estaban en la calle, rodeando aquel edificio y otros anejos. Ellos confesaron no haber visto escapar a ningún ladrón, pero llamaron a otros compañeros para que vigilasen la puerta mientras entraban a tomar las medidas oportunas, primordialmente en infundir seguridad con su sola presencia y calmar a la clientela alborotada.

Cuando ellos entraron, la confusión ya no tenía límites. Eran las doce del mediodía, en las cercanías de la Navidad, y una enorme cantidad de personas había acudido a sacar parte de sus ahorros para poder comprar regalos de amigos y familiares. Los empleados luchaban vanamente por poner orden y paz en los ánimos desmandados. Algunas señoras gemían y rezaban padrenuestros, y otras habían invadido atropelladamente los recintos del personal. Hubo quien aseguró haber oído con toda claridad el ruido de dos pistoletazos. «Ni en estos días, Señor –se oía decir–, ni en estos santos días se respeta la paz del ciudadano.»

De tal manera que, cuando la noticia llegó a oídos del señor director, el cual a aquellas horas solía aislarse en su despacho del segundo piso, ni había podido impedirse el escándalo. Creyó enloquecer al asomarse desde la barandilla de la alta galería al gran patio de baldosas jaspeadas, mesas de mármol y sofás de cuero, del cual normalmente ascendía un discreto rumor de voces concertadas, un ejemplar tecleo, un urbano cruzarse y descruzarse en limpias direcciones de pasos apresurados, urdidos en un perfecto engranaje. No podía dar crédito a tal desorden, ni encontraba en su mente un registro adecuado para aquella situación. Y, antes de que le dijeran: «Ha sido el cuñado de Viñas», ya estaba seguro. La imagen del muchacho se le había cuajado, casi inmediatamente, como un presentimiento invadiéndolo todo.

Y más le pareció estar enloqueciendo durante los primeros minutos de interrogatorio en su despacho, infinitamente agobiantes, no sólo porque todos querían hablar a la vez y era imposible llegar a enterarse de nada, sino por tener que contar con la presencia del propio culpable, el único precisamente que no abría los labios ni alteraba su mirada distante e impasible. Concretamente el mayor malestar residía en que era incapaz de hacerle ninguna pregunta directa ni siquiera de mirarle.

Cuando por fin se llegó a aclarar que no había habido robo, aunque todo lo demás quedase a cada momento más oscuro, logró reunir las fuerzas suficientes para avanzar hacia el chico y quedar frente a él con las manos en los bolsillos (no quería que nadie pudiese constatar el temblor de sus manos), mirarle del modo más insultante y despectivo de que fue capaz y articular, enhiestas y sin entonación alguna, las siguientes palabras:

–En nombre de la dignidad de la casa, a la que usted, por cierto, ya no pertenece, le ruego que aclare los motivos de un acto tan escandaloso y dañino para todos.

–¿Dañino? ¿Para quién dañino? –preguntó el chico.

Esperaban que hablase, que se defendiese, y la pregunta quedó sin respuesta: no tenía valor para nadie en aquellos momentos una pregunta así.

–¿Dañino para quién? –insistió–. Toda esta gente ha podido gozar, gratis, de un espectáculo nuevo. Podrán contar algo en sus casas y no se hará tan tediosa e insoportable la comida familiar.

Todos le miraban concentradamente.

–Es muy posible –añadió– que mi acto haya contribuido a excitar la imaginación de los inventores; que hasta tenga mucho que agradecerme la industria nacional. Hacen falta más timbres de alarma, nuevos y más seguros cierres herméticos, cremalleras con sacudida eléctrica, cerrojos con brillantitos para guantes de señora, para monederos. ¡Tantos miles de riesgos quedan aún por cubrir! ¡Y he sido yo, yo, quien lo ha demostrado!

–¡Está loco! –interrumpió en este punto la señora americana fuera de sí–. ¡Loco! ¡Es peligroso un loco como él! ¡Deben recluirle, apresarle!

Hablaba con un odio que la sacudía, que la hacía gesticular intermitentemente, sin dejar de tocarse los pulsos, bajo las mangas del abrigo. Luego se echó a llorar. Tuvieron que traerle un vaso de agua.

–Es una especie de persona horrenda que debería desaparecer de la faz de la tierra –dijo el chico mirándola, súbitamente grave y entristecido–. No debería poder sufrirse que existiese por el mundo gente así.

Se dejó caer en una silla y se cubrió la cara con las manos. Hasta que vino su cuñado y se lo llevaron no se movió de aquella postura.

Pasó el invierno. La primavera estaba finalizando.

Casi siempre con la llegada de los primeros calores, experimentaba la mujer del director angustias inconcretas. Los médicos le habían dicho que le convendría tener hijos, pero había abortado por dos veces, y además la última hacía ya varios años. Después, nada.

Aquel verano el calor fue muy prematuro. La mujer del director se pasaba el día dándole vueltas a sus vagos anhelos

329

y suspiraba sin parar. Por las noches lloraba y su marido no sabía qué hacer para consolarla.

—Eres una niña —le decía acariciándola—. Más que una niña: la muñequita de tu Juan. Vamos, cabeza de pájaros. ¿Qué pájaros vuelan por esa cabecita?

Pero ella estaba cada vez más triste. Apenas comía.

—Puede venir una anemia —dijo el médico.

Y decidieron que se marchara unos días a Marbella, donde tenían unos amigos.

Allí mejoró bastante.

Una mañana, estando en la playa, oyó que unas amigas estaban comentando, al lado de ella, un suceso espeluznante que venía en el periódico.

Al principio no se enteró de lo que decían, aturdida y aislada como estaba por la caricia del sol sobre su cuerpo entero, y no abrió los ojos ni aun cuando después le fueron inteligibles las primeras frases.

«Se tratará —juzgó amodorradamente— de episodios sucedidos en otro mundo.»

Pero luego el apasionamiento de los comentarios —sobre todo porque vino más gente y todos hablaban de lo mismo— subió enormemente de tono.

Se incorporó. Todos los rostros los veía manchados de motas y cintas de fuego.

—¿Has oído, Luisa, qué cosa tan horrible?

El periódico yacía abandonado sobre la arena.

—No me he enterado bien. ¿Qué es? ¿Un crimen?

—Lee ahí.

De pronto un escalofrío la recorrió. La uña esmaltada en rosa pálido de su amiga estaba señalando la fotografía de un rostro que le era conocido, aun más, que había protagonizado las fantasías inconfesables de algunas de sus noches. Se inclinó mirando con avidez. La fotografía venía debajo del siniestro titular de la noticia y encima del texto explicatorio.

—¿Este chico ha sido el que lo ha hecho? —preguntó, sin dar crédito a sus ojos.

–Ese mismo. Ya ves. Tan guapito...

«Acribilla a cuchilladas el cadáver de su padre», rezaba en letras gruesas el titular.

Y debajo del retrato, un breve pie: «David Fuente Vázquez, autor del espantoso suceso». Luisa arrebató el periódico y se apartó del grupo para leerlo.

Un suceso doblemente infortunado –decía– tuvo lugar durante las primeras horas de la mañana de ayer en un apartado chalet de la Ciudad Lineal.

Don David Fuente Montero, de setenta y dos años de edad, murió en su despacho hacia las tres de la madrugada –según ha dictaminado el forense– a causa de haber ingerido una dosis abusiva de somníferos.

Por desgracia, la evidencia de que se trata de un suicidio es total, ya que el infortunado señor Fuente Montero –médico bastante ilustre– estaba de sobra capacitado para prever los resultados mortales de tal ingestión.

El descubrimiento del cadáver efectuado a las ocho de la mañana, aproximadamente, por su hijo David, que había salido recientemente de una casa de reposo, provocó en él un furioso ataque de locura. Con un cuchillo de cocina asestó sin piedad numerosos tajos en el cuerpo inerte del padre, y a continuación, sosteniéndolo entre sus brazos, lo sacó a uno de los balcones de la casa, dando gritos desgarradores. El primero en oírlos fue un lechero que pasaba por la calle y que se disponía, precisamente, a entrar en el chalet, del cual era abastecedor habitual. Espantado ante la macabra escena, dio parte a los guardias y a varios vecinos, que acudieron al jardín de la casa. El rostro del señor Fuente Montero estaba totalmente desfigurado por las cuchilladas.

«¡Yo lo he matado! ¡Yo lo he matado!», exclamaba el demente, mostrándoles el cuchillo que esgrimía.

Luego dejó caer el cadáver al suelo, y arrodillándose junto a él lo cubría de besos y lágrimas.

A la llegada de la autoridad judicial consintió, sin oponer resistencia alguna, en abrir la puerta. Había entrado en una crisis de llanto y mutismo, y de ella únicamente salió al cabo de unas horas, para confesar con plena lucidez y en presencia del eminente psiquiatra señor Ferrer –que le suministró los medicamentos oportunos– la espantosa verdad de los hechos, a los cuales se negó a dar, sin embargo, justificación ninguna.

Se piensa que las motivaciones de este desgarrador suceso deben encontrarse en preocupaciones y desavenencias de tipo económico.

David Fuente Vázquez ha sido internado en un manicomio ayer por la tarde, inmediatamente después de celebrado el entierro de su padre, a quien no se ha podido dar sepultura en el cementerio católico por tratarse de un suicida.

El desventurado señor Fuente Montero era autor de numerosos trabajos de Medicina y Filosofía.

Dios, en su misericordia, haya querido concederle en los últimos segundos un vislumbre de arrepentimiento.